사랑, 그 시린 유혹

사랑, 그 시린 유혹

초판 1쇄 인쇄일 2015년 12월 16일
초판 1쇄 발행일 2015년 12월 21일

지은이 ∣ 성희주
펴낸이 ∣ 김기선
편집장 ∣ 김은지

펴낸곳 ∣ 와이엠북스(YMBOOKS)
출판등록 ∣ 2012년 7월 17일 (제382-2012-000021호)
주소 ∣ 서울 도봉구 노해로 379, 1005호(창동, 대성빌딩)
전화 ∣ 02)906-7768 / **팩스** ∣ 02)906-7769
E-mail ∣ ymbooks@nate.com

ISBN 979-11-322-3566-8 03810

값 9,000원

사랑, 그 시린 유혹

YMBOOKS ROMANCE STORY

성희주 장편소설

ym
BOOKS

목차

프롤로그

　미담그룹 창사 46주년 창립기념일 행사장은 초대된 많은 인사로 북적였다. 사회적으로 어느 정도 위치가 있는 사람들 사이에서 창업주의 손녀인 세경은 어울릴 만한 사람들을 찾지 못했다. 그녀만큼 젊은 경영인들이 없는 것도 아니었는데 모두가 그녀 맘에 들지 않는 사람들이었다.

　힘들게 자리를 지키던 세경은 자신의 인상이 더 심하게 구겨지기 전에 자리를 떠야겠다는 생각이 들었다. 차라리 미담의 이미지를 위해 그렇게 하는 것이 더 나을 거라는 생각에 몰래 행사장을 빠져나왔다.

　호텔 지하 바로 향하는 중에 급하게 자신의 곁을 스쳐가는 누군가와 부딪쳤다.

"죄송합니다."

큰 키의 남자는 눈도 마주치지 않은 채 고개만 숙이며 사과했다.

"괜찮아요."

남자는 다시 한 번 사과의 묵례를 하고 빠르게 사라져갔다.

얼핏 스친 얼굴을 보며 무척이나 잘생겼다는 생각이 들었다.

'저런 남자 한 명만 있었어도 그 자리가 지겹지 않을 수 있었는데.'

실없는 미소를 흘리며 세경은 호텔 지하에 있는 바의 문을 열고 들어와 자리를 잡았다.

매년 열리는 고리타분한 창립기념 파티를 이제는 그만했으면 좋겠다는 생각을 하며 그녀는 평소 좋아하는 칵테일을 주문했다.

그런데 그녀의 주문이 끝남과 동시에 옆에서 남자의 커다란 한숨 소리가 들려왔다.

그녀의 시선이 한 자리 건너 앉아 있는 남자에게로 향했다.

"마시고 죽을 수 있는 칵테일은 없습니까?"

농담이 아닌 듯 그는 정말 죽고 싶은 것처럼 어두운 얼굴을 하고 있었다.

'무슨 남자가 칵테일 마시면서 죽을 생각을 하냐?'

젊은 남자가 너무 한심한 게 아닌가 싶을 때 그녀가 주문한 칵테일이 나왔고 그걸 한 모금 마시는데 그 남자가 느닷없이 말을 걸어왔다.

"정말 궁금해서 그러는데요, 여자들은 왜 그러는 거예요?"

"네?"

모르는 남자의 뜬금없는 질문에 놀라서 바라보는데 낯선 남자의 눈에는 눈물이 맺혀 있었다.

"돈 없는 남자는 남자도 아닌 거예요? 왜 여자들은 남자의 순정보다 돈을 더 좋아하는 거죠? 무슨 심순애 코스프레 하는 것도 아니고."

"그, 그건……."

"7년을 만난 여자 친구가 오늘 말이죠, 헤어지자는 거예요. 다른 남자한테 가겠다는데, 그런데 그 이유가 아주 기가 막힙니다. 그 남자가 7년을 만나고 사랑한 나보다 돈이 많다는 것 때문이라는데…… 같은 여자로 한번 말해보세요. 그거 가능한 거예요? 돈 많은 남자면 함께 사랑을 나눈 남자를 막 버릴 정도로 정말 돈이면 다 되는 거예요?"

술에 취한 것 같지는 않은데 실연의 상처에 정신을 놓아버린 것인지 그가 그녀를 보며 눈물을 뚝뚝 흘렸다.

"저기…… 모든 여자가 다 그렇지는 않아요."

그렇게 그 남자를 위로해주었고 그가 미담그룹의 직원임을 알게 되면서 남 같지 않게 친근하게 느껴졌다.

가진 게 없다는 이유로 연인에게 버림받은 그를 동정하던 세경의 마음이 연민에서 사랑으로 바뀌어갔고 두 사람이 연인이 되기까지는 그리 오래 걸리지 않았다.

하지만 미담그룹의 평사원 홍민기와 상속녀 최세경이 연인에서 부부로 이어지는 것은 쉽지 않았다.

집안의 반대와 많은 사람들이 숙덕거림이 두 사람을 힘들게 했다.

그럼에도 세경은 민기를 놓지 않았고, 민기 역시 세경을 떠나지 않았다.

사랑으로 어려웠던 상황을 극복해내고 나서야 두 사람은 결혼식을 올릴 수 있었다.

힘들게 걸어온 시간만큼 둘이 하나가 되는 첫날밤은 세경에게 가슴 벅찬 시간으로 다가왔다.

그러나 제주도에서 맞이한 첫날밤에 세경은 상상과 다르게 고통과 환희가 오가는 첫 경험으로 무척이나 힘들었다. 첫날밤이 첫 경험인 그녀에게 민기는 무리한 행위를 요구했고 그를 기쁘게 해주겠다는 마음으로 억지로 그를 따랐던 세경은 거의 만신창이가 된 것처럼 널브러져 있었다.

그런 그녀를 위해 민기가 미니바에서 위스키를 꺼내 한 잔을 따라 그녀에게 내밀었다.

"마셔. 내일 아침 많이 힘들 거야. 두들겨 맞은 것보다 더하게 아프고 쑤셔서 잠결에 잠도 못 잘 수 있어. 그러니까 한 잔 마시고 푹 자는 게 좋아."

독한 술을 잘 하지 못하는 세경은 민기가 주는 술을 단숨에 받아 마셨다. 첫 경험임에도 한 번도 아니고 두 번이나 민기에게 안겼던 그녀의 몸은 이미 제 몸이 아닌 것처럼 엉망이었다. 그의 말대로 한 잔 마시고 자지 않으면 잠을 못 잘 수 있다는 생각에서였다.

그가 그녀 옆으로 앉아 얼굴을 쓰다듬어주었다.

"그만 자자. 너무 피곤하면 좋은 꿈도 못 꿔. 오늘 우리 좋은 꿈 꿔야 할 거 아니야?"

"응."

그녀가 그의 품으로 깊숙이 파고들었다.

"행복해."

"나도. 이젠 정말 너하고 행복할 일만 남았어."

"응. 보란 듯이 잘 살자, 민기 씨."

민기가 고개를 끄덕였다.

"천국에 온 것 같이 행복해."

그녀는 그 말을 여러 번 옹알거렸다. 그리고 진심으로 행복한 표정으로 잠들었다. 남편이 된 그의 품에서 입맞춤을 시작으로 잠에서 깨어날 내일 아침을 기대하며.

하지만 다음 날 아침, 세경이 눈을 떴을 때 그 옆자리에 민기는 없었고 사촌오빠인 세준이 그녀를 찾아왔다.

"오, 오빠."

신혼여행 온 지 하루밤에 지나지 않아 호텔로 찾아온 사촌 오빠의 출현은 결코 좋은 일일 수가 없었다.

민기가 없어 느꼈던 불안감은 불길한 예감으로 다가왔고 갑자기 두려워지기 시작했다.

"무슨 일이야, 오빠? 지금 이 룸에 민기 씨가 없는 게 오빠가 지금 여기 있는 거하고 관련이 있는 거야?"

한일자로 꽉 다문 세준이 한숨을 내쉬고 고개를 끄덕였다. 한

숨의 무게만큼이나 고개를 끄덕이는 행동도 무척이나 무거워 보였다.

세준이 힘들게 입을 열었다.

"너무 급하게 오느라 강 박사님한테 약도 못 받아 왔어. ……그만큼 지금 내가 할 얘기가…… 너한테 큰 충격을 줄 거야. 마음 단단히 먹고 듣든가, 듣고 견딜 자신이 없으면 서울 가서 강 박사님 약 처방 받고……."

"그냥 해."

어떤 충격적인 사실을 말하든 민기가 간밤에 사라졌다는 사실 자체가 그녀에게는 이미 충격이었다. 그녀는 민기가 왜 간밤에 사라졌는지가 당장 궁금할 뿐이었다.

세경의 재촉에 잠시 망설이던 세준이 천천히 입을 열었다.

"오늘 새벽에 호텔 총지배인한테 연락이 왔어. 이 호텔에서 여자 한 명이 자살했는데…… 신고자가 홍민기라고."

"그런데?"

'그런데'라고 물었지만 불길한 예감과 예사롭지 않은 두려움이 그녀를 엄습해왔다.

"룸의 욕실에서 목을 매 자살한 여자를 먼저 발견한 건…… 홍민기였고…… 먼저 발견은 했지만 자살인지 타살인지 여부를 위해 홍민기는 경찰서에서 조사를 받았어. 호텔 CCTV 판독 결과와 여러 정황을 살펴본 결과 타살이 아닌 자살로 결론이 났고."

핏기가 사라진 하얀 얼굴로 머리를 가로저어가며 사실을 부인하려는 세경을 세준은 안쓰럽게 바라봤다.

"여자가 아이까지 버려가면서 다른 여자와 결혼한 홍민기에 대한 복수로 이 호텔에서 자살을 선택한 거였어. 여자가 임신 상태였다. 그것도 이제 막 임신한 초기 상태."

그 말을 들은 이후로는 아무 기억이 없다. 정신을 차렸을 때는 달리는 차창 밖으로 제주도의 푸른 바다가 눈에 들어오고 있었다.

그녀의 마음과는 전혀 다른 영롱한 비취색의 바다가 저 멀리 그녀를 조롱하듯 파도치고 있었다.

"차 세워줘."

그녀의 목소리가 너무도 작았는지 아무도 그녀의 말을 들은 사람이 없었다. 차는 계속 달리고 있었다.

"차 세우라고!"

소리를 지르고 나서야 운전기사가 갓길에 주차를 했고 세경은 차에서 내렸다.

그녀를 걱정한 세준과 지원도 따라 내렸지만 세경은 한두 걸음 바다를 향해 걷더니 이내 멈추었다.

"아악!"

뜨겁고 붉은 절규가 그녀의 입에서 터져 나왔다.

"아아악!"

제주도의 푸른 새벽과는 어울리지 않는 한 여자의 검붉은 절규에 푸른 바다도 검붉게 물들어가는 것처럼 보였다.

영화 '그 여자의 기억'이 천만 관객을 돌파하면서 우현의 가치 역시 상상 이상으로 뛰어오르고 있었다.

"거 봐, 내 말 듣기 잘했지? 대표 말 들어서 손해 보는 거 절대 없어. 다 너 잘되고, 나 잘되자고 내미는 일에 제발 토 달지 말고 좋게 가자. 응?"

우현은 연기력에 자신이 없었기에 영화는 별로 하고 싶지 않았다. 그것도 주연으로 발탁되는 행운을 마다하며 대표에게 거절 의사를 비추었지만 대표는 그런 우현의 의사와는 상관없이 밀어붙였고 그 결과는 의외로 대박이었다.

"자, 자축하는 의미에서 한잔하자."

대표가 술을 마시자며 우현을 데리고 간 곳은 강남의 고급 바였다.

"축하한단, 우현아. 천만 배우가 아무나 되는 거 아닌데. 고생 많았어."

"감사합니다."

"지금부터 시작이야."

"네."

두 사람이 술잔을 나누고 있을 때, 룸으로 누군가 들어왔다.

"어머, 오랜만이에요? 김 대표님."

"어서 오십시오. 남 상무님."

상무라는 직함보다는 사모님이라는 호칭이 더 어울릴 것 같은 30대 중반의 여자를 김 대표가 알은체했다. 그리고 두 사람은 이미 이곳에서 약속이 되어 있는 듯했다.

"우현아, 인사해. TNT 남 사장님 알지? 사장님 따님. 그리고 서부정유……."

"그냥 TNT 남유리 상무라고만 소개해주세요, 대표님."

"하하하. 그럴까요? 인사해. TNT 남유리 상무님."

TNT는 '그 여자의 기억' 제작비 대부분을 투자한 업체다. 게임 개발로 인해 거대하게 커진 회사다.

"안녕하십니까? 권우현입니다."

"반가워요, 우현 씨. 영화보고 꼭 만나고 싶었는데."

남 상무가 자연스럽게 우현의 옆자리에 앉았다.

"천만 넘었다죠?"

남 상무가 우현에게 술을 따라주었다. 그리고 자신의 빈 잔을 그에게 내밀었다.

잠시 머뭇거린 우현이 그녀의 잔에 술을 채워주었다.

"축하해요."

우현이 따라준 술을 마시는 남 상무의 시선은 그에게서 떨어질 줄 몰랐다.

그 시선이 부담스러울 만큼 뜨거워 우현은 그녀의 시선을 피했다. 그리고 앉은 자리가 불편해지기 시작했다.

"차기작에 대한 기대가 커요. 우현 씨라면 TNT에서 고민하지 않고 제작비 투자할 겁니다."

"감사합니다, 상무님. 우리 우현이를 믿어주셔서."

대단한 특혜를 받은 것처럼 김 대표는 남 상무에게 고개를 숙였지만 우현은 무표정으로 앉아 있었다.

그런 우현을 못마땅하게 바라본 김 대표가 갑자기 자리에서 일어섰다.

"죄송합니다, 남 상무님. 제가 대접을 해드려야 하는데 선약이 있어서 먼저 일어나야 될 것 같습니다."

우현도 김 대표를 따라 자리에서 일어섰다.

"제 대신 우현이하고 좋은 시간 보내십시오."

"대표님!"

인상이 구겨지는 우현을 김 대표가 다시 자리에 앉혔다.

"잘 모셔. 서부정유 광고 따내고 싶으면."

김 대표는 남 상무를 우현에게 내던지듯 맡겨놓고 빠르게 룸 밖으로 사라졌다.

"겁나나 봐요?"

생글거리던 남 상무의 표정이 도도하게 굳어졌다.

"무슨 말씀이십니까?"

"여기 왜 왔는지, 왜 나를 만나는지 몰라요?"

"……네."

갑자기 남 상무가 까르르 웃기 시작했다.

"순진하다고 하더니 거짓이 아니었네."

웃음을 그친 남 상무가 우현 곁으로 바짝 붙어 앉았다.

"우현 씨를 갖고 싶어서…… 내 말 무슨 말인지 알겠어요? 우현 씨 나하고 하룻밤 보내면 서부정유, 내 남편 회사 전속모델 자리 줄 수 있는데…… 내 인맥 이용해서 최고로 키워줄 수도 있고."

우현이 자리에서 벌떡 일어섰다.

"저는 갖고 싶다고 해서 가질 수 있는 물건이 아닙니다."

김 대표가 사라진 문을 거칠게 열고 나가려던 우현이 멈춰 섰다. 그리고 몸을 돌려 남 상무를 향해 쓰디쓴 말을 던졌다.

"유부녀 인생 그렇게 지저분하게 살지 마십시오. 나중에 자식들 얼굴 어떻게 보려고 그럽니까? 남 상무님이 최고로 키워야 할 건 내가 아니라 남편과 아이들 아닙니까? 남편과 아이들을 키우고 싶지 않으면 꽃이라도 키우십시오. 이렇게 살지 말고."

닫힌 문으로 유리컵이 깨지는 파열음과 함께 남 상무의 히스테릭한 비명이 들려왔지만 우현은 무시했다.

'추악한 족속들. 남자나 여자나 다 똑같은 것들이었군.'

자신이 가진 권력과 돈으로 사람이나 사랑을 사려는 재벌들에 대한 분노와 증오가 가슴으로 더 깊숙하게 자리 잡았다.

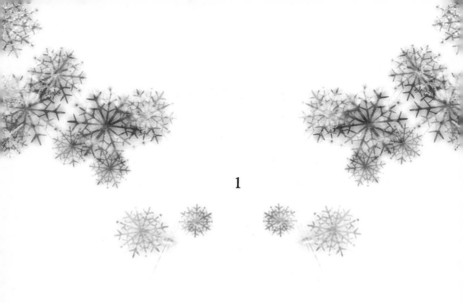

1

〈지워지지 않았던 내 남자의 향기. 그 향기에 사랑을 다시 품다. 블루보스. -서일기획〉

〈남자를 채우는 시작은 용기, 그리고 그 마지막은 블루보스. -샤인애드〉

두 개의 광고 시안을 두고 회의실에 모인 사람들도 두 패가 되어 있었다.

서일의 기획안은 너무 빤하고 식상하다는 이유로 샤인애드 편을 드는 사람들. 그리고 단순하고 임팩트 없이 겉멋만 들어 있는 샤인애드가 별로라며 서일기획 편을 드는 사람들.

어느 한곳으로 사람들의 의견이 몰린다면 결론은 빠르게 나오겠지만 거의 반반으로 나뉘어 쉽게 결론을 내리기 힘든 상황이 되어버렸다.

"이사님 의견은 어떠십니까?"

회의실에 있던 사람들의 시선이 상석에 앉아 침묵을 지키고 있던 홍보 이사에게 집중되었다.

어쩌면 처음부터 소용없는 싸움을 하고 있었는지 모른다. 어차피 결론은 팔짱을 낀 채 무심하게 그들을 바라보던 젊고 아름다운 이사에게 달려 있던 문제였다.

"이 실장님, 오후에 서일기획 담당자 들어오라고 하세요."

홍보 이사의 말에 또다시 두 편으로 희비가 엇갈렸다.

그들의 그런 표정이나 감정은 상관없다는 듯 홍보 이사는 필요한 한마디를 끝낸 후 바로 자리에서 일어났다. 앉아 있을 때와 또 다른 압도적인 분위기를 풍기며 유유히 회의실을 빠져나갔다.

그녀의 선택에 불만을 가진 몇몇 임직원이 있었지만 겉으로 표현할 수는 없었다. 단지 그녀가 그룹 창업주의 손녀이며, 현 회장의 조카라는 이유만은 아니었다. 그룹 내에서 퇴출 위기에 놓여 있던 화장품 사업을 4년 만에 국내 최고의 브랜드로 키워놓은 유능함 때문이었다. 또한 그 유능함을 인정받으면서 자신의 인사에 강한 불만을 나타내었던 이사진들을 무능함을 이유로 가차 없이 잘라낸 냉정함 때문이기도 했다.

얼마 전 해임당한 대표이사도 결국 그녀에 의해 잘려나간 것이라는 소문이 돌고 있다.

새로 출시하는 남성전용 브랜드 '블루보스'의 성공 여부에 따라 그녀가 공석인 대표이사에 취임할 거라는 소문 역시 파다하다.

이번에도 젊은 홍보 이사의 성공 신화가 이어질지 모두의 관심이 쏠려 있었다. 과연 대표이사 자리까지 올라갈 수 있을지 두고 보자는 식으로 보는 사람들도 있었지만 그녀의 신화를 믿고 따르는 사람도 많았다.

하지만 그녀에게 그런 사람들의 시선이나 소문 따위는 중요하지 않았다. 칼레의 홍보 이사 최세경은 그저 '블루보스'가 좋은 화장품으로 소문이 나서 최고치 판매기록을 세우기 바랄 뿐이었다.

지루했던 회의 시간을 견뎌냈으니 이제부터 다음 업무 시간까지는 혼자만의 시간을 편하게 가지고 싶었다.

"식사하세요. 저도 점심 먹고 2시까지 올게요."

세경은 비서실장에게 말하고 집무실을 나섰다. 그리고 그녀가 찾아간 곳은 회사에서 떨어진 곳에 있는 피트니스센터였다. 일주일에 두 번은 들러 운동을 하는 곳이었다.

집에 헬스 기구가 갖추어진 헬스룸이 있고 세준이 끊어준 호텔 피트니스센터의 멤버십 카드도 있지만 이곳만큼 편하지는 않다. 이곳에서는 칼레의 홍보 이사도 아니고 결혼 생활을 하루 만에 끝낸 불쌍한 재벌녀도 아니었다. 그저 운동을 하러 온 평범한 여자일 뿐이었다. 사람들의 시선을 받지 않고 평범할 수 있는 그곳에서의 시간이 행복했다.

한 시간 동안 땀을 흠뻑 흘리며 운동을 했다. 몸매 관리보다는 체력 관리를 위해 하는 운동이었다. 일을 위해서는 체력이 기본이라는 것을 세준이 알려주면서부터 꾸준하게 해오고 있다. 바로 이곳에서.

샤워 후에 오는 개운함을 느끼며 탈의실에서 옷을 갈아입을 때였다. 20대로 보이는 여자 두 명이 운동할 생각은 없는지 속옷만 입은 채 수다를 떨고 있었다.

친구 사이로 보이는 두 사람의 수다 떠는 일상이 부러웠다.

"그 술집 주인이 누구인지 알아?"

"누군데?"

"권우현."

"권우현? 옛날에 소속사 사장 폭행하고 은퇴 선언했던 그 권우현?"

"그래. 야, 완전 멋있어. 처음에는 사람이 어떻게 저렇게 생겼지, 하고 눈이 갔거든. 일반인은 아니고 딱 연예인 포스가 팍팍 풍겨서 보니까 권우현이더라고. 나 이제 거기에서만 술 마실 거야. 다른 데 안 가."

"다른 애들은 은퇴한다고 말만 해놓고 다시 나오는데 권우현은 진짜 안 나오네. 그때 그 여자의 기억인가, 거기에서 진짜 멋있었는데."

"지금은 그때하고 많이 달라졌더라. 진짜 남자가 된 느낌? 술집 주인이라는 게 아깝더라니까. 그 외모에, 그 분위기에…… 차라리 배우를 계속하지."

한때는 대한민국의 여심을 뒤흔들었던 배우, 권우현을 얘기하고 있었다.

그녀도 권우현이 생각났다.

'권우현……?'

서일 기획의 담당자들이 들어왔다. 그들을 불러들인 이유는 단순했다. 기획안에 대한 좀 더 구체적인 브리핑을 듣고 싶었을 뿐이었다. 하지만 다른 할 말, 아니 그들에게 내세워야 할 조건이 생겨났다. 광고주 입장에서 무턱대고 내미는 조건이 아닌 광고를 위한, 그리고 블루보스를 위해 꼭 필요한 사항이었다.

"저희 서일 기획을 선택해주셔서 감사드립니다."

"서일 기획을 선택한 게 아니라 서일 기획에서 만든 광고 시안을 선택한 거죠."

"그래서 더 감사합니다. 최선을 다해 반드시 좋은 결과 만들어내겠습니다."

서일 기획 조형구 국장의 말에 세경의 옆에 앉아 있는 이태영 홍보실장에게서 만족스러운 표정이 흘러나왔다. 그러나 조 국장을 바라보는 세경의 시선은 더 날카로워지고 따가워졌다.

"시안 잡으면서 모델도 염두에 두었을 텐데, 서일에서 기획한 이 시안에 어울리는 블루보스의 모델은 누구인지 궁금하군요."

"PT 때도 말씀드렸듯이 남성 화장품이지만 구매 고객은 여성층이 주를 이루고 있습니다. 그래서 일차적으로 여성들이 선호하는 남성 모델 중 자신의 연인이길 바라는 남성으로 순위를 잡았습니다. 다음으로 그 리스트 중에 블루보스의 소비층이 될 30대 남성으로 압축시켰고 그중 요새 제일 핫하다고 할 수 있는 정민우로 설정해보았습니다. 고학력 출신으로 알려지면서 지적인 이미지에 매너 있는 것으로 유명하니까 여성 소비자들에게 확실히 어필하지 않을까 생각됩니다. 무엇보다 지금 하고 있는 광고가 많지 않습니다."

스스로도 꽤나 만족스러운지 세경을 바라보는 조형구 국장의 표정이 자신만만해 보였다.

"지워지지 않았던 내 남자의 향기…… 광고는 예전에 헤어진 남자를 향기로 기억하고 있다가 스치는 그 향기로 인해 다시 만난다는 콘셉트인데…… 정민우는 지워지지 않았던 내 남자로 하기에 TV에 너무 흔하게 나오는 얼굴 아닙니까? 광고는 많지 않을지 모르지만 TV에서 너무 쉽게 만나는 얼굴인데 말이죠."

조형구의 얼굴이 순간 굳어졌지만 이내 표정을 바로잡았다. 하지만 그가 무슨 말을 꺼내기 전에 세경이 말을 계속 이어갔다.

"지금은 볼 수 없지만 지워지지 않고 있는 남자 모델을 섭외하세요. 광고를 보면서 아, 저 남자! 하고 여자의 마음을 움직여 아련함을 자극할 수 있는 그런 모델."

"이사님께서 생각하고 계신 모델이 있으십니까?"

광고 회사의 국장이라 그런지 눈치가 빨랐다. 하긴 그 정도 눈치도 없었다면 광고계에서 버틸 수도 없었을 것이다.

"권우현, 어때요?"

"이사님, 권우현은 몇 년 전에 폭행 사건으로 구설에 휘말려 은퇴했습니다. 연예계 쪽으로는……."

"계약은 모델을 권우현으로 섭외해온 후에 구체적으로 얘기하죠. 그 정도 모델 섭외 능력도 없이 칼레의 광고 계약을 따내려고 한 건 아닐 거라 믿어요. 그럼."

세경이 일어섰다.

서일 기획의 직원들은 할 말이 더 있는 것처럼 보였지만 입을 다문 채 세경을 따라 일어섰다. 그러고는 12센티미터 킬 힐의 도도한 발소리를 내며 밖으로 나가는 세경의 뒷모습에 꾸벅 인사만 해댔다.

"하, 산 넘어 산이구먼. 권우현 그 자식…… 이쪽으로는 고개도 안 돌리는데……."

조형구의 깊은 한숨이 넓은 회의실을 어둡게 채우고 있었다.

작업이 중단된 신도시 아파트 공사 현장은 폐허가 된 도시의 모습을 하고 있었다. 펜스로 막아놓기는 했지만 관리하는 사람이 없으니 불빛도 차도 사람도 없는 그 주변은 음침하기만 했다.

그런데 을씨년스러운 그곳에 어울리는 오래되고 낡은 차량 한 대가 거침없이 질주해 들어오더니 가장 후미진 곳에 바로 주차를 했다. 차량의 라이트가 꺼지고 시동이 꺼졌다. 하지만 차에서 내리는 사람은 없었다.

그 차 안에는 내릴 생각이 없는 남녀 한 쌍이 욕망을 채우기에 급급해 있었다. 남자는 이미 조수석에 앉아 있던 여자의 몸 위로 올라타 반쯤 벗겨진 블라우스 사이로 드러난 가슴을 입에 물고 있었다. 스커트 사이로 들어간 손 역시 이미 여자의 깊고 은밀한 곳을 점령했다.

남자의 목을 휘둘러 안은 채 몸을 꿈틀거리는 여자의 반응이 뜨거웠다. 여자가 토해내는 격한 신음이 차 안을 가득 채울 정도였다.

"오빠, 으음…… 오늘은 해줘. 아응…… 오늘은 제발…… 해줘."

여자가 남자의 목에 두른 팔을 풀고 버클에 손을 댔다. 동시에 남자가 여자의 몸에서 튕기듯 떨어져 나갔다.

"오빠……."

"그만 가자."

"오빠! 왜 그러는 건데? 왜 매일…… 하다 마는 거야? 괜찮다니까. 나 괜찮다고. 날 가지고 싶으면, 날 안고 싶으면 맘대로 안으라고. 오빠도 이러는 거 힘들잖아?"

불만을 토해내는 것 같았지만 여자는 조심스럽게 남자의 눈치를 보고 있었다.

운전석에 자리를 잡고 앉은 남자는 그런 여자의 말에는 아랑곳하지 않고 차에 시동을 걸었다.

"오빠!"

"말했잖아. 정식으로 네 부모님께 허락받을 때까지는 선을 지킬 거라고."

남자의 말에 여자의 한숨이 새어 나왔다.

"차라리 오빠, 도망가자. 오빠라면 난 지하 월세방이라도 괜찮아. 그러니까 우리 도망가자. 응?"

남자는 여자의 말에 대꾸도 없이 차를 출발시켰다.

표정이 없는 남자의 얼굴을 살핀 여자는 더 이상 어떤 말도 꺼내지 않았다. 유난히 거친 남자의 운전이 그의 심리를 表現하고 있는 것 같았다. 여자는 좀 전에 내뱉은 한숨보다 더 짙은 한숨을 흘리며 집 앞에 도착할 때까지 조용히 침묵을 지켜야만 했다.

"다 왔다. 들어가."

"화났어? 내가 투정 부려서?"

"들어가."

쪽. 여자가 남자의 입술에 입을 맞추었다.

"화 풀어, 오빠. 다음에는 안 그럴게. 운전 조심해서 가고."

여자가 남자의 기분을 풀어주기 위한 미소를 지어 보이며 차에서 내렸다.

하지만 그런 여자의 노력에도 불구하고 남자의 얼굴은 펴지지 않았다.

그는 손을 흔드는 여자를 그대로 세워둔 채 차를 돌려 그 자리를 벗어났다.

'그래, 그래야지. 권우현이라면 지하 월세방이라도 감수할 정도로 목매도록 사랑해야지. 그래야 네가 저지른, 그리고 네 부모가 저지른 죗값을 조금이라도 치를 수 있는 거다, 박유란.'

유란 앞에서 화난 것처럼 무표정하기만 하던 우현의 입가에 유란을 향한 조소가 떠올랐다. 더불어 거칠었던 운전이 얌전해지고 여유있게 음악까지 들으며 우현은 자신이 운영하는 술집 'Memory'에 도착했다.

금요일 밤이라 그런지 평소보다 많은 손님으로 북적거렸다.

"바빴니?"

"보고도 모르세요? 불금에는 좀 가게에 붙어 계시면 안 돼요? 어떻게 사장님이 알바생들보다 더 매상에 관심이 없으세요? 아차, 2번 룸에 손님 와 계세요."

"누구?"

"제가 사장님 손님을 다 어떻게 알아요? 도와주실 거 아니면 비켜주세요."

"아, 자식. 누가 사장인지 모르겠네."

찾아올 손님이 우현에게는 많지 않다. 가족이라 부르기에도 우스운 사람들은 이곳에 올 이유가 없고, 몇 안 되는 친구라고 해봐야 모두가 생업에 바쁠 시간이다.

문 앞에 서서 노크를 해야 하는 우현의 마음은 가볍지 않았다. 그가 생각하는 손님이 아니기를 바라며 문을 두드렸다.

"네."

목소리의 주인공이 누구인지 정확하게 알 수는 없지만 그가 생각한 손님은 아니었다. 편한 마음으로 문을 열었다.

"장사 안 하고 어딜 싸돌아다녀? 권우현이 자리 잡고 있어야 매상 팍팍 오를 거 아니야. 너 보러 오는 여자 손님들 아직도 많은데."

테이블에 놓인 빈 술병이 없는 것으로 봐서는 많이 마시지 않은 것 같은데 형구에게서 취기가 느껴졌다.

"어쩐 일이세요? 조 국장님."

형구인 줄 알면서도 손님이라 모호하게 대답해준 알바생에게 괜히 열이 났지만 앞에 앉은 형구가 반가워 얼굴이 밝아졌다.

우현이 맞은편 자리에 앉자 형구가 가득 채운 술잔을 우현에게 내밀었다.

"한잔하자."

우현이 가게에서 술을 마시지 않는다는 사실을 누구보다 잘 아는 형구였다. 그런 그가 우현에게 술을 권한다는 것이 이상했다.

"근무 중에 술 안 마시는 거 아시지 않습니까?"

"술장사하면서 그렇게 빡빡하면 장사 안 돼."

평소와 다른 형구의 말에 우현은 그저 웃기만 할 뿐이었다.

"오늘은 웬일이십니까? 큰 거 PT 있다고 한동안 못 볼 거라고 하시더니 잘 끝났습니까?"

우현의 말에 이번에는 형구가 조용히 미소만 지은 채 웃고 있었다. 하지만 우현은 자신이 한 질문에 대한 답을 형구의 웃음에서 찾을 수가 없었다. 마냥 뿌듯하고 기쁘기만 한 미소는 아니었다.

"우현아…… 너 나한테 빚 갚을 거 있지?"

"네."

느닷없이 꺼내는 형구의 빚 얘기. 그리고 뭔가 불안하게 취해 있는 형구의 모습으로 인해 우현은 형구가 요구하는 빚의 대가가 그가 생각하는 그것이 아니기를 바랐다. 우현이 형구에게 진 빚이 마음으로 갚아야 하는 것임에도 불구하고 우현은 금전적인 것으로 빚을 갚으라는 말이 나오기를 바라고 있었다.

"CF 하나 찍자."

하지만 형구는 우현에게 그가 아니기를 바랐던 말을 하고 있었다.

우현의 표정이 일그러졌다.

"너, 지금 나한테 어떤 대답을 하려는지 다 알아. 그리고 나도 너한테 이런 말…… 하고 싶지 않았어. 그런데…… 나 국장 되고 나서 처음 따낸 일이다. 너 내가 어떻게 국장 자리까지 왔는지 알 거야. 한 번만 도와주라. 눈 딱 감고 하나만 하자."

"취하셨어요? 요새 잘나가는 모델 많은데 왜 저한테 그러십니까? 농담 그만하시고……."

"농담 아니다. 광고주가 너 아니면 안 되겠대. 물론 우리도 너 아니면 그 광고 못 따내. 우현아, 국장 되고 처음 맡은 일이다. 체면 한 번 세워주라."

영업시간 중에 절대 술을 마시지 않는다는 철칙을 깨고 우현이 앞에 놓인 술잔을 단숨에 비웠다.

형구의 부탁을 들어줄 수도 그렇다고 무시할 수도 없었다.

"왜? 못 들어주겠어? 그동안 말로만 고마운 거였냐? 그때 내가 너를 도와줬지만 결국엔 네가 원하는 대로 되지 않고 혜영이가 박 회장한테……."

"조 팀장님!"

입에 배어 있는 대로 형구를 불렀다. 그렇게 형구를 부르는 우현의 목소리는 무척이나 날카로웠다. 혜영이라는 이름을 더 이상 듣고 싶지 않은 마음에 우현은 지금 아무 생각을 할 수 없었다.

두 사람이 동시에 한숨을 내쉬었고 꽤 긴 시간을 침묵으로 보내고 있었다.

"어떤 광고입니까?"

먼저 침묵을 깬 사람은 우현이었고 우현의 말 한마디에 시체 같았던 형구의 표정이 살아났다.

"남성 화장품. 칼레에서 남성 전문 브랜드를 하나 론칭하는데…… 거기 홍보 이사가 그룹 창업주 손녀에 새파랗게 젊은 미모의 싱글이거든. 꼭 너하고 내가 잘 아는 사이라는 걸 알고 있는 사람처럼 모델을 너만 고집하더라. 하지만 그건 아닌 거 같고. 아무래도 네 팬이 아니었나 싶다."

새파랗게 젊은 미모의 여자 홍보 이사. 거기에 그룹 창업주의 손녀.

CF를 찍자는 말을 들은 후로 내내 일그러져 있던 우현이 피식 웃음을 흘렸다.

"왜? 최 회장 손녀에 젊은 싱글녀라고 하니까 구미가 당겨?"

"새파랗게 젊다면 요새 애들 좋아할 텐데 왜 하필 저랍니까?"

"말했잖아. 네 팬인 것 같다고. 기억 저 너머로 너를 묻어두고 사는 네 팬들 아직 많다. 어쩌면 최 이사가 제대로 봤는지 모르지. 네가 나오면 여자들이 아련한 기억을 꺼내고, 지워지지 않았던 너와 함께 블루보스가 대박을 칠는지도."

우현이 또 한 잔의 술을 마셨다.

"사람 제대로 잘못 보고 있다고 전해주시지 그러셨어요? 예전에 보인 이미지하고는 전혀 다른 놈이라고. 자칫 회사 이미지 망가뜨릴 수도 있는 망나니라고."

"그걸 들을 만했으면 내가 여기 와서 왜 이러고 있겠냐? 그동안 수도 없는 광고주들을 만나 설설 기어도 보고 살살 달래도 봤는데, 그 여자…… 어린 여자가 뿜어내는 기가 왜 그렇게 센지. 마흔 넘은 가장의 비애에 뼈가 깎이는 고통이 느껴지더라. 오죽했으면…… 너를 찾아와 내가 이러고 있겠냐고?"

뼈가 깎이는 것 같은 고통을 짊어지고 가야 하는 가장의 책임 때문에 진흙탕 속으로 뛰어든 여자가 생각났다. 그리고 그런 아픔을 느끼며 힘들게 살아가는 사람들의 사정을 마음대로 휘두르며 자신의 욕심만을 채우는 인간들에 대한 분노가 치솟았다.

"언제 광고주 만나러 가는지 날짜 알려주십시오. 준비하고 기다리겠습니다."

"응? 너 지금…… 하겠다고 하는 거냐?"

대답 대신 우현은 형구의 빈 술잔에 술을 따라주었다. 그리고 자신의 잔에 술을 채우고 건배를 유도했다.

건배의 의미가 어떤 것인지 우현의 대답을 듣지 않아도 알고 있다. 하지만 그렇게 쉽게 넘어온 우현이 이상했다.

"조 국장님을 설설 기게 한 미모의 이사가 궁금해졌다고나 할까요?"

"권우현. 내가 너의 순애보를 알고 있거든. 설마 너…… 내가 불쌍해 보였냐?"

"인간은 누구나 불쌍한 존재입니다. 조 국장님이 알고 있는 권우현의 순애보 따위는 이제 없습니다. 그런 거 버리고 사는 저도 불쌍한 존재 아닙니까? 말 그대로입니다. 그 미모의 여자 이사가 구미를 당기게 하네요."

우현이 오케이를 한다는 마음은 사실 접고 왔다고 해도 과언이 아니다. 자신이 포기해야 하는 상황에서 실낱같은 한 줄기 희망은 품고 왔다. 그런데 그가 생각보다 빨리 승낙을 했다. 그뿐 아니라 여자를 밝히지 않는 우현이 최세경 이사를 이유로 대는 것이 수상했다.

'뭐야, 이 녀석. 재벌에 싱글녀라고 하니까 마음이 움직이는 건가?'

그러나 아무래도 상관없다. 그가 칼레의 모델 제의를 수락했으니까.

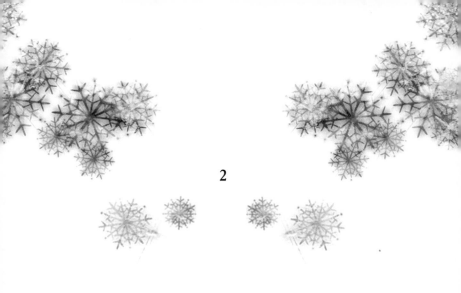

2

일본의 황실에 와 있는 건 아닌가 할 정도로 화려하고 고급스러운 룸 안으로 칼레의 최세경 이사가 들어왔다.

칼레의 홍보 이사, 최세경은 생각보다 젊고 아름다웠다.

몸을 감고 있는 것 같은 블랙의 실크 원피스가 완벽에 가까운 그녀의 보디라인을 살려주고 있었고 블랙의 원피스와 함께 붉은 입술은 그녀의 하얀 피부를 돋보이게 했다. 커다랗고 까만 눈동자는 차가워 보였지만 눈을 살며시 치뜰 때는 섹시하기까지 했다.

"안녕하세요? 최세경입니다."

목소리에서 도도함이 느껴졌다. 자만심과 자존심이 적당히 어우러져 만들어진 도도함이었다.

"권우현입니다."

모델이 광고주에게 하는 인사치고는 성의가 없어 보이는 인사였다. 얼굴 가득 감사의 미소를 담은 채 허리를 굽실거리며 인사를 해야 정상인데 우현은 그런 예의를 갖추지 않았다. 그렇다고 그녀의 표정이 바뀌지는 않았다. 우현의 예상대로 젊고 아름다운 홍보 이사는 상품 가치를 평가하듯 자신을 빠르게 훑어보았다. 그러고는 우아해 보이는 미소를 보였다.

"먼저 고맙다는 인사를 드릴게요. 어렵게 결정하셨다는 얘기 조 국장님께 들었습니다."

"네. 이미 떠난 세계에 다시 발을 들이고 싶지 않았습니다."

"저도 웬만하면 이런 자리에 나오면서까지 모델을 고집하지는 않습니다. 하지만 권우현 씨는 이번에 론칭하는 우리 제품과 너무 잘 맞는 모델이라 포기하고 싶지 않았습니다."

그녀의 말이 맞을 것이다. 광고 대행사와의 합석 없이 광고주와 모델 단둘이서 만나는 경우는 흔치 않다. 뭔가 은밀하고 깨끗하지 못한 모종의 거래가 있지 않은 한.

그만큼 그녀에게 자신이 필요하다는 얘기일 수 있다. 그 사실이 재미있게 느껴졌다.

"파격적인 모델료에…… 저야 모델료 많이 받으면 좋지만 최이사님 너무 무모하고 위험한 배팅을 하고 있다는 생각은 안 드십니까? 모델 잘못 쓰면 새로 출시하는 브랜드 그대로 사장될 수도 있습니다."

"계약서에 아직 사인을 하지 않은 이유가 그런 제 걱정 때문이었나요?"

"제가 꼭 필요한 이유가 뭡니까?"

우현은 세경의 말에 대답이 아닌 질문을 던졌다.

"혹시 원하고 있는 다른 조건이 있는 건가요?"

세경 역시 우현과 마찬가지로 대답은 하지 않고 질문을 했다. 다른 점이 있다면 가벼운 우현의 눈빛에 비해 세경의 눈빛은 예리하게 빛나고 있었다. 우현은 그녀의 눈에 시선을 고정시켰다. 눈싸움을 하듯 둘은 서로에게서 시선을 떼지 않았다.

"대답부터 해주시죠, 이사님."

"블루보스에 권우현 씨만큼 어울리는 남자는 없으니까요."

"그건 이사님의 개인적인 생각 아닙니까? 다른 사람들은 그렇게 생각하지 않을 수 있습니다. 알고 계신지는 모르겠지만 제가 폭행 사건으로 좀 시끄러웠던 적이 있어서 이미지가 그렇게 좋지는 않습니다."

"상관없어요. 내가 찍어놓은 블루보스의 모델은 권우현 씨니까."

예상대로 금수저를 물고 태어나 낙하산으로 홍보 이사 자리 하나 차고앉아 오만을 떨고 있는 그런 여자였다. 세상이 자기중심적으로 돌아가야 직성이 풀리는 재벌 아래서 자라 그들과 다르지 않은 사고로 살아가는 여자다. 제품이나 회사를 위해 권우현이 필요한 게 아니라 자신이 생각한 모델이 권우현이기에 포기하고 싶지 않은, 흔한 재벌들의 이기심을 그녀도 가지고 있었다.

우현은 그런 최세경의 이기심에 상처를 주고 싶었다.

"원하는 다른 조건이 있냐고 물었죠?"

그녀에게 조소가 퍼지고 있었다. '네까짓 게 그럼, 그렇지'라고
하며 비웃는 듯했다.

"말해보세요. 원하는 조건이 뭔지."

"모델료는 받지 않겠습니다. 다만 오늘 밤 함께 보내는 조건
을 들어준다면 계약서에 사인하죠."

물세례를 받거나 뺨을 한 대 맞을 각오는 되어 있었다. 욕도 얻
어먹을 마음의 준비마저 되어 있었다. 하지만 앞에 앉은 최세경은
어떤 변화를 보이지 않았다.

"모델료 대신 나하고 자고 싶다, 뭐…… 이건가요?"

"그렇습니다."

형구 말대로 만만치 않은 여자였다. 응석받이로 자란 재벌의
딸만은 아닌 것 같았다. 충격적일 수 있는 말인데도 그녀는 눈 하
나 깜빡하지 않았다.

그렇다면 이 여자, 즐기고 싶은 건가. 아니면 바라고 있었든지.

"이런 요구를 좀 받아보셨나 봅니다? 아니면 반대로 요구를
해보셨거나. 전혀 놀라지도 당황하지도 않으니 말입니다."

"권우현 씨 모델료 1억 5천으로 알고 있어요. 미안하지만 나
1억 5천 가지고 살 수 있는 그런 싸구려 아니에요. 내일까지 시간
드릴게요. 1억 5천 받고 계약서에 사인하든지, 아니면 그냥 없었
던 일로 하든지 결정하세요."

세경이 자리에서 일어섰다.

"우아하게 자존심 지키는 법을 알고 계시는군요. 내일까지 시
간 끌 필요 없습니다. 없었던 것으로 하죠. 1억 5천이란 돈으로 최

이사님의 자만심과 고집을 채워주기에 저도 그렇게 싸구려는 아니거든요."

애써 지켜온 평정심이 깨지려 하고 있었다. 하지만 잘난 얼굴 하나 믿고 까부는 남자에게 휘둘릴 수는 없었다.

세경은 자리에서 일어났다. 그리고 뒤도 돌아보지 않고 룸을 나갔다.

등 뒤로 그의 웃음소리가 들렸지만 어떤 반응도 보이지 않았다.

'쓰레기.'

내뱉고 싶은 말도 삼키며 그의 말대로 우아하게 자존심을 지켜냈다.

불붙은 담배 끝이 붉게 타들어가고 있었다. 폐 속까지 깊게 빨아들인 연기를 내뱉었지만 그녀의 가슴에 얹힌 화와 의문은 내뱉어지지 않았다.

권우현. 그와 마주 앉았을 때 세경은 숨이 멎는 기분이었다. 단순히 잘생긴 남자 배우여서라기보다는 블루보스에 딱 맞는 남자를 찾아낸 희열이 느껴졌기 때문이다.

일을 시작하면서 한 번도 틀린 적이 없던 예감과 느낌이 이번에도 비껴가지 않았고 블루보스도 성공이라는 생각이 들었다.

하지만 그런 기쁨도 잠시, 그와 앉아 있는 내내 화를 삭이느라 힘들었다.

남들과 다르게 나오는 고자세와 인사 같지 않은 인사는 몇몇 못난 남자들에게서 흔하게 보아왔던 열등감으로 여겼다. 그런 남자들을 무시하는 데 이골이 나 있기에 신경 쓰지 않고 넘어가려 했으나 권우현은 열등감이라고 보기에 표정과 말투에서 여유와 자신감이 넘쳐흘렀다. 잘생긴 외모와 한때는 대한민국의 여심을 흔들어놓았던 경력이 있어서인지 그는 거침없어 보였다.

그에게 휘둘리지 않기 위해 그와 함께 있는 동안 긴장해야 했다. 동시에 그렇지 않다는 모습으로 가장해야 하기도 했다.

밤을 함께 보내자는 계약 조건을 내세웠을 때는 긴장의 끈이 끊어지면서 화가 끓어올랐다. 하지만 표출하지 않았다. 싸구려 제안에 반응하는 하찮은 여자가 되기 싫어 어떠한 감정도 내보이지 않았다.

하지만 그를 만나고 나온 뒤끝이 왜 이리 개운하지 못한 걸까?

외모를 무기 삼아 여자를 제 노리개로 가지고 놀아보겠다는 그에게 먹잇감으로 보였다는 모욕감에도 불구하고 블루보스에 모델로 권우현밖에 생각이 나지 않고 있다.

세경은 여자의 자존심과 홍보 이사의 책임감이 복잡하게 꼬여 무척이나 답답하고 힘든 상황이었다.

"끊은 거 아니었어?"

누군가 그녀의 입에서 담배를 **빼**냈다.

세준의 친구 재환이다. 한때, 집안끼리 결혼 이야기가 오갔던.

"언니, 혼자서 무슨 청승이야?"

담배를 비벼 끄는 재환 옆으로 그의 여동생 유란이 세경을 곱지 않은 눈길로 바라보고 있었다. 유란의 말속에는 자신의 오**빠**를 거들떠봐 주지도 않은 세경에 대한 감정이 들어 있었다.

"무슨 일 있었어? 한동안 끊어서 입에도 대지 않던 담배를 왜 피우고 있어?"

걱정스러운 얼굴을 하고 있는 재환의 얼굴을 보며 세경이 피식 웃었다. 오늘 하루 그녀가 지켜낸 자존심과 인내심이 5개월 동안 참아왔던 금연을 무너뜨렸다는 사실이 허무해서였다.

"혹시 제일제약하고 마인 코스메틱하고 합병한 것 때문에 신경 쓰여 그래?"

"철강회사 부사장님께서 화장품 업계에 대해 너무 잘 알고 있는 거 아니야?"

재환은 대답 없이 웃기만 했다.

"오빠, 오늘은 내가 오빠한테 할 얘기가 있어서 여기 온 거야. 세경 언니하고는 나중에 얘기하고 나하고 얘기부터 해."

"알았어. 잠깐만 기다려봐."

"오빠!"

잠깐도 못 기다리겠는지 유란의 목소리가 앙칼졌다.

"가 봐, 오빠. 나 신경 쓰지 말고."

"정말 무슨 일 없는 거야?"

일어난 것도 아니고 앉은 것도 아닌, 엉거주춤한 자세로 재환이 세경에게 물었다.

"가자니까! 언니도 신경 쓰지 말고 가보라잖아!"

귀찮게 옆에 와 있는 재환도 거슬렸고 옆에서 시끄럽게 앙앙거리는 유란도 보고 싶지 않았다.

"쟤 데리고 그냥 가라고, 오빠."

세경의 인상이 불쾌하게 변했다.

"언니! 웃긴다. 오빠는 언니 걱정돼서 물어본 건데, 왜 그렇게 짜증을 내?"

"박유란! 입 다물고 가자!"

시비를 거는 것 같은 유란의 목소리에 재환이 재빠르게 유란을 데리고 자리를 뜨려 했다.

"가만 보면 언니, 되게 웃겨. 결혼 하루 만에 끝낸 자격지심 때문인가? 언니 늘 꼬여 있더라. 사람들 보는 눈도 그렇고 말투도 그렇고. 그렇게 티 내지 마. 보기 안 좋아."

"박유란!"

재환에게서 큰소리가 나왔다.

"결혼을 세 번 한 박 회장님에 대한 자격지심으로 너도 그렇게 밝히는 거니? 너도 매번 남자들 바꿔가며 호텔 드나들면서 티 내지 마."

"언니!"

"데리고 가라고, 오빠."

세경은 재환에게 빨리 데리고 가라는 손짓을 해 보였다.

"어, 미안해."

부들부들 떨리는 입술을 깨물고 있는 유란을 재환이 빠르게 데리고 사라져갔다.

재환과 유란이 사라지자 그녀의 의식이 저절로 우현을 떠올렸다.

'모델료는 받지 않겠습니다. 다만 오늘 밤 함께 보내는 조건을 들어준다면 계약서에 사인하죠.'

그의 말이 다시 떠올랐다.

'아깝지만…… 당신 같은 인간은 필요 없어.'

남은 술을 털어 넣는 세경의 표정이 무척 쓰다.

평소보다 한 시간 일찍 출근한 세경의 책상 위에는 두 동강이 난 담배들이 뒹굴고 있었다.

모델 계약이 틀어졌으니 서일 기획에 계약 파기를 통보해야 하는지, 아니면 다시 경쟁 PT를 붙여 다른 광고 콘셉트를 잡아 처음부터 다시 시작해야 하는지, 그것도 아니면 원점으로 돌아가 권우현이 아닌 다른 모델로 섭외하여 서일기획의 광고 시안 그대로 추진할 것인지.

밤새 그녀를 괴롭혔던 고민은 출근을 해서도 끝나지 않았고 그 고민에서 벗어나지 못한 채 임원 회의에 참석해야 했다.

"마인과 제일신약이 합병해서 새로운 화장품 브랜드를 론칭했다고 하는데 우리 매출에 타격은 없는 겁니까?"

"전문 메디컬 브랜드라고 해서 대대적인 홍보는 물론이고 오늘 오전 기자 간담회까지 마련했다고 하는데 그에 대응할 준비는 되어 있는 건가요?"

"지금 이 상황에서 블루보스라는 남성 브랜드를 내놓은 건, 수를 잘못 둔 거 아닌가 싶네요. 제약회사하고 기술 제휴하거나 우리도 코스메슈티컬 브랜드를 미리 내놓았어야 하는 거 아닙니까?"

마치 청문회를 하고 있는 분위기였다. 사실 이 자리는 블루보스 론칭을 앞두고 진행 사항 및 홍보 전략 등을 간단하게 브리핑

하기 위해 마련한 자리였다. 그러나 지금 분위기는 책임 추궁을 하는 자리로 보였다. 모두가 브리핑을 들을 준비는 하지 않고 질문들만 하고 있었다.

마음 같아서는 회의실을 박차고 나가고 싶었지만 낙하산으로 떨어진 창업주의 손녀여서는 안 되는 자리였다. 실력과 능력을 갖춘 홍보 이사로 서 있어야 하는 자리다.

세경은 숨을 한 번 고르고 그들이 던진 질문을 무시하고 준비한 자료들을 보여주며 블루보스에 관한 브리핑을 마쳤다.

처음과 다르게 기대에 찬 시선들을 보내며 고개를 끄덕이고 있었다. 하지만 그런 시선들이 뿌듯하게 다가오지 않았다. 오히려 이기적인 그들에게서 벗어나고 싶은 마음뿐이었다.

"수고했어, 최 이사. 아침도 거르고 출근하더니…… 이거 때문이었어? 브리핑 준비하려고."

세준이 옆에 와서 등을 두드려주었다. 부회장 자격으로 앉아 세경의 브리핑을 지켜봤지만 그 시간 내내 세준의 마음은 부회장이었다기보다는 세경의 사촌 오빠였다. 회의를 끝낸 지금도 최 이사라는 호칭으로 불렀지만 등을 두드려준 손길에는 오빠의 마음을 담았다.

"점심 같이 먹을까?"

입맛은 없었지만 아침과 점심을 거르고 하루를 버틸 수는 없을 것 같았다.

"그래."

세준이 세경을 데리고 간 곳은 구내식당이었다.

"여기서 먹어도 괜찮지?"

"그 질문은 오기 전에 해야 했던 거 아니야?"

"나가서 먹을 시간이 없어서. 오후에 천안 공장 내려가 봐야 하거든."

다른 직원들과 마찬가지로 식판을 들고 자리를 잡고 막 식사를 시작하려 할 때 세경의 휴대폰이 울렸다.

"네?"

─이사님, 권우현 씨가 찾아와 계십니다. 급한 일이라고 연결 부탁하는데 어떻게 처리할까요?

"급한 일을 처리 중이라고 기다리라고 하세요."

─네, 알겠습니다.

권우현을 만나고부터 한 번도 펴지지 않았던 얼굴에 미소가 떠 올랐다.

'결국 지고 들어올 거면서 막 나가기는……'

급한 일이라며 찾아온 이유는 빤하다는 생각이 들었다. 계약을 없었던 일로 하자며 거만을 떨더니 그 일을 다시 엎기 위해 찾아 왔을 것 같은 예감이 들었다.

그리고 그 예감은 틀리지 않았다.

"계약서에 사인하겠습니다."

하루 만에 뒤엎을 일을 가지고 왜 그렇게 막 굴었는지, 그리고 그렇게 고자세로 뻣뻣하게 나오던 그가 왜 하루 만에 찾아와 말을 번복하려는지 궁금했다.

하지만 그 이유는 중요하지 않았다. 이제는 그녀가 원하는 대로 일이 풀려간다는 것이 중요할 뿐이었다.

"없었던 것으로 하자고 한 건 권우현 씨예요. 우아하게 거만을 떨어놓고, 그 거만한 자존심을 하루도 유지 못 하는 싸구려였던가요?"

비꼬는 세경의 말투에도 우현은 아무런 표정 변화도 없었다.

"적어도 제가 블루보스의 품격을 싸구려로 떨어뜨릴 일을 없을 겁니다. 제가 모델을 한다면 말이죠."

그는 어제와 다른 사람 같아 보였다. 여유가 넘치다 못해 거만하고 건방져 보이던 눈빛 대신 뭔가 결연한 의지가 엿보였다.

"하루 만에 손바닥 뒤집듯 마음 바꾸고 와서 계약서에 사인하겠다고 하면 우리가 계약서 내밀 거라고 생각했나요? 쉽게 말하고 쉽게 말을 뒤집는 사람을 어떻게 믿고 일을 맡길 수 있겠어요?"

"새로운 계약서를 작성하시죠. 모델료를 한 푼도 줄 수 없다는 조건이 붙더라도 상관없습니다. 어떤 계약 조건이든 받아들이겠습니다."

뭘까? 저 남자가 저렇게 변해서 오게 한 이유가.

세경의 궁금증이 우현에게서 시선을 떼지 못하게 만들었다.

하지만 그런 궁금증을 풀지 못한 채 세경은 우현에게 새로운 조건의 계약서를 내밀었고 우현은 그 계약서에 사인을 했다.

그로써 두 사람은 이제 한배를 탄 공동운명체가 되었다.

블루보스의 광고 촬영 현장은 복잡하고 어수선한 것처럼 보이지만 그 안에 신중하고 엄격한 질서가 엿보였다. 외부에 노출되지 않기 위해 보안을 철저하게 신경 쓰고 있는 탓일 수도 있었다.

광고주의 출현으로 인해 자칫 분위기가 흐트러질까 신경 쓰인 세경은 직원에게 아는 척하지 말라는 신호를 보내고 스텝들 사이에 조용히 섰다.

네 시간 동안의 광고 촬영에 이은 지면 화보 촬영까지 총 여섯 시간을 좁은 공간에서 일하고 있어서인지 모두가 지친 기색이 역력했다. 촬영된 사진을 심각하게 모니터링 하는 사진 감독과 우현만이 심각하고 신중했다.

"시크한 표정 컷은 잘 나왔는데, 따뜻하게 웃어주는 컷에서 아직도 표정이 따뜻해 보이지 않아. 안 그래?"

감독의 말에 우현도 동감하듯 고개를 끄덕였다.

"다시 한 번 가야겠지?"

감독의 말이 떨어지기 무섭게 우현이 카메라 앞으로 걸어 나가 다시 포즈와 표정에 집중하기 시작했다.

무표정했던 우현의 얼굴이 카메라 앞에서는 순식간에 변해갔다. 따뜻하게 웃어주라는 감독의 요구에 그는 살며시 미소 지어 보이며 카메라를 응시했다.

"얼굴만 웃지 말고 감정을 담아 웃어봐. 사랑에 빠진 남자의 행복한 미소를 보이란 말이야. 여자들을 홀릴 만큼 예쁘게."

우현이 시선을 다른 곳으로 돌리며 다시 미소 지었다.

"좋아, 훨씬 좋아. 그렇게 다시."

감독은 무척이나 만족스러운 멘트를 하며 셔터를 눌러댔다.

사랑에 빠진 남자의 행복한 미소가 어떤 것인지 모르지만 우현의 미소는 여자들을 홀리기에 충분해 보였다. 여자라면 그 미소에 반응하며 함께 웃어줄 수 있을 만큼 부드러운 유혹이 녹아 있는 미소였다.

회사 전속 모델의 프로다운 모습이 맘에 들었다. 또한 여심을 녹일 것 같은 미소 역시 제품을 살려주기에 부족함이 없어 보여 만족스러웠다.

그 순간 시선을 여러 곳으로 두며 촬영에 임하던 우현과 세경의 눈이 마주쳤다. 훔쳐보다 들킨 것 같아 흠칫 놀란 세경과 다르게 우현은 어떤 변화도 없이 여유 있는 포즈와 표정으로 촬영에만 집중하는 것 같았다.

"자, 마지막으로 재킷 벗고 셔츠 단추를 푼 상태로 한 번 가자."

감독의 지시에 우현은 망설임도 없이 그대로 재킷을 벗은 후 셔츠의 단추를 모두 풀었다. 몇 안 되는 여자 스텝들 사이에서 작은 탄성이 새어 나왔다. 대부분의 남자 스텝들마저도 우현의 완벽한 몸에 감탄을 하고 있었다.

세경의 시선이 모두가 감탄해 마지않는 그의 몸을 훑었다.

조각 같은 몸을 자랑하듯 벗은 남자들의 몸이야 흔하게 볼 수 있지만 이상하게 그의 몸은 그런 흔해빠진 화보들의 몸과는 다른 느낌이었다. 좀 전의 미소에 부드러운 유혹이 녹아 있었다면 셔츠 사이로 보이는 그의 몸은 거부할 수 없는 뜨거운 유혹이 내뿜어져 나오고 있었다.

"와우! 이 정도라고는 생각 못 했는데. 이 맛에 셔터 누른다. 제대로 된 베스트 컷이 여기서 나오겠는데. 자, 다시 한 번 포즈 잡고."

감독도 신이 나는지 셔터를 누르는 손놀림이 빨라졌다.

세경은 들어올 때와 마찬가지로 조용히 자리를 벗어났다. 하지만 그녀의 표정은 들어올 때와 다르게 만족감에 젖어 있었다. 모델부터 제품까지 이번에 출시될 블루보스가 제대로 된 작품이 될 것 같은 예감이 그녀를 만족하게 하고 있었다.

"신사동 먼저 들렀다가 회장님한테로 갈게요."

"네, 이사님."

차는 신사동을 향해 달렸다. 블루보스 론칭과 동시에 남성들만을 위한 뷰티 스튜디오가 오픈한다. 그 옆으로 칼레를 대표하는 브랜드 '디에스'라는 명칭의 여성 전용 뷰티 스튜디오가 있다.

회사 임원들의 반대에도 불구하고 세경이 밀어붙여 적지 않은 자금으로 만든 뷰티 스튜디오 디에스는 여성들 사이에서 커다란 인기를 얻고 있다.

이미 해외 브랜드에서 운영하고 있는 에스테틱 살롱이 있었지만 그리 대중적이지 못한 상황에서 칼레가 시도한 디에스는 여성들에게 뜨거운 반응을 일으켰다. 무엇보다 고품격의 서비스가 바로 매출로 이어지고, 브랜드 이미지도 높이고 있으니 이제 그곳은 칼레의 중심이기도 했다. 그로 인해 남성 전용 뷰티 스튜디오인 블루보스도 벌써부터 뜨거운 시선과 함께 관심이 집중되고 있었다.

오픈을 며칠 남겨두지 않은 그곳에 도착한 세경은 마무리 공사에 대한 브리핑을 받았다.

"블루보스 론칭 행사와 겸한 오픈식이니까 한 치의 오차나 차질이 생겨서는 안 되는 거 아시죠?"

"네. 잘 알고 있습니다. 꼼꼼하게 확인하고 점검해가고 있습니다."

"작은 문제라도 생기면 바로 보고하세요."

"네."

마지막으로 건물을 휘둘러 본 세경은 현장을 떠나 최 회장과의 약속 장소로 향했다.

피곤하여 일찍 집으로 들어가고 싶지만 오늘 잡은 약속은 세경이 먼저 청한 것이라 미룰 수도 취소할 수도 없었다. 아니, 미루거나 취소하고 싶지 않았다. 하고 싶은 말이 있었기에 그 말을 하기 위해서 오늘 꼭 최 회장을 만나야 했다.

약속 장소에 도착했을 때는 이미 최 회장은 도착해서 그녀를 기다리고 있었다.

"큰아빠, 오래 기다리셨어요? 신사동 현장에 다녀오느라고 좀 늦었어요. 죄송해요."

"죄송하긴. 그래, 신사동은 네 그림대로 잘 나오고 있는 거니? 차질 없이 진행되고 있다는 보고는 받는다만, 그게 또 네 맘에 안 들면 차질이 생기는 거잖니? 최세경 이사가 좀 완벽해야지 말이야."

"그림대로 잘 나오고 있어요."

오랜만에 보는 조카의 미소가 최건호 회장에게도 미소를 만들어내고 있었다.

잃었던 그 웃음을 찾는 데 걸린 시간은 4년이었다. 그나마도 보기 힘든 그녀의 미소다.

"그래, 오늘 뭐 맛있는 거 사주려고 여기서 보자고 한 거야?"

"큰아빠 좋아하는 거요."

"나 좋아하는 거? ……난 네 할머니께서 끓여주시던 만둣국을 제일 좋아하는데."

최 회장 말에 세경이 웃었다. 세경의 첫 미소는 흐뭇했지만 거의 볼 수 없는 미소를 두 번이나 본다는 것이 이제는 기쁨보다는 불안으로 다가왔다.

"5분 뒤에 음식이 들어올 거예요."

둘이 만난 장소는 한정식집이다. 그렇지만 단출한 만둣국이 메뉴로 있는 그런 한정식집이 아닌 대한민국에서 손꼽히는 집이다. 굴지의 재벌들이나 고위 공무원들의 회동으로 굵직한 만남이 이뤄지는 곳이라 할 수 있다. 그런데 세경이 말한 5분 뒤에 룸으로 들어온 음식은 만둣국이었다.

"할머니가 만든 거하고 똑같지는 않지만 거의 비슷하게 그 맛에 가까울 거예요."

"어허, 세경아, 겁난다."

미담그룹의 최세경이 한정식집에서 메뉴에도 없는 만둣국을 내오게 하는 건 어려운 일이 아니다. 하지만 자신의 그런 사회적 지위를 이용하여 유난 떠는 걸 별로 좋아하지 않는 세경이다. 그런 그녀가 이렇게까지 했다는 건 최 회장에게 목적이 있다는 뜻이다. 아니, 목적이 아니라 아주 어려운 부탁이나 요구일 것이다.

어느 협상 자리에서도 긴장하지 않는 최 회장이 하나밖에 없는 조카로 인해 긴장하기 시작했다.

"그냥 맛있게 드시면 돼요."

앞 접시에 만두 하나를 덜어 최 회장 앞에 놓아주는 세경이 생 긋 웃었다.

세 번째 미소. 더는 그 불안을 이길 수가 없어 최 회장이 물었다.

"세경아. 알고 먹자. 안 그러면 넘어가지도 않을 것 같고, 먹 어도 소화가 안 될 것 같아서. 뭐냐?"

세경의 얼굴에서 미소가 단번에 사라졌다. 그렇다고 어두워지 거나 성난 얼굴은 아니었다. 다만 진지해진 표정으로 최 회장을 응시했다.

"큰아빠."

"오냐."

"저 집 얻어 독립할게요."

"뭐? 독립?"

"네."

생각지도 못한 발언에 최 회장은 잠시 멍하니 세경만 바라보았다.

동생 부부가 사고로 죽고, 자식처럼, 아니 자식인 세준과 세원이 보다 더 아끼며 귀하게 키웠다. 세경의 실패한 결혼이 자신의 탓인 것 같아 늘 미안하고 안쓰러워 더 많은 사랑으로 품은 조카다. 딸 과 진배없는 세경이다. 자신뿐 아니라 그의 아내와 아들들까지도 세경의 일이라면 발 벗고 나설 정도로 귀한 존재인데 독립이라니.

그래도 홍민기 때처럼 얼토당토않은 놈과의 결혼이 아니어서 다행이라는 생각이 스쳤다.

"왜? 누가 너 독립하라고 눈치 주디?"

"아니요. 차라리 눈치라도 줬으면 좋겠어요."

"그런데 왜 갑자기 독립이야?"

"그냥…… 편하게 살고 싶어졌어요."

"지금은 불편해? 뭐가 불편해? 누가 널 불편하게 해?"

"누가 불편하게 해서가 아니라 제가 편할 수가 없어요. 집에 와서 편하게 옷 훌훌 벗어 던지고 집 안을 돌아다니고 싶고, 먹고 싶을 때 먹고 굶고 싶을 때 굶고, 소파에서 TV 보면서 과자도 먹고 싶고 맥주도 마시고 싶고 그러다가 편하게 잠들고 싶고. 스트레스 받을 때는 미친 듯이 몸도 흔들고 싶어요. 그런데…… 그렇게 할 수가 없잖아요. 일하는 분들 눈도 있고, 오빠하고 새언니도 있고 조카들도 있는데 그렇게 자유롭게 막 지낼 수는 없잖아요. 그래서 독립하고 싶어요. 큰아빠, 허락해주세요."

"별채 하나 지어줄게."

최 회장의 대답은 바로 나왔다.

"아니요. 그건 꼭 하녀 느낌에 더부살이 기분 날 것 같아서 싫어요, 큰아빠."

자식만 눈에 넣어도 안 아픈 존재가 아니다. 조카도 눈에 넣어 안 아플 만큼 귀하고 예쁜 존재라는 것을 알려준 세경이 독립을 말하고 있다. 최 회장 가슴에서 찬바람이 불지만 세경의 단호한 눈빛과 목소리가 마음을 약하게 만들었다.

세경은 한 번 마음먹으면 그 고집을 꺾지 않는다. 그리고 자신의 고집에 어떤 결과가 나오더라도 스스로 받아들이고 어떤 탓을 하지 않는다. 그 결과가 좋든 나쁘든. 민기와의 결혼이 그랬고 회사에 들어와 이루어낸 성과가 그랬다.

"이미 마음먹고 결정했으니 반대해도 소용없는 일 아니냐?"

세경이 배시시 웃었다.

독립을 허락하고 싶지는 않았다. 옆에서 곱게 지켜주고 싶은 세경을 회사로 내보내고 싶지 않았지만 그녀는 고집대로 회사 일을 시작했고 지금은 제 자리를 탄탄하게 다졌다. 어쩌면 독립도 그녀를 더 단단하게 해주거나 더 부드럽게 만들어줄 기회일지 모른다는 생각이 들었다.

"대신! 조건이 있다."

당연히 조건이 붙을 거라는 걸 알고 있었다. 조건 없이는 독립을 허락하지 않으리라는 걸 예상했기에 고개를 끄덕였다.

"집은 내가 알아봐 주는 곳으로 들어가고."

"네."

"일주일에 한 번, 특별한 일 없으면 집으로 와서 가족들하고 식사하는 거."

"네."

알아봐 주는 집으로 들어가라는 조건이 맘에 드는 것은 아니었다. 하지만 생각보다 쉽게 이루어진 자신의 독립에 만족하기로 했다. 그 어떤 방해 없이 철저하게 자신만의 공간과 시간을 가질 수 있게 된 것만으로 충분히 만족하므로.

3층짜리 복합건물. 지하로는 'Memory'라는 자신의 가게가 있고 건물 꼭대기에는 자신의 집이 있다. 집이라기보다는 옥탑방에 불과하지만 그래도 그곳은 몸과 마음이 쉴 수 있는 우현의 보금자리이다.

지칠 대로 지친 심신을 이끌고 건물 꼭대기 옥탑방으로 올라가고 싶지만 영업시간 내내 코빼기도 안 보이는 사장 몫까지 일하고 있을 알바생들을 생각해 우현은 지하로 발걸음을 내디뎠다.

예상보다 손님이 많았고 그래서인지 정신없이 바쁜 알바생들은 사장이 들어오는 줄도 모르고 제 할 일에 빠져 있었다. 아는 척하는 것이 오히려 더 미안할 것 같아 다시 나가려는 순간.

"오빠!"

날카롭게 찢어지는 유란의 목소리가 일하는 알바생들은 물론이고 손님들의 시선까지도 우현을 향하게 했다.

"도대체 어떻게 된 거야? 어디서 뭐 하고 이제 오는 거야? 왜 전화는 안 돼?"

짜증과 함께 눈물을 흘리며 다가오는 유란의 모습에 일을 하며 쌓인 피로보다 더한 피곤이 그를 괴롭혔다.

"사장님, 오셨어요?"

유란을 무시하고 알바생에게 다가갔다.

"바쁜데 미안하다. 도와주지 못하고 땡땡이치고 와서."

"어디 이런 날 한두 번인가요?"

테이블에 있는 그릇들을 치우면서 우현의 얼굴은 보지 않고 말하는 알바생의 목소리에는 불만이 가득했다.

"오빠! 나하고 먼저 얘기해!"

이번에도 유란을 무시하고 우현은 주머니에서 지갑을 꺼내 카드 하나를 알바생에게 건네주었다.

"마감하고 애들하고 회식해. 한도는 정해주지 않겠지만 오늘 매상보다 더 쓰지는 마라."

"네? 아, 네."

카드에 표정이 달라진 알바생은 머뭇거리지도 않고 우현이 건넨 카드를 받아 들었다.

"들어가세요, 사장님. 이왕 땡땡이친 거 확실하게 치세요. 카드 마음껏 쓰게."

"자식. 고맙다. 수고하고, 마감까지 잘 정리하고. 들떠서 대충 하면 월급에서 카드 값 깐다."

"에?"

"들어갈게."

우현이 가게를 나가려 할 때 유란이 그의 팔뚝을 잡고 앙칼지게 소리쳤다.

"오빠! 이 자리에서 나 미치는 꼴 보고 싶어서 그래? 왜 이래?"

"피곤해서 쉬고 싶어. 나중에 얘기하자."

"아니. 오늘 어디서 뭐 했는지 난 들어야겠어. 난 알아야겠다고. 올라가, 오빠 집으로 올라가서 얘기해. 쉬고 싶으면 그냥 누워서 얘기해."

"가게에서 소란 떨지 말고, 일단 나가자."

유란의 팔을 가뿐하게 뿌리친 우현이 밖으로 나갔다.

"권우현!"

우현의 이름을 부르며 뒤따라 나온 유란이 건물 입구에 우뚝 서 있는 그의 옆을 지나쳐 위로 올라가려 하자 우현이 그녀를 잡았다.

"왜 잡아? 집으로 올라가야 할 거 아니야!"

"네 집에 가라, 박유란."

우현의 얼굴은 피곤과 짜증으로 뒤범벅되어 있었다.

"아니, 이대로는 못 가."

"박유란!"

낮은 저음의 목소리가 소름 끼칠 정도로 찼다. 내내 히스테릭하게 소리를 지르던 유란이 움찔하며 표정을 누그러뜨렸다.

"새로 일 하나 시작했어. 술집 하는 거 네 집에서 반대할 게 빤해서 다른 직업 하나 더 만들어서 내세워보려고. 그러니까 그렇게 알고 돌아가."

"진짜? 무슨 일인데? 난 그것도 모르고…… 미안해, 오빠. 잘못했어."

유란이 우현의 팔짱을 끼고 울먹였다. 우현의 팔뚝으로 물컹한 그녀의 가슴이 느껴졌다. 일부러 그의 팔뚝에 제 가슴을 가져다 비비는 그녀의 추잡함에 구역질이 나올 것 같았다.

"피곤해."

"뭐 하는데? 무슨 일 하는 건데? 연락도 안 되고……."

"묻지 마. 때 되면 알려줄 테니까 돌아가."

"오빠, 좋은 소식 있어. 우리 오빠한테 오빠에 대해 말했어. 도와주겠대. 좋지? 오빠 한 사람한테라도 허락받았으니까."

좋냐고 물어본 질문이 무색할 정도로 딱딱한 표정을 지은 우현은 그녀의 팔과 가슴에 갇혀 있던 제 팔을 빼냈다.

"가봐."

그리고 몸을 돌려 위로 올라가려 할 때 등 뒤에서 유란이 그의 허리를 감싸 안으며 기대어왔다.

"오빠…… 오늘 밤…… 같이 있고 싶어."

유란의 손이 그의 가슴에서부터 치골까지 훑어 내렸고 이번에는 그의 등에 가슴을 문질러댄다.

우현이 그런 그녀의 손을 이끌고 자신의 옥탑방이 있는 출입구까지 올라갔다. 하지만 출입문은 열지 않고 그 옆 벽으로 그녀를 거칠게 세웠다. 스커트를 들어 올려 속옷을 끌어내리고 그녀의 다리 사이 여린 속살을 더듬었다.

"흐음."

유란에게서 바로 뜨거운 신음이 흘러나왔다. 유란은 자신을 내려다보는 그에게 키스를 하기 위해 까치발을 했다. 그리고 입술을 벌리며 그의 얼굴에 가까이 가려 안간힘을 썼지만 그는 꼼짝하지 않고 그녀의 눈에서 시선을 떼지 않은 채 그녀의 속살을 유린했다.

유란이 우현에게 더욱 매달리며 키스를 애원했다. 벌어진 입술 사이로 혀를 내밀고 신음을 토해내며 몸을 꼬아댔다.

"음탕해."

말만이 아니었다. 음란하고 추한 창녀가 매달려 있는 것 같아 불결하게 느껴졌다.

우현이 자신을 어떻게 바라보는지 모르는 유란은 그런 그녀의 음탕한 모습을 그가 즐긴다고 생각했다. 유란의 손이 우현의 중심에 닿았다. 그의 지퍼를 내리려는 순간 우현이 그녀에게서 튕기듯 떨어져 나갔다.

"가라."

"오빠. 정말……."

황홀에 겨워 눈도 제대로 뜨지 못하던 유란이 서러운 얼굴로 울먹였다.

"데려다주지 못해도 이해해. 조심해서 가."

우현은 그런 유란을 그 자리에 버리듯 내버려두고 옥상 출입문으로 열고 들어와 문을 잠가버렸다.

목으로 올라오는 욕을 참아 삼키고 그대로 욕실로 들어가 뜨거운 물을 뒤집어쓰며 샤워부터 했다. 하루 종일 시달리며 쌓였던 피로가 뜨거운 물에 씻겨 내려가는 것 같았지만 유란으로 인한 짜증은 좀처럼 씻기질 않았다.

"젠장."

거친 손길로 머리를 털며 욕실 밖으로 나와 냉장고에 있는 맥주를 꺼내는데 문자가 들어왔다.

[오빠, 문제 혹시 성적으로 문제 있는 거 아니야? 나한테 솔직하게 털어놔도 돼. 난 다 받아들일 수 있으니까. 오빠가 어떤 문제가 있던지 난 오빠 사랑해. 그러니까 마음 편할 때 말해줘. 잘 자, 내 사랑.]

맥주를 안 마시기 다행이었다. 아마도 다 뿜어내고 말았을 것이다. 기가 막혀 웃음도 나오지 않아야 정상인데 웃음이 터져 나왔다.

"성적으로 문제? 푸하하하하."

우현이 알몸으로 있는 자신의 아랫도리를 내려다보았다.

"박유란, 너같이 천한 것한테 쓰일 게 아닌 거지. 돈에 휘둘릴 것도 아니고……."

웃고 있던 우현의 얼굴이 침착해졌다. 그리고 이어지는 행동 역시 차분했다. 옷을 챙겨 입고 바닥에 있는 커다란 등받이 쿠션에 기대어 앉아 맥주를 마시기까지 아무 생각 없이 느릿하게 움직이는 것 같았지만 그의 머릿속에는 한 여자가 있었다.

예상대로라면 지금 최세경 이사에게 불려가 있을 상황이다. 그런데…… 보기 좋게 예상을 빗나갔다.

촬영 중 조용히 자신을 지켜보고 있는 그녀를 보았다. 활동했을 당시에도 그랬듯이 여자 스텝들은 그를 보며 먹지 못할, 그렇지만 먹고 싶어 미칠 것 같은 음식을 앞에 둔 것처럼 입맛을 다시고 침을 흘렸다.

최세경은 조금 달랐다. 그녀의 눈빛은 색다른 맛이 느껴지는 음식을 보고 있는 것 같은 그런 눈빛이었다.

'저 남자는 어떨까? 다른 남자들과 다를까? 저 정도면 쓸 만할 것 같은데.'

예전 자신을 바라보던 광고주 사모님들이나 딸들이 그랬던 것처럼 그녀도 은밀히 호텔 키를 전해주고 룸으로 불러들여 몸값을 부를 거로, 당연히 그녀도 그럴 거로 생각했다. 하지만 그녀는 조용히 촬영장을 벗어났고 아무 일도 일어나지 않았다.

일부러 그녀를 먼저 건드렸던 자신에게 싸구려가 아니라며 거절을 한 그녀의 자존심은 우아한 것이 맞을 수 있었다. 하지만 우아함을 가장한 거만함이 언제 튀어나올지 모른다. 적어도 재벌가 사람들은 남녀를 막론하고 모두가 가식적인 우아함과 솔직하지 못한 자존심으로 살아가는 사람들이니까.

'블루보스' 칼레에서 새로 론칭하는 남성 화장품 브랜드이자 신사동 디에스 옆에 있는 남성 전용 뷰티 스튜디오의 이름이다. 오픈식과 론칭쇼를 스튜디오에서 진행하기로 하면서 세경은 행사 진행 사항과 초청 명단을 보며 이상 없이 진행 중이라는 홍보실장의 보고를 받았다.

"문제는 권우현 씨입니다."

"권우현 씨요?"

보고대로 행사 준비가 잘되어가는 것 같아 안심하는 그녀에게 홍보실장은 우현의 이름을 꺼냈다.

"네. 소속사가 없다 보니 하나에서부터 열까지 일일이 챙겨야 하는데 의상부터 소품까지 협찬을 의뢰할 만한 곳도 모르겠고 그렇다고 무조건 구매해서 영수증 처리할 수도 없지 않습니까? 계약상 칼레의 허락 없이 연예활동에 대한 어떤 계약도 할 수 없다는 조항 때문인지 권우현 씨 자체도 소속사에 대한 생각도 없는 것 같고요. 앞으로 프로모션 행사도 이어질 텐데 계속 이렇게 처리할 수 없지 않겠습니까?"

홍보실장의 말에 세경이 고개를 끄덕이며 생각에 잠긴 듯 잠시 침묵을 유지했다.

"일단 권우현 씨한테 연락해서 4시까지 들어오라고 하세요."

"……네, 그렇게 하겠습니다."

세경은 홍보실장이 올린 보고서에 사인을 하고 내보냈다. 그리고 바로 휴대폰을 들었다.

"세원 오빠. 오빠 퍼스널 쇼퍼 좀 소개해줘."

─내 퍼스널 쇼퍼? 내 쇼퍼 남자야. 차라리 형수님 쇼퍼가 나을 텐데.

"오빠 쇼퍼가 남자라서 소개해달라는 거야. 자세한 건 나중에 얘기해줄 테니까 4시까지 내 사무실로 보내줘."

─알았다.

세준의 동생이자 세경의 사촌 오빠. 미담그룹의 얼굴마담이라는 별명을 얻을 만큼 준수한 외모와 세련된 이미지로 대외적인 활동을 많이 하는 그룹 총괄 이사다.

세원의 스타일을 담당하는 쇼퍼라면 권우현에게 붙여도 무리가 없을 것 같았다. 더욱이 세원의 쇼퍼는 입이 무겁기로 알아주는 사람이니 더없이 제격이다. 하지만 언제까지 세원의 쇼퍼 도움을 받을 수는 없는 일.

'1인 소속사를 차려야 하는 건가……?'

뚜껑을 열어봐야 알겠지만 현재 세경의 예감은 우현이 대박을 칠 것 같은 느낌이다. 블루보스보다는 우현이 스포트라이트를 받고 그 후광으로 블루보스가 뜰 가능성이 높았다. 현재 그녀의 컴퓨터 모니터에 떠 있는 우현의 화보가 그걸 보여주고 있었다.

실제 모습에 한 꺼풀 환상을 입혀 나온 화보 사진은 권우현을 완벽, 그 이상으로 표현해냈다. 남자라면 민기 이후로 벌레보다 못한 존재라고 여겼던 세경도 마음이 동요될 정도니 다른 여자들은 어떨까?

그런 권우현을 세상에 쉽게 내놓고 싶지 않았다. 아직은 사업적인 이유지만.

4시까지 칼레 본사로 오라는 연락을 받고 느긋하게 왔는데도 시간은 3시 40분. 커피 한 잔 마시고 올라가면 시간이 딱 맞을 것 같아 로비 한쪽에 있는 커피 전문점으로 걸어갈 때였다.

"어? 일찍 왔네요, 권우현 씨."

홍보실장이 먼저 아는 척을 해왔다.

"아, 네. 안녕하셨습니까?"

"올라갑시다."

딱히 할 말도 없으면서 함께 가자고 하던 홍보실장은 자신의 업무부서가 있는 12층에서 내렸다. 그로 인해 우현은 세경의 집무실이 있는 25층까지 그대로 올라와버렸다.

비서실로 들어서니 그와의 약속을 알고 있었는지 우현을 세경에게 바로 안내해주었다.

우현이 먼저 인사를 했다. 어떤 인사말 없이 허리를 굽히며 인사하는 그에게 세경 역시 인사말 없이 허리를 굽히는 인사로 답례했다.

"질문 하나 할게요."

흔하게 그리고 기본으로 물어보는 예의상의 안부 인사도 없이 세경이 질문을 하겠다는 말을 던졌다. 우현도 그런 세경에게 묻는 안부 인사는 생략하고 간결하게 대답했다.

"네."

"소속사 대표를 폭행한 이유가 뭐예요?"

세경의 질문에 우현의 미간에 주름이 잡혔다. 생각지도 못한 질문이었지만 별로 떠올리고 싶지 않은 과거였다. 우현은 세경이 왜 그걸 궁금해하는지가 더 궁금했다.

"그게 왜 궁금하십니까?"

"권우현 씨 소속사를 하나 만들어야 하는데 그런 과거를 알아야 하지 않겠어요? 그 과거가 아니더라도 이제부터 모든 걸 다 알아야겠지만 말이에요."

우현이 피식 웃었다.

"1인 소속사라도 설립하시겠다는 겁니까?"

"농담으로 들려요?"

빙글거리며 웃는 자신을 세경은 웃음기 하나 없이 똑바로 바라보고 있었다. 그로 인해 우현도 웃음기를 거두고 대답해주었다.

"농담을 여부를 떠나 노예계약을 했으니 알려드려야겠죠? 예전 소속사 대표가 소속되어 있는 애들을 가지고 장사를 해서 팼습니다. 여자고 남자고 가리지 않고 호텔 키 쥐여 주면서 접대부처럼 내보내는 거, 보다 못해서 자근자근 좀 밟아줬습니다."

놀란 듯 바라보던 세경이 의외로 웃음기를 머금기 시작했다. 무척이나 재미있다는 듯이.

"잘하셨네요."

저 여자, 저런 식으로 받아칠 줄도 아나? 게다가 웃음까지.

찔러도 피 한 방울 나올 것 같지 않은, 아니 찌를 수조차 없을 정도로 차갑고 단단해 보이는 여자가 웃는 모습은 의외로 순수했다.

위로 올려 그린 진한 아이라인과 붉은 립스틱을 지우고 보면 무척이나 앳된 얼굴일 것 같고, 온몸을 휘감고 있는 와인 컬러의 실크 원피스 대신 평범한 캐주얼을 입히면 그 또한 그녀에게 더 어울릴 것 같았다. 그렇게 뜯어보니 진한 화장과 무거워 보이는 정장으로 그녀가 자신을 가장하고 있는 건 아닌가 싶었다.

'내 생각이 맞는 것 같은데…… 이 세계에 당신 같은 여자가 있다는 게 재미있어. 내 생각이 맞는지 지켜보는 재미가 쏠쏠하겠는데.'

그런 생각이 끝나갈 즈음 누군가 안으로 들어왔다.

"안녕하십니까? 최세원 이사님 지시 받고 온 송태진입니다."

"네. 기다리고 있었어요."

또다시 웃음기 없는 얼굴로 손목에 찬 시계를 힐끗 보며 태진을 맞이한 세경은 두 사람을 서로에게 소개했다. 그리고 태진에게는 스튜디오 오픈식을 겸한 블루보스 론칭쇼에 참석할 우현의 스타일을 맡아 달라는 부탁을 했다.

"그날 권우현 씨가 주인공이에요. 그러니 책임지고 스타일링 해주세요."

"네. 알겠습니다. 최선을 다하겠습니다."

들어오는 순간부터 내내 긴장하고 있던 태진이 일어섰다. 그는 건조하고 차가운 최세경에게서 해방되어 행복하다는 표정이었다.

태진과 함께 우현도 일어섰다. 그런데 우현은 해방으로 인한 즐거움이 아니라 세경을 좀 더 살펴보지 못한 아쉬움이 컸다. 그녀에게 호기심이나 관심이 있는 것도 아니면서 말이다.

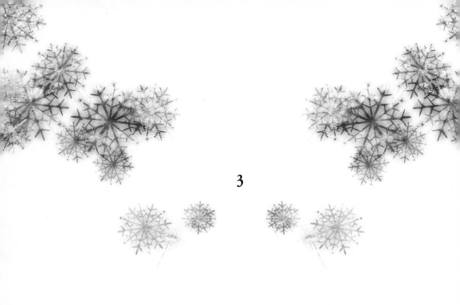

3

  남성 전용 뷰티 스튜디오 '블루보스' 건물 밖 거리에는 화환이 넘쳐났다. 화환 리본에 적혀 있는, 화환을 보낸 주인공들은 모두가 내로라하는 국내 기업의 임원들부터 유명 연예인까지 다양했다.

  건물 앞으로 세워지는 차들 역시 흔한 외제차들이 아닌 모델을 알 수 없는 최고급 외제차들은 물론이고 소형 경차까지 다양했다. 하지만 내리는 사람 대부분은 거의가 30대의 젊은 사람들이었다. 그리고 그 행렬이 다 끝나갈 즈음 건물 4층에서는 세경이 감사 인사를 하면서 론칭쇼가 시작되었다.

  홍보실장과 연구소장이 블루보스 제품에 대해 소개하는 것을 끝으로 식사를 하고 제품을 테스트하거나 스튜디오를 둘러볼 수 있는 자유 시간이 되었다.

세경은 미담과 관련된 기업에서 온, 흔히 말하는 차기 경영주들 사이에 싸여 있었고 우현은 파워 블로거들과 기자들에 둘러싸여 있었다.

"최 이사님. 또 한 건 한 것 같습니다."

"최세준 부회장하고 최세원 이사는 긴장 좀 해야겠는데."

"그룹 내 1위가 칼레가 되는 거 아니야?"

"한물간 모델을 써서 의아했는데…… 아주 제대로 된 수를 뒀어, 최 이사. 저기 봐. 우리 빼고는 다 모델한테 가 있어."

창립기념 파티나 젊은 경영인 모임으로 인해 안면이 있는 사람들이 세경을 칭찬했다. 반은 진심으로 반은 형식으로 하는 인사를 받으며 세경의 시선도 마지막 들은 말을 따라 우현에게로 옮겨갔다.

오늘 행사가 블루보스의 론칭쇼가 아닌 권우현 컴백 기자회견이나 되는 것처럼 모두가 그에게 모여 있었다.

그 속에 블루 정장을 입은 우현은 그 누구도 따라올 수 없는 우월함으로 장내를 압도하고 있었다. 그를 보며 정신을 놓아버린 것 같은 여자들, 그의 컴백에 궁금증을 보이는 기자들. 그리고 그를 부러움보다는 질투의 눈으로 보는 젊은 경영인들. 오늘 초대되어 온 모든 사람의 시선을 받고 있다 해도 과언이 아니었다.

그런 시선이 부담스럽고 불편할 수 있는데 우현은 전혀 그렇지 않아 보였다. 처음부터 여유 있는 미소와 산뜻한 매너로 자신에게 다가오는 사람들을 상대하고 있었다.

"최세경이 남자를 쳐다볼 줄도 아네?"

거슬리는 목소리. 그리고 자신을 바라보는 끈적거리는 시선에 세경은 바로 불쾌함을 드러냈다.

"임창서 상무님은 오늘 초대 손님이 아닌 거로 아는데, 왜 왔어?"

"초대 안 해줘서 섭섭하다는 말 하러 왔어. 소식 들어서 알 거 아니야? 마인하고 합쳐서 제일마인으로 시작하는 거. 설마, 벌써 라이벌 회사 되었다고 견제하는 건 아니겠지? 그럼 많이 섭섭하다, 세경아. 조만간 내가 그쪽 사장으로 앉을 거야. 모르는 게 많다. 많이 도와주라. 그리고 왜 하필 저 새끼야?"

왜 하필 저 새끼냐는 말이 얼핏 이해가 가지 않았다. 자신이 쳐다본 남자가 왜 하필 우현이라는 말인지 아니면 많고 많은 모델 중에 왜 하필 전속모델이 우현이라는 말인지 창서의 말뜻을 알아들을 수가 없었다.

삐뚤어진 눈빛과 격에 맞지 않은 새끼라는 말에 적의가 가득해 보였지만 그 말이 무슨 뜻인지 묻지 않았다. 창서와의 대화는 길게 해봐야 늘 기분 나쁘게 끝난다. 아니, 처음부터 그와 말을 섞는 것 자체가 짜증이었다.

세경은 대답 없이 몸을 돌렸다. 창서가 이글거리는 눈빛으로 우현에게 시선을 빼앗겼을 때 그에게서 벗어나려 했다. 하지만 창서는 세경의 움직임을 놓치지 않고 그녀의 팔목을 잡았다.

"모델 잘 세워야 하는 거 몰라? 너무 무리한 수를 둔 것 같은데. 저 새끼는 칼레하고 안 어울려."

걱정하는 마음으로 말하는 것 같았지만 그의 눈은 그렇지 않았다. 눈빛 따로, 말투 따로. 임창서는 그렇게 모든 게 따로 노는 인간이다. 말 따로, 행동 따로. 그래서 절대 믿음이 안 가는 인간. 벌레를 떼어내듯 창서의 손을 뿌리쳤다.

"우리나라 최고의 제약회사 상무님이 새끼?"

"내가 심했나? 미안. 어쨌든 내가 쟤를 좀 아는데…… 괜히 생긴 거에 혹하고 넘어가지 마라. 저 자식이 홍민기보다 더하면 더했지 덜한 놈은 아니니까. 다 세경이 네 덕 보자고 작정하고 달려드는 거니까 절대 넘어가지 말라고. 그런 놈한테 속는 건 한 번이면 족하잖아?"

그의 입에서 항상 나오는 이름 홍민기. 홍민기가 아직도 기억에서 지워지지 않는 이유는 창서 때문일지도 모른다.

창서가 우현에게서 시선을 돌려 세경을 뚫어지게 바라보았다. 그녀의 얼굴이 일그러져 있음에도 불구하고 그는 자신이 하고 싶은 말을 계속 내뱉었다.

"내가 아무리 이혼남에 개차반이어도 홍민기보다 나아. 난 최세경 재산 같은 거 안 보고, 있는 그대로의 세경이 너를 좋아하거든. 그리고 예뻐해줄 때 와라."

그 말에 세경의 눈매가 사나워지는 것도 무시하고 이번에는 아예 가까이 다가와 귓가에 속삭였다.

"원하면 제일마인 너한테 가져다 안겨줄 수도 있어."

창서의 말에 세경이 코웃음을 쳤다.

"줘도 안 가져. 임창서도, 회사도."

"이래서 네가 예뻐. 쉽지 않아서 매력 있어. 절대 포기하고 싶지 않을 만큼."

"그런 걸 삽질이라고 하지."

세경은 창서에게서 몸을 돌렸다. 창서가 그녀의 이름을 불렀지만 무시하고 와인 한 잔을 들고 5층으로 올라왔다.

모든 공간은 오픈되어 있었지만 5층 스킨케어실은 오픈하지 않았다. 일종의 호기심을 유발하기 위해 그곳은 일부러 닫아놓았고 세경은 그곳으로 들어가 대기용 소파에 털썩 주저앉았다. 담배가 절실하게 필요했으나 손에 든 와인으로 흡연의 욕구를 달랬다.

어쩔 수 없는 행사 모임은 그녀를 너무도 피곤하게 만들었다. 마주하고 싶지 않은 인간들을 상대하는 것부터 마음에도 없는 말과 미소로 가식을 떨어야 하는 형식적인 모임이나 행사가 싫어 가끔은 일을 그만두고 싶다는 생각을 한 적도 있다. 하지만 무언가 이뤄내는 성취감을 버릴 수 없어 오늘도 그녀는 행사 내내 마음에도 없는 미소를 보이고 있었다. 창서가 나타나지 않았으면 지금도 영양가 없는 대화로 그저 시간만 보내고 있었을 것이다.

'미친놈.'

임창서가 떠오르자 절로 욕이 나왔다.

대한민국 재벌 중에서 손꼽히는 호색가가 있다. 장자그룹의 박상덕 회장과 제일그룹의 임철수 회장. 우습게도 그 두 회장의 아들들은 이혼녀인 세경에게 마음을 두고 있다. 민기와의 결혼 전부터 그녀를 좋아했던 재환과 창서는 각자 부친을 통하여 재벌들에게 흔한 정략결혼으로라도 세경을 잡으려 했다. 하지만 아버지를 보면 아들을 알 수 있는지라 최 회장이 딱 잘라 거절을 했고 이혼녀가 되어 있는 지금도 최 회장은 그 두 사람은 결사반대하고 있다.

물론 세경 역시 그 두 사람에게 눈곱만큼의 마음도 없지만.

특히나 아비를 닮아 여자 밝히고 인성의 기본도 안 되어 있는 임창서는 더욱더 끔찍하다.

피곤한 몸과 어지러운 생각으로 머리가 절로 소파에 기대어졌다. 자세가 편해지자 신고 있는 하이힐이 답답했다. 힐도 벗어버리고 소파에 아예 누워버렸다.

'나가야 하는데…… 잠들면 안 되는데…….'

사람들을 피해 완벽하게 숨었다고 생각했다. 아무도 찾지 않는 옥상을 찾아 올라온 우현이 답답했던 숨을 몰아쉬며 막혀 있던 숨통을 틔우는 그때, 옥상 문 열리는 소리가 들렸다. 또다시 누군가에게 잡혀 쓸데없는 질문을 받으며 고문당하기 싫어 우현은 한쪽 구석으로 몸을 숨겼다.

"최세경이 쓴 모델이 누군지 알아? 우현이 그 새끼야! 폭행 사건 이후 조용히 찌그러져 사는 줄 알았는데…… 이 자식 이거 그냥 나온 거 같지는 않아. 시기도 그렇고 칼레 모델로 나온 것도 그렇고. 거슬려."

목소리로는 누구인지 알 수 없었다. 하지만 자신을 두고 저토록 흥분하는 사람은 단 한 사람밖에 없다. 행사장에서 봤던 임창서.

무슨 말을 하는지 귀 기울이고 싶지 않았다. 자신을 두고 씹어 댈 게 빤한데 그걸 듣고 있노라면 자신의 귀가 더러워질 것 같아 우현은 창서가 등을 돌린 사이 옥상을 빠져나왔다. 하지만 다시 행사장으로는 들어가고 싶지 않았다. 사람들에게 둘러싸여 갖가 지 시선과 질문을 받아내는 일이 오랜만이라 그 스트레스가 극에 달한 상태였다. 모르는 사람들을 향해 예의상 웃어주는 일을 여기 서 그치지 않으면 절로 욕이 튀어나올 것 같아 우현은 잠시 마음 을 추스르기 위한 휴식이 필요했다.

스킨케어실이 있다는 5층은 다행히도 오픈을 하지 않았다. 그 어두운 공간으로 들어간 우현은 아무 문이나 열었다. 제발 편하게 쉴 수 있는 공간이길 바라면서.

"헉!"

편안해 보이는 소파가 보였고 그 자리에 앉으려고 다가간 순 간, 어둠 속에서 그 자리에 누워 있는 인영이 보였다. 누군가 그 자리에서 기절한 것 같아 가까이 다가갔다. 어두워서 드레스의 컬 러는 정확하게 알 수 없었지만 어깨를 드러낸 오프숄더 디자인의 드레스와 가냘픈 몸으로 누구인지 짐작하는 건 어렵지 않았다.

'자는 건가?'

소파에 새우등으로 누워 있는 그녀가 그가 앞에 있음에도 불구 하고 그대로 눈을 감고 있는 것으로 보아 잠에 빠진 것 같았다.

행사장에서 젊은 기업인들 사이에 서 있던 그녀는 공주와 같았 다. 그녀의 간택을 받고 싶은 사람들처럼 남자들은 그녀 앞에서 웃음을 흘리며 떠들어댔지만 그녀는 그런 웃음과 대화 속에 섞이지 않았다. 예의상 고개를 끄덕여주거나 어쩔 수 없는 억지 미소로 답해주는 게 다였다.

태생부터 공주여서 도도함이 몸에 밴 것으로 생각했다. 하지만 지금 그 모습은 그가 여태껏 보아온 재벌 집 공주의 모습이 아니다.

손바닥을 모은 채 뺨에 붙이고 자는 모습은 순진한 어린아이와 같았다. 게다가 약간 입이 약간 벌어진 무방비 상태로 자고 있으니 꾸밈없는 인간미가 느껴졌다.

하지만 그렇게 아이처럼 천진스러운 모습으로 잠든 모습과 달리 그녀의 다 드러난 좁은 어깨는 무척이나 안쓰럽게 보였다.

마치 그녀도 자신처럼 섞이고 싶지 않은 사람들을 피해온 피폐한 영혼으로 느껴졌다. 그래서인지 그녀에게 그의 시선이 머문 시간은 꽤나 길었다.

번쩍. 절로 눈이 떠졌다. 눈을 뜨고 나니 자신이 자고 있었다는 사실이 인지되었다. 자신이 잠든 장소가 어디인지는 알 수 있었지만 얼마나 잤는지, 지금이 몇 시인지는 알 수가 없었다.

툭. 소파에서 몸을 일으키는데 그녀의 몸에서 무언가가 바닥으로 떨어졌다. 어둠 속에 보이는 그 물건은 옷이었다. 집어 들고 보니 남자의 슈트 재킷. 언뜻 블랙으로 보였다.

"김 비서님이 다녀가셨나?"

소파에서 일어난 세경이 그 재킷을 들고 밖으로 나왔을 때 5층 로비에서 김 비서가 그녀를 기다리고 있었다.

'맞구나'라고 생각이 들었지만 김 비서는 셔츠 차림이 아닌 재킷까지 완벽하게 차려 입고 있었다. 그리고 그녀의 손에 들린 블루 컬러를 보는 순간 그녀는 그 재킷의 주인이 누구인지 알 수 있었다. 그 옷을 왜 자신이 덮고 있었는지 궁금했지만 궁금증은 일단 접어야 했다. 지금 행사 진행이 어떻게 됐는지가 걱정되기 시작했다.

"몇 시예요?"

"11시입니다."

"네?"

깊이 잠들었다 깨어난 건 알았지만 시간이 이렇게 많이 흘렀을 거라고는 생각 못 했다. 행사가 어떻게 끝났는지 걱정되었다.

"행사는 끝났고 지금 직원들이 정리 중입니다, 이사님."

세경의 마음을 읽어낸 것처럼 김 비서가 상황을 얘기해주었다.

"안에서 제가 자고 있는 거 아셨어요?"

"네."

"그런데 왜 안 깨우셨어요? 어쨌든 초대된 내빈들인데 배웅 인사도 못 했잖아요."

"행사 마무리와 배웅 인사는 부회장님께서 대신하셨습니다."

"세준 오빠가 왔었어요?"

일정이 어떻게 될지 몰라 참석 여부를 확실하게 알려주지 않았던 세준이 다녀간 모양이었다. 아마도 그룹 계열사와 관련된 행사에 부회장 자격이 아니라 아끼는 사촌 여동생이 잘하고 있는지 걱정되어 다녀갔을 가능성이 컸다.

"네. 부회장님께서 이사님 주무시는 거 보고 깨우지 말라고 하셨고, 행사 중에 깨더라도 마무리는 부회장님께서 알아서 할 테니 집으로 모시고 가라고 하셨습니다."

아니나 다를까. 세준은 모질게 세경을 깨우지 못하고 자신이 그 뒤치다꺼리를 다 하고 갔다.

씁쓸했다. 책임을 다하지 못하고 긴장의 끈을 놓아버린 자신에게 실망했다.

세준이 알아서 잘 마무리했을 것이고 사람들의 관심은 자신이 아닌 우현에게 있었기에 굳이 마지막까지 자리를 지켰다고 해도 별 의미가 없었을지도 모르지만, 지금 드는 씁쓸한 감정이 싫었다.

"가시죠, 이사님?"

"네."

한숨을 삼키며 세경은 차에 올랐다. 그리고 문득 자신의 무릎에 놓여 있는 재킷에 시선이 갔다. 자신이 잠들어 있었던 그 자리에 세준이 다녀갔다는데 왜 그녀의 몸에는 우현의 재킷이 덮여 있었는지 지금에서야 제대로 된 궁금증이 일었다.

하지만 그 궁금증이 해결되기 전에 세경은 얼마 전 독립해서 새로 이사한 집에 도착했다.

"쉬십시오, 이사님."

"네. 김 비서님도요."

서로 인사하고 세경은 2,703호로, 김 비서는 바로 옆집인 2,704호로 들어갔다.

세경이 독립해서 살고 있는 아파트는 최 회장이 얻어준 50평대 고급 아파트다. 처음엔 90평에 가까운 빌라를 세경에게 보여주었다. 최 회장은 혼자 살 세경의 안전을 가장 걱정했고 그래서 경비체제가 확실한 곳으로 선정하다 보니 평수가 큰 빌라가 되었다. 세경은 큰 집은 텅 빈 느낌일 것 같아 싫다고 우겼고 두 사람의 타협으로 결정한 곳이 지금의 아파트다. 그래도 최 회장은 세경의 안전이 걱정되어 옆집에 김 비서를 들여앉혔다.

어렸을 때 부친의 비서였던 김 비서는 비서라기보다 친한 아저씨에 가까웠기 때문에 옆집에 김 비서가 살아도 문제 될 건 없었다. 김 비서의 가족은 지방에 있어 세경에게 신경 쓸 사람이 김 비서 외에는 아무도 없다는 것과 김 비서는 그녀 편이라는 것 때문에 옆집에 김 비서가 있다는 게 크게 불편하지 않았다.

세경은 거실에 들어서자마자 온몸을 타이트하게 감싸고 있는 드레스부터 벗어 던지고 욕실로 들어갔다. 드레스만큼이나 얼굴을 답답하게 만든 풀 메이크업을 지우고 샤워부터 끝냈다. 그렇게 무겁고 답답한 것들에게서 벗어나고 나니 제대로 숨이 쉬어지는 것 같았다. 커다란 티셔츠 하나만 달랑 입고 나온 세경의 발에 거실 바닥에 널려 있는 드레스가 밟혔다.

독립이 실감 나는 순간이었다. 피식 웃음이 나왔다. 최 회장 집에 있을 때는 꿈도 꾸지 못하는 일이었다. 집에 들어서자마자 옷을 벗는 일도, 노브라로 티셔츠 하나 입고 거실을 돌아다니는 일도.

혼자만의 공간에서 그냥 최세경으로만 있고 싶은 소원이 이루어졌다. 최 이사도, 아가씨도 아닌 소파에 누워 먹고 싶은 거 먹고, 보고 싶은 TV를 보는 평범함을 누리고 싶었다. 그걸 누리는 지금, 그녀는 오랜만에 행복이란 걸 느끼며 소파에 깊숙이 몸을 묻고 다리는 테이블에 올린 다음 배 위에 노트북을 얹었다. 이 자세 역시 예전에는 취할 수 없던 자세다.

예상대로 인터넷 기사에는 블루보스 론칭과 함께 권우현 기사가 떴다. 기사 내용이 블루보스보다는 권우현에 초점이 맞춰져 있었고 그의 컴백을 환영하는, 무척이나 호의적인 내용들이었다. 거의 모든 인터넷 기사가 비슷한 내용이어서 세경은 노트북을 배 위에서 테이블로 내려놓고 소파에서 일어섰다.

아무에게도 보이고 싶지 않은 모습을 보여서일까?

그가 다녀갔다는 사실이 무척이나 신경 쓰였다.

어쩌다 그곳에 다녀갔을 수도 있고, 어깨가 훤히 드러난 드레스 차림으로 잠들어 있는 그녀가 안돼 보여 기사도 정신을 발휘했을 수도 있다. 그게 뭐 대수라고 이토록 신경 쓰이고 거슬리는지 모르겠다.

자신도 알 수 없는 감정 때문인지 거실의 조명을 끄는 그녀의 손길과 침실로 향하는 그녀의 발길이 거칠었다.

쿵쾅쿵쾅. 잠을 방해하는 소리가 불쾌하게 들려왔다. 자신의 집 문을 두드릴 수 있는 사람은 없지만 지금이 저녁 6시라면 알바생이 찾아 올라올 수도 있다.

어젯밤 론칭 행사에서 얼굴도 이름도 모르는 사람들에게 거짓 미소를 보이고 있었던 스트레스로 지금 컨디션은 최악이다. 그래서 새벽 3시에 잠들어 열두 시간을 넘겨 잔 것으로 생각했다. 짜증스러웠지만 끄응 소리를 내며 침대에서 겨우 몸을 일으켜 밖으로 나갔다.

"누구니?"

"오빠! 문 열어줘!"

무심코 문을 열려던 그의 손이 다행히도 손잡이에서 멈췄다.

"빨리 문 열라고!"

예고도 없이 찾아온 유란의 방문, 그리고 흥분한 그녀의 앙칼진 목소리에 화가 나기 시작했다. 그 화를 다스리느라 손이 부들부들 떨릴 정도였다.

"여기는 오지 말라고 했지?"

"지금 그게 문제가 아니잖아! 오빠 지금 제정신이야?"

"가라. 피곤해."

"문 열어! 문 열라고!"

악을 쓰며 난리를 치는 유란을 경찰에 신고하고 싶은 마음이 간절했지만 우현은 침착했다.

"유란아, 미안하지만 가라. 지금 너하고 얘기를 할 상태가 아니야."

"오빠, 일 하나 더 한다는 게 광고 찍는 거였어? 다시 연예계로 복귀하는 거였냐고? 이건 아니야! 이럼 더 어려워! 우리 아빠 연예인이라면 이를 갈아. 죽어도 안 돼! 차라리 술집 사장이 나아. 오빠 그만둬야 해. 오빠! 문 좀 열고 얘기 좀 해!"

안다. 유란 아버지 박 회장이 연예인이라면 왜 이를 가는지. 그러나 그들은 모른다. 그들 때문에 이를 가는 연예인들이 수두룩하다는 걸. 특히나 자신이 피를 물고 칼을 갈았다는 걸.

"그러니까 나중에, 내 상태가 좀 좋아졌을 때 얘기하자고. 지금은 너무 피곤해서 죽을 지경이니까."

하지만 유란은 우현의 이름을 부르며 문을 다시 심하게 두드렸다.

"박유란. 그럼 끝내. 끝내면 되잖아. 그렇게 내가 네 집 조건에 모자라면 끝내면 되는 거야. 여기서 더 건드리지 마."

더 이상 두고 볼 수 없어 고함에 가까운 큰 소리를 내고 말았다.

그러자 유란이 문을 부술 것처럼 두들기던 행동을 멈추었고 밖에 아무도 없는 것처럼 고요해졌다.

"흑흑흑."

그러나 그 고요는 얼마 가지 않았고 유란의 흐느끼는 소리가 들려왔다.

"전화할게."

"꼭 해줘, 오빠."

우현은 다시 방으로 돌아와 침대에 쓰러졌다. 하지만 다시 잠드는 일은 쉽지 않았다.

유란의 반응은 예상하지 못했다. 유란보다는 제일이 먼저 반응을 보일 줄 알았다. 하지만 제일 쪽에서는 아직 조용하다.

'가만 보고 있을 인간들이 아닌데.'

어제 임창서를 봤으니 곧 제일 임 회장에게서 뭔가 반응이 올 것 같다. 그 반응이 기대되자 웃음이 새어 나왔다.

하지만 그런 웃음은 길게 가지 않았다. 다시 잠에 빠져 반나절 넘는 수면으로 체력과 기분을 보충하고 가게로 내려가려 할 때였다.

알바생에게서 전화가 왔다.

"왜? 오늘 늦는다고?"

그 시간에 알바생이 전화하는 이유는 단 하나밖에 없어 먼저 물었다.

ー사장님, 이게 무슨 일이에요?

"뭐가? 또 뭔 핑계를 대고 지각을 하시려고 이러시는데?"

ー사장님, 어제 TV에 나왔어요.

광고를 봤나 보다. 그게 뭐 별거라고.

"그래? 잘 나왔냐?"

ー뭐, 그럭저럭. 그런데 가게 앞에 기자들인지 벌써부터 팬이 생긴 건지 사람들이 우글우글해요. 권우현 어쩌고저쩌고 자기들 끼리 숙덕거리는데 가게 문을 못 열겠어요. 문 열었다가는 사람들 이 개떼처럼 가게 안으로 들어갈까 봐. 어떡해요?

우현은 밖으로 나와 옥상에서 아래를 내려다보았다. 알바생의 말대로 기자로 보이는 사람들, 그리고 여자들이 옹기종기 모여 있 었다.

"일단 오늘 가게 문 닫고 쉬자."

ー네? 아, 그럼 내 알바비는요? 하루 일당이…….

"그거 챙겨줄 테니까 걱정 말고. 나머지 애들한테도 전화해. 오늘은 유급휴가라고. 그리고 너 어디 가서 우리 사장이 권우현인데 집이 어디더라 말하면 잘릴 줄 알아. 다른 애들한테도 그렇게 말하고."

―넵!

일은 안 하면서 시급은 챙길 수 있어서 기뻤는지 저 멀리 다다 다닥 뛰어가는 알바생이 보였다.

세상 물정 모르고 꿈을 이루려고 열심히 사는 저 청춘이 부러울 때가 있다. 부디 그들이 상처받지 않고 실망하지 않기를 바라는 마음으로 데리고 있으면서 잘 보듬어주고 싶었는데 그런 날이 얼마 남지 않은 것 같아 마음이 아팠다.

우현은 칼레 홍보실장에게 전화를 했다.

―네, 이태영입니다.

"권우현입니다."

―아, 우현 씨. 안 그래도 전화하려고 했어요. 반응 장난 아닙니다. 지금까지의 판매량이 예상보다 훨씬 넘어서고 있고 여기저기서…….

"네, 반응이 아주 장난이 아닙니다. 지금 집 밖에 기자들이고 뭐고 진을 치고 앉아 있어 나가지도 못하고 갇혀 있을 정도니 말 다했지 않습니까? 화장품만 팔리면 그만입니까? 제 사생활은요? 분명 계약 조건에 웬만하면 사생활을 노출하지 말라고, 소속사하고의 계약보다 더 팍팍하게 해놓고 아무런 조치를 취해주지 않으시면 어떡합니까? 제가 소속사가 있는 것도 아닌데 말입니다."

―아, 그래요? ……조치를 취할 테니 조금만 기다려봐요. 바로 전화할게요.

신 나게 판매량을 자랑하던 태영이 불같이 화를 내는 우현의 목소리에 겸손해졌다.

통화를 끝내고 다시 아래를 내려다보았다. 자신이 생각해도 어이없는 광경이다.

'내가 그렇게 대단했나? 화장품 광고 하나 찍었기로서니…… 뭐 어차피 이런 이슈를 원하기는 했지만 이렇게 또 빠를 줄은 몰랐는데.'

안으로 들어와 가스레인지에 물을 올렸다. 커피 한 잔 만들어 마시는데 그의 전화기가 울어댔다.

"네."

―차를 보낼게요. 어디로 가야 하는지 주소를 알려줘요. 임시로 지낼 아파트로 가게 될 거니까 당분간 지낼 만한 짐은 챙기는 게 좋을 것 같고요. 나머지 사항은 이사님하고 미팅하면서 해결하는 거로 하면 됩니다.

"후우…… 알았습니다."

옥탑방이었지만 불편한 것 모르고 지낸 곳이다. 이곳 역시 지금 나가면 다시 돌아올 수 없을 것이다. 정들고 편안하기만 했던 공간을 떠난다는 것이 못내 아쉽고 서운하지만 이곳을 떠나서 해야 할 일들이 있다.

우현은 뜨거운 커피를 후루룩 마시고 캐리어를 챙겼다. 그리고 제일 먼저 침대 옆, 좁은 탁자에 놓인 사진 액자를 집어 들었다. 곱게 웃고 있는 사진 속 중년 여인을 한참 바라보았다.

'두고 보세요. 내가 반드시…… 엄마 앞에서 피눈물 흘리게

할 겁니다.'

"운영하던 술집 처분하세요."

오늘도 세경은 짙은 화장과 짙은 색의 원피스를 입고 표정 하나 없이 그를 대하고 있었다.

"알아서 처리하겠습니다."

"처분이 아니라 처리하겠다고요?"

"네. 처리요."

오늘따라 그녀의 아이라인이 더 아찔하게 올라가 있었다. 마치 사람을 압도하기 위한 위장용 화장술로 보였다. 하지만 그 위장용에 속아주고 싶지 않아 그녀가 원하는 대답을 하지 않았다.

원하는 대답을 얻지 못해서인지 세경은 흔들리지 않는 눈동자로 우현을 뚫어지게 바라봤다. 웬만한 사람이라면 움찔하며 말을 바꿀 만한 포스였지만 우현은 제 생각을 버리지 않겠다는 의지로 세경의 시선을 피하지 않았다.

"그 술집하고 옥탑방이 더 이상 권우현과 관계있는 곳이 아닌 것으로 처리하세요. 그렇지 않으면 이쪽에서 알아서 처분합니다."

"네."

"집은 당분간 김 비서님 집에서 지내세요. 소속사가 정식으로 차려지고 운영되면 숙소 문제부터 하나씩 해결될 거예요. 그때까지만 그곳에서 지내는 것으로 하고, 권우현 씨에 대한 매니지먼트 업무는 당분간 홍보실에서 맡아 할 겁니다. 홍보실장하고 일정에 대한 미팅 한 번 해야 할 거예요."

"네."

"자세한 건 홍보실장님이 알아서 처리해줄 거고, 더 뭐 할 말 있어요?"

"아직은 없습니다."

"다행이네요. 아직은 없어서."

세경이 자리에서 일어섰다. 10센티미터는 족히 넘어 보이는 아슬아슬한 힐이 그녀의 자존심처럼 보였다. 하지만 그녀는 그 높은 힐로 걸음을 우아하게 걸어 자신의 책상으로 갔다.

"3일 후에 아이리스 백화점 매장에서 행사 있는 거 알죠? 그때까지 사람들 호기심을 자극해야 하니까 밖에 외출 삼가세요. 두 달 동안은 그렇게 움직여야 할 거예요. 그 이후에는 지금처럼 빡빡하지 않을 겁니다. 불만 없죠?"

불만이 있으면 안 된다. 계약서에 그런 조건이 달렸고 그 조건을 받아들여 사인했다. 최초 1년 동안은 사생활보다 칼레의 일정과 요구대로 움직이는 것으로.

"있어도 없어야 하는 거 압니다. 그런데…… 내일 하루는 꼭 가야 할 곳이 있습니다. 세 시간 정도 시간이 필요합니다."

어디냐는 질문을 하려다 세경은 묻지 않고 고개를 끄덕여주었다.

"좋아요. 그렇게 하세요. 대신 세 시간입니다."

우현은 늘 그렇듯 성의 없는 인사를 하고 세경의 집무실을 나갔다.

그가 닫고 나간 문을 보며 세경이 중얼거렸다.

"꼬였군."

첫 만남 때와 다르게 그는 여유라는 것이 보이지 않았다. 가시 박힌 말투에서부터 딱딱한 무표정까지. 갑자기 바뀐 현실에 대한 스트레스일 수도 있고, 급하게 한 계약이 이제 와 불만일 수 있지만 그런 단순한 이유만은 아닌 것 같았다.

'내 알 바 아니지.'

하지만 그 날, 꼬인 것처럼 빡빡하기만 한 그가 하루 종일 미세하게 그리고 묘하게 신경을 건드리며 그녀의 의식에서 떠나지 않았다.

최세경 이사의 비서가 혼자 사는 아파트치곤 무척이나 넓었고 깨끗했다. 도우미가 오는지 아니면 성격 자체가 깔끔한 사람인지 50대 중년의 남자가 혼자 사는 집으로 보이지 않을 만큼 정리정돈이 잘되어 있었다.

임시로 지낼 곳이라고 하지만 아파트를 싫어하는 우현은 지금 들어와 앉아 있는 이 집이 답답하고 숨이 막히는 것 같아 오래 버티지는 못할 것 같았다. 그리고 이왕 집 구해주는 거 아파트나 빌라 말고 주택으로 구해달라는 말을 하기 위해 휴대폰을 드는데 유란에게서 전화가 걸려왔다.

귀찮다. 이토록 자신을 귀찮게 하는 유란을 이제는 슬슬 정리해야겠다는 마음이 들었다.

"왜?"

그동안 숨겨왔던 자신의 감정을 버리고 있는 그대로의 감정으로 전화를 받았다. 그러니 그 목소리가 너무도 차갑고 냉랭했다.

−오빠, 왜 전화 안 해? 어디야? 가게 문도 안 열고.

유란의 목소리는 불안이 가득했다.

"상황이 그렇게 됐어. 얼마간, 아니 나 계속 보기 힘들지 몰라. 앞으로 잡힌 일정이 많고 당분간 여기서 원하는 대로 움직여줘야 해서 내 개인 생활 이런 거 없을 거야."

−안 돼! 그런 게 어디 있어? 오빠, 그만둬.

"계약 어기면 50배 배상이야."

−내가 내 돈으로 그거 물어줄게 계약 파기해. 그리고 거기 홍보 이사로 있는 세경 언니를 내가 알아. 언니한테 말해서 그거 없게 해줄게. 그러니까 다 그만두고, 우리 그냥 결혼하자, 오빠.

대놓고 비웃어주고 싶었다. 그녀의 자존심을 건드리고 싶었다. 재벌의 속물근성이 보이는 그녀의 말을 더는 들어줄 수도, 봐줄 수도 없었다.

"네 돈? 네 아빠 회사 사람들이 뼈 빠지게 일해서 회사에 벌어다준 거, 놀고먹으면서 착취한 돈?"

−오빠…….

"앞으로도 넌 그럴 것 같아. 내가 얼굴 팔아서 벌어온 돈 가지고 네 자만심을 채우는 데만 쓸 것 같아서 너에 대한 생각이 달라져."

−오…… 빠.

"끊자. 널 위해서 하는 말이야. 넌 네 수준에 맞는, 놀고먹으면서 2억짜리 차 아무렇지 않게 굴리게 해줄 수 있는 그런 남자 만나. 난 앞으로 빚 갚을 것들이 많아서 여유가 없거든. 이게 우리 현실이고 답이다. 알아들었지?"

일방적으로 전화를 끊었다. 아마도 놀라서 한동안 정신을 차리지 못할 것이다. 이토록 매정하게 대한 적이 없었고 어쩌면 이별 통보라 할 수 있는 말을 퍼부어댔으니까.

'박유란, 이쯤에서 끝낸 걸 고마운 줄 알아. 더 했으면 넌⋯⋯ 완전하게 망가졌을 테니까. 누구는 회사 위해서 머리부터 발끝까지 갑옷을 입은 것처럼 하고 전투적으로 일을 하는데⋯⋯ 박유란, 넌⋯⋯.'

생각이 멈췄다. 정확하게 유란에 대한 생각은 끝났다.

'최세경 이사⋯⋯ 당신 참 궁금해. 박유란처럼 살 것 같은데 왜 그렇게 사는 모습이 팍팍하고 전투적인지.'

그의 생각은 세경으로 이어졌다. 그것도 한참이나.

불금. 불타는 금요일이라 하여 모두가 들떠 있는 날이지만 세경은 넓은 집에 혼자 앉아 와인을 홀짝이고 있었다.

김 비서가 가족을 만나러 지방으로 내려간다는 것을 안 최 회장이 세경을 성북동 집으로 오라고 했지만 검토할 서류가 있다는 핑계를 대고 자신의 아파트로 홀로 퇴근했다.

문득 외로움이라는 감정이 밀려왔다. 익숙해져 특별할 것도 없는데 오늘은 그 깊이가 깊었다.

독립이 첫 번째 소원이었다면 두 번째는 친구가 생겼으면 하는 것이었다.

어려서부터 친구가 없었다. 학창시절 알고 지낸 친구라고 해봐야 비슷한 수준의 공주님들이었고 교만과 질투와 가식으로 가득 찬 그녀들과 마음을 나눌 수는 없었다. 그래서인지 그때는 오히려 친구라는 존재가 옆에 있다는 게 귀찮고 지겨웠다. 하지만 지금 친구라는 존재가 너무도 간절했다. 마음을 나누고 일상을 나누고 함께 웃고 울며 의지하고 기댈 수 있는 그런 친구.

나이 서른하나에 친구 한 명 없다는 사실이 눈물이 날 정도로 서럽고 슬펐다.

두 잔만 마시고 침대로 가려 했으나 아프게 파고드는 감정으로 인해 두 잔이 석 잔이 되면서 반병 정도 남은 와인을 비워내고 말았다.

'엄마, 아빠, 세웅아…… 차라리 나도 데려가지……. 나도…….'

흐려지는 시야 속에 그리운 사람들의 모습이 보였다. 손을 뻗었지만 잡히지 않는다. 함께이고 싶지만 가족들은 점점 더 멀어져 갔고 시야는 완전한 어둠으로 뒤덮였다.

띠띠띠띠띠띠. 그 어둠 속에서 들려오는 희미한 소리. 현관 도어록 버튼 소리가 들렸다.

눈이 떠지고 소파에 새우처럼 웅크리고 있던 몸을 폈다. 그리고 가족들의 모습을 꿈속에서 봤다는 생각을 하는 순간, 쿵. 거실 입구에서 무거운 소리가 들렸다.

반사적으로 일어나 현관 쪽으로 눈을 돌렸다. 누군가 그녀의 거실에 쓰러져 있었다. 너무 놀라 비명도 나오지 않았다.

자신의 아파트 비밀번호를 알고 있는 사람은 김 비서와 일하러 오는 도우미뿐이다. 그런데 비밀번호를 누르고 들어와 쓰러진 사람은 누구일까?

일단 경비실에 무단 침입자가 있다는 사실을 알려야 할 것 같은데 온몸이 떨리고 다리에 힘이 없어 쉽게 움직일 수가 없었다. 하지만 침입자가 몸을 일으키기 전에 조치를 취하지 않으면 큰 봉변을 당할지 모른다는 생각에 겨우 한 걸음, 한 걸음을 떼며 인터폰 쪽으로 조심스럽게 가려는 순간 옆으로 쓰러져 있는 남자의 얼굴이 눈에 들어왔다.

"권, 우현…… 씨?"

검은색 정장을 차려입은 그가 쓰러져 있었다.

그제야 그가 자신의 집 비밀번호를 누르고 들어올 수 있음을 알 수 있었다.

김 비서 집과 그녀의 집 비밀번호는 똑같다. 성북동에서 보내는 도우미는 김 비서 집까지 두 집 일을 봐주고 있고 비밀번호가 헷갈린다고 올 때마다 김 비서에게 전화를 해대며 귀찮게 하는 바람에 두 집 번호를 똑같이 해주었다. 30년을 함께한 김 비서의 인격을 알기에 가능한 일이었다.

우현에게서는 술 냄새가 진동을 하고 있으니 아무래도 집을 헷갈려 들어온 모양이었다. 그 와중에서도 비밀번호는 어떻게 기억해냈는지 신기했다.

"이봐요, 권우현 씨!"

하지만 거의 인사불성에 가까운 우현은 꼼짝하지 않았다. 세 시간 자유를 달라고 하더니 그는 거의 열두 시간 만에 나타났고 만취한 채로 그녀의 집으로 들어온 모습에 기가 막혔다.

김 비서라도 있으면 끌고 가라고 하겠지만 김 비서도 없고 술 취해 늘어진 남자를 자신이 끌고 나갈 수도 없었다.

처치 곤란의 우현을 두고 한숨을 내뱉으며 고민 중일 때 그가 꿈틀거렸다. 본능적으로 세경이 뒤로 물러났다.

"······흐흐흐 ······어 ······엄 ······마."

처음엔 웃으며 엄마를 힘겹게 찾는 줄 알았다. 보기 흉한 주사를 부리는가 싶었는데 그가 또다시 입을 연다.

"엄······ 마······ 흑흑흑."

웃는 게 아니었다. 그의 뺨에 맑은 눈물이 흘러내리고 있었다. 엄마를 찾으며 우는 그의 모습에 세경은 자석처럼 그에게 끌려가 듯 가까이 다가갔다.

술에 취해 잠들어 있는 것 같은데 그의 울음은 쉽게 그치지 않았다. 엄마를 찾으며 우는 모습에 세경의 눈에도 눈물이 고였다. 그녀도 가족들, 특히나 엄마가 그리워 운 적이 많다. 보고 싶어도 볼 수 없는 아픔과 엄마의 따뜻한 품이 없음에 아무도 몰래 설움을 토해낸 적이 한두 번이 아니다. 그 슬픔을 알기에, 그 시리고 쓰라린 마음의 통증을 너무도 잘 알기에 그의 눈물이 가슴으로 느껴졌다.

얼마나 힘들고 아플까? 그걸 숨기고 단단하게 견디고 있으니 속으로 삼킨 눈물이 얼마나 많을까?

184센티미터가 넘어 보이는 큰 키의 그가 작은 새처럼 보였다. 엄마를 잃고 우는 가엾은 새처럼 연약해 보여 눈을 뗄 수가 없었다.

그녀의 손이 그의 뺨으로 향했다. 손에서 느껴지는 그의 뺨은 차가웠지만 그 뺨을 적시는 눈물은 뜨거웠다.

천천히 그녀의 손은 그의 머리로 올라왔고 조심스럽게, 달래듯 쓰다듬었다.

'부드럽다.'

손을 떼고 싶지 않을 만큼 부드러운 감촉이 손에서 느껴졌다. 남자의 머리카락이 이토록 부드러울 수 있는지 새삼스러웠다.

흐느끼듯 울던 우현의 울음이 잦아졌고 새근거리며 숨 쉬는 소리가 들려왔다. 잠자는 와중에서도 그가 안정을 찾은 것 같아 다행이란 생각이 들었다.

세경은 그의 신발을 벗기고 침실에서 이불을 가져와 덮어주었다. 그 덩치를 소파로 옮길 수 없으니 그녀가 할 수 있는 최선의 조치였다.

'내일 일어나서 내 얼굴을 어떻게 보려고 이런 실수를 하는 거예요? 궁금해지네요. 내일 당신 반응이. 후후.'

침실로 들어온 세경은 혹시나 하는 마음에 방문을 잠갔다. 그리고 침대에 누웠지만 쉽게 잠이 오지 않았다.

강한 척 꼬여 있던 권우현에게도 어떤 아픈 사연이 있는 것 같았다. 그 역시 자신의 아픔을 숨기기 위해 강한 척 꼬인 모습을 보여주는 게 아닐까?

엄마를 찾으며 흐느껴 울 정도로 아픈 그의 사연이 궁금했다. 그리고 뜨거운 눈물을 흘리던 그의 모습이 지워지지 않았다. 뒤척이며 잠을 이룰 수 없을 만큼이나.

비발디의 만돌린 협주곡 1악장이 경쾌하게 흘러나왔다. 이불 속에서 불쑥 나온 가냘픈 손이 침대 옆 탁자를 더듬거려 휴대폰을 집었다.

어젯밤, 토요일 늦잠을 위해 알람을 끄고 잔다는 걸 잊었다. 토요일 새벽 6시에 울리는 알람 소리가 세경의 짜증을 불러일으켰다.

옆으로 집어 던지고 다시 잠을 청하려는 순간, 어젯밤 알람을 끄지 못하고 잔 이유가 떠올랐다.

이불 위로 세경의 머리가 삐죽 튀어나오더니 인상 쓴 표정으로 침실 문을 뚫어지게 쳐다보았다.

일어나야 하나, 말아야 하나. 고민이 되었지만 그 고민은 이기지 못하는 잠으로 인해 쉽게 해결되었다.

세경은 다시 이불을 뒤집어쓰고 잠 속으로 빠져들었고 두 시간을 더 잔 후에 개운하게 잠에서 깨어났다.

침실에 딸린 드레스 룸에서 옷을 갈아입고 욕실에서 간단하게 씻고 거실로 나왔다.

사라지지 않았으면 그 자리에 그대로 누워 있을 거로 생각했던 우현은 소파에서 자고 있었다. 슈트 재킷은 소파 앞 테이블에 벗어놓고 그녀가 덮어준 이불을 덮고 자는 모습에서는 어제의 약한 모습은 보이지 않았다. 좋은 꿈을 꾸는 것처럼 표정은 편안해 보였고 눈물 자국도 보이지 않았다. 만취해서 집을 잘못 찾아온 남자답지 않게 자는 모습이 말끔했고 태연했다.

따뜻하고 향 좋은 커피가 마시고 싶은 세경은 주방으로 들어가 원두를 갈아 커피를 내렸다. 공복이라 그런지 길 건너 유명한 베이커리에서 파는, 슈거파우더가 뿌려진 프렌치토스트를 먹고 싶지만 그곳까지 가는 게 너무 귀찮았다.

"배달을 해주면 좋은데……."

아쉬운 마음으로 중얼거리며 커피를 들고 나오는데 우현이 소파에서 일어났다. 원두 가는 소리에 깨어난 모양이었다.

그녀를 바라보는 그의 눈과 표정에서 그가 무척이나 당황하고 있다는 게 느껴졌다.

"저기……."

까칠하고 거만한 우현이 말까지 더듬자 그 모습이 재미있어 세경은 조용히 그의 반응을 보기로 했다.

"죄송합니다."

자존심만큼이나 허리가 꼿꼿한 남자가 깊은 사죄를 하듯 허리까지 숙여가며 죄송함을 표현했다.

"여기가……."

그가 그녀에게서 시선을 떼지 않고 한참을 보았다. 세경이 무안할 정도로 그녀를 뚫어져라 보던 우현에게서 기가 막힌 말이 튀어나왔다.

"최…… 이사님?"

마치 그녀가 세경인 줄 모르고 있다가 알게 된 것처럼 물었다.

"내가 어떻게…… 최 이사님 집에……?"

"김 비서님 집이 2,704호고 여기는 2,703호예요."

"아! 그런데 어떻게 내가 여기를 들어온 겁니까?"

"두 집 비밀번호가 똑같거든요. 술김에 헷갈렸나 보죠?"

"죄송합니다. 앞으로 그렇게 취할 일 없을 겁니다. 다시는 이런 실수도 없을 거고요."

우현이 자신의 슈트 재킷을 챙겨 급하게 그곳을 벗어나려 했다.

"권우현 씨!"

대답 없이 그가 뒤돌아섰다.

"물어볼 게 있어요."

"……."

"왜 울었어요?"

"네?"

"왜 울었냐고요?"

우현이 신발에 끼워 넣으려던 발을 빼고 세경을 마주하고 섰다.

"무슨 말인지 모르겠습니다."

"술버릇이 우는 거예요?"

"아무리 취해도 울지는 않습니다. 이사님이 잘못 본 거 같네요."

말은 그렇게 해도 그의 얼굴이 발갛게 물들어가고 있었다. 무척이나 당황한 것 같은 모습이 꼭 수줍어하는 소년과 같은 느낌이다.

눈물을 만져봤다고 말하고 싶지만 그의 뺨을 건드렸다는 사실이 자신의 치부가 될 것 같아 더 이상 길게 말을 할 수는 없었다.

"말하기 싫으면 관둬요. ……그런데 정말 궁금해요."

"그런 식으로…… 됐습니다. 가보겠습니다."

기분 상한 얼굴이었지만 그보다 부끄러움으로 인해 그곳을 벗어나고 싶은 마음이 간절해 보이는 것 같았다.

그가 나가자 세경은 손에 들고 있는 커피를 한 모금 마셨다.

"권우현 씨, 어쩌죠? 나 정말 궁금해서…… 당신에 대해 좀 알아봐야 할 것 같은데……."

어쩌면 차갑고 냉정하고 거만한 권우현에게도 그녀만큼 깊은 상처가 있을지 모른다는 생각에 조금씩 그에 대한 감정이 느슨해졌다.

2,704호로 제대로 찾아들어온 우현은 소파에 벌렁 드러누웠다. 하지만 바로 튕기듯 일어났다.

날이 날이니만큼 우울하고 아픈 마음에 과음을 하기는 했다. 가슴을 찢는 것 같은 고통으로 어머니를 죽음으로 몰아간 제일그룹 인간들을 저주하며 밤늦게까지 폭음을 했다. 그리고 김 비서와 함께 지내는 집, 아니 그 집이라 생각한 최 이사 집까지 찾아들어간 것까지는 기억이 난다. 그러나 그 뒤가 깜깜하다. 거실 바닥이 불편해 중간에 일어나 소파로 옮긴 것도 기억이 난다. 하지만 그 이전 기억은 없다. 문제는 기억이 없지만 세경이 말한 대로 울었을 가능성이 크다는 데 있다.

어제는 어머니 권인영 여사의 사십구재를 지낸 날이었다. 어머니가 미칠 듯 그립고, 자신의 불효를 뒤늦게 후회하며 마셨으니, 인정하고 싶지 않지만 울었다는 그녀의 말이 맞을 것이다.

그런데 그것만이 아니다. 집을 잘못 찾아간 것도, 자신이 울었다는 것도 용납할 수 없는 실수지만 우습게도 최세경에 대한 생각으로 더 안절부절못하고 있다.

시끄러운 기계 소리에 잠을 깼을 때는 자신이 누워 있는 곳이 김 비서의 집이라 여겼다. 당연히 그곳이라 생각했고 소파가 불편해 방으로 가기 위해 일어섰을 때 뭔가 이상했다. 벽에 붙어 있는 TV가 달랐고 벽지 색깔이 달랐고 벽에 걸린 김 비서의 가족사진이 보이지 않았다.

그곳이 어디인지 의식을 더듬으려 할 때 은은한 커피 향과 함께 주방 쪽에서 낯선 여자가 나왔다.

처음엔 낯선 여자와 원 나이트를 즐겼나 했지만 어머니 사십구재에 생전 해보지도 않은 일탈을 했을 리는 없었다.

그럼 저 여자는 누구인가.

모르긴 몰라도 술 취한 자신이 남의 집에 있다는 사실 자체가 민폐를 끼친 것 같아 사과부터 했다. 그런데 자신을 바라보는 여자를 마주한 순간 여자의 모습에서 과거 혜영이 떠올랐다.

화장기 없는 깨끗하고 말간 얼굴, 커다랗고 유난히 까만 눈동자, 물기를 머금고 있는 것 같은 입술에 보이는 옅은 미소. 청순해 보이는 긴 생머리.

그런데 심장은 혜영을 만났을 때보다 더 격하게 뛰어댔다.

'이건 뭐지?'

라고 느끼는 중에 낯설지 않은, 눈빛과 표정이 눈에 담겼다. 기가 막히게도 그녀는 최세경 이사였고 더 놀라운 건 그녀를 향해 뛰던 심장이 아직도 뛰고 있다는 사실이었다.

왜 울었는지 궁금하다는 그녀 말을 부정하고 애써 외면하려 했던 것도 자신의 이상한 감정을 그녀에게 들킬까 싶어서였다.

웬만한 감정에는 휘둘리지 않는 그가 흔들리고 있었다. 심장 뛰는 속도가 평소와 달라지면서 그의 차가운 이성과 감정도 불규칙하게 들쭉날쭉했다.

과음으로 인한 숙취보다 소녀같이 맑은 모습의 세경이 머리에서 떠나지 않아 가슴과 머리가 더 괴롭고 아프다.

'최세경 이사…… 당신…… 궁금하다. 어떤 여자인지. 왜 자신의 모습을 짙은 화장으로 무장하고 다니는지…… 그리고 내가 왜 당신한테 이렇게 마음이 가는지도.'

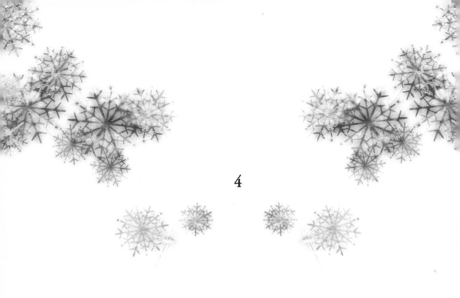

4

아이리스 백화점 1층에 블루보스가 입점하는 날이다. 입점 및 출시 기념으로 권우현 사인 행사를 함께하기로 했다. 잘될 거라 예상했지만 오픈부터 몰려드는 여성 고객으로 매장은 백화점이 아니라 도떼기시장으로 변해갔다. 백화점 보안팀으로는 질서가 잡히지 않아 급하게 칼레의 보안팀까지 파견되고 나서야 겨우 질서가 유지되고 행사가 진행되었다.

구매 고객이 파란색의 화장품 상자를 내밀면 한 번 웃어주면서 악수를 해주고 상자에 사인을 해주는 과정이 자동화 기계처럼 반복적으로 이루어지고 있었다. 그 지루하고 지겨운 행동에 넌더리가 나고 있을 즈음이었다.

"이거, 이거 내가 아는 권우현 맞아?"

저음의 여자 목소리에 우현이 고개를 들었다.

"사장님."

자리에서 일어나 인사를 하는 우현을 중년의 여인이 뿌듯하게 바라보고 있었다.

"나도 사인 하나 받아 갈까 해서 내려왔는데…… 거의 끝날 시간 된 거 같은데 끝나고 시간 괜찮니?"

"네, 괜찮습니다."

"그럼, 10층 커피숍에서 기다리마."

"네."

몇 명의 수행원을 거느리고 매장에서 멀어져 가는 여인은 아이리스 백화점 대표인 김단아 사장이었다.

우현은 사인회를 마치고 아쉬워하며 징징대는 여인들을 뒤로 하고 김 사장이 기다리겠다던 백화점 10층 커피숍으로 올라갔다.

강남 번화가가 아래로 내려다보이는 창가에 우현과 김 사장이 마주 앉았다.

"그래, 어머니는 잘 보내드렸고?"

"네."

"사십구재인 거 알았는데 일정이 있어서 못 가봤다. 미안하다."

"괜찮습니다."

김 사장이 차 한 모금을 마시고는 우현에게서 시선을 떼지 않고 쳐다보았다.

"내가 한 제안 거절하고 선택한 게 칼레 모델이야?"

"……"

"내 제안이 더 쉽고 편할 텐데."

"……."

"너 아직도 나 못 믿는구나?"

"아닙니다."

"그래, 지켜보는 재미도 있을 것 같아 그냥 더 두고 보겠지만…… 우현아, 곧 이혼할 거야. 우리 같은 부부를 쇼윈도 부부라고 하더라. 그렇게 사는 거 싫다. 네 엄마 보내고 나니…… 사는 게 뭔가 싶고 더 늙기 전에 나도 사는 것처럼 살아야겠다는 생각이 들고…… 어쨌든 너무 길게 가지는 말자."

"사장님, 그래도……."

"너, 은근히 세경이하고 잘 어울리더라."

우현의 말을 막으며 김 사장이 세경의 이름을 올렸다.

"네?"

"기사에 너하고 찍힌 사진을 봤는데 잘 어울려서. 창서가 세경이 찍었어. 요샛말로 까여서 그렇지, 창서 세경이한테 흑심 품고 기회만 엿보고 있다. 아들이지만 그 녀석이 갖기에 세경이가 많이 아깝지. 그런데 너랑 있는 거 보니까 괜히 흐뭇하더라고. 아, 생각난 김에 세경이 불러서 함께 점심 먹을까?"

그냥 하는 말이 아닌지 김 사장이 휴대폰으로 어딘가에 전화를 걸었다.

우현은 자신이 하려는 말을 듣고 싶지 않은 김 사장이 주제를 돌리기 위해 세경을 끌어다 붙이는 줄 알았다. 하지만 김 사장은 정말 세경에게 전화를 했고 그녀를 불러내고 있었다.

"최 이사? 오랜만이지? ······점심 사줄게 나올래? 오늘 블루보스가 우리 백화점 매출 올려줘서 내가 밥 사려는데 시간 어때? ······그럼 S호텔 미가에서 보자."

김 사장이 시계를 보며 자리에서 일어섰다.

"가자, 지금 가면 시간 딱 맞출 수 있겠다."

"사장님!"

"왜? 세경이가 회사 이사님이라 같이 밥 먹기 껄끄러워? 그럼 그냥 내 지인으로 앉아 있어. 가자."

먼저 일어나 나가는 김 사장을 따라 나갈 수밖에 없었다.

대한민국에서 매출 1, 2위를 다투는 백화점 사장이다. 웬만한 남자들보다 통도 크고 성격도 세고 천성부터 사업가다. 여성 경영인으로 업계에서도 인정하고 알아주는 인물이지만 우현은 알고 있다. 남편의 사랑을 받지 못하는 것도 모자라 주체할 수 없는 바람기로 속을 썩이는 남편 옆에서 반평생을 견디고 있으니 사업가로서 강하다기보다는 여자로서 모진 성격이라는 것을.

하지만 그 이면에 약하고 여린 감성이 있다는 것도 잘 안다. 이젠 고인이 된 자신의 모친인 권 여사를 찾아와 꽃을 감상하고 차를 마시며 수다를 떠는 모습을 볼 때면 아이리스 백화점 김단아 사장의 모습은 없었다. 늘어나는 주름살에 고민하고 두꺼워지는 허리둘레에 한숨을 내쉬는 평범한 중년 여인이었다.

그런 김 사장과 함께 걷고 있으니 세경이 떠올랐다. 어쩌면 세경도 김 사장과 똑같지 않을까.

김 사장과의 통화를 끝낸 세경은 손에 들고 있는 서류의 마지막 장까지 꼼꼼하게 훑은 후에 자리에서 일어났다.

그녀의 손에 있던 서류는 김 비서가 가져다준 우현에 대한 보고서였다.

권우현. 이름, 나이, 학력 같은 기본 프로필은 이미 알고 있었다. 가족관계가 달랑 모친 하나였고 그나마도 사망 신고가 되어 있었다. 사생아인지 모친과 성이 같다. 그런데 사망 날짜가 얼마 전이다. 따져보니 그가 계약서에 사인하겠다고 그녀를 찾아온 그 이틀 후다.

그리고 대충 그가 그녀 집에서 술 취해 엄마를 찾았던, 그때가 사십구재 정도 되는 때다. 문제는 그날이 사십구재였다는 게 아니다. 권우현의 모친에 대해 자세하게 알아봐달라는 지시 때문이었는지 서류에는 우현보다 그의 모친에 대한 자료가 더 많았다. 그 중 세경의 눈길을 끄는 것은 우현의 모친이 34년 전, 현 제일그룹의 임철수 회장의 비서로 근무했다는 전적이다. 당시 제일신약의 상무였던 그의 비서로 근무하다 퇴직한 시기와 권우현이 태어난 시기가 대략 8개월 정도 차이가 난다.

'그럼…… 권우현이 임 회장님…… 혼외자?'

세경의 머리에서 대충 그림이 맞춰지고 있었다. 제일신약과 마인이 합병을 발표하고 우현이 어떤 조건이든 맞춰서 계약하겠다고 찾아왔다. 그리고 그 이틀 후 모친이 사망했다.

더구나 론칭쇼에서 임창서가 권우현을 보면서 드러낸 적대감이 그냥 나왔을 리 없다.

'뭐지? 임 회장님한테 버려졌나? 그래서 아들로 받아들이지 않은 거에 복수하겠다는 건가? …… 어떻게? 겨우 칼레 모델로? 아니면 내가 너무 앞서는 건가?'

더 이상 머릿속에 그려지는 그림은 없었다. 오히려 머리와 마음만 무겁고 복잡해졌다. 김 사장을 만나러 가는 길도 편하지 않았다.

'김 사장님은 알고 있을까? 오늘 그 사람이 거기에서 사인회를 했는데…….'

들어서지 말아야 할 미로에 들어선 기분이었다. 자신이 처리하고 해결해야 할 문제가 아님에도 뭔가 답답하기만 했다.

임철수 회장, 권우현, 그리고 김단아 사장과 그의 세 아들이 풀어나가야 할 문제라고 치부해도 제일마인이 있고, 권우현이 칼레의 모델인 이상 그냥 지나칠 수도 없었다. 혹시라도 우현이 다른 마음으로 전속모델을 수락했다면 그건 그들만의 가족문제로 끝나는 게 아닐 수 있기 때문이다.

김 사장을 만나러 오는 내내 생각만 깊어졌다. 좀 더 권우현에 대해 파고 들어가야 하나 싶을 때 약속 장소에 도착했다.

"어서 오십시오. 사장님께서 기다리고 계십니다."

김 사장의 비서가 세경을 알아봤고 그녀를 룸으로 안내해주었다.

"좀 늦었어요, 사장…… 님."

권우현이 있었다. 김단아 사장과 권우현이 한곳에 앉아 그녀를 기다리고 있었다.

"어서 와, 최 이사. 우현이가 있어서 놀라는 거야?"

우현이 세경을 보고 어설픈 표정으로 눈인사를 했다. 세경 역시 그와 똑같이 어색한 미소로 묵례를 하고 자리에 앉았다.

"두 분이 어떻게……?"

김 사장은 권우현의 이름을 다정하고 친근하게 입에 올렸다. 본래 알고 있는 것처럼.

"내 친구 아들."

친구 아들. 또다시 세경의 머리가 복잡해졌다.

그럼 임 회장이 아내의 친구를 취해서 아들을 만들었나? 아내와 권우현의 모친과의 관계 때문에 권우현을 호적에 올리지 못하고 그렇게 미혼모와 사생아로 살게 했나?

임 회장이라면 그러고도 남을 사람이긴 하다.

그럼 권우현은 김 사장을 어떤 마음으로 대하고 있는 건가? 생부의 본처, 그리고 모친의 친구인 김 사장을 무슨 생각으로 만나고 있는 건가?

'혹시 권우현, 이 사람 임 회장님의 혼외자가 아닌가? 아니면 김 사장님이 모르시는 건가?'

끝을 모르고 치달아가는 그녀의 생각이 김 사장의 질문에 의해 겨우 멈췄다.

"최 이사, 그거 아니?"

"네? 뭐요?"

"내가 우현이한테 아이리스 모델 한 번 해달라고 수십 번도 넘게 부탁했다. 귓등으로도 안 듣는 것처럼 무시하더니 어떻게 칼레하고 계약서는 썼는지. 최 이사 능력 좋아."

미소가 나오지 않았다.

"그것도 노예 계약으로 썼다며?"

"뭐, 그렇게 됐어요."

호호거리며 웃던 김 사장이 그제야 최 회장 일가에 대한 안부를 물었고 세경은 대답을 해주면서 대화의 주제는 일상으로 흘렀다. 그러면서 식사가 시작되었다. 주로 대화는 세경과 김 사장이 이어갔고 우현은 옆에서 식사만 하는 분위기가 계속되었다.

"세경아, 우현이 딱 2년만 쓰고 나한테 보내주라."

"네?"

"쟤, 모델이나 하고 있을 애 아니야. 우현이 쟤……."

"사장님!"

우현이 김 사장의 말을 막으려 했다. 하지만 김 사장은 그런 우현을 힐끗 보더니 할 말을 계속 이어갔다.

"아이리스 차기 대표감으로 내가 찍어놓은 애야. 10년 전부터."

"네?"

"그렇게만 알고 있어. 너한테 위약금 물어주고 데리고 올 수 있는데…… 보고 싶은 게 많아서…… 참고 기다리기로 했어. 딱 2년만 데리고 있다가 보내줘."

"사장님. 그만하십시오."

"구구절절 설명은 못 해주겠다, 최 이사. 우현이 무서워서."

화를 참고 있는 것 같은 우현의 얼굴이 구겨질 대로 구겨져 있었다. 하지만 김 사장도 그 못지않았다. 여태껏 여유를 머금고 있던 표정을 지우고 매섭고 날카로운 얼굴로 변했다. 그리고 우현 앞으로 얼굴을 가까이 댔다.

"잘 들어! 네 엄마하고 약속했어. 널 높이 올려놓을 거라고. 그들보다 더 크게 만들어놓을 거라고. 난 네 엄마하고의 약속을 지킬 거야."

김 사장 말이 끝나고 세 사람 사이에 어색한 분위기가 흘렀다. 식사하는 동안은 우현이 꿔다 놓은 보릿자루 신세였지만 현재는 세경이 두 사람 사이에 잘못 끼어든 것 같은 분위기가 되어버렸다.

"식사하려고 만든 자리 아닙니까? 그만하고 식사하시죠, 사장님."

표정을 먼저 풀고 분위기를 수습하는 건 우현이었다.

"그래, 먹자. 미안하다, 최 이사. 이러려고 널 부른 게 아니었는데."

다시 식사가 이어지는 것 같았지만 끝까지 가지는 못했다.

"난 일정이 있어서 가봐야 해. 둘이서 마저 하고 가. 최 이사 나중에 보자. 그리고 우현이 너도."

자리에서 일어선 김 사장은 두 사람의 인사를 제대로 받지 못하고 서둘러 룸을 나갔다. 룸에 덩그러니 남은 두 사람은 황당한 시선을 나누고 있었다.

남은 식사를 하기에 입맛은 떨어졌지만 세경은 자리에 다시 앉았다.

"차를 가져다달라고 할까요?"

우현도 마찬가지인지 세경에게 물었다.

"네."

먹다 만 식사 테이블이 치워지고 향이 좋은 한방차와 한과가 후식으로 나왔다. 커피를 원했던 세경은 한방차가 입맛에 맞지 않아 한 모금만 마시고 더는 입에 대지 않았다.

"이런 차는 입에 안 맞습니까?"

"좀……."

"커피는 괜찮겠습니까?"

대답을 하진 않았지만 우현은 직원에게 커피를 부탁했고 얼마 후 블랙커피와 설탕 한 봉지가 세경 앞에 놓였다.

우현이 의외로 세심하다는 생각을 하고 있는데 그가 말을 걸어 왔다.

"그날…… 왜 울었냐고 물었죠?"

"네."

"대답해주면 내가 묻는 질문에 대답해줄 겁니까?"

"지금 딜을 하는 거예요?"

"딜이라고 하기에는 너무 사소한 거 아닙니까?"

"권우현 씨 질문이 사소한지 어떤지는 난 아직 모르니까요."

"그럼 미리 질문부터 하죠. 화장을 왜 그렇게 하고 다닙니까?"

눈을 깜빡거리며 우현이 무슨 의미에서, 어떤 의도로 묻는지 잠시 생각에 빠졌던 세경이 백에서 거울을 꺼내 자신의 얼굴을 살폈다.

펄이 들어간 카키브라운톤의 스모키 메이크업을 한 내 얼굴,

내 화장이 어때서?

아이라인도 번지 않고 깔끔하게 잘 그려져 있고, 속눈썹도 풍성하고 아찔한 컬로 잘 올라가 있다. 식사를 한 후라도 누드톤의 립스틱 역시 깨끗했다.

"이 화장이 왜요?"

"비포 애프터가 너무 달라서 말입니다. 화장품 회사 홍보 이사님께서 자신의 얼굴에 맞는 화장법을 모르지는 않을 텐데 굳이 어울리지 않는 그런 화장을 하는 이유가 궁금합니다."

처음부터 느낀 거지만 권우현, 이 남자 만만한 남자가 아니었다.

질문은 어울리지 않는 짙은 화장을 왜 하느냐, 그 말이지만 마치 그녀가 그렇게 화장을 하고 다니는 이유를 다 알고 묻는 것 같았다.

"어머니 사십구재였습니다. 그날따라 많이 보고 싶어서, 그래서 울었을 겁니다."

세경이 다른 생각을 못 하게 하려는 것처럼 우현의 솔직한 대답이 궁금하다는 그 말에 이어져 바로 나왔다.

그의 솔직한 대답에 세경은 잠시 머뭇거리다가 대답했다.

"사람들한테 만만하게 보이지 않으려고요."

그럴 줄 알았다는 것처럼 우현이 고개를 끄덕거렸다.

"질문 하나 더 해도 돼요?"

"아니요."

자신이 어떤 질문을 하려는지 아는 사람처럼 그가 단호하게 거절했다. 그를 향해 하고 싶은 질문은 많았지만 그의 단호함에 세경은 궁금증을 접었다.

하지만 권우현으로 인한 궁금증이 답답함으로 다가온 것은 식사를 끝내고 회사로 돌아와 유란을 만나고부터였다.

회사로 들어오자마자 인터폰이 울렸다.

"네?"

-이사님, 로비에 박유란 씨라는 분이 이사님을 찾아와 계신다고 합니다.

"박유란이요?"

-네.

갑작스러운 유란의 방문이 당황스럽다기보다는 반갑지 않은 마음이 더 앞섰다.

주는 거 없이, 뭘 해도 얄미운 유란이 왜 찾아왔는지 궁금하지 않았다. 하지만 일부러 찾아온 것 같은 그녀를 다시 돌려보낼 수도 없었다.

"올려 보내라고 하세요."

-네.

혹시 그날 모질게 말한 것에 대한 시비를 하러 왔나 싶었다.

비서가 유란이 왔음을 알리고 그녀를 세경의 집무실로 안내했다. 자신의 집무실로 찾아온 방문객에게 어서 오라는 인사가 나와야 정상인데 유란에게는 그런 형식적인 인사도 나오지 않았다

"무슨 일이야?"

"언니한테 할 말이 있어서."

유란 역시 인사 따위는 생략하고 제가 앉고 싶은 자리에 자리를 잡고 앉았다

"무슨 말?"

"여기는 손님이 왔는데 커피 안 내와?"

"커피는 로비에 있는 커피숍에서 사 마셔. 여기는 내 집무실이지 커피숍이 아니야."

유란의 표정이 사납게 변했다.

"나도 한가하게 커피 마실 거면 여기 안 왔어. 하지만…… 관두자, 언니. 지금 커피 얘기할 때가 아니니까. 언니! 단도직입적으로 말할게. 우현 오빠하고 한 계약 파기해줘."

유란의 입에서 우현의 이름이 나올 줄은 몰랐다. 더구나 우현 오빠라고 칭하며 계약 파기까지 언급하는 유란을 보자 불쾌감이 튀어 올랐다.

하지만 세경은 침착하게 표정 변화 없이 유란에게 물었다.

"네가 무슨 자격으로 권우현 씨 계약 파기를 말하는 거야?"

"우리 결혼할 사이야."

"그래서?"

"언니도 알다시피 우리 아빠 연예인이라면 치를 떨잖아. 오빠가 이 일을 하면 허락받기 힘들어져. 그러니까 언니가 도와줘. 계약 파기하고 TV 나오는 광고 정지시켜줘. 안 그러면 우리 결혼 힘들어. 위약금은 내가 물어줄게."

유란의 말에 세경은 웃음을 터뜨릴 뻔했다. 연예인에 치를 떠는 사람은 네 아빠, 박 회장님이 아니라 박유란 네가 아니냐는 말

을 하고 싶었지만 일단 속으로 삼키고 세경은 할 말만 꺼냈다.

"내가 보기에는 박 회장님 허락이 문제가 아니라 권우현 씨 당사자가 결혼 의사가 없어서 너 결혼 못 할 것 같은데."

"무슨 소리야?"

성난 얼굴만큼이나 목소리도 앙칼졌다.

"계약 당시 권우현 씨는 분명 연애, 결혼, 절대 없을 거라고 했거든."

"그럴 리 없어. 결혼하려고, 돈 벌려고 하는 거란 말이야. 이 일 오빠도 하고 싶지 않으면서 나 때문에 하는 거라고. 아마 살 집이라도 마련하기 위해서 계약을 했을 거야. 그만큼 오빠 생각이 깊어. 그러니까 나도 오빠도 더 힘들어지기 전에 언니가 해결해 줘. 언니밖에 없어."

어린아이가 장난감에 집착해서 어리광을 부리는 것 같은 유란의 모습에 짜증이 났다. 한가하게 그녀의 사랑 타령을 듣고 있을 시간도 마음도 없었다.

"박유란, 여기는 네가 와서 커피를 마시거나 네 결혼 계획을 말하는 곳이 아니야. 그러니 돌아가."

단호하게 말한 세경은 일어나 어서 나가라는 듯 출입문을 열어 주었다.

"뭐가 그렇게 잘났어? 집안에서 하는 회사 이사 자리에 앉아서 화장품 좀 파니까 되게 잘난 줄 알아?"

"이사는커녕 사원 자리 하나 꿰차고 앉아도 밥벌이 못 할 너보다는 잘나지 않았을까? 그렇게 서 있기만 하면 보안팀 부르는 수가 있어. 그러니까 얼른 나가는 게 좋을 거야."

"첫날밤에 험한 일 당해서 독 올라 일에 빠져 놓고 잘난 척 너무 하는 거 아니야? 그전에 언니도 밥벌이 못 하는 건 나하고 똑같았잖아."

"맞아. 너도 정신 좀 차리려면 험한 일 한 번 당해야겠구나? 내가 험한 일 당하게 해줄까? 그래도 넌 여전히 밥벌레 식충이처럼 살겠지만."

"언니!"

"아, 넌 험한 일을 당하기보다는 남들이 그런 일을 당하게 하는 걸 더 잘하지? 아주 교묘하게. 그 상대가 네 새엄마에 이어 우리 회사 모델 권우현 씨는 아니길 바란다. 그랬다가는 독 오른 여자의 독이 얼마나 무서운지 알게 될 거야."

"두고 봐! 언니 잘되는 꼴 절대로 그냥 보고만 있지 않을 거니까."

분하고 억울한 일을 당한 사람처럼 유란은 온몸을 떨어댈 정도로 분노를 표시하며 세경의 집무실에서 사라졌다.

'권우현, 당신 도대체…… 어떤 사람이야?'

폭행 사건으로 연예계를 은퇴하고 생계를 위해 술집을 운영하는 한물간 스타로 생각했다. 하지만 꼿꼿하게 세운 날을 거두고 납작 엎드려 계약을 할 때, 자세와는 달리 눈빛은 뜨거웠다. 그 이유가 궁금했지만 그건 그만의 사연이라 궁금증을 덮었다.

엄마를 찾으며 우는 남자, 국내 최고의 백화점 대표가 차기 대표직으로 생각할 만큼 숨은 힘이 있는 남자, 망종 중에 망종이라

할 수 있는 여자하고 결혼을 얘기한 남자. 그리고 현재 최단기간 내에 사람들의 이목을 집중시키며 주가를 올리고 있는 남자. 이 모두가 권우현과 동일한 인물이라는 게 믿어지지 않았다.

오늘 김단아 사장을 만나지 않았다면 우현을 민기와 같은 종류의 쓰레기로 봤을지도 모른다. 사랑이 아닌 부를 가진 유란을 잡아 추락해서 잃어버린 것들을 찾으려 하는 탐욕스러운 인간쓰레기. 이제 좀 유명해질 것 같고 예전보다 더한 것들을 누릴 수 있어 그녀를 버리려는 그런 추잡한 쓰레기.

하지만 유란과의 관계는 돈도 명예도 인기도 목적이 아니다. 그게 목적이었다면 김단아 사장의 제안을 받아들여 지금쯤 아이리스 백화점 사장으로 앉아 있어야 정상이니까.

'설마 유란이하고 정말…… 사랑?'

그 생각에 얼굴이 확 구겨졌다.

재환과 달리 유란은 스무 살부터 남자를 제 장난감처럼 가지고 놀다 버리는 게 딱 제 아버지 박 회장을 닮았다. 남자를 집으로 끌어들여 발각되자 네 살 많았던 어린 새엄마가 끌어들인 남자라고 거짓말을 해서 스물여덟 살 나이 차이를 극복한 대기업 회장과 여배우의 결혼을 3개월 만에 파경으로 만든 장본인이다.

언론에서는 박 회장의 이혼을 나이 차를 극복하지 못한 성격 차이라고 떠들었고 세상도 당연하게 받아들였다. 하지만 유란에게 앙심을 품고 나온 그 집 가정부가 박 회장이 딸에게 속아 이혼을 하게 된 거라고 떠들고 다녔고 유란에 대해 알만큼 아는 사람들은 그 소문이 사실일 거라 믿고 있다.

그 뒤로 유란으로 인해 여러 사람이 그 집에서 일하다 그만두고 나올 때마다 그 이야기는 떠돌고 떠돌아 진실이 되어버렸다. 다만 박 회장 혼자만이 아직도 어린 아내가 집으로 남자를 끌어들였다고 믿고 있을 뿐.

그런 유란과 우현이라니. 회사를 위해서도 두 사람은 절대 엮여서는 안 된다.

자칫 유란과의 스캔들이라도 나면 권우현은 물론이고 유란의 추한 과거 사생활까지 파헤쳐질지 모른다. 그렇다면 두 사람의 이미지는 물론이고 블루보스의 이미지에도 타격이 온다.

하지만 두 사람의 스캔들이나 이미지, 그리고 블루보스에 미칠 피해보다는 저질인 유란에게 넘기기에는 그가 너무 아깝다는 생각이 더 컸다.

권우현은 유란에 비교할 수 없을 만큼 훨씬 고품격의 남자다.

엄마 생각에 눈물을 흘릴 줄 아는 여린 감성이 있고, 쉽고 편하게 비상할 길이 있으면서도 다른 길을 선택하는 고집과 주관도 있다. 눈빛이 살아 있고 자기 일에 열심이다.

이런 남자가 무뇌아 같은 유란과 엮이게 할 수는 없다.

'말도 안 되지…….'

하지만 세경은 잘 알지도 못하는 회사 모델, 권우현에게 너무도 후한 평가를 한 제 생각이 더 말도 안 된다는 것을 알았다.

권우현이 자신이 생각한 그대로의 남자일지라도 누군가를 호의적으로 본 적이 없었기에 당황스럽기까지 했다.

'블루보스 모델이니까.'

궁색함을 알면서도 그렇게 자신에게 둘러댈 만큼 권우현에게 박유란은 진정 아니었다.

세경은 휴대폰을 들었다.

"권우현 씨? 잠깐 봐요."

아이리스 백화점에서 사인회를 한다고 할 때부터 들어와 회사를 맡으라는 김 사장 회유와 설득의 시간이 있을 거라는 예상은 어느 정도 하고 있었다. 하지만 그 자리에 최세경 이사를 불러낼 거라고는 생각하지 못했다.

'눈치챘을까?'

김 사장이 직접적으로 드러낸 건 없었지만 그녀가 혹시라도 자신이 누구인지 알아챈 건 아닌지 신경 쓰였다.

'하나 더 질문하겠다고 한 건 뭐였을까?'

뭘 물어봐도 제대로 대답해주지 않았을 것 같은데 우습게도 그 질문이 무엇이었을까, 그게 궁금해졌다.

그녀와 헤어지면서 집에 도착하기까지 세경 생각만 했다는 걸 인식하지 못한 우현이 김 비서의 집 앞에서 현관문의 비밀번호를 누르려 할 때였다. 세경의 현관으로 시선이 갔다.

그녀가 하려던 질문에 대한 궁금증은 이제 그녀의 현관 비밀번호에 대한 궁금증으로 바뀌었다.

하지만 단순하게 넘겨야 할 궁금증으로 끝나지 않고 시선이 오래도록 머물러 있는 디지털 도어록 앞으로 그가 다가갔다. 뭔가에 홀려 그 앞에 섰지만 쉽게 손이 나가지는 않았다.

'바꿨을까?'

한참을 머뭇거린 그가 선을 도어록으로 손을 뻗으려 할 때였다.

Trrrr.

불행인지 다행인지 그의 휴대폰이 울렸다. 전화를 한 상대가 세경이란 사실에 비밀번호는 머리에서 사라졌다.

"여보세요?"

-권우현 씨? 잠깐 봐요.

"지금 말입니까?"

-네.

"회사 앞으로 갈까요?"

-아니요. 삼성동 지리 잘 알아요?

"뭐, 대충."

그녀는 삼성동 한쪽에 있는 'Moonlight'란 곳을 알려주었고 우현은 그곳을 향해 바로 출발했다.

세경이 알려준 그곳에 도착할 때까지 유란에게서 걸려온 전화는 셀 수 없을 만큼 여러 번이었다. 하지만 단 한 통도 받지 않았다.

우현은 'Moonlight'의 문을 열고 들어섰다.

딱 봐도 일반인 손님은 받지도 않을 것 같은 고급스러움과 프라이버시가 완벽하게 지켜질 수 있을 만큼의 폐쇄적인 분위기였다.

자신의 얼굴이 알려지면서 알아보는 사람도 늘어나는 데다 그녀가 가진 사회적 위치를 고려할 때 두 사람이 만날 수 있는 최적의 장소로 보였다. 하지만 또 다르게 생각하면 아무도 모르는 은밀한 본성을 드러내는 장소로 적합한 곳이기도 했다.

'최세경 이사, 오늘 여기서 무슨 말을 할지 정말 기대되는데.'

직원의 안내로 가장 안쪽에 있는 룸으로 들어갔다. 무겁고 어두운 룸살롱과 달리 밝으면서 화사한 룸 안은 잘 꾸며진 모델하우스의 거실 같았다. 커다란 소파부터가 편하게 보였고 천장에 달린 조명과 은은하게 풍겨 나오는 생화 향이 내 집 같은 포근함을 주고 있는 느낌이었다.

소파에 몸을 기대고 앉아 눈을 감고 조는 듯 앉아 있는데 노크 소리가 들려왔다.

"네."

문을 열어준 사람은 직원이었고 들어오는 사람은 세경이었다. 평소 별로 표정이 없던 그녀가 조금은 일그러진 표정으로 들어와 우현의 맞은편에 앉았다.

왜 만나자고 했냐는 말을 바로 하고 싶었지만 우현은 아무 말도 묻지 않고 그녀를 바라만 봤고 그녀도 먼저 만나자고 한 사람답지 않게 조용히 그를 바라만 보고 있었다.

마주하고 서로를 바라보는 것이 어색할 수 있는데 우현도 세경도 먼저 시선을 피하지는 않았다. 그렇다고 눈싸움을 하듯 서로를 향한 시선이 사납지는 않았다. 그렇게 눈싸움 같지 않은 시선으로 서로를 응시할 때 다시 노크 소리가 들리고 직원이 들어와 차 두 잔을 두고 나갔다.

"박유란하고 어떤 사이예요?"

김 사장과의 사이를 물어볼 거로 생각했다. 아니면 그녀의 추한 본성을 드러낼 수도 있다고 예상했다. 하지만 기가 막히게도 그녀의 입에서 나온 이름은 유란이었다.

"지금 칼레의 최세경 이사님이 전속모델 권우현에게 묻는 겁니까?"

질문에 대한 대답을 회피하고 오히려 엉뚱하게 물어오는 우현이 맘에 들지 않았지만 세경은 그 감정을 드러내지 않았다. 그의 말대로 회사 이사가 비즈니스 관계에 있는 모델에게 묻는 것처럼 무표정을 고수하며 대답했다.

"당연히 최세경 이사가 모델 권우현 씨에게 묻는 겁니다."

"그럼 대답 못 해드리겠습니다."

세경의 표정이 심하게 일그러졌다.

"유란과의 사이를 칼레의 최세경 이사님에게 말하고 싶지는 않습니다. 인간 대 인간, 그냥 여자 최세경이 남자 권우현에게 묻는 거라면 대답해드릴 수는 있습니다. 하지만 일과 관련된 사업적 관계에 있는 이사님에게 하고 싶지는 않습니다."

"계약에 분명 연애나 결혼, 없다고 했습니다. 우현 씨도 그런 거 없을 거라고 확실하게 대답했고요. 그런데 박유란이 나타나서 결혼을 운운했어요. 그러니까 권우현 씨는 나한테 대답해야 해요."

"이런 차 말고 술 한잔 어때요?"

우현의 말에 세경이 인상을 더 심하게 찌푸렸다.

이럴 때는 어떻게 해야 하나.

수많은 사람을 만나 협상을 하고 계약을 하고 싸움도 해봤지만 이렇게 사람을 앞에 두고 그 수를 읽지 못해 답답해한 적은 없었다. 답이 나오지 않는 경우라도 이토록 갈피를 잡지 못해 헤맨 적도 없었다. 늘 도 아니면 모로 차갑게 쳐내거나 결과를 두려워하지 않고 끌어안고 가는 선택을 해왔다.

그런데 술을 마시는 건 어떻겠냐는, 인간 대 인간으로 마주하면 다 털어놓겠다는 그의 제안에 어떤 태도를 보여야 하는지 답이 나오지 않았다.

계약상의 이유를 가져다 대도 그는 그런 이유로 자신의 속을 내놓을 남자로 보이지 않는다. 그와 쓸데없는 싸움을 하고 싶지는 않지만 그렇다고 쉽게 자신의 속을 내보이고 싶지도 않았다. 굳은 표정으로 침묵을 지키고 있을 때, 그가 먼저 입을 열었다.

"만만하게 보이지 않으려고 그렇게 화장한다고 했죠? 지금 내 앞에 있는 여자가 딱딱하고 권위적인 최세경 이사님으로 보입니다. 한 남자가 겪었던 아픔과 상처를 꺼내기에 당신은 지금 너무 인간적이지 못하단 말이죠. 적어도 지금만큼은 서로 전투적인 사업적 관계를 버리자는 말입니다. 본인의 진짜 모습과 마음을 숨기고 남의 속을 다 파내려고 하는 건 좀 비인간적이고 양심 없는 거 아닙니까? 그러니 내 얘기를 듣고 싶으면 칼레의 이사 타이틀을 버리라는 겁니다."

틀린 게 없는 그의 말이 마음을 흔들었다. 하지만 술은 좀 걸렸다. 해가 지지 않은 이 시간에 밀폐된 곳에서 단둘이 술을 마시는 건 내키지 않았다.

"좋아요. 최세경 이사가 아닌 그냥 옆집 사는 여자 최세경으로 들을게요. 하지만 술은 안 돼요."

"술이 안 되면 그 화장을 지우는 건 어때요? 옆집 여자 최세경 씨의 얼굴은 그렇게 무시무시하지 않거든요."

"미안하지만 아직 난 근무시간이거든요."

"이사 타이틀 버렸는데 근무시간을 따지는 건 아닌 거 같은데요."

"말싸움하자는 것도 아니고. 사람 그렇게 안 봤는데 참 심플하지 못하네요. 술 마시면서까지 들을 만큼 박유란이 대단한 애는 아니죠. 그 애는 쉬운 애라 권우현 씨와의 사이를 술이 아니고서도 쉽게 털어놓을 애예요. 별로 대하고 싶지 않은 애지만 술 마시면서 권우현 씨에게 듣느니 차라리 유란이를 대하는 게 낫겠네요."

세경이 자리에서 일어났다. 그리고 미련 없이 화사한 벨벳으로 꾸며져 있는 문의 손잡이를 잡는 순간.

"그러십시오. 과연 그 애한테서 거짓이 아닌 진실이 나올지 모르겠지만."

손잡이를 돌리던 세경의 손놀림이 멈췄다.

그의 말이 맞다. 유란의 말을 듣는 건 어렵지 않겠지만 거짓으로 꾸며낸 이야기일 가능성이 높은 게 사실이었다.

유란은 우현과의 관계를 포장해서 최대한 자신에게 이로운 쪽으로 말하고도 남을 아이다.

하지만 세경은 다시 우현 앞에 앉아 그의 이야기를 듣는 걸 포기한 채 문을 열고 나갔다.

단둘이 술을 마시고 그의 아픔을 들을 만큼 그와의 관계를 좁힐 이유도 마음도 없었다. 그저 비즈니스 파트너인 그와 그 이상의 시간을 나누고 싶지 않았다.

'한 번만 더 유란이 나불거리면 그때는 삼자대면으로 일을 처리하면 되는 거겠지.'

편하게 생각하고 나오는 그녀와 다르게 우현은 과거 쓰린 사랑으로 다시 아파하고 있었다. 서서히 잊어가고 있던 기억이 그의 가슴을 애달프게 만들었다.

하늘 아래 가족이라고는 함께 '권' 씨 성을 가진 엄마, 권인영 한 명이었다. 아버지라는 존재가 필요하지 않을 만큼 인영은 그 몫만큼 아들을 헤아려주고 사랑해주었다. 그로 인해 우현은 아버지에 대한 아쉬움은 없었다. 다만, 경제적인 어려움으로 인한 불편함만 있을 뿐이었다. 그러다 그 경제적인 불편함이 두려움으로 다가온 날이 있었다.

인영이 난소암에 걸렸고 대학 졸업을 앞둔 학생으로 우현은 수술비용과 치료비용뿐 아니라 생활비까지 감당할 수가 없었다. 생활이 어려워 들어놓은 보험이 없었으니 그 어떤 보장이나 혜택을 받을 만한 곳도 없었다. 김단아 사장의 도움을 받을 수 있지만 그건 우현도 인영도 원치 않았다.

"생각 있으면 연락 줘요."

수도 없이 받아온 연예기획사 관계자들의 명함을 찾아냈다. 인영은 우현이 연예계로 빠지지 않기를 바라고 있었다. 그래서 수많은 권유와 길거리 캐스팅에도 응하지 않았었다. 하지만 돈이 필요한 상황에서 계약금을 가장 많이 제시하는 기획사를 찾아갔고 그렇게 우현의 연예계 생활이 시작되었다.

186센티미터의 큰 키에 날렵한 몸매와 흠 하나 잡을 곳 없이 완벽해 보이는 이목구비를 갖추어 모델로 시작을 했지만 영화계에서 눈독을 들였고 결국 데뷔 1년 만에 영화 주연 자리까지 꿰차는 행운을 맞았다.

그 1년 동안 인영은 항암 치료를 했고 수술과 방사선 치료까지 받았다. 예후가 좋아 거의 완치에 가까운 결과를 가져왔다. 기적에 가까운 결과라고까지 했다.

인영의 병이 나아지니 우현의 마음도 여유가 생겼다. 그로 인해 같은 소속사에 있던 신인 배우 강혜영에게 눈길이 가기 시작했다.

배우답지 않게 수수한 차림으로 다니는 그녀의 수줍은 미소와 맑은 눈동자가 그를 설레게 했다. 영악하고 계산적이고 되바라져야 버텨낼 수 있는 그 세계에서 혜영은 깨지기 쉬운 유리알같이 늘 위태롭게 보였다.

그러다 우연히 혜영은 부모가 남기고 간 빚을 갚아가며 세 동생을 책임지고 있는 가장이라는 사실을 알게 되었다. 그래서 그녀가 더욱 안타깝고 안쓰러웠다.

광고 모델 섭외가 들어오면 우현은 상대 모델로 혜영을 추천했다. 잘 알고 지내던 광고회사 AE 조형구를 따로 만나 혜영이 모델로 발탁될 수 있도록 힘을 써달라는 인간적인 부탁을 했고 형구도 혜영의 사정을 듣고 그녀를 많이 도와주었다.

그렇게 혜영만 바라보는 시간이 반년이나 흘렀고 좋아한다는 마음을 표현할까, 말까 망설이던 어느 날 혜영이 먼저 말을 걸어왔다.

"고마워요, 오빠가 내 생각 많이 해주고 있는 거 알아요."

"알 수가 없을 텐데, 내가 널 얼마나 많이 생각하는지. 너 이 일 하지 않고 살게 해주고 싶어. 내가 너의 모든 걸 책임져주고 싶어. 그게 무슨 뜻이지 알아?"

자신의 마음을 알고 있는 것 같은 그녀에게 그동안 숨겨왔던 마음을 거침없이 표현했다. 하지만 혜영은 대답이 없었다.

대답을 재촉하지는 않았다. 그녀를 향한 자신의 마음은 깊었지만 억지로 그녀의 마음을 가지고 싶은 생각은 없었다. 사랑은 억지로 가질 수 있는 게 아니라는 것을 누구보다 잘 알고 있었기에 그녀의 마음을 강요하지 않았다.

며칠 후 문자가 왔다.

[해야 할 일들이 많지만 아직은 스스로 할 수 있어요. 오빠 마음 기억하고 있을게요. 그 마음 변하지 말고 있다가 내가 손 내밀 때 잡아주세요.]

얼굴도 예쁘지만 마음이 더 예뻤던 혜영. 그녀가 언제 손 내밀까, 우현의 마음과 눈동자는 늘 혜영을 향해 있었다.

그러던 어느 날 새벽, 혜영이 찾아왔다. 슬픈 미소에 금방이라도 눈물을 떨어뜨릴 것 같이 젖은 눈으로 눈도 마주치지 못한 채 고개만 숙이고 있었다.

"왜? 무슨 일이야?"

창백한 얼굴이 안쓰러울 정도로 힘들고 지쳐 보였다. 혹시라도 힘들다고 손 내민 건 아닌가 싶었다.

"혜영아, 힘드니? 일 그만두고 나하고……."

"오빠, 난…… 평범하게 살고 싶었어요. 이런 배우 생활보다 오빠 같은…… 따뜻한 마음을 가진 사람하고 빚 없이…… 애들 낳고 남편 월급 쪼개가며 그렇게…… 미안해요. 오빠는 정말 좋은 사람이라서…… 좋은 남자니까…… 난 안 돼요. 오빠 여자이고 싶었던 적이 있었지만 이젠…… 아니에요."

"강혜영! 너 지금 무슨 소리 하는 거야?"

"미안하고…… 고마웠어요."

"강혜영."

혜영이 일어섰다. 그녀를 잡고 지금 한 말이 무슨 뜻인지 따져 묻고 싶었지만 그럴 수 없었다. 금방이라도 쓰러질 것처럼 걸음조차 불안한 그녀를 잡아두고 몰아세울 수는 없었다.

"어디 아프니? 병원에 갈까?"

혜영은 고개를 저었다.

"피곤해요. 그냥 집에 가서 자고 싶어요."

"가자, 데려다줄게."

하지만 혜영은 끝까지 고집을 피우며 혼자 집으로 돌아갔다. 그리고 며칠 후 소속사 다른 배우들이 숨어서 하는 대화를 엿듣게 되었다.

"혜영이 이번에 장자건설 발코닐힐 전속으로 계약했다면서?"

"진짜? 장자그룹 박 회장한테 불려갔다더니 그게 사실이었네?"

"그래. 얼마 전에 대표가 혜영이만 데리고 나간 거, 박 회장한테 보내려고 그랬던 거라고 하잖아."

"웃겨, 진짜."

"더 웃긴 얘기해줄까? 태윤이 있잖아, 걔는 며칠 전에 장자그룹 딸한테 찍혀서 차 선물 받았다는데?"

"뭐야? 아버지하고 딸이 아주 잘 놀고들 있다. 다음엔 태윤이가 장자철강이나 장자화학 모델 되는 거야? 우리 대표도 미친 거 아니야? 그런 식으로 애들을 다 여기저기로 돌리고. 이게 무슨 기획사야? 보도방이지."

그들의 대화가 어이없어야 정상이지만 그렇지 않았다. 소속사 대표는 이익을 위해 그런 식으로 일을 하는 사람이었으니까.

우현도 그런 일을 당했었다. 하지만 불같이 화를 내던 우현에게는 우현이 소속사를 떠나지는 않을까 염려해 그 뒤로 그런 요구를 하지 않았다. 그러나

인지도가 없거나 인기에 목말라 하는 다른 애들한테는 서슴없이 그런 흉악한 일을 저지르고 있었다.

우현은 혜영을 찾아가 물었다. 자신이 엿들은 대화가 사실인지. 혜영은 대답하지 못하고 눈물만 흘렸다. 침묵으로 흘리는 눈물이 어떤 의미인지 안 우현은 바로 소속사 대표실로 쳐들어갔다.

제 식구를 상대로 해서는 안 되는 장사를 하는 대표는 인간이 아닌 쓰레기로 보였다.

한 여자의 순수함을 짓밟고, 아픔을 약점 잡아 지옥에 밀어 넣은 대표를 진짜 지옥으로 보내고 싶은 마음이었다.

아무리 주먹질을 해도 가슴에 응어리진 아픔은 사라지지 않고 그로 인해 주먹질이 쉽게 멈추지도 않았다.

소속사가 발칵 뒤집혔고 고소를 운운하며 권우현을 매장시키겠다는 대표의 말에도 우현은 눈 하나 깜빡하지 않았다. 대표는 우현을 고소했고 그로 인해 언론에까지 우현의 폭행 사건이 알려졌다.

"너, 이 새끼! 은혜를 이따위로 갚아? 네가 인기 좀 있다고 무서운 게 없는 모양인데 이 바닥이 얼마나 무서운지 너 한 번 뜨거운 맛 좀 봐라."

"마음대로 하십시오. 난 내가 왜 소속사 대표를 폭행할 수밖에 없었는지 밝힐 테니까."

"오호, 그래? 그래 봐, 그럼. 전국에 강혜영이가 박 회장에게 몸 들이밀어 전속 계약 따냈다고 광고해봐. 강혜영이 얼굴 들고 이 나라에서 살 수 있겠어? 그렇게 혜영이를 추락시키고 나서 네가 받아주려고? 과연 자신을 그렇게 추락시킨 너 같은 새끼한테 혜영이가 갈 것 같아? 또 박 회장은 그런 명예훼손을 당하고 널 가만둘까? 강혜영도 가만둘까? 야, 볼거리 많아 즐겁겠

네. 하고 싶은 대로 떠들어봐, 한 번."

대표가 혜영이란 키를 잡고 우현을 흔들었다. 혜영을 생각한 우현은 아무 것도 하지 못한 채 폭행죄로 고소를 당했다. 하지만 며칠 후 대표가 고소를 취하했고 사건은 일단락되었다.

대표가 고소를 취하한 이유를 매니저에게 들어 알게 되었다. 혜영이 대표 를 찾아가 설득했다는 말에 우현은 혜영을 찾아갔다.

"혜영아. 계약 취소하자. 위약금 물고 우리 다 내려놓자. 네가 원한 평범 한 삶, 그렇게 살 수 있으니까, 다 버리자."

"아니요. 빚지고 싶지 않아요. 오빠, 빚지고 사는 인생이 얼마나 고통스 럽고 힘든 줄 알아요? 아무리 몸부림쳐도 그 빚이 줄어들지 않으면 다 포기 하고 싶어져요. 난 오빠한테 마음으로도, 금전적으로도 빚지고 싶지 않았어 요. 오빠를 대할 때마다 사랑하고 좋아하는 내 마음을 당당하게 표현하고 싶 었어요. 나를 위해 무언가를 희생하며 떠안아야 하는 오빠한테 미안해하고 고마워하는 마음으로 내 사랑이 가려지는 게 싫고 못 견딜 것 같아서"

그 말을 하는 혜영에게서 눈물이 흘러내렸다. 그 눈물을 보는 우현의 가슴 에는 피눈물이 흘렀다.

"내 형편이 나아지면…… 나도 오빠처럼 어느 정도 위로 올라서고 나면 오빠한테 당당하게 사랑한다고 말하고 싶었어요. 하지만 당장 먹고사는 게 그 사랑의 희망을 꺾고 말았네요. 미안해요, 오빠. 내가 너무…… 모자라 서."

"빚이 아니야! 사랑이야! 너 때문이라면 다 버려도, 다 잃어도 난 아깝 지 않아. 그게 어떻게 빚이니? 사랑이지."

혜영은 고개를 저었다.

"난 오빠한테 돌아갈 수 없는 강을 건넜어요."

"강혜영!"

울부짖듯 그녀의 이름을 부르는 우현을 뒤로하고 혜영은 그에게서 멀어져 갔다. 그리고 며칠 후 문자가 왔다.

[나 결혼해요. 오빠도 행복하세요.]

그날 세상의 이목은 스물여덟 살 나이 차이를 극복한 장자그룹 박 회장과 무명에서 신데렐라가 된 여배우 강혜영의 결혼에 집중되어 있었다.

모델 계약을 하면서 인연이 된 두 사람은 나이는 숫자에 불과하며 서로 사랑을 느껴 결혼을 하게 되었다는 우습지도 않은 기사들로 도배가 되어 있었다. 이혼 이후 결혼하지 않겠다는 결심을 1년 만에 깨뜨린 사랑이라며 박 회장이 혜영의 손을 잡고 웃고 있는 모습의 사진까지 담긴.

자신의 마음을 부담스럽게 생각해 행여 도망갈까 싶어 마음도 제대로 표현해보지 못한 사랑이다. 손잡고 싶어도, 입 맞추고 싶어도 놀라서 달아나지 않을까, 손도 한 번 제대로 잡아보지 못한 사랑이다. 마음은 그 어떤 사랑보다 뜨거웠지만 그 열기로 그녀가 다칠 게 걱정되어 숨기고 있었을 뿐이었는데. 결국 아무것도 그녀에게 해준 것도 없이 그대로 끝나버렸다.

그리고 사랑과 함께 우현은 세상에 대한 마음도 닫아버렸다.

세경은 물론이고 누구 앞에서도 털어놓고 싶지 않은 아픔이다. 그런 아픔이 숨어 있는지 모른 채 그녀는 유란과의 관계를 설명하라 했다. 혜영의 이야기까지 다 털어놓으면서 유란을 만난 자신의 처지를 모두 말해야 하는 건지 잠시 고민을 했다.

세경이 정말 회사 차원에서 모델 이미지 관리를 위해 자신의 이야기를 듣고 싶은 건지, 아니면 유란을 핑계로 자신에게 다른 의도의 접근을 시도하려는 건 아닌지 알 수 없어 술을 마시자고 했다.

그녀는 회사 이사로서 지킬 수 있는 품위를 유지하며 몇 번 거절을 하고 받아들일 줄 알았다. 하지만 그녀는 술도 자신의 이야기를 듣는 것도 거절했다.

자꾸만 자신의 예상을 빗나가는 선택을 하는 여자, 최세경.

그의 예상을 빗나가는 만큼 그녀는 그의 선입견 속에 있는 재벌들과 다른 것 같아 자꾸 그녀에게 호기심이 생긴다.

'앞으로 계속 어떤 반응을 보일지 궁금해, 최세경 이사님.'

그리고 그가 보아왔던, 생각해왔던 그런 사람들과 다르기를 바라고도 있었다.

그녀도 그가 겪어왔던 사람들과 똑같다면 정말 많이 실망하고 아플 것 같다. 이유는 모르겠지만.

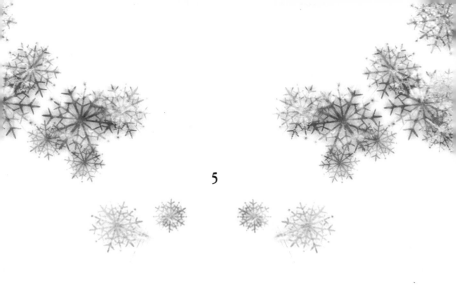

5

〈새로이 출발하는 주식회사 제일마인 사장으로 취임하는 자리에 귀하를 초청코자 합니다. 부디 참석하셔서 자리를 빛내주시고 또한, 저의 각오를 더욱 부추겨줄 수 있는 조언과 질책을 아끼지 말아주시길 부탁합니다.〉

오전, 그룹 계열사 임원 회의를 마치고 나오는 길에 세준이 그녀에게 건네준 고급스러운 질감의 초대장이 세경의 책상 위에 놓여 있었다.

미담그룹 대표로 초대받은 주인공은 세경이었다. 명목은 그럴싸했다. 그룹 내 계열사 중 화장품 회사를 맡고 있는 칼레의 홍보이사를 초대하는 건 이상할 것도 없이 당연한 일이지만 초대자가 창서라면 얘기가 달라진다.

그녀를 앞에 앉혀놓고 우쭐대며 추파를 던질 기회를 만들기 위해 초대장을 보냈을 확률이 높았다. 그의 장단에 맞춰주고 싶지 않아 참석하고 싶지 않은 마음이 굴뚝같았다. 하지만 공과 사를 구분하지 못하는 창서와 똑같이 행동한다면 한 회사의 이사로 자격 미달일 뿐 아니라 창서와 다를 바 없는 인간이 되는 것과 같다.

세경은 일정을 조정한 후 취임식 행사장으로 갈 준비를 하기 시작했다.

보통의 취임식이라면 모를까, 임창서가 취임하는 자리에 그를 만나러 가기 위한 준비는 필요했다. 그의 시선이 수도 없이 그녀의 가슴과 다리를 훑고 지나가는 것이 끔찍해 피트하게 붙는 투피스를 벗고 바지로 된 세미 정장을 차려입었다. 그리고 15센티미터의 킬힐을 신었다. 사실 그 정도의 힐이라면 창서를 아래로 내려다볼 수 있지만 창서가 깔창을 여러 개 깔고 다녀 눈높이만 맞추는 수준이다. 그래도 창서를 위로 올려다보고 싶은 마음이 없는 세경은 힐도 갈아 신었다. 마음 같아서는 아이라인도 더 진하게 위로 올려 그리고 싶었지만 창서만 상대할 상황이 아니기에 화장은 평소보다 내추럴하게 수정했다.

그렇게 차림까지 신경 써서 취임식 행사장으로 향하고 있지만 그곳으로 가는 마음이 오늘따라 귀찮고 짜증스러웠다.

'대충 하고 일찍 나와야지.'

그 마음은 창서의 얼굴을 대면하는 순간 더 강해졌다. 자신을 바라보는 창서의 시선이 유난히 끈적거렸다.

'저 인간은 정말 안 보고 살았으면 좋겠는데.'

시선조차 마주치고 싶지 않은, 오늘의 주인공 창서가 그녀를 발견하고 가까이 다가왔다.

"왔어? 세경이 오늘 분위기 좀 다르다?"

"이젠 사장님 되셨는데 공과 사는 구분하시죠? 저는 여기 칼레의 홍보 이사로 참석했습니다. 임창서 사장님. 이름 부르는 건 좀 아닌 것 같은데요."

"내가 다른 사람한테는 공과 사가 확실하게 가려지는데 너는 힘들어. 그래도 내 사랑이 구분하라는데 구분해야지. 어서 오세요, 최 이사님."

"축하드려요, 사장님."

미소 하나 없는 축하의 인사는 누가 봐도 형식적이었다. 그런데도 창서의 얼굴에서 불쾌감은 찾아볼 수 없었다. 그저 그녀를 향해 웃고만 있었다.

"끝나고 한 잔 어때? 좋은 데 예약해뒀는데."

창서가 그녀 곁에 가까이 다가와 속삭였다.

"선약 있어."

"에이, 내가 최세경을 몰라? 넌 퇴근하면 집밖에 모르잖아. 가 봐야 Moonlight고 거기도 꼭 혼자 가서 술 마시잖아. 일에 관련해서도 업무시간 외에는 절대 밖에서 사람 안 만나기로 유명하고. 그러지 마라, 세경아. 오빠 서글퍼진다. 김 비서 먼저 보내고 취임식 끝나면 19층 내 방에 가 있어."

그녀의 대답은 상관없이 제 할 말만 꺼내놓고 창서는 다른 자리로 가버렸다.

창서의 말을 한 귀로 흘려버리고 지정된 좌석을 찾아 앉으려는데 하필 단상 바로 아래 테이블에 그녀의 자리가 마련되어 있었다.

"어서 와라, 최 이사."

김단아 사장이 세경을 웃으며 맞이해주었다.

자리 차지하고 앉아 있기 힘든 자리에서 만난 김 사장이 사막의 오아시스같이 반갑기만 했다. 하지만 세경은 그런 김 사장을 보며 느닷없이 우현을 떠올렸다.

"안녕하세요, 사장님."

"사장 취임이 뭐 그렇게 대단한 일이라고 바쁜 분들 모셔다가 요란하게 하는지 모르겠다. 조촐하게 하라고 그렇게 일렀건만."

늘 속만 썩이는 골칫거리 아들이라 그런지 창서를 향한 김 사장의 시선이 곱지 않았다.

김 사장의 말에 맞장구를 쳐주고 싶었지만 세경은 옅은 미소만을 보였다.

"솔직히 최 이사도 별로 오고 싶지 않은 행사지?"

세경의 미소가 좀 전보다 짙어졌다.

"오늘 기사 봤어. 대박 행진이던데? 7초에 하나씩 팔린다는 쿠션 제품 따라잡는 거 시간문제라면서? 여성 화장품도 아니고 남성 제품으로는 상상도 할 수 없는 판매량이라고 하던데. 축하해, 최 이사."

"고맙습니다."

고맙다는 인사는 김 사장에게만 하고 끝난 게 아니었다. 화장품 회사의 새로운 출발이니만큼 업계 사람들이 모두 모인 자리이기에 질투와 축하 인사는 계속 이어졌고 감사의 인사도 함께해야 했다. 임창서의 사장 취임 자리가 아닌 세경의 성공을 축하하는 자리라 여겨질 만큼 그녀 옆으로 몰린 사람들이 많았다.

피곤이 몰려왔다. 가식적이고 형식적인 칭찬과 웃음 속에 그녀도 똑같이 그렇게 웃어주고 겸손을 떨어줘야 하는 것처럼 짜증스러운 일도 없었다. 지치고 힘들다는 생각이 극에 다다를 즈음 취임식이 시작되었다.

"안녕하십니까? 임창서입니다. 오늘, 새로 출발하는 제일마인의 행사에 이토록 많이 왕림해주신 내빈 여러분들께 먼저 감사 인사드립니다. 이런 자리를 마련하는 것이 송구스럽기는 하지만……."

간단한 인사말조차 외우지 못했는지 창서의 시선은 초청 인사들이 아닌 연설대에 놓인 A4용지에 향해 있었다.

들으나 마나 한 뻔한 연설문과 A4 용지에 시선이 가 있는 창서를 무시하며 세경의 의식은 다른 곳으로 빠져들었다.

곧 출시할 남성용 쿠션 제품과 10대를 위한 화장품 '스키니'에 정신을 팔고 있었다. 특히나 '스키니'는 용기 디자인이 제대로 나오지 않아 골칫거리였다. 온통 핑크와 로코코풍의 공주 스타일로 제작해온 디자인팀의 시안이 맘에 들지 않아 보류 중이다.

'10대라고 해서 모두가 소녀 취향인 건 아닌데…… 내 10대는 어땠지?'

생각도 나지 않는 그때를 떠올리려 애쓸 때 이상하게 사람들의 시선이 느껴졌다. 주위 사람들의 시선이 자신을 향해 있었고 A4

용지만 보며 취임사를 읽던 창서의 시선도 그녀를 향해 있었다.

"대표이사로 취임하는 날 청혼하는 것도 괜찮겠지요? 그녀가 꼭 허락해주었으면 좋겠습니다. 그래서 오늘이 제 일생에 가장 행복한 날로 기억에 남길 바라는 마음입니다."

그가 청혼하려는 그녀가 누구인지 정확하게 입에 올리지 않았지만 뚫어지게 세경을 똑바로 보며 말하는 모습에 눈치를 못 챌 바보도 없었다.

세경은 바로 일어나 자리를 벗어나고 싶었지만 감정적으로 행동하는 우를 범하기 싫었다. 창서의 수에 놀아나고 싶지 않아 세경은 차갑게 굳은 얼굴로 창서를 똑바로 바라보았다. 창서가 청혼하려는 여인이 누구인지 시선으로 알렸다면 세경 역시 시선과 표정으로 거절하고 있음을 알렸다.

취임사를 다 읽은 창서가 여유 있는 모습으로 내려왔고 세경도 여유 있게 그 마지막까지 자리를 지키고 있었다.

하지만 취임식이 끝나고 준비된 식사가 나오면서 세경은 잠시 자리를 비우는 척하며 아무도 눈치채지 못하게 조용히 그곳을 빠져나왔다.

애써 감춰온 감정이 온몸에 끓어올랐다.

"임창서, 다음엔 절대 안 참아! 비열한 자식!"

그렇게 흥분으로 빨개진 얼굴로 차에 올랐다. 생각할수록 열이 뻗쳐 호흡마저 거칠어지는 순간 그녀의 휴대폰 벨이 울렸다. 창서에게 걸려온 전화였고 세경은 수신거부를 눌렀다. 전화벨이 멈추고 세경은 문자를 찍어 창서에게 보냈다.

[fuck you!!!!!]

그러고는 바로 전원을 꺼버렸다.

하지만 그런 문자 한 통으로 그녀의 분이 가라앉지는 않았다.

아파트에 도착해서 세경은 김 비서를 먼저 올려 보냈다.

"편의점에서 사 갈 게 있어요. 먼저 들어가세요, 김 비서님."

"필요한 게 있으면 말씀하세요. 제가 사 가겠습니다, 이사님."

"아니에요. 제가 사야 할 것들이에요."

"네. 그럼……."

김 비서가 올라가고 세경은 단지 내 편의점에 들렀다. 바구니를 집어 들고 가장 먼저 소주가 있는 냉장고 앞에 섰다. 어떤 소주를 사야 할지 잠시 망설인 끝에 그녀가 처음 마시는 소주임을 알려주는 것 같은 '처음처럼'이란 소주를 두 병 꺼내 바구니에 담았다.

'아, 생리대.'

생리대도 사이즈별로 담았다. 소주만 사서 올라갈 생각이었지만 필요한 것들이 떠올라 바구니에 담기 시작했다. 그리고 그녀의 스트레스를 풀어줄 바나나 우유도 4개가 묶여 있는 묶음을 담았다.

'소주에는 뭐를 먹어야 하나?'

세경은 과자들이 놓여 있는 진열대 앞에서 고민하기 시작했다. 눈에 익은 감자칩 하나를 바구니에 담으려는데 옆에서 자신을 빤히 바라보고 있는 남자의 시선이 느껴졌다. 과자에 집중해 있을 때는 몰랐는데 옆에 서 있는 남자는 우현이었고 그는 자신과 바구니를 번갈아 보고 있었다.

시선이 마주치자 우현은 꾸벅 고개를 숙이며 어색한 인사를 했다. 세경도 간단한 묵례로 답을 했다. 사고 싶은, 아니 먹고 싶은 과자들이 많았지만 바구니에 담긴 생리대를 우현이 보고 있는 게 신경 쓰여 빠르게 감자칩을 넣고 계산대로 가려는데 우현이 그녀의 바구니에서 바로 넣은 감자칩을 꺼내 들었다.

"이거보다 이게 더 맛있는데."

그러더니 옆에 있는 다른 감자칩으로 바꾸어 넣어주는 것이 아닌가.

"고마워요."

그 상황에 맞는 말인지 모르지만 세경은 어쨌든 생리대와 소주가 담긴 자신의 바구니를 빨리 처리하고 싶을 뿐이었다. 그러면서 저도 모르게 그가 들고 있는 바구니를 힐끔 쳐다보았다. 우습게도 그의 바구니 안에도 소주 두 병이 들어 있었다. 다만 그녀가 골랐던 소주와 다른 것이었다. 소주도 그게 맛있는 거냐고 묻고 싶었지만 세경은 조용히 계산대로 가서 계산을 마쳤다.

편의점을 나와 걷고 있는데 느닷없이 우현이 그녀의 손에 들린 비닐을 빼앗듯 잡아채 들어주었다.

"괜찮아요. 무겁지 않아요."

"무거우면 나도 안 들어줬습니다."

말 한 번 참 얄밉게 한다 싶을 때.

"남하고 술은 안 마시면서 혼자는 마십니까?"

유란의 문제로 술 한잔하자는 걸 거부하고 나온 세경에게 그가 뒤끝 있게 묻고 있었다.

"네."

"소주도 마실 줄 압니까?"

"못 마실 것 같아요?"

"네."

사실 그녀는 소주를 마셔본 적이 없다. 하지만 대답은 다르게 나왔다.

"소주도 술이잖아요. 마실 줄 알아요."

그렇다고 그녀의 대답이 아주 틀린 건 아니다. 소주도 술이니 마실 수 있을 거로 생각하고 샀다.

"뭐하고 마실 겁니까?"

"네?"

"설마 그 과자를 안주로 소주를 마실 건 아닐 테고."

과자를 안주 삼아 먹으려고 샀다. 하지만 우현의 말투가 과자를 안주로 하면 큰일 날 것 같은 말투다.

"먹을 안주를 만들어다줄 거 아니면 묻지 마세요."

쓸데없는 질문은 삼가라는 말이었다.

"그러게요. 제가 너무 주제넘은 질문을 했네요, 최세경 이사님."

우현의 말이 끝났을 때, 엘리베이터에 올라탔고 27층에 도착하는 동안 더 이상의 대화는 없었다.

27층에 내리고 나서 우현이 세경의 비닐봉지를 건네주었다.

"들어가십시오, 최세경 이사님."

"네. 그럼."

각각 현관문의 비밀번호를 누르기 시작했다. 우현은 여섯 자리 숫자를 눌렀지만 세경은 여섯 번에 이어 두 번을 더 눌렀다.

'바꿨구나.'

세경이 현관의 비밀번호를 바꾸는 것이 당연한 일인데도 이상하게 서운하게 느껴졌다. 그리고 무엇 하나 빈틈을 내보이지 않으려는 그녀의 성격이 맘에 들지 않았다.

'당신도 참 피곤하게 산다, 최세경.'

최세경 이사님. 거의 모든 사람이 그녀를 부르는 호칭이다. 매일 듣는 그 호칭이 우현의 입에서 나올 때 무척이나 낯설고 거슬렸다. 순수하게 자신을 이사로 보고 부르지 않는다는 이유이겠거니 여겼다. 하지만 옷을 갈아입고 화장을 지우고 소파에 편하게 앉는 동안 꼭 그 이유만은 아니라는 걸 알았다.

'옆집 여자 최세경 씨의 얼굴은 그렇게 무시무시하지 않거든요.'

라고 말을 했을 때,

'내 이름이 최 이사가 아니라 최세경이었구나.'

라고 느꼈었다.

그가 자신의 과거를 꺼내기 위해 옆집 여자라 생각하겠다고 하고 불러준 이름, 최세경 씨. 결국 그의 과거를 듣지 못하고 나왔지만 지금 이 순간 왜 이리 후회되는지 모르겠다. 그가 겪었을 아픔이 어떤 것인지 모르겠지만 어차피 외로운 사람들이고 상처받은 사람들인데, 그 얘기를 들어주지 않고 모질게 쳐낸 게 조금 미안해졌다. 선을 넘으면 안 된다는 생각을 하면서도 미안한 마음이 드는 건 어쩔 수 없었다.

복잡한 마음을 달래기 위해 비닐 안에서 소주를 꺼내 들었다.

소주를 마실 줄 아느냐는 그의 물음에 그렇다는 대답을 해주었지만 사실 마셔본 적이 없다. 어느 드라마에서 분노에 찬 여주인공이 소주를 마시며 분노를 표출하는 장면을 보았을 때부터 그녀는 소주 맛이 궁금했었고 마시고 싶었었다.

창서로 인해 속이 부글거리는 상태에서 마셔보지도 못한 소주가 간절했고 그 여주인공처럼 그 술을 마시고 나면 후련하게 속에 있는 것을 다 뿜어낼 수 있을 것 같은 예감에 집어 들었다.

하지만 지금은 우습게도 창서로 인한 분노는 잊었다. 다만 우현이 그녀의 머릿속을 자리 잡고 있었다. 우현으로 인해 창서를 잊은 건지, 창서에 대한 분노가 사라져서 생각 속에 권우현이 머무르고 있는 건지는 알 수 없었다. 어쨌든 대적하기에도 하찮은 인간으로 인한 스트레스가 없어졌다는 게 다행이었다.

'그따위 개똥보다 못한 인간 하나 때문에 시간 죽이고 속 끓이면 나만 바보 되는 거야. 절대 말려들어서는 안 돼.'

소주를 따서 온더록스 글라스에 반 이상을 따랐다. 생수와 똑같아 보이는 그 맑은 액체에서는 어떤 맛이 날까. 세경은 벌컥벌컥 생수를 마시듯 들이켰다.

"우웩."

하지만 반 이상을 넘기지 못한 채 세경은 주방의 개수대에 입에 넣었던 술을 뱉어냈다. 그녀가 평소 마시던 위스키보다 알코올

도수가 낮아 안심했는데 목으로 넘어가는 느낌은 마치 폭탄을 삼키는 것 같았다. 엄청난 폭발을 일으키며 식도를 타고 들어가는 느낌은 다시 느끼고 싶지 않을 정도였다.

생수로 입을 헹궈내도 소주의 뒷맛은 쉽게 없어지지 않았다. 게다가 순식간에 빨개진 얼굴은 불에 덴 것처럼 화끈거려 찬물로 세수까지 하고 나와야 했다.

"후우."

겨우 뜨거운 속과 얼굴을 진정시키고 소파에 다시 앉았을 때 테이블 위에 놓인 과자가 눈에 들어왔다. 우현이 그녀가 집었던 과자보다 더 맛있을 거라고 바꾸어준 과자에 손이 갔다.

'이걸 안주로 먹으면 안 되냐고 덤빌 뻔했는데……'

그러지 않았기 다행이라는 생각을 하는 순간. 인터폰이 울렸다. 이 시간에 그녀 집을 예고도 없이 찾아올 수 있는 사람은 단한 명이다. 김 비서. 하지만 인터폰에 비친 인물은 김 비서가 아니라 우현이었다.

"권우현 씨?"

대답 대신 그가 무언가를 들어 보인다. 냄비 같아 보였다.

세경은 일단 문을 열어주지 않고 물었다.

"이 시간에 뭐예요?"

"이웃사촌 간에 오가는 정이라고 해두죠. 이거 뜨거워요, **빨리 내려놓지 않으면 나 손에 화상 입을지 모릅니다.**"

그의 말에 세경은 문을 열었다.

그가 정말로 뜨거워 보이는 냄비를 들고 빠르게 거실로 들어와 테이블 앞으로 향했다.

그의 그런 행동을 본 세경은 반사적으로 테이블 위에 신문을 여러 장 겹쳐 깔았고 그 위에 우현은 조심스럽게 냄비를 내려놓았다.

테이블 위로 마시다 남은 소주, 뜯지 않은 과자봉지가 우현의 눈에 들어왔다.

"안주도 없이 강소주를 이만큼이나 마신 겁니까? 그것도 온더록스 잔에?"

세경이 반을 뱉어낸 줄 모르는 우현이 병에서 없어진 소주 양이 제법 되는 것 같아 그녀에게 물었다.

"……뭐, 그냥……."

처음 보는 뜨거운 맛에 뱉어냈다는 말을 하지 못한 세경이 얼버무렸다.

"이것만큼 좋은 안주도 없습니다. 괜히 속 버리지 말고 이 국물 떠가면서 마셔요."

우현이 냄비 뚜껑을 열었다. 보기만 해도 군침이 도는 김치찌개였다.

"김 비서님 사모님께서 보내신 김치가 맛있어서 찌개 맛도 끝내줍니다."

세경도 익히 알고 있는 솜씨이며 그녀의 집에 있는 김치냉장고에도 그 김치가 들어 있다. 하지만 이렇게 먹어볼 생각은 해보지 않았다. 그냥 꺼내 먹으면 되는 김치도 안 먹기 일쑤인데.

"이 시간에 이런 걸 왜?"

"혼자 마시는 술이 얼마나 깊은 고독을 만들어내는지 잘 안다고나 할까요?"

"그런 우습지도 않은 농담을 주고받을 사이는 아닌 것 같은데요? 그것도 밤에 음식을 나누면서까지."

"물론 그렇죠. 하지만 우습지도 않은 농담을 건네고 밤에 김치찌개를 끓여서 가지고 와야만 했던 나에게 책임은 지셔야죠."

세경의 눈매가 날카로워졌다.

"그게 무슨 말이에요? 책임이라뇨?"

"그렇지 않습니까? 사실 오늘 나도 소주를 마시고 싶은 날인데, 아니 마시는 게 아니라 아예 속으로 콸콸 들이붓고 싶은데 칼레와의 계약 사항으로 인해 외출은 꿈도 못 꾸는데다 누구와 술한 잔도 마시지 못하게 만들었으면 인지상정으로라도 함께 마셔줄 수 있는 거 아닙니까? 그렇다고 내가 정말 술을 같이 마시자는 것도 아니고 혼자 먹기 아까운 안주를 생각해서 가져다줬으면 빈말이라도 고맙다, 잘 먹겠다, 이래야 정상 아니냐고요?"

인심이 메말라 있는 그녀의 마음을 나무라는 것 같은 우현의 말투가 거슬렸다.

"집에 김 비서님 안 계세요? 김 비서님하고 한잔하시면 될 텐데요?"

"운동하신다고 나가셨습니다. 소주잔 없습니까?"

우현은 세경의 대답을 듣지도 않고 주방으로 가서 스트레이트 잔과 수저와 함께 그릇 두 개를 들고 나왔다. 그러고는 두 개의 잔에 소주를 따랐고 한 잔을 세경 앞에 놓아주었다.

"권우현 씨."

단호하게 자신의 이름을 부르는 그녀를 본 우현이 조금은 깐죽 거렸던 태도를 바꾸며 읊조리듯 말하기 시작했다.

"오늘…… 나의 어머니를 죽음으로 몰고 간 인간쓰레기가 잘 나가는 자리에 앉아 과시합니다. 입에 금수저 물고 태어난 주제가 아니었으면 정말 쓰레기봉투값도 아까울 정도의 개쓰레기인 놈 이…… 속이 뒤집히더군요. 결국 바다으로 곤두박질칠 걸 알고 있 는데도 그 꼴을 보고 있으니 속에서 열불이 나서 참기가…… 힘듭 디다."

우현이 소주 한 잔을 단숨에 마셔버렸다.

'윽.'

세경이 그 술을 마신 것처럼 인상을 썼다. 속에서 불이 난다면 서 목부터 타들어가는 것 같은 술을 털어 넣다니.

'속이 아예 타버리겠네.'

어쩌면 진짜 그의 속이 타버릴지도 모른다는 생각이 들었다. 그가 말하는 개쓰레기가 창서가 아닐까 하는 생각이 들었다. 한동 안 잊고 있었던, 그리고 궁금했던 그의 가족사가 떠올랐다. 그녀 가 추측한 가족사가 맞을지는 모르겠지만 적어도 그가 말한 개쓰 레기는 창서가 맞다는 예감이 들었다.

우현이 그녀와 똑같이 창서를 쓰레기 취급하고 있다는 사실에 이상하게 연대감 같은 것이 느껴졌다. 그 감정은 그를 향한 전투 적인 비즈니스 관계와 감정을 조금 느슨하게 만들어주었다.

"밟아버리세요."

세경이 한마디 내뱉었다.

말을 내뱉은 세경 자신도 그리고 그 말을 들은 우현도 함께 놀라기는 마찬가지였다.

"밟아버리라고요?"

"네. 아니면 쓰레기봉투도 아까우니 처리장으로 바로 쓸어버리든가."

우현의 고개가 약간 기울어져 있었다. 무언가를 의심스러운 눈으로 바라보는 그런 눈빛으로 한참을 보던 그가 물었다.

"앞에 앉으신 분…… 나하고 얘기하는 분…… 최세경 이사님 맞는 겁니까?"

"최세경이 아니면 귀신인가 보죠."

무기를 장착하듯 자신을 무장시키는 화장을 지우고 나서 그런지 지금 그녀는 무장해제 되어 있는 느낌이다. 자신의 말을 받아치는 것도 그렇고 생각지도 않은 말을 하는 것도 그렇고.

"귀신은 아닌 것 같습니다. 아이처럼 순진하고 맑은 얼굴을 하고 있는 귀신은 없으니까."

"뭐라고요?"

그녀가 묻는 말을 무시하고 우현은 자신의 잔에 소주를 채우고 또다시 단숨에 마셨다.

"이제야 술맛이 나네요. 앞에 앉은 분이 귀신이나 사이보그가 아니라 인간이라는 걸 알고 나니까. 자, 이사님도 한잔하시죠?"

우현이 세경에게 자신이 따라준 소주를 마시기 권했다.

'하, 저걸 안 마실 수도 없고…….'

집으로 들어오기 전, 큰소리쳐놓은 게 있어 이제 와 못 마시겠다는 말을 할 수는 없었다. 또다시 폭탄 같은 술을 넘기려니 죽을 맛이다.

세경도 우현처럼 한 잔의 소주를 단번에 마셨다. 또다시 느껴지는 뜨겁고 쓴 맛이 그녀를 괴롭혔다. 눈물이 핑 돌 정도였다.

우현이 또다시 잔을 채워주었다.

"그렇다고 또 그렇게 굳어서 경계하지는 마십시오. 딱 두 잔만 더하고 갈 거니까."

술맛이 써서 인상이 굳어진 걸 우현이 자신을 경계하는 것으로 착각한 모양이다. 차라리 잘되었다는 생각을 하는 순간, 세경의 빈 잔에 그가 또 소주를 채웠다.

딱 두 잔만 마시고 간다고 했으니 한 번만 더 참으면 되겠구나 싶은 마음에 세경은 울렁거리는 속을 김치찌개 국물로 달랬다.

그런데 김치찌개의 맛이 무척이나 좋았다. 대충 끓여낸 맛이 아닌 칼칼하면서도 깊은 맛이 나는 찌개 국물에 또 한 번 손이 갔다.

"이런 거 잘해요? 요리 같은 거."

정말 그가 한 게 맞나 싶어 물었다.

"술집 사장 3년에 배운 요리들이 꽤 있죠. 어때요? 먹어보니까 먹을 만하지 않습니까?"

"그러네요."

우현이 자신의 잔을 채웠다.

"마지막 잔이니까 인간쓰레기는 입에 올리지 말고 축배로 끝냅시다. 블루보스 완전 대박 난 거 축하합니다, 최 이사님."

우현이 자신의 잔을 들었다. 건배하자는 행동으로 보였지만 세경이 잔을 들자 그가 바로 소주를 마셔버렸다.

그는 인상 하나 구겨지지 않고 시원한 생수 한 모금을 들이켠 얼굴이다.

무슨 오기인지 세경도 그처럼 또 한 번 단숨에 술을 넘겼다. 그리고 아무렇지 않은 표정을 짓기 위해 애를 썼지만 쉽지 않았다.

속이 타들어가는 것 같은 그녀에게 날카로운 우현의 질문이 날아들었다.

"그 대박의 요인 중에는 모델 권우현이 한몫한 거라고 하는데…… 그 말 맞는 겁니까?"

자화자찬의 의도는 그에게서 보이지 않았다. 우현이 왜 그걸 묻는지 궁금했지만 세경은 그의 질문에 솔직한 자신의 마음을 대답해주었다.

"맞아요. 권우현 씨 공이 커요. 계약해줘서 고맙게 생각해요. 그래서 묻는 건데…… 왜 하루 만에 마음을 바꿨어요? 다 버리고 불리한 조건마저도 받아들이면서."

딱딱하고 진지하게 바뀐 얼굴로 그가 세경을 말없이 바라보았다.

"그걸 알고 싶으면…… 사람들한테 만만하게 보이지 않으려고 화장으로 무장하고 다니는 이사님의 사정부터 얘기해주시죠."

우현 못지않게 세경의 얼굴도 무섭게 굳었다.

"너무 일방적이라고 생각하지 않습니까? 내가 말하는 건 다 잘라버리면서 일방적으로 남의 얘기를 듣고 싶어 하는 거? 유란이하고의 얘기도 그렇고, 지금도 그렇고. 불공평한 거라는 생각 안 듭니까? 상대의 인간적인 아픔이나 사정을 들으려면 인간적으로 다가와서 물으십시오. 그럼 대답해줄 테니까."

소주가 식도를 타고 내려갈 때보다 더 뜨겁고 쓴 무언가가 그녀의 가슴을 파고드는 느낌이 들었다. 아픔을 공유하기 위해서는 서로가 인간적인 사이가 되어야 한다는 말이 무척이나 아프게 다가왔다. 그리고 자신에게 그런 인간적인 대화나 아픔을 나눌 상대가 없다는 것이 슬펐다.

자신의 이기심을 지적하며 쓴소리를 따끔하게 한 그의 얼굴을 바로 볼 수 없었다. 그의 시선을 피하려고 괜히 앞에 놓인 빈 소주잔에 술을 따랐다.

"마시지도 못하면서 억지로 마시지 마요. 오기는 있어서."

우현이 세경의 소주잔을 빼앗아 그녀가 따라놓은 소주를 마셔버렸다.

"인간적으로 다가가야 얘기를 해주겠다는 건 너무 계산적인 태도 아니에요?"

생각지도 못한 그녀의 질문에 우현이 한 방 맞은 기분이다.

"계산적인 마음을 숨기고 인간적인 척 다가오는 사람들이 있더라고요. 그런 사람들에게 상처받고 당하지 않으려면 세게 보여야 하고 그런 인상을 만들기 위해 화장하는 거예요."

구체적인 상처나 이유는 말하지 않았지만 그가 궁금해하는 것에 답이 될 만한 말을 그녀가 해주었다.

그와 시선을 마주하지 않고 말했지만 그걸 꺼낸 그녀의 마음이 어떤 의미인지 우현은 알 수 있을 것 같았다.

인간적으로 다가오려면 먼저 인간적인 면을 보이라는 의미로 느껴졌다.

그런 의미에서 우현도 그녀에게 대답해주었다.

"계약서에 사인을 한 이유는, 아까 말한 개쓰레기를 무너뜨리기 위해섭니다."

칼레의 모델로 어떻게 창서를 쓰러뜨리겠다는 건지 알 수는 없었다. 묻고 싶었지만 더 물었다가는 자신의 이야기도 그에게 더 꺼내놓아야 할 것 같아 묻지 않았다.

"무너뜨리기 바랄게요."

대신 그녀도 원하는 것을 그가 해주길 바라는 마음에서 솔직하게 말했다.

"고마워요. 그런데 말입니다…… 이건 알아주시죠. 최 이사님에게는 계산적인 마음 없이 정말 인간적이라는 거. 쉬십시오, 이사님. 찌개 남은 건 내일 아침, 밥하고 드시고."

우현이 일어서 나가는가 싶더니 다시 테이블로 돌아와 남은 소주는 물론 비닐에 남아 있는 소주까지 챙겼다.

"뺏어가는 거 아닙니다. 맡아놨다가 나중에 소주 맛을 알게 되면 그때 돌려줄게요."

그러고 우현은 옆집으로 돌아갔다.

'어떻게 알았을까? 소주를 못 마신다는 걸. 그렇게 티 나게 인상을 썼나?'

하지만 그것보다 인간적으로 다가와 물으면 대답해주겠다는 그의 말이 가슴에 남아 있었다.

'나에게는 계산 없이 인간적으로 대하는 거라고……? 과연 그럴까?'

그런데 그가 정성을 들여 끓여왔을 것 같은 김치찌개를 보자, 적어도 자신을 그럴듯하게 포장하는 남자로 보이지는 않았다.

'권우현 당신이 진심으로 괜찮은 사람이라면…… 또 모르지…… 나도 그럴지…….'

커피와 담배 연기, 그리고 바닥에 흩뿌려진 서류들로 가득한 임철수 회장의 집무실은 대기업 총수의 집무실이라 보기 힘들 만큼 어수선했다. 하지만 험악한 인상으로 장남, 창서를 바라보는 임 회장의 마음은 그에 비할 수도 없이 복잡하고 시끄러웠다.

"아버지……."

그의 눈치를 살피고 있는 창서를 향해 책상 위에 있는 마지막 서류철 하나를 더 집어 던졌지만 임 회장은 화가 풀리지 않는 얼굴이었다.

"뭐가 그렇게 급해서 이 사달을 내? 내가 나이 어린 최세준이한테 납작 엎드려 미안하다고 설설 기어야 하냐고! 이 자식아! 가뜩이나 그 어린놈한테 손발 비벼가며 비위 맞추느라 죽을 맛인데 이젠 아주 그놈한테 코 박고 엎드리게 생겼어, 이 새끼야!"

"죄송해요, 아버지."

"지금 네 엄마 움직임이 심상치 않은데 미담에 있는 주식 네 엄마한테 넘어가면 제일은 끝이다, 끝. 알아? 지금 이런 상황이라고!"

사태의 심각성을 느꼈는지 임 회장의 눈치만 살피던 창서의 얼굴도 임 회장 못지않게 험악하게 바뀌었다.

"엄마 정말 왜 그러시는 거예요? 정말 아버지하고 이혼하고 아주 제일을 박살 내려고 작정하신 거래요? 그래서 외할아버지하고 외삼촌 주식을 권우현 새끼한테 증여하고 미담에 있는 제일 주식을 사들여서 아버지를 죽이실 작정이래요? 혹시 권우현 그 새끼, 아버지가 밖에서 낳은 자식이 아니라 엄마가 밖에서 낳은 자식인 거 아니에요?"

"되지도 않는 소리 집어치워! 외갓집 주식이 우현이한테 넘어간 건 니들이 잘못해서 그런 거지! 너희 삼형제가 외갓집 회사들을 다 말아먹었으니 엄마가 니들한테 믿음이 있겠냐? 그나마 아이리스는 네 엄마가 자리를 지키고 있어 그거 하나 살아남았는데 너희 같은 것들한테 뭘 맡기고 싶겠냐고!"

"지금 권우현 그 새끼 편을 드는 겁니까, 아버지? 그 자식도 아들이라고 지금 편드는 거냐고요!"

"입 닥쳐! 어디서 감히!"

창서 앞으로 임 회장의 담뱃갑이 날아들었다.

"네가 주식 증여한 거 알고 우현이 엄마한테 패악만 부리지 않았어도 우현이 그놈, 조용히 살 놈이었어. 우현이 엄마가 아니라 네 엄마한테 가서 따지고 덤볐어야지! 너 때문에 우현이 엄마 충격받아 쓰러져 저세상 가고 그걸로 그 애가 또다시 세상에 나온 거 아니야! 그것도 보란 듯이 화장품 모델로 나와서 잘나가고 있는 거 봐! 뭐 하나 제대로 못하는 네놈보다 나아, 이놈아!"

"아버지!"

부자간의 분위기는 험악해져갔다. 육십 넘은 임 회장의 노기에 비해 창서의 젊은 혈기도 만만치 않게 뜨거운 기를 뿜어내고 있었다. 하지만 평생을 사업가로 살아온 임 회장을 혈기 하나만으로 이길 수 없었다.

갑자기 쩌렁쩌렁하게 큰소리로 화를 뿜어내던 임 회장의 목소리가 낮아졌다. 눈을 부라리며 잔뜩 꾸겨져 있던 표정도 사라지고 조금은 섬뜩할 정도로 차가워진 얼굴로 변했다. 큰 계약이나 타협을 해야 할 때 주로 보았던 임 회장의 모습이지만 아버지 입장에서 자신에게 그런 모습을 보이기는 처음이었다.

"임창서, 너 잘 들어라! 네 외갓집 회사들이 쓰러지는 건 그냥 두고 볼 수 있었지만 제일이 쓰러지는 건 못 본다. 네가 맡은 제일 마인이 조금이라도 흔들리면 넌 바로 아웃이야. 알아들어? 아들이라고 봐주는 건 없어. 난 네 엄마하고 외갓집 식구들하고 달라."

창서의 고개가 아래로 꺾였다.

"나가 봐!"

꺾인 고개만큼 그의 발걸음에도 기가 꺾여 있었다.

"최세경이는 주식 문제 해결한 다음에 가져도 늦지 않아. 여자는 언제든지 마음먹으면 가질 수 있어. 더구나 결혼 생활 하루 만에 끝낸 여자를 누가 좋다고 데려가겠어. 그러니 우리가 미담에 더 이상 엎드리지 않아도 되는 시기에 네가 하고 싶은 대로 자빠

뜨려도 늦지 않는다, 이 말이야. 알아들어?"

"네."

창서가 나가고 임 회장은 혀를 찼다.

'어이구, 못난 자식. 쯧쯧.'

결코 못난 아들이 안쓰러워 혀를 차는 소리는 아니었다. 못난 놈, 못난 게 한심하고 보기 싫어 내뱉는 임 회장의 짜증 나는 심정 이었다.

창서가 나가고 임 회장은 책상 서랍에서 전화번호가 적힌 메모 지 한 장을 꺼내 한참을 쳐다보다 자신의 휴대폰을 들었다. 하지 만 전화를 하지는 못했다. 커다란 한숨을 내쉬며 번호만을 입력한 채 다시 서랍 속으로 집어넣었다.

자판기 커피의 빈 종이컵이 15개, 500밀리리터의 빈 생수통 9개 가 회의 테이블에 놓여 있었다. 정작 회의 인원은 4명에 불과하다. 빈 생수통과 종이컵이 말해주듯 회의 시간은 길고 무거웠다.

"회의는 여기서 끝내죠. 각자 내일 오후 2시까지 다른 시안 하 나씩 가지고 오세요."

오랜 시간에도 불구하고 여전히 회의 결과는 나오지 않았으며 그로 인해 표정이 좋지 않은 세경이 일어나 회의실을 벗어났다.

10대 전용 화장품이니만큼 참신하고 산뜻한 디자인의 용기가 필요한데 디자인팀에서 내놓는 것들은 하나같이 빤한 것들이었 다.

자신의 집무실로 돌아온 세경은 디자인팀에서 내놓은 디자인들을 다시 검토하고 있었다. 다시 봐도 그녀 눈에 들어오는 건 없었다.

–이사님, 부회장님 콜 들어왔습니다.

"연결해주세요."

–세경아, 인터넷 좀 봐라. 제일마인 임 사장이 너한테 차이더니 기분 상했나 보다.

"그래?"

세경은 책상 위에 놓여 있는 노트북으로 세준이 말한 창서의 인터뷰 기사를 찾았다.

헤드라인 제목만으로 세준이 말한 대로 창서가 기분 상했음이 느껴졌다.

〈화장품은 모델 효과가 아닌 피부 효과로 승부해야〉

세경은 피식 실소를 흘렸다. 굳이 기사를 읽어보지 않아도 대충 어떤 말을 지껄였을지 빤했다.

"기자가 좀 웃겼겠다. 거지 같은 피부로 피부 효과를 말하는 화장품 회사 사장을 인터뷰하고 있었으니."

인터폰 건너 세준의 웃음소리가 들려왔다.

–회의한다더니, 결과는?

"다시 원점."

–디자인팀 똥줄 타겠구만.

"나도 똥줄 타, 오빠. 이번 주까지 디자인 안 나오면 공장 일정부터 다 차질 생겨서 손해 어마어마해."

–그래, 열심히 하고. 일요일에 가족 식사 있는 거 알지? 그 전

에 해결안 나와서 편한 얼굴로 왔으면 좋겠다.

"나도 그랬으면 좋겠어."

세준과 통화를 끝내고 다시 디자인 시안으로 시선을 돌릴 때 우현이 그녀를 찾아왔다.

우현 소속사 사무실을 그녀의 집무실과 같은 층에 만들었다. 다른 층에 있으면 여직원들이 업무보다는 권우현에게 집중할 것 같다는 게 이유였다. 굳이 하나 더 따진다면 오직 칼레의 모델로만 활동하고 있으니 홍보에 따른 일정을 세경이 잡아주고 있어 가까이 있는 게 편해서이기도 했다.

그러니 방문 예약 없이도 우현은 세경의 집무실을 쉽게 찾아와 그녀를 만나고 있었다.

"최 이사님. 제 집 문제 말입니다. 맘에 드는 집이 없는데, 그냥 김 비서님 집에서 지내는 건 안 되는 겁니까?"

"굳이 안 될 이유는 없지만 권우현 씨도 그렇고 김 비서님도 불편하지 않겠어요?"

"아니요. 이미 함께 지내는 거에 대해 얘기를 해본 적이 있는데 김 비서님은 환영하는 바라고 하셨습니다."

"보고 받기로는 아파트, 빌라, 단독주택, 오피스텔, 평수도 큰 거에서 작은 거까지 보여줄 수 있는 집들은 다 보여준 거로 아는데 그중에 그렇게 맘에 드는 집이 없었어요?"

"네."

대화를 하면서 우현의 시선은 세경이 아닌 그녀의 책상 위에 놓인 디자인 시안에 가 있었다.

"김 비서님 의견을 제가 따로 들어보고 김 비서님도 개의치 않으면 그렇게 하는 거로 하죠."

"이게 이번에 나오는 스키니 용기입니까?"

스키니의 모델로 우현이 정해졌다. 자신이 모델로 나올 제품이라 그런지 우현의 시선은 시안에서 쉽게 떨어지지 않았다.

"아니요. 이 중에 맘에 드는 게 하나도 없어서 스키니 용기는 아직도 미정이에요. 아무리 10대 전용이라지만 너무 소녀 취향적인 게 맘에 안 들어요."

세경만큼이나 우현이 심각하게 들여다보더니 툭 하고 말을 던졌다.

"캐릭터 하나를 만드는 건 어떻습니까? 또 스키니 전체 컬러나 이미지를 꼭 한 가지로 가야 하는 건 아니지 않습니까? 깔끔하고 순수해 보이는 화이트와 비비드한 컬러로 소녀들이 좋아할 만한 개성 있는 두 가지 캐릭터를 만들어 넣는 겁니다. 자신들 개성과 취향에 맞게 선택할 수 있게 하면 더 낫지 않을까…… 뭐 원가 비용에는 어떤 영향을 미치는지는 모르겠지만 큰 비용이 드는 게 아니라면…… 어떨까 생각을 해봤습니다."

캐릭터. 왜 그 생각을 못 했을까? 온통 컬러와 용기 모형에만 신경 쓰느라 다른 방향으로 생각을 하지 못했다.

"좋은데요."

우현의 제안으로 세경은 그동안 자신을 힘들게 했던 문제 하나를 시원하게 풀었다.

"고마워요, 권우현 씨."

"정말 고마운 겁니까?"

"네."

"그럼 술 한잔 사십시오."

"술······? 거참 술 엄청 좋아하네요. 술 대신 밥을 사죠."

"함께 술을 마시는 것처럼 상대를 알아내는 좋은 방법이 없거든요. 물론 나를 솔직하게 드러내는 것도 그렇고."

"권우현 씨하고 나하고 사적으로 서로를 드러내고 알아갈 필요는 없는 것 같은데요."

"정 그러시다면 이사님 원하시는 대로 밥이나 먹죠. 내일 어때요? 내일 오전에 화보 촬영 끝나면 저녁 스케줄 비는데."

"좋아요."

우현이 밖으로 나가고 나서 세경은 너무 쉽게 그와의 식사 약속을 잡은 자신이 신기했다. 골치 아픈 문제를 시원하게 해결해준 그 순간의 고마운 감정으로 밥을 사겠다고 했지만 그저 고맙다는 말로 끝낼 수도 있었다. 그런데 식사 약속을 해버렸다.

권우현 앞에서는 뭔지 모르게 자신의 중심을 잃어버리는 느낌이다. 며칠 전 김치찌개를 들고 왔을 때 그냥 돌려보내지 못하고 몇 마디 나눈 대화부터가 그랬다.

무언가 견고하게 자신이 쌓아온 성이 와르르 무너질 것 같은 불안감이 든다. 그건 불쾌한 감정보다 더 두려운 감정이었다.

'최세경, 정신 차려. 권우현은 회사 모델일 뿐이야.'

세경은 불안감을 떨치기 위해 자신의 마음을 한 번 다독였다.

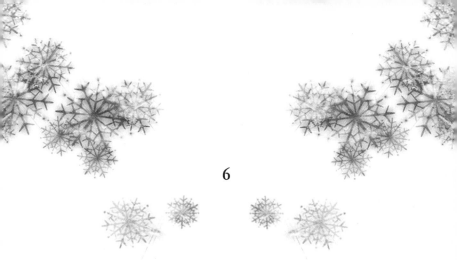

6

−우현이니? ······애비다.

낯선 번호를 무시하지 못하고 받은 것이 실수였다. 화보 촬영
이 끝났으니 망정이지 그 목소리와 '애비'라는 단어를 듣는 순간
말할 수 없이 더럽고 역겨워 얼굴이 일그러질 대로 일그러졌다.

"전화 잘못하셨습니다.

−우현아!

그의 이름을 부르는 목소리가 절박한 듯 들려왔지만 우현은 통
화 종료를 눌렀다. 그리고 아예 전원을 꺼버렸다.

전화를 한 이유는 두 가지 중 하나다. 그의 예상대로 경쟁 회사
칼레의 매출을 올려주고 있으니 협박으로 일을 그만두게 하려 하
거나, 아니면 그쪽으로 끌어들여 자신을 이용하려 하거나.

'애비'라는 단어만 쓰지 않았어도 무슨 소리를 하나 들어줄 마음은 있었는데 아들 취급 한 번 해준 적 없던, 아니 동네 불량배보다도 못한 취급을 해놓고 이제 와서 애비라니.

자신을 한 번 정도는 찾을 거로 생각했다. 어느 정도 예상한 일인데도 막상 목소리를 대하고 나니 속이 뒤집힐 정도로 울화가 치밀어 올랐다.

집으로 가기 위해 차에 오르는데 함께 일하기 시작한 그의 매니저 승우가 통화를 하더니 그에게 휴대폰을 건넸다.

"최 이사님이신데요, 형 전화가 안 된다고……."

아무래도 어제 한 식사 약속으로 전화를 한 것 같았다. 지금 이 기분으로 그녀를 만날 수 있을까 하는 걱정으로 휴대폰을 받아 들었다.

"네. 권우현입니다."

-오늘 약속 때문에 전화했어요.

휴대폰 넘어 세경의 목소리가 어제와 다르게 딱딱하다.

취소하기 위해 전화를 한 것 같다. 통화가 안 된다고 매니저에게까지 전화를 한 걸 보면.

사실 그도 임 회장으로 인해 더러워진 기분이 그녀 앞에서 드러나면 어쩌나 걱정이 들었다. 그래서 취소를 할까도 생각했지만 이상하게 약속을 취소하려는 것 같은 그녀의 전화를 받으니 약속을 취소하고 싶은 마음이 사라졌다.

집구석에서 혼자 그 기분을 곱씹고 싶지는 않은 이유도 있었고 그녀의 목소리를 들으니 오히려 그녀를 보면 지금의 기분에서 벗어날 수 있을 것 같았다.

"사람들 신경 쓰지 않고 편하게 식사할 수 있는 곳이 있는데 김 비서님께 그곳 주소 알려드릴까요? 시간은 7시쯤 어떻습니까?"

약속 취소를 하지 못하게 우현이 급하게 몰아붙였다.

─……김 비서님 오늘 대전에 있는 집에 내려가세요. 그러니 주소는 제 휴대폰으로 보내줘요. 그리고 7시 말고 6시가 나을 것 같네요.

세경이 잠시 머뭇거리더니 약속 시간을 앞당겼다.

"김 비서님 안 계시면 승우 보낼까요?"

─아니요. 알아서 갈게요.

"알겠습니다. 그럼 휴대폰으로 장소 보내줄게요."

─네.

단순하게 밥이나 먹자는 약속이다. 그런데 그 약속이 깨지지 않았다는 게 왜 이리 다행인지 모르겠다. 지금 자신의 마음을 세경이 달래주고 위로해줄 것도 아닌데 그녀를 만날 수 있다는 것만으로 위로가 되는 기분이었다.

세경은 우현과의 약속을 후회하고 있었다. 골치 아픈 문제에서 벗어나게 해주었다는 고마움에 덜컥 약속을 잡기는 했지만 막상 만나려고 하니 또다시 마음이 불편해졌다. 하지만 우현과의 통화가 끝나고는 마음이 편해졌다.

사실 우현에게 전화를 한 이유는 약속을 다음으로 미루거나 취소하자는 의도에서였다. 하지만 지치고 힘든 것 같은 그의 목소리가 그럴 수 없게 만들었다. 고된 작업으로 인해 쌓인 그의 스트레스가 목소리만으로도 느껴질 정도였다.

사실은 그녀도 스키니 때문에 쌓인 스트레스가 어마어마했다. 우현이 아니었다면 디자인팀 직원들을 모두 잘랐을지도 모른다. 자신의 스트레스를 한풀 꺾어준 그에게 밥 한 끼 사는 게 뭐가 어떻다고 이리 불편해하는 건지. 칼레를 위해 열심히 일하고 있는 그에게 밥 한 끼 사주며 다독여주는 건 이사로서 당연한 일이 아닌가.

그렇게 생각하고 나니 그를 만나러 가는 길이 그리 불편하거나 부담스럽지 않았다.

대전에 내려가야 하는 김 비서를 퇴근시키고 세경은 택시를 잡았다. 운전을 자주 하지는 않지만 모르는 길을 운전해서 가고 싶지 않았다. 우현이 알려준 주소를 기사에게 말해주었다.

약속 장소까지 가는 시간은 교통체증으로 인해 생각보다 많이 걸렸다. 지루하고 짜증이 날 때쯤 목적지에 도착했다는 내비게이션의 멘트가 흘러나왔다.

세경은 택시비용을 내고 차에서 내렸다. 번화가에서 조금 벗어났지만 큰 골목 입구에 덩그러니 선 채 세경은 주변을 둘러보았다.

'Memory' 우현이 알려준 그곳 간판이 보였다.

'사람 신경 쓰지 않고 편하게 식사할 수 있는 곳이라더니……'

건물 분위기와 간판으로 봐서는 사람들이 북적거리는 술집으로 보였다. 그런데 출입구에 〈사정으로 인해 오늘 영업은 끝났습니다. 죄송합니다. 내일은 정상영업 합니다.^^〉라고 대충 휘갈겨 쓴 A4 용지가 붙어 있었다.

'어? 여기 맞는데…… 영업이 끝났다니?'

세경이 우현에게 전화를 걸었다.

"어떻게 된 거예요. 권우현 씨가 말한 곳에 와 있는데 오늘 영업 끝났다고 하는데…… Memory, 여기가 아닌 거예요?"

ㅡ앞입니까?

"네."

ㅡ기다려봐요.

그러더니 곧이어 우현이 안에서 출입문을 열며 나타났다.

"영업은 끝났지만 밥은 먹을 수 있습니다. 들어와요."

세경은 잠시 망설였다. 아무도 없는 곳 같은 지하 술집에 그와 단둘이 있어도 되는 건가. 이미 그녀의 아파트에서 단둘이 술을 마셔본 적도 있지만 그건 마셨다고 할 수도 없는 상황이었고 무엇보다 그때는 그녀의 집이었고 김 비서가 가까이 있었다. 하지만 지금은 어떤 끔찍한 일이 일어나도 모를 지하 술집이다.

쉽게 발걸음이 아래로 내려가지지 않았다.

"무섭습니까? 설마…… 나를 무서워하는 건 아니겠죠? 내가 이사님을 어떻게 할까 봐."

그게 맞지만 그렇다고 대답할 수는 없었다.

"……이런 곳에서 식사를 한 적이 없어서 ……진짜 식사가 가능하기는 한 건가요?"

"이사님도 내 음식 솜씨 인정하지 않았습니까? 어디서 뭘 먹느냐보다 누구하고 먹느냐가 더 중요한 거 아닙니까?"

맞는 말이다.

세경은 안으로 들어서 계단 아래로 내려갔다.

생각보다 넓고 보기보다 고급스러운 분위기에 놀라고 있었다.

"여기는 혹시……"

"맞습니다. 예전에 내가 운영하던 술집."

"처분이 아니라 처리한다더니 어떻게 처리한 거예요? 영업을 안 하는 건 아닌 것 같은데…… 그렇다고 영업시간에 손님들 다 내쫓고 조기 폐점한 거 보면 남한테 넘긴 것 같지도 않고……."

"일종의 위탁 운영? ……이라고 보면 됩니다. 일하고 있던 아르바이트 중에서 가장 성실한 녀석에게 운영을 맡겼으니까."

세경이 고개를 끄덕였다.

"앉고 싶은 자리에 앉아요. 룸으로 앉아도 좋고, 바로 앉아도 좋고."

세경은 안을 휘둘러보고 바에 자리를 잡고 앉았다.

우현이 바 안쪽으로 들어가더니 그녀에게 메뉴판을 내밀었다.

"주문하세요."

"주문만 하면 되는 건가요?"

"네."

세경은 우현이 내민 메뉴판을 훑어보았다. 수많은 메뉴 안에 딱히 먹고 싶은 것도 없었고 식사라고 할 만한 음식도 없었다. 기름지거나 자극적인 술안주 사이에서 선택할 만한 음식이 보이지 않았다.

"솔직히…… 이건 술안주 아닌가요? 한 끼 식사로 먹기에는……."

"밥하고 술하고 함께 해결할 수 있는 좋은 것들이 많습니다. 난 사실 밥보다 술이 더 고프거든요. 그래서 갑자기 장소를 이리로 바꾼 겁니다. 정말 술이 필요해서."

"왜요? 오늘 또 어느 인간쓰레기 하나가 권우현 씨 속을 뒤집었나요?"

"네."

술이 필요한 이유를 알 수 없지만 식사를 하기로 해놓고 이곳으로 불러들인 그의 의도를 순수하게 받아들이기로 했다.

"핑곗거리가 너무 궁색하게 들리지만 모르는 척 넘어가줄게요. 단, 이번이 마지막이에요."

"뭐가 마지막이라는 겁니까? 함께 술 마시는 거? 아니면 내 속을 뒤집는 인간쓰레기들 이야기? 아니면…… 단둘이 시간 보내는 거?"

"모두 다요."

"마음대로 하십시오. 어차피 난 칼레 노예니까. 자, 어서 먹을 메뉴나 골라보십시오."

세경은 칼레 노예라는 말이 비아냥거리며 하는 말로 들려 기분이 상하려 했지만 틀린 말도 아니기에 일단 넘어가기로 했다. 그리고 그가 내미는 메뉴판에서 성의 없이 하나 골라 말했다.

"연어샐러드요."

"죄송하지만 그건 안 됩니다. 소스가 다 떨어져서. 다른 거로."

"그럼 소고기 부추말이? 이거요."

"음, 또 한 번 죄송하지만 이건 좀 제가 자신 없는 안주라……."

"도대체 뭐가 되는 거예요? 알아서 되는 거로 해보세요, 그럼."

"감사합니다. 믿고 맡겨주셔서. 그리고 기다리는 동안 이거 먼저."

우현은 짜증 내는 세경을 손님으로 대하는 술집 주인처럼 웃으며 고리 모양의 과자가 가득 담긴 작은 바구니를 내밀었다.

그리고 주방으로 사라진 그가 잠시 후 깔끔하면서 큼직하게 잘 만들어진 계란말이를 내놓았다. 먼젓번 찌개만큼이나 맛을 기대하게 하는 비주얼이었다.

"술은 이거 한 번 마셔볼래요? 정 술은 안 마시겠다, 하면 밥 드릴게요. 어떻게 밥하고 국 가져다드릴까요?"

작은 유리 주전자에 담긴 오렌지빛 도는 액체를 주전자와 세트로 보이는 작은 잔에 따라주었다. 그리고 그도 자신의 잔에 한잔 따랐다.

"이거 자몽 소주인데 시중에 파는 자몽 소주하고 차원이 다른 겁니다. 한 번 맛보면 이 맛 보려고 여기에 오게 되는 그런 마약과도 같은 술이죠."

세경은 처음 보는 자몽 소주의 정체에 호기심이 갔다. 자몽이 들어간 고운 빛깔의 소주는 어떤 맛을 낼까?

그녀가 조심스럽게 맛을 보았다.

"어머!"

아주 작은 양을 맛보았을 뿐인데 감탄이 터져 나왔다.

"이게 소주라고요?"

그녀가 맛보았던, 지독하게 뜨겁고 쓰고 따가웠던 소주라고 믿기지 않았다. 톡 쏘는 상큼함에 소주가 아닌 맛있는 칵테일은 마시는 기분이었다.

상큼하고 달면서 톡 쏘는 술과 별것 아니지만 맛있어 보이는 계란말이, 그리고 누구의 눈치를 보지 않아도 되는 자유로운 공간에서 세경은 아주 오랜만에 휴식다운 휴식의 시간을 맞이하는 기분이었다.

조금은 까칠했던 처음 분위기와 다르게 일에 대한 얘기를 하다 보니 어색하지 않게 대화가 풀려나갔고 한 병의 자몽 소주가 순식간에 비워졌다. 우현은 다시 주방에서 자몽 소주와 함께 보글거리는 찌개를 가지고 나왔다.

"이게 소주 같지 않아서 주량을 넘기기 쉬워요. 맛있다고 과음하면 대책 없이 무너집니다. 양 조절해서 마셔요."

"아직은 괜찮아요. 마신 것 같지도 않게 말짱해요."

"그러다 혹 간다니까요. 생선 넣은 매운탕 좋아합니까?"

작은 그릇에 조금 덜어낸 매운탕을 그녀 앞으로 놓아주며 물었다.

"좋아해요."

"이런 서민 음식 안 먹을 것 같아서 물어봤습니다."

그 말에 세경이 피식 웃었다.

"이런 걸 서민 음식이라고 하나요? 난 그냥 매운탕으로 알고 있는데."

"재벌들은 잘 안 먹는 음식 아닙니까? 호텔이나 고급 음식점에서 취급하는 음식하고는 거리가 멀어서 하는 말입니다."

"재벌은 매 식사를 호텔이나 고급 음식점에서만 한다고 생각해요?"

"집에서 식사를 한다고 해도 그에 못지않은 음식 재료와 요리 솜씨를 가진 조리사가 만든 음식으로 할 테니 이런 건 그냥 줘도 안 먹는 음식 아닙니까?"

세경이 주전자의 소주를 따라 한 번에 털어 넣었다. 그리고 잔뜩 힘이 들어간 눈으로 우현을 똑바로 쳐다보며 물었다.

"권우현 씨 눈에 내가 다른 세계에 있는 재벌녀로 보여요?"

"……미담그룹 회장님의 조카이고 칼레의 홍보 이사님이 일반 서민으로는 안 보입니다."

"그럼 당신 생각이 틀렸어요. 당신이 일반 서민으로 안 보는 나는 구내식당에서 점심을 먹고 집에서는 끼니를 빵으로 대충 해결해요. 큰아빠 집에 있을 때도 조리사가 요리하는 거창한 요리들이 아닌 밥과 국, 김치 그리고 나물들을 먹었고요. 재벌에 대한 당신의 꼬인 생각…… 어느 정도는 이해하지만 그래도 너무 꼬인 것 같아 좀 안타까워요."

이번에는 우현이 피식 웃더니 술 한 잔을 비우고 세경을 똑바로 쳐다보며 말했다.

"나도 최세경 씨가 좀 안타까운데…… 사람들이 다 자신을 만만하게 보는 줄 알고 철저하게 중무장하고서 사람들에게 적대적인 게."

마치 술 마시기 시합을 하는 사람처럼 세경이 또 한 잔을 마셨다. 그리고 우현과 시선을 정면으로 마주하며 말했다.

　"그것도 틀렸어요. 모든 사람에게 적대적이지 않아요. 적어도 내가 믿는 사람들에게는 그러지 않아요. 우리 가족들, 김 비서님 그리고…… 김 비서님 가족들……."

　없다. 그들을 제외하고 떠올릴 만한 측근이 없다. 자몽 소주의 취기가 올라오는지 아니면 자신 주위에 사람이 없다는 게 서글퍼서인지 가슴으로 찬바람이 지나가면서 울컥했다.

　"그럼 나는…… 그 안에 있습니까?"

　우현의 질문이 아니었으면 눈물이 나왔을지 모른다. 하지만 그의 황당한 질문에 세경은 눈물 대신 웃음을 흘렸다.

　"그 질문 너무 우습다는 거 알아요? 난 내가 믿는 사람들 안에 내가 말한 사람들 빼고 남자들은 넣지 않아요."

　웃고 있지만 말투는 날카로웠다.

　그녀를 보는 우현의 눈매가 예리해졌다.

　"남자들이라……? 남자들을 하나로 묶어 매도하는 건 너무 잔인한 것 같은데…… 나도 재벌이라면 당신이 남자를 안 믿는 것처럼 싫어하고 혐오하지만 그 안에서 당신을 뺐듯이 당신도 못 믿을 남자들에서 나를 빼주면 안 되는 겁니까? 나 그렇게 못 믿을 남자 아닌데."

　"아니요. 당신도 그런 남자예요. 당신…… 재벌을 싫어하고 혐오한다면서 유란이를 만났었잖아요."

　세경의 말에 우현의 얼굴이 일그러졌다.

"그 이름은 여기서 안 나왔으면 하는데."

"그 이름이 문제가 아니라 당신이 유란이를 만났다는 게 문제죠. 유란이로 인해 재벌을 싫어하는 게 아니라 재벌을 싫어함에도 불구하고 유란이를 만난 당신이 정당하지 못하고 잘못됐다는 거죠. 결국 당신도 추하고 뻔뻔스러운 그런 남자…… 인 거예요."

이번에는 우현이 두 잔을 연거푸 마셨다. 그리고 지금껏 한 번도 본 적 없는 진지하면서 암울하고 그러면서 단단해 보이는 눈빛으로 물었다.

"최세경 씨, 사랑해봤어요? 어쭙잖게 한 사랑 말고 진짜 가슴이 시리도록 아픈 사랑을 해본 적 있습니까?"

"그런 질문은……."

둘 사이에 오갈 질문이 아니라는 말을 해주고 싶었다. 어쩌다 이렇게 단둘이 앉아 술을 마시고 있지만 자신은 그가 속한 소속사를 만들어준 사주이고, 그가 계약한 광고 회사의 광고주이라는 걸 말해주고 싶었다.

하지만 그가 그녀의 말을 자르고 자신의 이야기를 꺼내놓기 시작했다.

"박유란 아버지, 박 회장이 내가 가장 소중하게 아끼고 사랑하던 여자를 빼앗아 갔거든."

조금은 충격적인 이야기였지만 우현이 꺼낸 이야기보다 그의 눈동자가 안타까워 보일 정도로 슬퍼 보여 그 어떤 말도 꺼낼 수가 없었다. 그냥 자리에서 굳어버린 것처럼 우현을 보고만 있었다.

"힘들지만 열심히 사는 여자를 돈 가지고 유린하고 휘두른 박 회장이나 제 아버지의 힘만 믿고 그 여자를 벼랑 끝으로 몰아 추락시킨 박유란이나…… 절대 평범한 인간이라면 그렇게까지 추악한 짓을 하지는 않았겠지. 아무리 추악해도 그렇게까지 가엾은 여자의 인생을 난도질하지 않았을 거야. 남의 인생은 내 욕심과 야망 앞에서 티끌만큼도 생각하지 않는 게 돈과 권력을 가진 인간들이지. 내 돈, 내 권력을 지키기 위해 남의 인생을 쉽게 짓밟는 족속들."

남자들을 한데 몰며 권우현도 그들과 다르지 않다는 말을 했을 때, 그의 기분이 이랬을까?

그의 이야기가 아프면서도 자신과 다른, 아니 인격이라는 게 있는지 의심되는 박 회장과 자신을 재벌이라는 이유로 하나로 묶어보려는 그의 생각이 불쾌했다.

재벌들이라고 해서 모두가 박 회장 같지 않다는 말을 꺼내려는데 그가 먼저 입을 열었다.

"그런 부류들과 당신은 다르다는 느낌이 들었지. 진짜 다른지는 모르겠지만…… 이렇게 예외도 있는 법인데…… 당신이 생각하는 추하고 뻔뻔스러운 남자들한테서 나는 빼주지 그래요?"

"그럼…… 유란이한테는…… 복수하려고 일부러 접근한 거예요?"

우현에게서는 대답이 없었다.

"그렇게 다가가지 말고 차라리 그냥 그 애 뺨을 후려치거나 얼굴에 똥이라고 뿌려줬으면 멋있었을 텐데…… 그랬다면 기꺼이 당신은 내가 아는 남자들과 정말 다르다고 그 부류에서 빼주겠다고 대답했을 텐데……. 권우현 씨, 복수 방법…… 별로네요. 지금 유란이가 당신 때문에 죽을 것 같이 아파하고 힘들어해서 통쾌할 수는 있지만."

"멋있게 보이지 못해 유감입니다만…… 왜 남자들을 못 믿는 겁니까?"

어쩌면 이 질문에 대한 세경의 답을 듣기 위해 자신의 이야기를 털어놓았는지 모른다. 자신에 대해 알지도 못하고, 알고 싶은 생각도 없으면서 다른 남자들과 다를 바 없다고 단정 지어버린 것이 불쾌해 욱하고 털어놓은 것도 있었다. 하지만 사실은 그녀의 이야기를 듣고 싶어 먼저 꺼내놓은 것이었다.

대답 대신 세경은 잔에 담긴 술을 마셨다. 그리고 턱을 괴고 인상을 쓰며 흐트러지지 않은 눈동자로 그를 보고 있었다.

"남자들은…… 추악하고 남자들은…… 불결하고 남자들은…… 뻔뻔스럽고 남자들은…… 솔직하지 못하니까."

그녀에게 그렇게 다가간 남자는 누굴까? 분명 상처로 인해 그렇게 느끼고 있다. 하지만 그녀의 상처를 건드리고 싶지는 않았다. 괜히 아픈 상처를 잘못 건드려 안 좋은 기억을 떠올리게 하는 건 아닌지 걱정이 되었다. 우현은 자신의 궁금증과 호기심을 접기로 했다.

"그런 여자들도 많은데 남자들만 그렇다는 건 억지 아닙니까? 괜히 억울한 기분이 드는데요."

"유란이 입장에서 보면 당신도 그런 남자니까 억울할 것 없어요. 유란이도 똑같지 않냐고 하면 할 말 없지만."

마지막으로 채워지는 한 잔을 세경이 마셨다. 그리고 주전자를 흔들었다.

"딱 한 병만 더 하고 끝내요."

우현이 그녀 손끝에서 흔들리는 주전자를 **빼앗듯** 받아 들고 내려놓았다.

"슬슬 술기운 올라오고 있는 것 같은데 그만하고 집으로 갑시다."

"더 주고 싶지 않나 봐요? 그래요, 그럼 집으로 가죠. 오늘 잘 마셨어요. 손수 만들어준 안주도 고맙게 잘 먹고."

세경이 핸드백을 챙기며 자리에서 일어섰다.

흐트러지지 않는 눈동자와 달리 그녀의 딱딱하고 건조했던 말투는 어느 순간부터 약간씩 풀어지기 시작했다. 그래서 취해간다는 생각을 했는데 등을 꼿꼿하게 세우고 일어서는 그녀에게서 긴장의 끈을 놓지 않으려는 의지가 보였다. 한 걸음, 한 걸음이 느리지만 눈동자처럼 흔들리지 않는다.

"잠깐 앉아 있어요. 대충 정리는 하고 나갑시다."

"데려다주기라도 할 건가요?"

"데려다준다기보다 집으로 가는 길에 데리고 가는 겁니다."

"혼자 갈 수 있어요. 그러지 않아도 돼요."

"왜요? 혼자 가겠다는 것도 남자가 추악하고 **뻔뻔스럽고**, 뭐 그런 이유입니까?"

"미안하지만…… 맞아요."

우현에게서 세경이 차갑게 등을 돌렸다.

"내가 남자로 보이나 봐요?"

우현의 질문에 한 걸음 내딛던 세경의 발걸음이 멈췄지만 대답도 없고 돌아서지도 않았다. 그냥 얼어 있는 사람처럼 그렇게 움직임 없이 멈춰 서 있었다.

뜻이 있는 질문이 아니었다. 너무 자신을 경계하는 것 같은 못마땅함에 가볍게 던진, 질문이기보다는 의미 없는 한마디였다. 굳이 의미를 두자면 '나 그렇게 추악한 남자 아니니 그렇게 다른 놈들과 한 취급하지 마시오.' 정도.

그러나 세경은 그렇게 받아들이지 않았나 보다. 꼼짝 않고 서 있는 세경의 뒷모습이 괜히 불안했다.

"최세경 씨, 너무 그렇게 사람을 하나로 묶지 말고……."

우현이 다가가 그녀의 팔뚝을 생각 없이, 정말 아무 생각 없이 잡았다. 그러자 그녀가 그의 손을 모질게 쳐냈다. 반사적으로 튀어나온 행동이라고 보기에도 심하게 빠르고 강했다. 우현이 무안할 정도였다.

"내 말이 농담으로 들렸어요?"

그녀의 표정이 진지했다. 언제나 진지하고 무거운 얼굴이지만 지금은 평소보다 더 어둡기까지 하다.

"농담으로 듣지 않았어요. 하지만……."

"증명해줄까요?"

"……? 읍."

세경의 입술이 그의 입술로 날벼락같이 부딪쳐왔다. 키가 큰 그의 목을 아래로 잡아 늘이듯 매달리고는 그의 입술 사이로 혀를 파묻듯 파고들었다.

피하고 말릴 겨를이 없었다. 그녀가 갑자기 왜 키스를 하는지, 키스로 증명하려는 것이 무엇인지 복잡한 생각에 우현은 그녀의 키스를 제대로 받아들이고 느낄 수도 없었다.

그가 그녀와 함께 타액과 혀를 섞으며 반응해야 하는데 그렇게 하지 않아서 그런지 그녀의 키스는 오래가지 않았다.

입술을 뗀 세경이 우현의 시선을 피하지 않고 바라봤다. 먼저 도발했지만 반응하지 않은 남자의 얼굴을 마주하는 일이 조금은 무안할 수 있을 텐데 세경에게 그런 무안함은 보이지 않았다.

"권우현 씨……."

그녀의 눈동자가 심하게 흔들렸다. 긴장이 풀어진 것 같지는 않은데 그를 보는 그녀의 시선이 불안할 정도로 그 떨림이 심했다.

"말해요."

무언가 말을 하려는 듯 망설이던 세경이 자신이 앉아 있던 자리에 다시 앉았다.

그녀의 표정이 넋 나간 사람과 다르지 않았다.

우현은 그런 세경을 그냥 놔두고 두 사람이 마신 흔적들을 빠르게 정리했다.

"갑시다, 이제."

우현이 앞장서고 그 뒤로 세경이 그를 따랐다.

택시를 잡고 집으로 향하면서도 우현은 어떤 말도 그녀에게 꺼내지 않았다.

'내가 그 키스에 반응하고 좀 더 깊게 스킨십을 시도해주길 바란 건가? 그렇게 해서 자신이 말한 남자들의 저질스러움을 증명하려고?

그녀가 그에게 키스를 해왔던 이유는 단순히 그것밖에 없는 것 같다.

워낙 느닷없이 달려든 키스라 경황이 없길 다행이라면 다행인 건가. 조금이라도 응했다가는 추악하고 뻔뻔하고 저질스러운 남자가 될 뻔했으니까.

마음대로 되지 않아서인지 세경의 표정은 그 이후 무척이나 안 좋았다. 기분 나빠하는 것 같지는 않은데 혼자 무척이나 심각한 얼굴이었다.

'저 자존심에…… 생채기가 났을 테지? 그냥 눈감고 모르는 척 응해줄 걸 그랬나?'

우현의 온 신경이 세경에게 쏠려 있었으나 말 한마디, 시선 한 번 맞추지 못한 채 택시는 아파트에 도착했고 둘은 각자 집 앞 현관에 섰다.

"들어가십시오."

"네, 그럼."

이제 와 민망함을 느꼈는지 세경이 고개를 들지 못한 채 현관의 잠금장치 버튼을 눌렀다.

띠띠띠띠띠띠. 여섯 개의 숫자를 눌렀지만 문이 열리지 않자 세경이 다시 여섯 개의 버튼을 눌렀다.

우현이 알기로 그녀는 비밀번호를 바꿨고 그 번호는 여덟 자리였다.

그런데 지금 세경은 바뀐 번호가 아니라 예전, 그러니까 우현이 알고 있는 그 번호를 누르고 있는 것 같았다.

"나 때문에 비밀번호 바꾸지 않았습니까?"

"……아!"

생각이 났는지 고개를 끄덕인 세경이 다시 버튼을 누르려 했다. 하지만 그녀는 아무것도 누르지 않고 서 있었다.

"생각이 안 납니까?"

술기운에 번호를 잊었는지 문 하나 열지 못하고 서 있는 세경을 두고 차마 집으로 들어가지 못하는 우현을 본 세경이 그를 들여보내려 했다.

"들어가요. 해결할 수 있으니까."

"해결하기 어려우면……."

함께 자신의 집으로 들어가자는 말을 하려고 했다. 하지만 그 말이 나오기 전에 그녀는 어딘가에 전화를 하고 있었다.

"큰엄마, 늦은 밤에 정말 죄송한데요, 수원댁 아주머니한테 아파트 비밀번호를 알려달라고 해주세요."

그리고 얼마 후 그녀는 여덟 자리 비밀번호를 누르고 집 안으로 사라졌다.

세경은 그렇게 안으로 들어갔지만 우현은 들어가지 못하고 한참을 밖에 서 있었다. 이상하게 그녀가 사라지고 나서야 입술 위로 그녀가 남긴 촉촉함이 기억났다.

그녀가 그런 식으로 도발한 건 나쁘지 않지만 그만큼 그녀에게 아픈 상처가 있는 것 같아 신경이 쓰인다.

'최세경, 당신의 상처는 뭐냐? 도대체 어떤 인간쓰레기한테 상처를 받았기에 그렇게 모든 남자를 다 쓰레기로 보는 거냐고. 왜?'

딱 기분 좋게 취하는 정도였다. 식사가 아닌 술자리를 일부러 마련한 것 같은 그의 의도에 불쾌감 같은 것도 없었다. 그와의 대화도 나쁘지 않았다. 하지만 서로가 서로의 선을 넘은 것 같아 못마땅하다.

우현은 자신만이 가지고 있던 사연은 털어놓았고 그녀는 그에게 하지 말아야 할 시험을 하고 말았다.

그는 몰라도 자신은 그러지 말았어야 했다고 자책 중이다.

그녀에게는 민기와의 결혼 실패 후 우현에게 말했던 사람들을 제외한 모든 사람이 접근할 수 없도록 철저하게 그어놓은 인간관계의 선이 있다. 그 누구도 그 선 가까이 오게 한 적이 없다. 다가오려는 사람은 여럿 있었다. 재환이 그랬고, 창서가 끝없이 다가오려 하고 있다. 하지만 우현이 순식간에 그 선을 넘어버린 기분이다. 아니, 그를 그 선 안으로 들여놓은 기분이다.

단지 그와 키스를 했기 때문이 아니다. 키스를 했음에도 자신에게 이상 반응이 없다는 사실과 그가 그녀의 심장을 뜨겁게 만들고 있다는 사실 때문이다.

그리고 아직도 의식 속에서 나가지 않고 있는 우현으로 인해 혼란을 겪고 있다는 것과 누구와도 소통하지 않았던 시간을 보내며 그와 사적인 대화를 나눈 것 자체가 이미 그를 다른 사람들과 다르게 인정했다는 것이기도 했다.

하지만 그의 아픈 상처를 듣고 끝냈어야 했다. 재벌에 대해 어떻게 생각하든 상관하지 말고 웃으며 넘겼어야 했다. 그런 그에게 왜 제 생각을 말하고 그걸 증명하려고 했는지 다시 생각해도 스스로가 이해되지 않고 있다. 그 남자의 생각이 어떻든 무시해야 했는데 그의 말에 발끈하여 쓸데없는 행동을 하고 말았다.

그런데 그때는 그럴 수밖에 없었다.

남자로 보이냐는 그 질문에 웃음이 나왔어야 정상인데 이상하게 심장이 움찔했다. 그를 남자로 느껴본 적이 없는데도 자신의 이상 반응에 너무 놀라 마음을 가다듬어야 했다.

그리고 그녀의 팔뚝에 닿은 그의 손. 반사적으로 그 손을 쳐냈다. 다른 뜻이 있어서 손을 뻗친 것이 아니라는 것을 알지만 그냥 모든 게 무너지고 흐트러지는 것 같은 그 순간을 견딜 수 없었다.

자꾸만 그녀의 생각이 틀렸다는 걸 증명하려는 그에게 반대로 증명해 보이고 싶었다. 자신에게 남자가 어떤 존재인지 그걸 알려주기 위해 키스를 했다. 그리고 그녀는 곧바로 머리가 어지럽고 속이 울렁거리면서 위장 속에 있는 모든 걸 다 게워낼 줄 알았다.

그런데. 아무런 반응도 일어나지 않았다. 머리도 어지럽지 않았으며 속이 울렁거리지도 않았다. 그리고 속에 것을 토해내지도 않았다.

'이 남자⋯⋯.'

입술을 떼고 난 첫 생각은.

'게이인가?'

키스를 하고도 아무렇지 않은 자신이 이상해야 하는데 자신보다 권우현이 이상한 게 아닌가 싶었다.

"권우현 씨……."

자칫 키스를 한 번 더하자고 할 뻔했다. 이번에는 당신이 나에게 키스를 해오라고.

다행히도 그 말은 입 밖으로 나가지 않았고 더 이상의 사고 없이 집에 도착했다.

'말도 안 되는 그 우스운…… 병 같지도 않은 병이 사라진 건가?'

세경은 샤워도 하지 않고 메이크업도 지우지 않은 채 그대로 소파에 쓰러졌다.

취기로 인해 잠이 쏟아질 것 같은데 여러 가지로 놀라서 그런지 잠도 오지 않았다. 오히려 눈을 감은 채 떠올리기 싫은 과거를 기억하기 시작했다.

아무도 모르는 그녀만의 비밀스럽고 수치스러운 기억.

홍민기로 인한 충격은 그녀를 비정상으로 만들었다. 하지만 가족들은 알지 못했다. 충격으로 인해 말이 없어지고 표정이 없어지고 담배를 피우기 시작했지만 간간이 외출을 하고 끼니와 간식들을 챙겨 먹었다.

결혼 전과 다르지 않게 쇼핑을 하고 뷰티숍을 다니며 꾸미는 일도 소홀하지 않아 그녀가 일상을 다시 찾는 거라 여겼다. 그래서 모두가 시간이 지나면 없어진 말수도 늘어나고 잃어버린 미소도 되찾을 수 있을 거라 믿었다. 예전 최세경으로 되돌아오길 바라는 가족들은 웃지 않는 그녀에게 더 많이 웃어주고 대답 없는 그녀에게 더 다정한 말을 건네며 그녀를 보듬어주었다.

세경 자신도 사랑의 배신쯤이야 가뿐하게 넘길 수 있다고 다짐을 했다. 하지만 어느 날 갑자기 가슴에서 울컥하며 뜨거운 덩어리가 치밀어 올라올 때가 있었다. 그럴 때는 제정신으로 감당할 수 없을 만큼 괴롭고 힘들었다.

그 뜨거운 것을 다시 밀어 넣기 위해 그녀는 아무도 모르게 더 많은 담배를 피웠고, 이기지 못할 만큼의 술을 마셨다.

그러나 그날은 술도 담배도 그녀의 욱신거리는 화병을 잦아들게 하지 못했다. 최 회장이 걱정되어 붙여준 경호원을 집 앞에서 퇴근시키고 그녀는 혼자 무작정 쏘다녔다. 택시를 타고 가다가 아무 곳에서 내려 걷기도 하고 또다시 택시를 타고, 내리고 걷고. 그렇게 정신 나간 사람처럼 만취 상태에서 이곳저곳을 헤매고 다녔다.

집에서 전화가 왔지만 걱정하지 말라고, 머리 좀 식히고 들어가겠다고 했다. 그러나 좀처럼 그녀의 머리는 식지 않았다.

그러다 들어간 조용한 바.

늘 마시던 칵테일을 마시며 두 번째 피우는 담배가 다 타들어갈 때까지도 그녀의 마음은 계속 폭풍에 휩쓸리듯 고요해지지 않았다. 담배를 비벼 끄며 한 잔의 칵테일을 더 주문할 때였다.

"혼자 오셨나 봐요?"

미소 지으며 그녀 옆으로 다가와 앉는 남자가 있었다.

"나쁜 뜻은 없어요. 사실, 제가 오늘 실연을 당해서 아무에게나 위로받고 싶었는데…… 그쪽 분도 꼭 저하고 같은 사정을 가진 얼굴을 하고 있어서요.

부담 없이 같이 한잔하는 거 어때요?"

온몸과 마음을 뜨겁게 달구던 화가 그녀를 자극하기 시작했다. 실연을 당했다며 다가오는 남자의 음흉한 접근이 홍민기를 보는 듯했다. 그대로 거절하고 싶지 않았다. 홍민기를 향한 분노를 그와 똑같아 보이는 남자에게 퍼부어주고 싶었고, 아픔을 고스란히 갚아주고 싶었다.

"실연? 여자가 다른 남자에게 갔나 보죠?"

"허, 귀신이네."

"그쪽보다 더 능력 있고 돈 많은 남자가 좋다고 떠났을 거고."

"능력 있고, 돈도 많고, 또 하나 테크닉도 좋다더군요. 신 내렸어요?"

"위로보다는 내가 그쪽 떠난 여자보다 돈도 많고 능력도 있고 테크닉도 좋아 보여 접근한 거고."

남자가 씩 웃었다.

"음…… 위로보다 그쪽이 맘에 들어서 다가온 거 맞지만 돈, 능력, 테크닉 이런 건 생각 안 하고 다가왔는데."

남자가 바텐더에게 칵테일을 주문했고 바텐더가 만든 칵테일을 그녀에게 건네며 다시 웃었다.

"자, 그런 진심을 담은 한 잔."

그가 건네는 술을 세경은 단숨에 비웠다.

"오호, 원 샷? 진심을 알아주는 건가?"

그렇게 그가 주문한 칵테일을 몇 잔 더 마셨다. 그로 인해 반 이상 잃어버린 이성은 마비에 가까워졌고 어느 순간 그를 따라 호텔 룸에 들어와 있었다.

"결국 목적은 이거네?"

"남녀가 만나 할 수 있는 게 뭐 별거 있나? 왜? 원해서 따라온 거 아니었어?"

"내가 원한 거 이게 아니거든."

"이게 아니면 뭔데?"

"내 앞에서 개처럼 엎드려 기게 하려고 했는데."

"뭐? 개?"

세경이 지갑 안에 있던 수표와 현금을 남자 앞에서 꺼내들었다.

욕정으로 이글거리던 남자의 눈이 그녀의 손에 든 돈다발에 휘둥그레졌다. 변한 남자의 눈빛을 보고 세경이 돈을 허공에 뿌렸다.

"다 가져. 대신, 손으로 줍지 말고 엎드려 기면서 입으로 주워가져."

남자의 눈썹이 꿈틀거렸다. 몹시 불쾌한 표정으로 자신의 주위에 떨어진 지폐와 수표들을 훑어보다 이내 표정이 부드러워지면서 세경에게 가까이 다가왔다.

"네가 원하는 대로 그렇게 개처럼 굴어주고 싶은데…… 일단 할 건 하고 보자. 혹시 알아? 저걸 네가 나한테 개처럼 물어다 바칠 만큼 내가 너한테 만족감을 줄지. 일단 그것부터 시험해보지그래? 장담하는데…… 나하고 한 번 하면 너…… 내 앞에서 네가 개처럼 멍멍 짖고 길 거야."

남자가 세경의 얼굴선을 쓸어내리고 키스를 시도해왔다. 남자의 입술이 그녀의 입술에 내려지는 순간 그녀의 속이 울렁거렸다. 술을 마셨다고 해도 정신만 혼미할 뿐 속은 멀쩡했는데 이상하게 위가 뒤집어지는 것처럼 그 울렁거림이 심했다.

기억하고 싶지 않은 첫날밤이 떠올랐다.

사랑도 없이 결혼한 여자를 안았던 민기처럼 감정이 아닌 욕정에 의해 키스하는 남자의 추한 본능이 역겨웠다.

"우욱."

곧바로 구역질이 시작됐고 놀란 남자가 입술을 떼고 한 걸음 물러서는 순간 그의 옷과 바닥에 속에 것을 토해내기 시작했다.

"아, 뭐야!"

"우욱."

쉽게 멈추지 않는 구토처럼 그녀의 끔찍한 기억도 머릿속에서 쉽게 없어지지 않았다.

"아, 더러워! 뭐 이렇게 더러운 게 있어? 야! 너 변태야? 아, 재수 없으려니까, 진짜! 인생 그렇게 살지 마라! 돈으로 사람 사서 개 같은 짓거리 시키면서 지저분하게 굴지 말고 더러운 변태 짓은 너 혼자 집에서 해! 알았어? 이, 더러운 년아!"

남자가 더 심한 욕을 내뱉으면서 룸에서 나갔다.

세경의 구토도 멈췄다. 그녀는 그 자리에 주저앉아서 울기 시작했다. 자신의 못난 모습이 서러웠고 그 서러움은 통곡이 되어 그녀를 탈진시킬 만큼 쉽게 물러가지 않았다.

그렇게 모든 걸 내려놓고 울다 지쳐 잠이 들었던 그녀가 눈을 떴을 때 그녀의 모습은 참담했다. 눈물로 얼룩진 얼굴은 아무것도 아니었다. 머리카락과 옷에 묻은 토사물과 악취로 인해 노숙자보다 더 해괴한 몰골로 욕실 거울 앞에 서 있는 여자는 최세경이 아니었다.

가족들의 사랑을 받으며 늘 행복하게 웃던 자신이 아니었다. 한심하고 모자란 정신병자의 모습으로 서 있는 자신이 너무도 부끄러워 차마 거울을 마주 볼 수가 없었다.

'이렇게 되려고…… 사랑받으며 살아온 게 아닌데. 내가 왜 지금 이런 모습으로 서 있는 거지? 내가 왜? ……그깟 사랑, 결혼, 남자 ……그게 뭐라고? 난 아직 살아 있고…… 난 아직 젊고…… 뭐든 마음먹으면 다시 시작할 수 있는데…….'

냄새나는 옷을 벗어 던졌다. 기억하기 싫은 과거를 벗어버리고 새로 태어나기 위한 의식을 치르는 것처럼 샤워를 했다. 그리고 깨끗한 모습으로 거울 앞에 다시 섰을 때 세경은 다짐했다.

'남은 인생이 더 길어. 이젠 절대 남에게 휘둘리지 않는 내 인생을 사는 거야. 남자나 사랑 따위에 기대지 않아.'

남은 인생을 망가뜨릴 수 있을 만큼 홍민기가 최세경 인생에 대단한 인간이 아니라는 것을 인지했고, 잘못된 사랑과 결혼 역시 살아가며 겪은 작은 실수일 뿐이라고 치부했다.

그날 이후로 세경은 이전보다 더 강하고 더 성숙하게 새로 태어났다. 회사일을 시작했고 일에 모든 열정을 퍼부었다. 그렇게 그녀의 그날 밤 기억도 사라졌다.

그리고 2년 전 최 회장이 그녀에게 맞선에 대한 의사를 넌지시 물어왔다.

"중소기업이지만 내실 있는 기업이다. 무엇보다 대표 인성이 괜찮아서 자리 한번 마련해보려고 하는데 어머니? 결혼보다는 만남 자체에 의미를 둔 그런 자리니 부담 없이 그냥 한 번 만나보는 것도 나쁘지 않을 것 같은데. 경영에 대한 도움이나 조언을 나누는 관계로 이어나가도 좋고. 그런 자리로 만나게 해주자고 저쪽하고 얘기도 됐다."

결혼이나 연애는 생각이 없었다. 하지만 최 회장의 말대로 부담 없이 만날 수 있는 자리라면 굳이 마다할 필요가 없을 것 같았다. 오히려 창서의 짜증스러운 대시를 끝내기 위해서도 그런 자리에 나가 누군가를 만날 필요가 있었다. 더불어 최세경이 결혼 실패로 인해 대인관계 기피와 우울증에 빠져 있다는 수군거림을 잠재우고 싶었다.

그래서 만난 남자, 차형주. 그는 어려운 수학문제의 잘 풀어낸 모범답안과 같은 남자였다. 좋은 집안에서 잘 자라고 잘 배운 티가 나면서도 잘난 듯 내세우지 않고 품위를 지킬 줄 아는 남자였다.

세 번을 만나면서 식사를 하고 차를 마시고 뮤지컬을 보거나 전시회를 가거나 고궁을 가는 정석의 데이트 코스를 밟았다. 그리고 네 번째 만났을 때에는 그때쯤이면 키스를 해도 된다는 마음이었는지 그가 키스를 시도했다.

천천히 그의 입술이 그녀의 입술을 지그시 누르는 순간, 그녀의 속이 울렁거리기 시작했다. 세상이 빙빙 도는 어지럼증 가운데 또다시 모질게 징그러운 기억이 떠올랐고 세경은 그 증상이 어떤 결과를 가지고 오는지 알고 있어 그를 밀어내고 차에서 내렸다.

"우우욱."

"괜찮아요?"

뒤따라온 형주가 세경의 등을 두들겨주었다. 그 손길이 고맙고 따뜻해야 하는데 불편하기만 했다.

그날 밤 세경은 형주에게 전화로 이별 통보를 했다.

"몰랐는데 병이었나 봐요. 키스도 못 하는 여자하고 결혼은커녕 연애하기도 힘들 거 아니에요. 차형주 씨가 나쁜 사람이면 잡고 안 놔주겠는데 좋은 사람이라 놔주는 거예요. 그리고…… 미담그룹 최세경이 몹쓸 병에 걸려 있다고 소문내지 않을 사람인 거 알아서 고이 보내주는 거고."

그 뜻을 그는 잘 알아들었다. 그리고 세경의 말대로 그는 그녀에 대한 어떤 말도 세상에 떠들지 않고 있었다. 그가 입을 다물지 않았으면 아마 세경의 증상에 대한 루머들이 떠돌고도 남았을 텐데 둘이 만난 사실조차 아는 사람이 없을 정도니까.

세경은 그 이후로 자신이 남자와 스킨십이 안 된다는 사실을 알았다. 모든 걸 다 훌훌 벗어던졌다고 여겼는데 자신도 모르는 상처가 어딘가에 남아 있나 보다. 그렇지만 남자와 스킨십을 못 한다고 해서 심각하지는 않았다. 어차피 남자는 추악하고 불결하고 뻔뻔스럽다고 여겼으니까. 그런 남자들과 하는 스킨십은 인생에서 아무 의미가 없으니까.

권우현에게 보여주고 싶었다. 무슨 오기에서인지 모르지만 남자에 대한 자신의 말이 틀리지 않다는 걸 보여주기 위해 키스를 했다. 그러면 울렁증이 일면서 속에 있는 것을 다 토해낼 것이고 그렇게 키스 하나로도 그 불결함을 참지 못하는 자신의 결벽증 같은 것을 증명하고 싶었다. 그런데 이상했다. 울렁증도 어지럼증도 없었다.

'그동안 내가 착각했던 건가? 그때는 나도 모르는 심적 불안이 남아 있을 때고, 지금은 시간이 흐른 만큼 그런 증상이 사라진 건가?

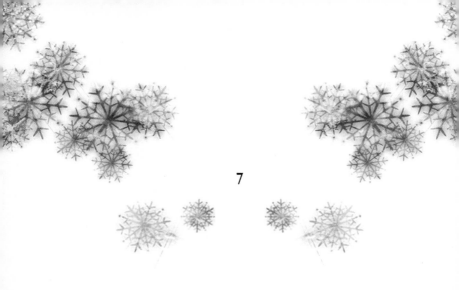

7

새벽 시간, 불편한 소파에서 잠이 깬 뒤 세경은 샤워를 하고 다시 잠 속으로 빠져들었지만 늦잠을 자지는 못했다. 아침을 맞이하는 그녀의 컨디션은 말이 아니었다.

숙취로 인한 울렁거림이나 두통과 달리 속이 메스꺼웠고 일어설 수 없을 만큼 어지럼증이 심했다. 마치 몸살이 오는 것처럼 온몸이 쑤시고 아픈 데다 식은땀까지 나고 있어 몸을 제대로 일으키는 것조차 힘들었다.

김 비서를 부를까 싶었지만 어제 대전으로 내려갔다는 사실이 떠올랐다. 최 회장에게 전화를 했다가는 독립생활을 접고 다시 집으로 들어가야 하는 빌미가 될 것 같아 혼자 끙끙 앓아야 하는 상황이 되어버렸다.

'푹 쉬고 나면 괜찮아지겠지. 겨우 몸살인데 뭐……'

약은 먹어야 할 것 같아 힘들게 침대에서 빠져나왔지만 한 걸음, 한 걸음이 힘들었다. 어렵게 침실을 나와 주방으로 가려는데 초인종이 울렸다. 그 소리에 세경의 아픈 몸이 경직되며 움찔했다. 인터폰 화면에 보이는 얼굴은, 그녀를 긴장하게 한 인물, 우현이었다.

모든 힘을 끌어모아 인터폰 있는 곳까지 걸어갔다.

"무슨 일이에요?"

그가 안주를 만들어 왔던 그때처럼 무언가를 들어 보인다. 역시나 그때처럼 냄비였다.

"해장합시다."

지금 그녀는 해장할 때가 아니다. 당장에라도 그 자리에 주저앉고 싶을 정도로 버티고 서 있는 것조차 힘든데 해장이라니.

"됐어요. 괜찮으니까…… 그냥 돌아가요."

하지만 아픈 그녀의 목소리가 그에게 들렸나 보다.

"어디 아파요? 목소리가 왜 그래요?"

"괜…… 찮다고요. 헉헉."

억지로 버티고 서 있자니 세경의 호흡이 가빠지고 힘들어졌다.

"문 열어봐요! 괜찮은 것 같지가 않은데! 안 열어주면 문 부수고 들어갈 겁니다!"

당장에라도 문을 부수고 들어올 것 같은 그의 고함에 세경이 문을 열어주고 말았다. 그리고 동시에 그 자리에 주저앉고 말았다.

"최 이사님!"

급하게 들어온 우현이 냄비를 바닥에 내려놓고 세경의 상태부터 살폈다.

그의 커다란 손이 그녀의 이마를 짚었다. 시원한 그의 손바닥이 이마에 닿는 순간 세경은 자신이 열이 나고 있다는 사실을 알았다.

우현은 손바닥에서 느껴지는 그녀의 체온은 물론이고 힘없이 벽에 기대어 앉아 있는 모습으로 그녀의 상태가 심각하다는 것을 알 수 있었다.

"약 먹었어요?"

말을 할 힘도 없는지 그녀가 고개를 저었다.

"미련 곰탱입니까? 이러도록 약도 안 먹고, 괜찮다고 하고."

우현은 세경을 번쩍 안아 들고 그녀의 침대에 눕혔다.

"해열제 어디 있습니까?"

"거실…… TV 옆…… 작은 서랍장……."

우현이 빠르게 움직여 해열제와 물을 가져와 그녀에게 먹였고, 약을 먹은 세경은 그대로 눈을 감았다.

"최세경 씨, 괜찮아요? 응급실에 가야……."

"그냥…… 몸살이에요. 병원에…… 안 가도 돼요."

혼자 아픈 걸 견뎌야 할 때와 다르게 우현이 옆에 있으니 누군가 옆에 있다는 안도감이 들었다. 그게 권우현이 아닌 다른 사람이었어도 같은 느낌이 들었을지는 모르지만 챙겨줄 사람이 생겨서인지 아니면 아프고 기운 없는 탓인지 졸음이 쏟아져 왔다.

그래도 잠은 들면 안 될 것 같아 버티려 했지만 이미 감긴 눈꺼풀을 다시 뜨는 힘들었고 정신을 놓듯 순식간에 잠으로 빠져들었다.

잠 속으로 빠져드는 그녀를 본 우현은 세경에게 이불을 덮어주고 욕실로 들어가 따뜻한 물에 적신 수건을 가져다 그녀의 이마에 놓아주었다. 그리고 냉장고에 있는 채소들을 꺼내 죽을 쑤기 시작했다.

죽을 다 만든 후에는 그녀 곁에서 물수건을 갈아주며 열이 내리는지 확인했지만 그녀의 이마는 아직도 뜨겁기만 했다.

'독하지도 않고 세지도 않으면서 왜 이렇게 기를 쓰고 포장하고 사는 거야? 최세경.'

우현은 파리한 안색으로 잠들어 있는 세경을 안쓰럽게 바라보았다.

어젯밤 우현도 잠들지 못했었다.

처음엔 세경이 한 키스의 의도가 뭔지 궁금한 것부터 시작했다. 다음엔 하다 만 것 같은 그녀와의 키스를 제대로 나누고 싶은 마음이 들었다. 그리고 단순하게 그녀와 키스만 하고 싶다는 생각을 떠나 그런 관계로까지 발전시키고 싶어졌다. 그녀에게 자신이 그의 남자이고 싶다는 생각에까지 머무르자 잠을 잘 수가 없었다.

자신이 아는 가식으로 포장되고 무장된 재벌과 다른 그녀의 모습에 왜 다른지, 어떻게 다른지 알아가는 게 재미있을 거로 생각하고 그녀를 지켜봤다.

그녀의 일상은 전투 준비 태세로 사는 여자처럼 늘 긴장한 듯 뻣뻣하기만 했다. 표정 하나, 말투 하나가 자연스럽지 못할 때가 많았다.

그 이유가 누군가에게 심한 상처를 받았기 때문이라는 것은 어제 함께 술을 마시며 알 수 있었다. 남자를 극도로 혐오하는 것 같은 그녀의 말이 그걸 스스로 증명했다.

재력, 미모, 배경 그 어느 하나 빠진 것 없이 완벽하게 갖춘 여자에게 상처를 준 남자는 누구일까? 사람 하나 자신의 것으로 만들거나 버리는 걸 쉽게 하는 부류인데 왜 세경이 상처를 받았을까? 그것도 남자를 혐오할 정도로.

아직도 그 상처에서 벗어나지 못한 것 같은 그녀의 모습에 괜히 마음이 아팠다. 그렇게 끝없이 이어지는 생각 속에서 잠 한숨 자지 못한 채 일어나 찌개를 끓였다.

핑계는 그녀의 해장이었지만 진심은 그녀의 마음을 떠보기 위한 것이었다.

왜 어젯밤 자신에게 키스를 했는지, 키스를 할 만큼 자신이 그녀에게 어떤 의미가 있는 건지.

대답을 얻어낼 수 있을지 모르지만 일단 다 끓인 찌개를 들고 그녀의 집을 찾았다. 그런데 이렇게 아파하며 혼자 버티고 있을 줄 몰랐다.

'나도 참 힘들게 사는 인생인데 당신도 힘들게 산다. 쉽게 살아갈 수도 있는데…… 그렇게 살아보고 싶다는 생각이 든다. 이상하게 당신하고…….'

혜영이 이후 처음이었다. 누군가와 함께이고 싶다는 생각은.

상처를 받은 것 같은 세경이 안쓰러워서도 아니고 그녀가 그의 생각을 벗어난 호기심 대상의 재벌녀라는 이유도 아니었다.

그냥 지금처럼 그녀 옆에서 지켜주고 싶다는 생각과 서로가 진 짐과 상처를 벗어던지고 싶은 마음이다. 그녀의 말간 얼굴에 어울리지 않은 두껍고 진한 화장이 아닌 미소를 짓게 해주고 싶은 마음. 그리고 그녀의 미소가 꼬인 자신의 마음을 풀어줄 것 같은 기대감. 함께하면 세상이 좀 달라질 것 같은 그런 확신. 그리고 그런 것들로 인해 심하게 반응하는 자신의 심장.

그의 손이 세경의 얼굴로 향했다. 하지만 끝내 세경의 얼굴을 만지지 못한 손을 거두었다.

그녀 곁에 조용히 앉아 열이 떨어지는 것까지 확인한 우현은 그녀가 깨어나는 것까지 보고 싶은 마음을 접고 집으로 돌아왔다.

'당신의 진짜 모습을 자꾸 보게 돼서 그럴까? 눈길도 가고 마음도 가고…… 쉽지 않은 당신한테 마음이 가는 거 이젠 내 의지와는 상관없이 제멋대로 이 녀석이 날뛰는 것 같은데…… 최세경, 어쩌지?'

그의 심장이 무섭게 두근거리고 있었다.

잠에서 깨어나 눈을 떴을 때 가장 먼저 우현의 얼굴이 떠올랐다.

꿈은 아닌 것 같은데 그를 본 것 같은 느낌에 꿈과 현실을 구분하기 위해 생각을 되짚으며 일어나 앉는 순간 이마에서 축축한 수건이 얼굴을 스쳐 아래로 떨어져 내렸다.

'꿈이…… 아니었던 거야?'

문을 열어준 기억, 그리고 힘든 몸을 가누지 못하고 주저앉은 기억, 그리고 그가 뭐라고 하며 자신의 이마를 짚어준 기억. 그것밖에 나지 않는데 이마에 물수건이 얹혀 있고 침대 옆 탁자에 물과 약이 보였다.

가슴이 뜨거웠고 가슴보다 눈가가 더 뜨거워졌다. 그리고 그 뜨거움은 주방에 그가 해놓은 죽을 보고 눈물로 쏟아져 나왔다.

그가 해놓은 이 정성들이 진심이 아니면 어쩌나 싶은 두려움에서 나오는 눈물이기도 했고, 부디 진심이기를 바라는 간절함에서 나오는 눈물이기도 했다.

서로의 선을 넘어오기를, 그리고 넘어가기를 바라지 않으면서도 지금 이 순간은 그가 아픈 순간을 지켜준 것처럼 다른 아픔이 오더라도 그녀 곁에서 지켜주는 친구 같은 존재가 되기를 바라고 있었다.

'그 정도면 좋겠는데…… 더 이상은 위험해서 안 될 것 같은데…….'

하지만 그 위험수위가 점점 더 높아질 것 같은 예감이 그녀에게서 한숨을 만들어냈다.

'권우현 씨, 날…… 철저하게 지켜주고 함께해줄 게 아니면 흔들지 마요. 제발…….'

그날 세경은 거의 하루를 꼬박 잠으로 보내고 우현이 해준 죽을 먹고 나서야 겨우 기운을 차릴 수 있었다.

그동안 그녀를 스트레스에 시달리게 한 스키니 문제가 해결되면서 긴장이 풀어지고 우현과의 술자리에서 마시지도 못하는 소주를 여러 잔 마신 탓에 기억하고 싶지 않은 과거의 트라우마가 그녀의 정신을 바닥으로 끌어내린 모양이었다.

평소 식습관이나 운동을 신경 써왔기 때문에 건강은 자신했는데 결국 힘들었던 마음과 정신이 몸살을 일으켰다.

하지만 그런 몸살은 이제 거의 나았고 문제는 우현이다.

'고맙다고 먼저 전화를 해야 하나?'

자는 동안 그에게 몇 번 전화가 왔었다.

괜찮냐며 묻는 그의 질문에 괜찮다며 걱정하지 말라고 잠결에 대답하고 통화를 끝낸 게 두 번 정도 있었다.

그렇게 걱정해주고 옆에서 간호해준 그에게 그 정도의 감사 인사는 해야 정상인데 키스 사건으로 인해 제정신으로 전화하기가 쉽지 않았다.

휴대폰을 잡고 고민하는 중에 인터폰이 울렸다.

너무 놀라 휴대폰을 놓쳤고 방문자는 우현이었다.

세경은 호흡을 가다듬고 문을 열어주었다.

"이젠 좀 살 것 같습니까?"

거실로 들어오는 그의 손에는 이번에도 무언가 들려 있었다.

"죽은 다 먹었어요?"

"아니요, 남았어요. 혹시 그거……."

"그것도 못 먹고 남겼단 말이에요? 아플 때 더 잘 먹어야 하는 거 몰라요? 죽은 언제 먹었어요?"

자신을 걱정해주는 그의 마음이 어떤 것인지 묻고 싶었다. 흐트러지고 흔들리는 그와의 관계를 지금 정리하지 않으면 이대로 그에게 끌려갈 것 같은 생각에 그의 이름을 불렀다.

"권우현 씨."

그녀의 목소리가 이상했는지 주방에 죽을 놓고 나오는 우현의 표정도 그녀만큼 무표정해졌다.

"왜요?"

"내가 묻고 싶어요. 왜 이러는 거예요? 아픈 사람을 걱정해주는 마음은 알겠는데 좀…… 지나친 것 같지 않나요?"

"아픈 사람 걱정해주는 마음을 그런 식으로 따지지 맙시다. 쓰러질 만큼 몸이 아픈 최세경 씨 걱정돼서 그러는 것뿐이니까. 다른 어떤 의도는 없으니까. 또 괜히 남자는 어쩌고저쩌고 하면서 나를 그 부류에 넣는다면…… 이번에는 내가 키스해버릴 거니까, 그냥 조용히 생각해서 끓여온 죽 먹고 건강 챙겨요."

다른 의도는 없다는 그의 말을 믿지 않고 계속 따지고 덤빈다면 자신의 꼴이 더 우스워질 것 같아 세경은 입을 다물었다. 그리고 그가 정말로 키스를 해올 것 같아 더욱 그 이상의 말은 꺼낼 수도 없었다.

"같이 있으면 부담스러워 제대로 먹지 못할 것 같으니까 한 시간 뒤에 빈 냄비 가지러 올게요. 그동안 이거 남기지 말고 다 먹어요. 끓여온 사람 성의를 생각해서라도. 알았어요?"

"알았어요."

그가 돌아가고 혼자 남은 세경은 그가 새로 끓여온 죽을 떠먹기 시작했다.

분명 죽 맛은 괜찮은 맛인데 외롭게 혼자 앉아 먹는 맛은 그리 괜찮지 않았다.

'하, 아프지 말자. 마음이 너무 약해진다.'

하지만 그건 아파서 약해지는 마음이 아닌 외로워서 약해지는 마음이었다.

그리고 세경이 그 사실을 알기까지는 그리 오랜 시간이 걸리지 않았다.

평일이 아닌 주말이었기에 다행이지 그렇지 않으면 회사에서 쓰러질 뻔했다는 생각이 들었다. 주말 하루를 아픈 덕에 꼬박 잠과 휴식으로 보냈다. 하루 만에 컨디션을 회복한 세경은 커피보다는 어제 우현이 만들어다준 부드러운 죽이 먹고 싶었지만 지금 그녀가 만들어 먹을 수 있는 것이라고는 커피밖에 없었다.

거실 테이블 위에 놓여 있는 노트북의 전원을 켜고 어제 보지 못한 전국 매장의 매출 보고서를 찾아내 검토하고 있을 때였다.

그녀의 휴대폰이 울렸다. 우현이었다. 오늘은 집으로 곧장 찾아오지 않고 전화를 먼저 걸어오는 것이 이상했다. 그녀를 집으로 찾아와 초인종을 누른 경우는 몇 번 없는데 마치 날마다 그랬던 것처럼 찾아오지 않고 전화를 걸어오는 게 낯설었다.

"여보세요?"

-몸은 어때요? 많이 나았어요?

"덕분에요."

-아침 먹으러 갑시다. 이젠 죽이 아닌 건강식으로 보양하러 가자고 전화했어요.

"보양까지 할 필요는 없어요."

-필요 있어요. 그러니까 딴소리 말고 얼른 준비하고 나와요. 지하 주차장에 있는 차에서 기다릴게요. 안 나오면 쳐들어갑니다.

일방적으로 전화가 끊겼다. 얼굴이 알려진 그가 마음대로 돌아다닐 수 없음을 본인이 잘 알 텐데도 나오라고 한 걸 보면 이미 어디로 갈 것인지 정해놓은 것 같다.

보양식은 필요 없었지만 그의 말대로 정상적인 몸 상태로 돌아가기 위해서는 제대로 된 식사 한 끼를 해야 할 것 같았다.

그가 없었으면 어떡할 뻔했나, 싶다.

'이래서 친구가 필요한 건데…….'

권우현이 남자가 아닌 여자였으면 좋은 친구가 됐을 것 같다는 생각을 하며 외출 준비를 끝내고 그가 기다리고 있을 지하주차장으로 내려갔다.

예상대로 그녀가 차에 오르자 그는 거침없이 운전을 했고 그가 도착한 곳은 함께 술을 마셨던 그의 가게 'Memory'였다.

"여기는 또 왜……? 설마 여기에서 직접 보양식을 만들어서 한 상 차려주려는 건 아니죠?"

차에서 내리기 전에 그에게 물었다.

"직접 만들어주길 원해요? 미안하지만 직접 만들어주지는 못하고 아마 누군가 한 상 차려놓고 사라졌을 겁니다. 이거 처분하지 않기를 잘했죠?"

칭찬받고 싶어 하는 어린 소년 같은 그의 넉살을 무시하고 세경은 차에서 내렸다.

다시는 단둘이 이런 시간을 갖지 않겠다는 마음을 먹으며 그가 열어준 문을 통해 지하로 내려갔다. 그의 말대로 그와 술을 마셨던 자리에 한 상 가득 음식이 차려져 있었다.

"우렁각시가 다녀간 것 같네요."

"그럴지도 모르죠. 자, 먹으라고 차려놓은 거니까 일단 먹자고요."

우현과 단둘이 앉아 식사를 시작했다. 그가 말한 보양식은 온통 전복을 주재료로 한 음식들이었다. 전복 스테이크, 전복초, 전복탕, 전복찜.

"전복이 원기 회복에 좋다고 해서."

전복투성이의 상을 보고 그가 뻘쭘했는지 겸연쩍은 미소를 흘렸다.

어제 혼자 죽을 먹을 때와 다르게 누군가와 함께하는 식사는 외롭지 않았지만 편안하지도 않았다. 그 편안함이 부담스러워질 때 가게 안으로 누군가 들어왔다.

"어? 사장님! 와 계셨네요?"

"너, 너는 이 아침에 왜?"

"전복 요리하는데 너무 많이 사 와서 남았다면서요? 남은 거 가지고 오라는 매니저 형의 엄명을 받아서…… 그런데 옆에 누구세요? 와, 요새 날로 인기가 높아지시더니…… 만나시는 분이 예전과 다르게……."

"시끄러워, 인마! 주방 냉장고에 전복 남은 거 있으니까 빨리 가지고 사라져! 그리고 오늘 여기서 나 봤다는 얘기 하지 말아야 하는 거 알지?"

"여부가 있겠습니까?"

이곳에서 일하는 직원으로 보이는 어린 남자는 주방에서 검정 비닐을 들고 나와 우현과 그녀에게 꾸벅 인사를 하고 사라졌다.

"이거…… 직접 한 게 아니라고 하지 않았어요?"

세경이 물었다.

"그랬죠."

"그게 아니고 직접 다 한 거죠?"

"네."

"왜…… 아니라고 했어요?"

"부담스러워 할까 봐. 그리고 부담스러워서 도망갈까 봐."

"권우현 씨."

세경의 얼굴이 싸늘해졌다.

"최세경 씨."

그러나 그런 세경의 반응을 아랑곳하지 않은 채 그녀의 마음을 물었다.

"나에 대한 당신의 감정 솔직히 말해봐요. 당신도 생각을 좀 했을 거 아닙니까?"

"생각 안 했어요."

거짓이라는 걸 그가 눈치챈다고 해도 어쩔 수 없었다. 지금 이렇게라도 거짓을 말하지 않으면 모든 게 어렵고 복잡해질 것 같았다.

"그래요? 난 생각 많이 했는데."

그의 시선이 그녀에게서 떨어지지 않았다.

"잠이 안 올 정도로 최세경 씨 당신만 생각했는데."

그가 고백을 해올 것 같아 두렵기 시작했다. 차라리 듣지 않는 게 상책일 것 같아 내려놓았던 수저를 집어 들었다.

하지만 우현은 세경의 그런 무심함과 상관없이 자신의 마음을 꺼내놓기 시작했다.

"이틀 밤을 생각했어요. 최세경 당신에 대한 내 감정을 어떻게 해야 할지. 결론은! 최세경 당신을 잡기로 했어요! 강하지도 않으면서 강한 척, 센 척하면서 누군가에게 약한 모습을 들킬까 봐 더 힘들게 자신을 숨기려는 당신이 너무 안돼 보여서 그냥 놔두지 않기로. 당신, 추악하고 더러운 기억이 있다면 다 지워요. 다시 오지 않는 과거로 인생 좀먹지 말고 그냥 마음 흐르는 대로 맡겼으면 좋겠어요."

세경이 입술을 깨물었다.

그의 말대로 강하지도 않으면서 강한 척, 외롭고 힘들면서도 그렇지 않은 척, 이기지 못한 상처를 안고 있으면서도 다 털어버린 척, 그렇게 위태롭게 살아온 그녀를 그가 알아줘서일까? 아니면 그녀를 보듬어주고 싶은 그의 마음이 진심인 것 같으면서도 의심하고 있는 그녀 자신의 모질고 모자란 성격이 서글퍼서일까?

그를 쏘아보며 주제넘은 말은 삼가라고 한마디 날려줘야 하는데 세경은 쏟아질 것 같은 눈물을 참기 위해 이를 악물고 눈을 감아버렸다.

하지만 자신의 의지와 다르게 느닷없이 후두두 눈물이 쏟아져 내렸다. 뺨을 타고 흘러내리는 정도가 아니라 눈물샘이 터진 것처럼 닦아내도 닦이지 않을 만큼 서럽고 뜨거운 눈물이 멈추지 않고 쏟아졌다.

눈물을 흘리고 있는 눈을 차마 뜰 수 없는 그녀 앞으로 그가 다가왔다는 게 느껴지는 순간, 그의 입술이 그녀의 입술 위로 겹쳐졌다.

맞물린 입술 사이로 그의 혀가 파고드는 것도 순간이었고 그녀의 혀를 달콤하게 휘감으며 빨아 당기는 것도 순식간이었다. 그리고 마치 맛있는 사탕을 녹이며 먹는 것처럼 이리저리 굴리며 그녀의 혀를 부드럽게 다루었다.

그의 키스에 그녀는 정신이 아득해졌다. 안 좋은 기억도 추하고 더러웠던 순간도 떠오르지 않았다. 어떤 생각도 떠오르지 않을 만큼 녹아내리는 것 같은 그 달콤함에 취해 눈물도 멈춰버렸다.

끝나지 않을 것 같은 길고 깊은 키스가 끝나고 우현이 입술을 떼면서 그녀를 향해 미소 지어 보였다.

"이런 거였구나."

"……?"

"좋아하는 사람하고 키스하는 느낌이."

"……?"

"어때요?"

"……?"

"나 어떠냐고 묻는 겁니다."

"……?"

"나 최세경 씨, 당신이 좋아지기 시작했는데."

한마디도 없이 멍하니 우현을 바라보던 그녀의 머릿속은 그의 한마디에 막혀 어떤 말도 할 수가 없었다.

좋아하는 사람하고 키스하는 느낌.

'지금 내가 그걸 느끼고 있는 걸까?'

하지만 키스로 인한 순간적인 감정이나 확신 없는 마음에 흔들리면 안 된다는 생각이 들었다.

"권우현 씨는 내가 생각한 남자들과 다르다는 거 인정할게요. 추악하거나, 뻔뻔스럽거나 하지 않다는 거. 인정해요. 하지만 그뿐이에요. 다른 감정 담고 대하고 싶지 않아요. 물론 다른 감정으로 나를 대하는 권우현 씨도 상대하고 싶지 않고요."

"다른 감정 담고 대하고 싶지 않다……? 진심이에요? 뭐, 진심이라고 해도 상관없어요. 난 최세경 씨 당신을 바라만 보는 거 못하겠거든. 감추고 숨기고 아닌 척하면서 바라보다 잃는 거 다시는 겪고 싶지 않아서 당신한테 다 쏟아붓기로 했어."

따뜻한 우현의 손길이 그녀의 머리에서부터 시작해서 어깨에서 멈췄다. 그녀의 어깨를 감싸며 머물렀던 그의 다정한 손길이 그녀의 등을 다독여주었다.

"우는 거 예쁘긴 한데…… 그래도 웃는 게 더 예뻐요."

"권우현 씨…… 감추고 숨기다가 사랑을 잃었다고 했죠? 그런 어리석은 짓 하고 싶지 않고 나한테 다 쏟아붓겠다고?"

손길만큼이나 따뜻한 시선이 그녀를 향했다. 그리고 고개를 끄덕여주었다.

"만일…… 그렇게 다 쏟아부어 사랑한 내가 당신의 사랑과 마음을 이용한다면, 그 사랑을 기만하고 이용해서 당신을 구겨버린다면 어떨 것 같아요?"

그의 미간에 미세한 주름이 잡혔다. 그녀의 말에 기분이 상했다기보다 그 말뜻을 이해하기 위해 생각이 깊어지면서 나오는 표정으로 보였다.

그가 대답하기 전에 그녀가 말을 이어갔다.

"나한테 사랑은 믿을 게 못 되는 장난 같은 거예요. 사랑 따위는 안 믿어요. 그러니…… 날 여자로 보지 말고 그냥…… 최세경 이사로 봐줘요. 아픈 내 옆에서 조용히 챙겨주고 이런 음식을 먹이기 위해 착한 거짓말도 할 줄 하는 권우현 씨 당신…… 좋은 사람인 거 인정해요. 그건 느껴져요. 하지만…… 당신이 마음을 주기에 나는…… 감당할 수 없는 문제들이 많아요."

그렇게 말하고 그의 시선을 피하는 세경의 얼굴을 우현은 두 손으로 감싸며 자신에게 향하게 했다.

마주한 그의 눈빛이 날카로웠다. 아니, 그녀보다 어딘가 모르게 더 아파 보였다.

"사랑을 믿지 않는다고? 말했듯 난 재벌을 믿지 않아요. 내가 사랑하는 여자를 박 회장에게 빼앗긴 이유도 있지만 제일 임 회장이 제대로 된 사랑 한 번 못한 스물셋의 꽃 같은 청춘을 짓밟아 엄마를 미혼모로 만들어버린 이유도 있어요. 그 아들 임창서는 제 욕심을 채우지 못한 이기심으로 길길이 날뛰어서 내 엄마를 죽음으로 몰고 갔고. 당신이 사랑을 못 믿는 것만큼 나도 당신네 같은 사람들을 추악하게 보고 믿지 않아."

아픔을 토해내는 그의 눈빛에 세경의 마음이 흔들렸다.

"그런데 최세경 당신은…… 그냥 여자로 보여. 당신의 지위,

배경, 능력, 재력 이런 거 하나도 안 보이고 그냥 내 거 다 주고 싶은 여자로 보여. 당신은 내가 그렇게 보이지 않아? 그냥 남자로, 당신이 기대도 좋을, 마음을 나눠도 좋은 그런 남자로 보이지 않냐고? ……그렇게 봐주면 ……안 되는 건가? 응?"

그의 말을 듣는 순간, 이미 그를 그렇게 보고 있었음을 깨달았다.

기대고 싶은, 마음을 나누고 싶은 남자임을 원하면서도 인정하고 싶지 않아 일부러 떠올리지 않았던 그와의 감정선이 정리되고 있었다. 자신이 권우현을 어떻게 느끼고 있는지 진실 되게 인정하는 순간이 되어버렸다.

눈을 감은 세경의 눈에서 작은 눈물방울이 흘러내렸다. 그녀의 얼굴을 손으로 감싸고 있던 우현이 엄지손가락으로 그 눈물을 닦아주었다.

"인정합시다. 우리 두 사람…… 같은 마음이라는 거."

그의 입술이 눈물로 젖은 그녀의 입술을 적셔왔다. 부드럽고 따뜻하고 달콤하게. 그 키스가 더 깊어지고 뜨거워지려는 순간 세경이 입술을 뗐다.

"나…… 결혼했었어요."

설레는 마음 뒤로 그녀를 괴롭히는 사실을 털어놓았다.

갑작스러운 그녀의 말에 우현은 놀라고 있는 듯했다. 흔들리지 않는 눈동자로 그녀를 바라보는 시선이 따갑게 느껴졌다.

"하루 만에 끝났지만 그래도 한 건 한 거니까."

"다행이네, 하루 만에 끝나서."

"뭐라고요?"

"더 길게 갔으면 당신한테 안 좋은 기억이 더 많았을 거 아니에요?"

우현이 세경의 손을 잡았다.

"한 가지 약속해줄게요. 누구도 당신 만만하게 보지 못하게 내가 곁에 있어준다고."

영원히 너만 사랑하겠다는 말보다 훨씬 믿음이 가는 약속이었다. 하지만 세경은 우현의 그 약속을 온전히 믿지는 않았다. 우현에 대한 자신의 마음은 인정하면서도 자신을 향한 우현의 마음은 불안하기만 했다.

"생각 좀 해볼게요."

"연애를 사업이나 경영처럼 할 생각입니까? 뭘, 생각해요? 그냥 좋은 걸 말하면 되는 건데. 가슴에서, 마음에서 좋다고 느껴지는 거로 표현하면 되는 거라고요."

"너무 혼란스럽고 갑작스러워서 마음에서 느껴지는 게 뭔지 모르겠어요."

"좋아요. 그럼 생각해봐요. 당신 마음이 당신에게 뭐라고 하는지 잘 들어봐요."

우현은 테이블 위의 그릇들을 대충 치우고 그녀와 함께 다시 집으로 향했다.

'내 마음이 나에게 뭐라고 하는지 잘 들어보라고?'

'이젠 제발 껍질을 깨는 것도 괜찮을 텐데…… 최세경 씨.'

집으로 향해 가는 동안 두 사람의 마음은 복잡하기만 했다.

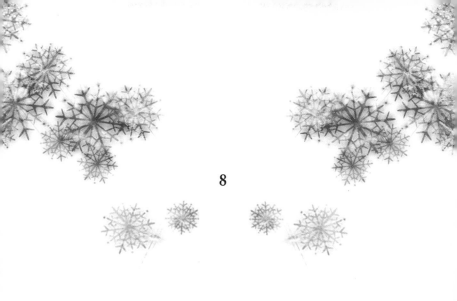

8

　'스키니'의 용기 디자인이 결정되고 광고에 대한 회의가 오전 내내 진행되었다.

　광고 콘셉트는 오빠가 여동생을 위해 10대만을 위한 화장품 스키니를 엄마의 화장품과 유아 화장품이 섞여 있는 여동생 화장대 위에 선물로 놓아주는 내용으로 결정되었다. 그러나 문제는 서른 셋의 우현이 과연 10대의 오빠로 적당한가였다. 이를 놓고 말들이 오갔다. 이미 그 광고는 우현이 하는 것으로 내정되어 있었지만 반대 의견이 만만치 않아 회의를 소집했다.

　오빠보다는 삼촌뻘 되는 모델은 무리가 아니냐며 남자 아이돌을 모델로 내세워야 한다는 의견과 본인의 주가는 물론이고 블루보스의 상품성까지 올려놓은 우현이 아니면 안 된다는 의견이 대립을 이루었다.

　결정은 물론 세경에게 달려 있었다. 한쪽으로 의견이 치우치지 않는 한 그렇게 모호하게 대립하는 경우에는 거의 세경의 결정으로 일이 진행되곤 했다. 그리고 그럴 때마다 세경은 거침없이 한 가지를 선택하고 추진해왔다. 그런데 이번에는 그녀가 쉽게 결정을 내리지 못하고 광고 콘티만 내려다보고 있었다.

　"일단 오늘은 여기서 끝내고 내일 다시 한 번 모일게요."

　이견을 조율할 필요 없이 권우현을 쓰느냐, 마느냐만 결정하면 되는 간단한 문제를 다음 회의 시간으로 넘기는 세경이 의외여서 모두 놀라는 눈치였다.

　하지만 세경은 평소와 다름없이 무표정하게 자리에서 일어나 회의실을 벗어났다.

　냉정했던 회의실에서와 달리 집무실을 향해 가는 그녀에게서는 큰 한숨이 새어 나왔다.

　'어쩐다?'

　그녀의 머릿속은 광고에 대한 고민은 없었다.

　우현이 키스를 하고 마음을 헤집어놓고 나간 다음 날부터 이틀이 지난 오늘까지 세경이 할 수 있는 건 아무것도 없었다.

　시간을 달라고 했지만 필요한 건 시간이 아니었다. 그를 향해 흔들렸던 자신의 마음을 추스를 수 있는 이성과 냉정함이 필요했었다. 하지만 그녀의 어떤 것도 정리되지 않고 있다.

　세경은 아무것도 하지 못하는 자신에게 짜증이 났다. 어쩌다 마음이 흔들렸다고 치부해버릴 수도 없게 일상이 흔들린다는 것을 용납하고 싶지 않지만 일상이 흔들렸다.

게다가 우현에게서는 문자가 수시로 들어오고 있다.

[더 기다려야 하는 겁니까?]

세경은 우현에게 답을 찍어 보냈다.

대답을 재촉하고 기다리고 있는 그를 위해서가 아닌, 그를 빨리 일상에서 쫓아버리고 싶은 자신을 위해서였다.

[권우현 씨, 당신을 우리 회사의 모델 이상으로 보고 싶지 않아요. 그 이상도 이하도 원하지 않아요.]

문자를 보낸 후 그에게서는 어떤 반응도 나오지 않았다.

세경은 우현이 그녀의 말뜻을 알아듣고 자신을 포기한 것이라여겼다. 질척하게 매달리거나 하지 않아 다행이라 여겼다. 잠시흔들렸던 자신의 마음과 일상도 제자리를 쉽게 찾을 거로 생각했다. 아니, 이미 펼쳐진 서류를 보며 제자리를 찾았다고 확신했다.

'그래, 사랑은…… 할 게 못 돼. 그런 건…… 독이지, 독. 사람을 얼어붙게 하는 아주 시린 독.'

하지만 시간이 갈수록 알 수 없는 허전함과 아쉬움이 그녀에게한숨을 만들어냈다.

결국 세경은 업무를 마무리 짓지 못하고 퇴근을 했다.

[권우현 씨, 당신을 우리 회사의 모델 이상으로 보고 싶지 않아요. 그 이상도 이하도 원하지 않아요.]

마음에서 뭐라고 하는지 잘 들어보라고 했지만 그녀는 가슴이아닌 머리로 생각하고 판단했나 보다. 문자 내용이 그녀의 마음과는 다르게 무척이나 이성적이었다.

우현은 자신이 예상한 대로 답을 보낸 세경의 문자를 보며 피식 웃음을 흘렸다.

세경이 두려워한다는 걸 우현은 알 수 있었다. 그녀가 누군가를 다시 사랑하려면 용기가 필요했다. 그러나 세경은 용기를 내기보다는 아직도 두려워하고 겁을 내고 있다.

'최세경, 난 당신하고 이사님과 모델 이상의 관계를 원하고 있는데…… 용기 좀 내보시지…….'

우현은 그녀에게 더 많은 시간을 주기로 했다. 성급하게 다가갈수록 겁 많은 그녀가 도망갈 것 같아 잠시 그녀에게서 한 발 뒤로 물러서 기다려보기로 했다. 부디 그 시간이 길지 않기를 바라면서.

세경은 오전 업무의 시작을 어제 결정 내리지 못했던 스키니 모델을 위한 회의로 시작했다.

"권우현 씨로 가죠. 이미지가 오빠든 삼촌이든 그건 중요하지 않아 보입니다. 스키니의 모델이 권우현 씨라는 게 중요한 겁니다. 오빠 같은 어린 모델보다는 권우현 씨로 임팩트 있게 가는 것으로 하죠."

세경의 결정에 토를 다는 사람은 아무도 없었다.

그렇게 스키니의 모델이 우현으로 결정되었고 그 회의가 끝난 후에는 우현의 소속사 'The One Entertainment'의 대표로 있는 희강을 불렀다.

"권우현 씨를 영화판에 내놓자고요?"

어제 늦은 오후, 우현에게 좋은 배역의 영화 제안이 들어왔다는 보고를 받기는 했지만 심란한 마음이었기에 자세하게 검토하지 못했었다.

"놓치기 아까운 역할입니다. 화장품 모델 이상으로 우현이의 가치를 드러낼 수 있는 작품입니다. 당분간 모델로만 활동하는 걸로 계약했다지만 칼레하고 더원하고 굳이 그걸 지킬 필요가 없는 자회사 같은 관계에서 이건 무조건 욕심낼만한 작품입니다. 우현이를 이렇게 가둬만 두실 거 아니면 이거 한번 해보죠?"

희강이 그녀에게 시나리오를 건네주었다.

"읽어보고 얘기하죠."

"네."

희강의 말대로 화장품 회사 모델로만 남기에 우현이 아까운 인물이기는 하다. 연예인들에게도 급이 있다면 그는 최상의 명품 같은 품격이 느껴진다. 외모에서나 행동에서나 말투에서나 어느 하나 가볍지 않다. 그런 그를 칼레의 모델로만 쓰고 싶었다. 우현으로 인해 자신이 만들어내는 제품들 또한 최상의 명품 이미지를 만들어내려 했다. 그 때문에 블루보스가 성공했다.

계속 그를 그렇게 칼레 안에 가두고 싶었다. 하지만 이제는 아니다. 그가 활동할 수 있는 영역이 넓어져야 서로의 시야에서 멀어질 것이고 그래야 서로의 관계나 감정을 객관적으로 만들 수 있을 것 같았다.

하지만 그보다 그를 위해서라도 그리고 칼레를 위해서라도 그의 활동 영역을 넓히는 것도 나쁘지 않다는 결론을 내렸다.

희강이 나가고 세경은 그가 건네고 간 시나리오를 읽기 시작했다.

내용은 단순했다. 남자들의 세계를 그린 액션 누아르 스타일이었다.

우현이 맡게 될 역은 조직의 중간 보스. 냉철하지만 인간적인 그가 최고 보스 자리에 오르지만 결국 배신으로 희생당하는 그런 역할이다.

여자 입장에서 봤을 때 남자로서 갖춰야 할 모든 것을 다 갖춘 역할. 잘생긴 외모에 싸움 잘하고 똑똑하고 인간미 넘치는 의리가 있고 또 사랑하는 여자에게는 한없이 약하고 부드러운. 그 누가 해도 여심을 앗아갈 배역이다.

블루보스의 이미지를 또 다르게 표현해낼 만큼 괜찮은 역이었다.

그런데 그런 좋은 배역을 두고 세경은 잠시 고민을 했다.

그 역할을 하려면 스키니 모델은 하지 않고 블루보스만 하는 게 낫다. 그리고 스키니를 찍으려면 그 역할을 버려야 한다.

세경은 오늘 회의에서 내린 결론을 번복하고 싶지는 않았다.

짧은 고민을 끝내고 그녀가 희강을 불러다 물었다.

"권우현 씨가 이 시나리오 봤나요?"

"네."

"뭐라던가요?"

"싫다고는 안 하더군요. 우현이도 자신이 한 계약 내용이 있어서인지 별말은 없지만 우현이 성격에 싫다고 딱 잘라 말하지 않은 걸 보면 생각이 아주 없지는 않은 것 같습니다."

"이건 없었던 거로 해요."

"이사님! 다시 한 번 생각해주십시오. 우현이는 몇 년 동안 칼레에 소속돼서 광고하고 화보만 찍으면서 데리고 있기에 너무 아까운 녀석입니다. 더구나 이런 배역은 기회가 왔을 때 잡아야 하는 겁니다. 기본 천만은 찍고 갈 수 있는 영화입니다."

"칼레 일이 먼저예요. 새로 출시하는 제품하고 이미지가 맞지 않아요. 자칫 이 역할 때문에 10대 화장품인 스키니 이미지에 타격을 줄 수 있어요. 그 손해 어떡하실래요? 더원은 권우현 씨를 위한 소속사가 아니에요. 칼레를 위한 소속사지."

"스키니 모델을 바꾸면 되지 않습니까? 이 역할 맡아서 블루보스를 더 강하게 어필하고 스키니를 다른 모델로 쓰는 것이 회사를 위해 더 낫습니다."

"이미 권우현 씨를 스키니 모델로 결정지었습니다. 번복은 없습니다."

냉정한 얼굴로 매몰차게 말하는 세경에게 희강은 더 이상의 말을 하지 못하고 그녀의 집무실을 나갔다.

희강이 나가고 세경은 한숨을 쉬며 시나리오를 다시 펼쳤다.

84번 신. 호텔 룸에서 이루어지는 정사 신. 호텔 문을 열고 들어오자마자 키스부터 하면서 서로의 옷을 벗기고 침대에서 이루어지는 격정적 정사 신.

85번 신. 정사를 끝낸 두 사람이 욕조에 들어앉아 다정하게 대화를 나누며 장난을 치다가 또다시 욕조 안에서 나누는 정사.

'이런 정사 신을 찍은 사람이 10대를 위한 화장품 광고를 할수는 없지…… 영화를 포기해야지.'

하지만 자신을 속일 수는 없었다. 모델을 바꾸는 게 어려운 일이 아니었음을.

담배가 간절해지는 순간이었다.

점심을 세준과 구내식당에서 해결하고 집무실로 올라와 비서가 가져다준 커피를 거의 다 마셨을 때였다.

"이사님, 권우현 씨 오셨습니다."

인터폰으로 들리는 그의 이름에 가슴이 철렁했다. 약속이 잡혀 있지 않은 상태에서 그가 왔다는 것이 불안했다. 혹시라도 어제 거절의 문자를 보고 구차하게 매달려보겠다고 온 건 아닌가 싶기도 했다.

세경은 거울을 꺼내 립스틱을 다신 한 번 진하게 바르고 인터폰으로 그를 들여보내라 했다.

문을 열고 그가 들어왔다. 공적인 자리나 행사 외에는 정장을 입지 않는 그가 블랙슈트 차림으로 그녀의 집무실로 들어왔다. 조금 전 읽었던 시나리오의 주인공과 딱 맞아떨어지는 이미지의 차림이다.

"무슨 일이에요?"

세경은 일부러 표정을 단단하게 굳히며 물었다.

"영화, 왜 하면 안 되는 겁니까?"

그 역시 굳어진 표정이 세경만큼이나 단단해 보였다.

"이 대표가 이유를 말해주지 않던가요?"

엊그제 키스를 나눈 사이라고 믿어지지 않을 만큼 두 사람 사이에 살벌한 냉기가 흘렀다.

"들었습니다만, 그건 이유가 될 수 없는 것 같아서요. TV 일일 드라마도 아닙니다. 120분짜리 영화 한 편에 스키니 모델 이미지를 망친다는 건 억지라는 생각이 들어서요."

세경은 그가 자신의 거절에 앙심을 품고 들어와 시비를 거는 것으로 보였다.

"권우현 씨. 당신은 칼레에서 결정하는 일에 무조건 따르는 것으로 계약했어요. 그러니 이유 불문하고 영화는 하지 않는 것으로 아세요."

"이유 불문하라고 했지만 하나만 묻겠습니다. 정말 그 이유가 다입니까?"

"네. 그 이유가 다입니다."

"내가 한다고 고집을 부려도 안 되는 겁니까?"

"네."

세경은 단호했다.

"만일 다른 영화가 들어와도 못하는 겁니까?"

"……시나리오에 따라 다르지만 이건 확실히 아니에요."

"그럼 그 기준은 뭡니까? 회사 제품 이미지가 그 기준인 겁니까?"

"……당연하죠."

우현이 세경을 뚫어지게 바라봤다. 그녀에게 무언가 할 말이 있는 것처럼 보였지만 달리 말은 꺼내지 않았다.

"알겠습니다. 노예 계약이라는 게 실감이 나는군요. 고마워요. 내가 칼레의 노예였다는 걸 알려줘서."

비꼬는 것 같은 그의 말에 세경의 눈이 매섭게 올라갔다. 하지만 그런 세경을 무시하고 우현은 집무실 문을 열었다.

"아, 한 가지 부탁할게요. 다음 제품은 여배우와의 베드신이 들어가 있는 영화를 찍어도 괜찮을 만한 것으로 만들어주시면 감사하겠습니다."

세경은 문밖으로 나가는 우현을 향해 책상 위에 놓인 서류철을 집어 던질 뻔했다. 하지만 문밖으로 나가는 우현의 행동이 빨랐다. 순간적으로 이성을 잃고 못 볼 꼴을 보이지 않아 다행이기는 했지만 속에서 부글거리는 화는 참아내기 힘들었다.

'내가 왜 거절했는데? 정사 신 때문에…… 당신 다 벗은 채 여배우와 침대에서 뒹구는…….'

세경은 생각의 끝을 맺지 못했다. 동시에 끓어오르는 화도 식어버렸다.

무섭게 화가 난 그 찰나에 그녀는 자신의 솔직한 속마음을 스스로에게 들켜버렸다.

우현의 영화를 거절한 이유는 정사 신 때문이었다는 것을. 그리고 화보 촬영 때 슬쩍 훔쳐본 그의 벗은 몸을 다른 여배우가 보고 만질 수 있게 내버려두고 싶지 않았다는 것을.

그런데 그가 그걸 어떻게 알았을까?

여배우와의 베드신이 들어가 있는 영화를 찍어도 괜찮을 만한 제품을 운운한 것은 분명 그 신이 문제가 되었다는 걸 알았다는 얘기다.

'귀신도 아니고……'

한숨을 내쉬는 그녀의 눈에 책상 위에 놓인 시나리오가 들어왔다. 84번 신이 있는 페이지가 활짝 펼쳐진 채로.

그에게 절대 들켜서는 안 되는 치부를 들킨 것 같은 창피함에 얼굴이 화끈 달아올랐다.

또한 옹졸한 질투를 했다는 사실에 아무도 없는 집무실에서도 얼굴을 들 수 없었다.

김 비서를 먼저 퇴근시키고 세경은 Moonlight로 향했다.

자신의 지금 마음을 술로 해결하는 것처럼 어리석은 게 없었지만 이렇게라도 마음을 풀지 않으면 계속되는 혼란 속에 우현에게 달려들 것 같다. 아니, 사랑이라는 감정이 주는 시린 유혹에 넘어가고 말 것 같다.

직원의 안내를 따라 룸으로 가던 길에 반갑지 않은 얼굴을 만났다.

"최세경."

취임식 청혼 사건 이후 처음 대면하는 창서였다. 그날의 앙금이 남아 있는지 그녀를 보는 그의 얼굴은 그전과 다르게 험악했다.

하지만 세경은 그런 창서를 무시하고 직원에게 계속 가라는 눈짓을 보냈다.

"우리, 해야 할 이야기가 있는 거로 아는데?"

스쳐 지나는 그녀의 손목을 창서가 거칠게 잡아 세웠다.

"이거 놔!"

세경이 뿌리치려 했지만 창서는 쉽게 그녀의 손목을 놔주지 않았다.

"적당히 하자, 세경아. 너 자꾸 이러면 오빠 화 많이 난다."

대구를 하지 않은 세경은 불쾌한 표정으로 손목을 빼내기 위해 안간힘을 썼다.

"술 한잔하자."

창서가 세경을 막무가내로 끌고 가려 했다.

"손님, 그 손 놓아주시죠."

세경을 안내하던 직원이 보다 못해 나섰다.

"뭐야. 너? 이 새끼가 감히 누구한테 명령이야?"

창서가 직원을 향해 발길질을 했다.

"왜 이래? 미쳤어?"

세경이 나서서 말리려 했지만 흥분한 창서는 입에 담지 못할 욕을 해대며 직원의 얼굴로 인정사정없이 주먹을 휘둘렀다.

"하지 말라고!"

세경이 창서의 팔을 잡았고 그 팔을 뿌리치던 창서에 의해 세경이 바닥으로 나가떨어졌다.

다른 직원들이 달려들어 맞고 있는 직원에게서 창서를 떼어놓으며 그를 말렸다.

"이러지 마십시오, 임 사장님."

"괜찮아, 세경아?"

자신의 팔을 붙잡고 있는 직원들의 팔을 거칠게 털어내며 창서가 세경에게 가까이 다가왔다.

"저 직원분 병원으로 먼저 옮기세요."

하지만 세경은 창서를 무시하고 피범벅이 되어 널브러져 있는 직원부터 챙겼다.

"그냥 놔둬! 병원으로 옮기면 니들 다 죽을 알아! 여기 문 닫을 거 각오해."

자존심 상한 창서가 그 화풀이를 엉뚱한 곳에 하고 있었다.

세경은 창서에게 다가갔다.

"미담이 보유하고 있는 제일 주식 때문에 임 사장님, 이러시면 안 되는 거로 알고 있는데. 너무 과감한 거 아니야? 나한테 이렇게 구는 거."

그녀의 말에 창서의 얼굴이 심하게 구겨졌다. 최악의 분노 상태로 달려가고 있는 것 같은 그의 얼굴을 세경은 싸늘하게 바라만 보고 있었다.

"빨리 119에 연락해요!"

창서의 눈치를 보던 지배인이 휴대폰으로 119에 전화를 걸었고 나머지 직원들이 맞은 직원을 챙겼다.

"내가 오늘의 이 수모는 꼭 기억해줄게."

창서가 이를 악물고 세경의 곁을 지나쳐갔다.

"어떡해요? 많이 다친 것 같은데……."

자신 때문에 맞은 직원에게 미안한 세경은 그가 병원까지 가는 모습을 지켜본 후 지배인에게 치료비와 위로금 그리고 자신을 위해 나서준 사례금까지 챙겨서 건네주었다.

"이러실 것까지……."

"아니에요. 고맙다고 전해주세요."

"네. 꼭 전해주겠습니다."

이미 술맛을 잃은 세경이 밖으로 나가려고 하는데 지배인이 물었다.

"김 비서님 밖에서 대기하는 모습 못 봤는데 혹시 혼자 오셨습니까, 이사님?"

지배인이 물었다.

"네."

"그럼…… 저희가 댁까지 모셔다드리겠습니다. 밖에…… 임사장님이 가지 않고 있는 것 같습니다. 직원 시켜 저희 차로 모셔다드릴 테니……"

"아니에요. 그렇게까지 할 필요는 없어요. 잠깐 앉았다가 갈수 있게 조용한 룸 하나 안내해줘요."

"네, 그럼."

세경은 지배인이 안내해준 소형 룸으로 들어왔다.

이곳에서의 사건이 최 회장이나 세준에게 알려지면 독립의 자유는 없어지고 만다. 오히려 보디가드까지 붙어 그녀의 일거수일투족이 보호될 것이다. 그런 창살 없는 감옥 생활은 하고 싶지 않다. 이제 겨우 독립의 자유를 누리고 사는데 이 자유를 포기할 수는 없었다.

김 비서를 부르면 데리러 오겠지만 그녀를 걱정하는 김 비서도지금과 같은 상황에서 100퍼센트 신뢰할 수 없었다.

아무도 그녀를 데리러 와줄 사람은 없었다.

임창서가 무서운 건 아니었지만 그로 인해 일이 커질 것을 대비해 일단 지금 임창서는 피하는 게 상책이었다. 그렇다고 이곳의 차를 타고 집으로 갈 수는 없었다. 사실, 낯선 이가 운전하는 차를 늦은 밤에 단둘이 타고 싶지는 않았다.

그러고 보니 그녀를 집까지 데려다줄 사람이 없다.

늘 자신 곁에 사람이 없다는 건 알았지만 지금 이 순간처럼 비참한 적은 없었다.

오랜 시간 고민과 갈등 속에 세경은 굳게 마음을 먹고 우현에게 전화를 걸었다.

우현으로 인한 마음을 정리하러 온 곳에서 그를 불러내게 됐으니 오후에 그에게 매몰차게 대했던 게 후회되었다. 더구나 잘해보자는 그의 제안을 거절해놓고 어렵고 곤란한 상황에 처해 있다고 불러내는 꼴이라니.

'그 남자, 비웃겠지?'

하지만 지금 순간 불러낼 수 있는 사람은 권우현밖에는 없었다.

-네?

까칠한 그의 목소리가 휴대폰을 통해 들려왔다.

"바빠요?"

스케줄이 없다는 걸 알면서도 예의상 물었다.

-전혀.

"김 비서님한테는 말하지 말고 데리러 와줄 수 있어요?"

-……어딥니까?

"먼저 만났던 Moonlight이요."

─기다려요.

그는 자신이 왜 데리러 가야 하는지 묻지 않았다. 그렇다고 귀찮아하거나 거절을 하는 것도 아니었다. 당연히 그녀를 데리러 와야 하는 것처럼 어디인지를 묻고 기다리라는 말을 했다.

구차한 설명이나 이유를 대지 않고 통화를 끊을 수 있게 해주었다는 게 고마웠다. 다시 한 번 임창서를 떠올리는 것도 싫었고 그 사건을 그에게 설명하는 건 더더욱 싫었다. 그런데 그가 그런 그녀의 마음을 헤아려준 것 같이 아무것도 묻지 않아 다행이었다.

하지만 그를 기다리는 동안 그녀는 눈물이 나올 만큼 서럽고 서글펐다.

친구가 있었으면 했다. 그런 바람은 늘 가지고 있었지만 절실하지는 않았다. 굳이 마음을 나눌 필요를 느끼지 못했기 때문이다. 그녀는 자신이 누군가와 나눌 마음이 없다고 생각했다.

외로운 줄도 몰랐다. 어쩌면 늘 외로운 것이 일상이 되어 익숙해져 있었기 때문에 외로운지조차 몰랐는지도 모른다.

그런데 혼자 있는 지금, 너무도 외롭고 누군가가 절실하다는 생각이 들었다. 손 내밀어 도와줄 친구 하나 없고, 편하게 전화를 걸 대상이 없다는 것이 이토록 마음 시린 아픔인 줄 몰랐다.

복받쳐 오르는 뜨거운 감정이 눈물로 나오려 할 때 우현이 룸으로 들어왔다.

"갑시다."

다짜고짜 그녀의 손을 잡고 일으켜 세워 밖으로 데리고 나왔다.

"어디 다친 데 없어요?"

목소리는 화가 난 것 같은데 그녀를 보는 표정에는 안쓰러움이 들어 있었다.

"……지배인한테 얘기 들었어요?"

우현은 대답하지 않고 그녀를 조수석에 앉혔다. 그리고 운전을 하면서부터는 그녀에게 한마디도 하지 않았다.

어쩌다 보니 세경이 그의 눈치를 보는 꼴이 되어버렸다.

침묵이 불편하게 느껴질 때, 우현이 길가에 차를 세웠다.

"내가 왜 하루 만에 마음을 바꿔서 계약했는지 물었었죠?"

그녀에게 시선을 주지 않고 앞만 바라본 채 말을 꺼낸 우현의 말투는 여전히 퉁명스러웠다.

"제일마인 임창서한테 엿 먹이려고 그랬어요."

그를 따라 앞만 보고 있던 세경의 고개와 시선이 우현에게 향했다.

"제일그룹 임 회장 혈압 좀 올려서 뒤로 넘어가는 꼴 보려고…… 그래서 계약했는데 어느 순간 당신이 보이기 시작하더니 이젠 안 보면 안 될 것 같아져서 그래서 달려든 겁니다. 임 회장 넘어가는 꼴 보는 것보다 당신 웃는 게 더 보고 싶어져서."

앞을 향해 있던 그의 시선이 그녀를 향했다.

두 시선이 마주쳤다. 긴장한 것 같은 세경의 시선을 그가 이제는 따뜻하게 바라보고 있었다.

"나…… 임철수 회장 혼외자라는 거 알고 있죠?"

알고 있는 사실을 그가 털어놨다.

"혹시라도 그 사실이 세상에 알려질까 싶어 처음 연예계 활동

할 때 협박과 돈으로 회유를 했는데…… 그게 안 먹히니까 병든 엄마까지 흔들더라고요. 그래서 내가 역으로 공격해버렸어. 날 건드리면 다 터뜨려버리겠다고. 알려지는 게 겁나면 날 건드리지 말라고. 그런데 본의 아니게 내가 은퇴를 하게 되면서 그냥 서로 조용히 모른 척 살았는데……."

김 사장이 우현에게 주식을 증여해주고 그걸 안 임창서가 집으로 찾아와 패악을 부리는 바람에 우현의 어머니가 쓰러지고 결국 죽음에까지 가게 된 이야기를 우현은 담담하게 풀어냈다.

"솔직히, 그 인간들 다 쓸어버리고 싶었는데 당신에 대한 내 생각이 깊어지고 심각해지면서 엄마 유언이 떠올랐어. 유언이라기보다는 평소 늘 하던 말씀이지. 각박한 마음으로 살지 말라고. 시간을 남 미워하는 데 쓰지 말라고. 그러기에 젊음은 너무 짧고 아깝다고. 사랑을 하며 살라고 하셨는데……."

그의 눈빛이 아련해졌다.

"당신 보면서 알게 됐어. 어떤 마음으로 엄마가 그런 말을 하셨는지. 그리고 그 말을 왜 나한테 늘 하셨는지도. 내가 당신 보면 엄마 말을 그대로 해주고 싶었거든. 볼 때마다 늘 안타깝고 안쓰럽고 괜히 내가 더 마음 아프고. 그렇게 엄마 유언대로 살려고 했는데…… 당신은 가만있어. 임창서는 내가 상대할 테니까. 당신 건드리는 건 봐줄 수가 없겠어."

그의 이야기를 들으면서 궁금한 게 많았다. 왜 김 사장이 그녀에게 주식을 증여했는지. 그리고 김 사장은 우현이 임 회장의 혼외자라는 걸 알고 있는지.

하지만 마지막 그의 말에 그녀는 그게 중요한 게 아니라는 걸 알았다. 임창서를 자신이 상대해주겠다는 말이 왜 이리 가슴을 후비는지 참고 있던 눈물이 차오르려 했다.

자신을 챙겨주고 걱정해주는 것이 사촌 오빠인 세준과는 다른 느낌이다. 오빠와 남자의 차이가 분명하게 느껴지고 있었다.

우현이 그녀에게 손을 내밀었다.

세경은 그 손을 바라보고만 있었다. 그 손을 잡고 싶은 마음이 컸지만 그만큼 두려움도 커졌다. 나중에 이 손을 놓게 되거나 놓치는 일이 생기게 될까 봐.

"최세경 당신, 용기도 없고 겁도 많고 약한 거 알아. 그걸 감추려고 발버둥 치는 것도 보이고. 그런 당신의 고된 삶에 위로가 되어줄 누구 한 명은 있어야 하는 거 아닌가? 그래야 더 모질게 버틸 수 있는 거야. 잡아. 잡아도 돼. 겁내지 말고 잡으라고."

우현이 그녀에게 더 가까이 손을 내밀었다.

사랑. 세경에게는 아픈 말이며 믿음이 가지 않는 감정이며 견디기 힘든 과거다. 그런데 우현이 유혹하고 있다. 함께 사랑하자는 눈빛으로 그녀를 뜨겁게 바라보며 자신의 손을 잡아주길 기다리고 있다.

그의 말대로 권우현이라면 위로가 될 것 같았다. 따뜻한 위로가 너무도 필요한 순간 우현이 손을 내밀었다.

설렘도 있지만 마치 그녀의 감정을 막아놓았던 댐이 무너져 홍수가 난 그런 기분이었다. 그래서 허우적거리는 것 같은 두려움도 있다.

'지금의 내 마음이 변하더라도, 저 남자가 나를 배신하더라도 ······그때 그 인간보다 더하지는 않겠지. 그보다 더할 수는 없을 거야. 이 사람이 아닌 누군가가 손을 내밀었다면······?'

갈등이나 고민 없이 거절했을 것이다.

그런데 지금 그녀의 가슴이 그녀에게 알려준다. 그의 손을 잡으라고. 용기를 내라고. 권우현이라면 괜찮다고.

떨리는 세경의 손이 우현의 손을 향해 움직이려는 순간 우현이 먼저 그녀의 손을 꼭 잡았다.

꽉 잡은 그의 손이 그녀의 삶을 그렇게 잡아줄 것 같은 기분이다. 힘들 때마다 그렇게 그녀를 흔들리지 않게 잡아줄 것 같은 사람.

그가 이번에는 그녀를 안아준다. 따뜻하고 포근하게.

"고마워요. 내 마음 받아줘서."

그의 품만큼이나 따뜻한 입맞춤에 그동안 그녀를 가두었던 철벽이 무너져 내렸다.

천안 공장 방문으로 새벽부터 바쁘게 움직여 출근을 천안으로 해야 했다.

공장 방문은 생각보다 일정이 일찍 끝났고 본사로 돌아오는 중에 세경의 눈에 파란 가을 하늘이 눈에 들어왔다. 언젠가부터 하늘을 올려다본 적이 없이 삭막하게 살았다는 생각이 들면서 느닷없이 어디론가 떠나고 싶다는 충동이 일었다.

"김 비서님 다음 일정 중에 특별한 건 없죠?"

"네, 없습니다. 뭐 특별히 시간을 빼야 하는 일이 있으십니까?"

"아니요. 본사에서 저 내려주시고 퇴근하세요. 저 땡땡이 좀 칠게요."

"네?"

운전을 하고 있었으니 망정이지 김 비서는 자신의 뒷좌석에 있는 세경이 맞는지 고개를 돌려 확인할 뻔했다.

땡땡이라니. 그런 단어 자체를 입에 올릴 줄도 모르는 세경에게서 그런 말이 나왔다는 것도 놀라울 일이지만 뭔가 들떠 있는 것 같은 분위기도 그녀답지 않았다.

김 비서는 무슨 좋은 일이 있느냐고 묻고 싶었지만 그녀에게서 대답이라는 것이 나올 것 같지 않아 묻지 않고 운전에만 신경 썼다.

하지만 본사에 내려 차를 직접 운전해서 사라져가는 세경의 모습에서 확실히 그녀가 달라졌다는 것을 알 수 있었다.

'설마…… 남자는 아니겠지?'

예전 홍기와의 과거를 알고 있는 김 비서는 그 이유가 무엇인지 알 수는 없지만 왠지 불안했다.

강남의 번화가를 겨우 벗어나는데 그녀의 휴대폰이 울렸다.

-어디에요? 땡땡이치러 간다면서요? 같이 갑시다.

우현이 회사에서 김 비서를 만났나 보다.

그날 이후 서로 문자를 보내고 통화를 하는 것 외에 얼굴을 마주하고 있어 본 적이 없다. 서로가 마음을 받아들였음에도 불구하고 시간이 맞지 않았고 일반인이 아니기에 데이트다운 데이트를 하지 못하고 있는 실정이었다.

"우현 씨 지금 어디 있는데요?"

─땡땡이는 언제까지 칠 수 있어요? 오늘 밤까지 가능한 거예요?

"네."

─그럼 어디 가까운 주차장에 차 세워놓고 전화해요. 데리러 갈 게.

"권우현 씨 지금 얼굴 내놓고 돌아다닐 수 있는 상황이 아닐 텐데요. 그냥 따로 출발해서 만나요."

─아니요. 내가 데리고 가고 싶은 곳이 있는데 좀 멀어요. 운전 하기 힘들 수 있으니까 내 말대로 해요.

세경은 그의 말대로 하기로 하고 근처 유료주차장에 차를 주차 하고 우현을 기다렸다.

그가 어디로 데리고 갈지 기대하며 더디 가는 시간에 지루해질 때 그의 차가 멀리서 보였다.

그녀 옆으로 세워진 그의 차에 오르는데 운전석에 앉은 그가 모자를 깊이 눌러쓰고 선글라스를 끼고 있었다.

"연예인 티 나게 가렸네요?"

"연예인 티는 나지만 권우현 티는 안 나지 않습니까?"

"뭐, 그러기는 하지만……."

우현은 목적지를 정했는지 내비게이션도 켜지 않고 그대로 차 를 몰았다.

"어디로 가는 거예요?"

"좋은 곳."

"좋은 곳 어디요?

그는 끝까지 어디를 가는지 말해주지 않았지만 차는 어느새 고속도로에 접어들고 있었다.

"좀 멀리 간다더니……. 혹시…… 강원도나 부산 이런 곳으로 가는 건 아니죠?"

이번에는 우현은 대답하지 않고 웃기만 했다.

그녀가 문득 바라봤던 가을 하늘만큼이나 푸른 미소였다.

"분위기 있게 커피도 마시고 또 머리와 마음을 비우기에 딱 좋은 곳이 있어요."

궁금해하며 바라보는 그녀에게 대답을 해준 후 우현이 음악을 틀었다.

가벼운 재즈 선율의 음악이 흐르고 열린 차창으로 시원한 가을 바람이 들어오는 그 좁은 공간이 세경에게 낙원으로 느껴졌다.

오랜만에 느끼는 여유에 세경은 일에 대한 스트레스나 긴장을 모두 놓아버리고 눈을 감았다. 그대로 죽어도 행복할 만큼의 평안이 느껴졌다.

그런 평안은 곧 잠으로 이어졌고 그녀가 잠에서 깨어났을 때도 여전히 차는 고속도로 위를 달리고 있었다.

얼마나 잤는지 알 수는 없었지만 서울에서 꽤나 먼 곳까지 왔다는 게 느껴졌다.

두리번거리던 그녀의 눈에 평창 휴게소를 알리는 표지판이 나왔다.

"진짜 강원도에 가는 거예요?"

"잘 잤어요?"

커피 한 잔 마시고 머리와 마음을 비우기 위해 이렇게 먼 곳까지 와야 했는지 이해가 되지 않았지만 세경은 굳이 어떤 말도 꺼내지 않았다. 이미 목적지를 눈앞에 둔 상황에서 그런 말이 무슨 필요가 있을까 싶었다.

휴게소에 차를 세우고 사람들이 북적이는 밖을 보며 우현이 걱정스러운 목소리로 말했다.

"음…… 따로 나가는 게 좋겠죠? 잘난 척하는 건 아닌데 이러고 나가면 연예인 티 나서 안 되고, 그렇다고 다 벗고 나가면 권우현 티 나서 안 되니까, 세경 씨가 먼저 나가서 볼일 보고 먹고 싶은 거 사서 차로 와요. 그리고 내가 나갈 테니까."

우현의 말이 틀린 것 같지 않아 세경은 혼자 차에서 내렸다. 그런데 혼자 차에서 내려 걷는 기분이 좋지는 않았다. 그가 꼭 같이 내릴 필요는 없는데도 이상하게 혼자만 차에서 내린다는 것이 뭔가 허전하고 또 서운하기도 했다.

세경은 화장실을 다녀온 후 휴게소 커피숍으로 들어갔다. 커피를 마시기 위해 먼 길을 나왔지만 지금 그녀는 커피의 카페인이 필요했다. 우현의 것까지 커피 두 잔을 사서 차로 돌아왔다.

"솔직히 커피는 서울에서 마시고 올 걸 그랬나, 후회하고 있었는데."

세경이 건네는 커피를 받는 우현의 얼굴에 화색이 돌았다.

"잠들지 않았으면 여기까지 못 오게 했을 거예요."

"그래서 자장가 같은 음악을 틀어준 겁니다."

우현이 시동을 걸로 출발 준비를 했다.

"볼일 보러 안 가요?"

"빛의 속도로 다 보고 왔어요. 남들 알아보지 못하게."

차는 출발했고 그와 함께 강원도로 가는 길이 목으로 넘어오는 커피만큼이나 따뜻했다.

"고지가 보이네요."

어느 순간 차는 해변도로를 달리기 시작했다. 그리고 얼마 안 되어 우현이 강릉에서 동해로 가는 국도에 있는 모텔에 주차를 했다.

목욕탕 표시가 되어 있는 '창 너머 바다'라는 간판 옆으로 카페라는 간판이 함께 있기는 했지만 주차장에서 보는 건물은 그냥 모텔이었다. 이름처럼 룸에서 바다를 볼 수 있을 것 같은 최고의 뷰를 자랑할 것 같은 위치에 지어졌지만 건물 모양이나 분위기가 불륜 커플들이나 드나들 것 같은 모양새였다.

사람들의 눈을 피하기 위한 안전한 장소로 선택한 곳인지, 아니면 다른 음흉한 의도가 있어서인지 알 수가 없었지만 어떤 이유든 이 모텔이 세경의 맘에 들지 않았다.

"내려요."

그러나 우현은 아무렇지 않게 차에서 내렸다.

"정말 여기가 목적지였어요?"

세경의 목소리가 조금은 까칠하게 튀어나왔다.

"네. 저기."

우현이 손가락으로 건물의 꼭대기를 가리켰다.

그의 손가락을 따라 보니 통유리로 되어 있는 꼭대기 층이 보였다.

"꼭 룸으로 데리고 들어갈 놈처럼 보는데, 그러지 맙시다. 나 그렇게 기본도 없는 놈은 아니니까."

별로 내키지 않아 하는 세경의 눈빛을 읽은 그가 차 문을 열어주며 안심시켜주려는 듯 빙긋 웃어 보였다.

차에서 내린 세경을 데리고 우현은 엘리베이터에 올라 마지막 층을 눌렀다.

엘리베이터 안에는 〈오늘은 사정상 카페 영업을 하지 않습니다.〉라는 A4 용지가 붙어 있었다.

"이거 얼마 전 우현 씨 가게 앞에 붙어 있었던 것 하고 내용이 비슷한데요?"

세경이 용지를 톡톡 두드리자 우현이 맞다는 식으로 고개를 끄덕였다.

"예전에 같이 일했던 매니저 형이 하는 곳이에요. 내가 은퇴하면서 형도 그쪽 일 접고 내려왔어요. 올라가 보면 알겠지만 밖으로 보이는 바다가 정말 그림 같아요. 그거 보여주고 싶어서 온 겁니다."

우현의 말이 끝남과 동시에 엘리베이터가 멈추고 문이 열렸다.

바로 이어진 카페 문을 열자 우현이 말한 그림 같은 바다가 전면 유리창으로 펼쳐져 있었다. 절로 감탄이 나올 만큼 맑은 비취색이 그녀 시선을 사로잡고 놓아주질 않았다.

"커피 먼저 마실래요? 출출하면 뭣 좀 먹을까요? 토스트? 아니면 라면?"

마치 제 가게인 것처럼 우현은 주방 쪽으로 들어가 이것저것을 들쑤시기 시작했다.

"아무거나 좋아요."

세경이 창가에 자리를 잡고 앉았다. 테이블 사이로 의자가 마주 놓이지 않고 커다란 소파가 바다를 향해 놓여 있었다. 등을 기댈 수 있는 소파에 앉아 세경은 절로 향하는 창밖을 보았다.

이토록 바다를 아름답게 바라본 적이 있었던가.

그녀의 기억 속에 남은 바다는 무너지는 가슴으로 검붉게 물들어가던 제주도 바다였다. 그 이후로 바다에 시선을 둔 적이 없었던 것 같다. 그런데 지금은 세상에서 가장 아름다운 색을 하고 있는 바다가 눈에 들어오고 마음에 들어왔다. 뭔가 탁 트이는 것 같고, 숨이 쉬어지는 것 같은 느낌의 드넓은 바다를 하염없이 바라보고만 싶었다.

"자, 금강산도 식후경이라는데 바다 구경도 먹으면서 합시다."

우현이 만들어온 토스트와 커피를 세경 앞으로 놓아주었다. 노릇노릇 고소하게 보이는 토스트는 별것 없이 달걀과 햄 슬라이스 한 조각 넣은 것뿐인데 군침 돌도록 맛있게 보였다.

토스트보다는 커피를 먼저 마시고 바다를 보는 우현을 보았다. 먼 곳을 응시하는 그의 표정이 단순히 바다를 감상하는 것 같지는 않다.

무표정하게 앉아 있는 그 모습이 자신보다 훨씬 커 보이는 건 왜일까? 마음이 크고 생각이 크고 사랑이 큰 남자 같다.

그녀에게 시선을 돌린 그가 토스트 한 쪽을 집어 그녀에게 내밀었다.

"이 토스트가 말입니다, 오븐에 굽는 것보다 다리미에 눌러 만든 게 더 맛있거든요. 그거 해 먹이고 싶었는데 오늘은 그냥 이걸로 만족합시다."

"다리미로 토스트를 만든다고요?"

"몰랐어요? 다음에 만들어줄게요. 다리미, 식빵, 치즈, 햄 준비되면 불러요."

정말 그걸로 토스트가 될까, 의아해하는 세경을 보며 우현이 먼저 토스트를 입에 물었다. 바사삭 소리가 맛있게 들렸고 세경도 건네준 토스트를 먹기 시작했다.

생각보다 괜찮은 맛이었다. 커피와 바다와 별것 없는 토스트가 주는 평온한 행복에 세경의 마음이 나른해졌다.

우현이 그녀의 손을 잡아왔다. 그리고 한참을 말없이 손잡은 채 시선을 밖으로만 두고 있었다.

마음이 편해서였을까. 세경에게 또다시 졸음이 밀려왔다. 서서히 눈이 감기고 소파에 기댄 머리가 우현의 어깨로 툭 떨어지면서 세경이 놀라 머리를 들었다.

졸다가 머리 꺾인 꼴이 된 게 창피했다.

하지만 우현은 그녀의 머리를 자신의 어깨에 기대게 했다.

"같이 잡시다, 우리. 아, 어감이 좀 그런가? 여기서 눈 좀 붙이고 있다 일어나자는 말이었어요."

우현도 소파에 고개를 기대며 눈을 감았다.

우현에게 기대어 있는 자세는 의외로 편했다. 어깨가 넓지만 근육이 있고 각이 있어 불편할 것 같았는데 그냥 편하기만 했다.

졸음이 변해 곧바로 잠이 될 만큼이나.

한 시간 정도 잠을 잔 두 사람은 라면으로 배를 채우고 커피가 아닌 녹차 한 잔을 더 마시고 서울로 출발했다.

어쩌면 이런 게 진짜 연애가 아닌가 싶었다.

홍민기와는 이런 데이트를 해본 적이 없다. 그는 늘 그녀의 세상을 궁금해했다.

호텔의 최고급 식당들과 멤버십으로 운영되는 바, 서울 근교에 있는 수십만 원대의 한정식집을 가기 원했고 그를 데리고 다니고 비용을 내는 건 세경의 몫이었다.

아주 소박한 것을 누리고 싶었던 세경의 마음을 그는 늘 왜곡하기만 했다.

"그런 게 왜 먹고 싶고, 왜 가고 싶은데? 내 수준 어떤 건지 확인시켜주려고 그래? 너하고 어울리지도 않는 음식 먹일 수밖에 없는 내가 그런 식으로 비참함을 느끼기 원해? 그래서 그래?"

그런 말을 듣고부터 세경은 뭐든 그를 자신의 수준에 맞춰 이끌어주고 가꿔주었다.

돌이켜보면 딱 봐도 답이 나오는데 왜 그때는 그걸 알지 못했는지.

그때는 어리고 철이 없었으며 눈에 콩깍지가 제대로 씌어 있었다. 하지만 지금은 어리지도 않고 철도 들었다. 그리고 아직 우현을 바라보는 자신의 눈과 마음은 담담하다.

그런 시선으로 바라봤을 때, 그의 모든 것이 솔직해 보이고 순수해 보인다.

죽을 끓여다주고, 이마에 물수건을 얹어주고, 토스트를 만들어주고, 운전을 해주고, 그녀를 위해 어깨를 내어주며 낮잠을 즐기게 해주는 그의 마음이 투명해 보인다.

믿어도 좋을 사람…… 그렇게 세경은 우현을 정의해버렸다.

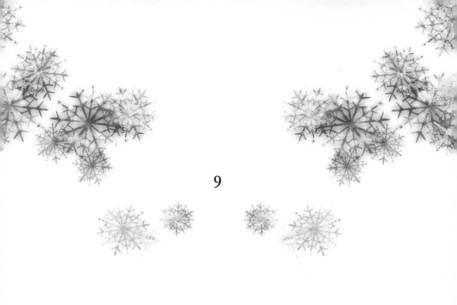

9

강원도를 다녀온 후로 두 사람은 진짜 연인이 된 기분이었다.

그녀는 회의로 우현은 행사로 늘 바쁘지만 서로를 그리워하는 마음을 표현할 수 있을 만큼 가까워져 있었다.

지금도 새로운 기능성 제품을 위한 회의를 위해 세경은 차림새를 매만지고 집무실을 나와 회의실로 향하고 있었다.

그때 맞은편에서 우현이 매니저인 승우 뒤로 한 걸음 정도 떨어져 걸어오고 있었다.

그녀와 눈이 마주친 승우가 먼저 허리 굽혀 공손하게 인사를 했고 세경은 가벼운 묵례로 답해주었다. 승우가 그녀를 지나쳐 가고 우현과 스쳐 지날 때였다. 그녀의 손등을 그가 가볍게 쓸어주며 지나갔다. 아무런 짓도 하지 않은 것처럼 태연하게 우현은 그녀에게서 멀어져 갔다. 하지만 그녀의 손등은 아직도 그의 손길이 닿은 것처럼 간지럽다. 그리고 그 은밀한 행동에 얼굴이 발개질 정도였다. 그리고 시선이 자꾸 자신의 손등으로 쏠렸다. 막 사랑을 시작하는 소녀처럼 설렜다.

남들 눈을 속여 가며 둘만이 느끼는 짜릿한 설렘은 비단 회사에서뿐만이 아니었다.

퇴근 후 집에서 세경이 일을 하고 있을 때 문자가 들어왔다.

[데이트할까요?]

[데이트요? 어디서?]

[당신 집에서. 나는 함부로 돌아다닐 수 없는 귀한 몸이니까요. 2분 뒤에 문 열어줘요.]

우현의 문자대로 2분 뒤에 현관문을 열었고 운동복 차림에 모자를 눌러쓴 우현이 그녀의 집 안으로 쏜살같이 들어왔다.

"팬들 따돌리는 것보다 김 비서님 따돌리고 속이는 게 더 어렵네요."

"운동한다고 나온 거예요?"

"운동만큼 자연스러우면서도 완벽한 건 없으니까."

우현이 들어와 모자를 벗으면서 소파에 앉았다.

소파 앞 테이블 위에는 노트북이 켜져 있었고 서류들이 가득했다. 그리고 어지러운 테이블 가운데 놓인 시나리오 뭉치와 담배를 발견했다. 피운 흔적은 없었지만 그 담배가 왜 있는지 궁금했다. 더불어 이미 얘기가 끝난 시나리오도.

"뭐 마실 거 줄까요?"

"바나나 우유요. 저번에 보니까 냉장고에 가득 차 있던데 그거 하나 줘요."

세경이 주방으로 들어가 바나나 우유와 컵을 가지고 나와 그의 옆자리에 앉으며 건네주었다.

"이거 좋아해요?"

그가 우유를 컵에 따르지 않고 한 모금 마시고 나서 물었다.

"무척 많이."

"일은 왜 서재에서 안 하고 여기서 합니까?"

"밖으로 보이는 전망이 좋잖아요. 저런 훌륭한 야경을 두고 군이 서재에서 일할 필요가 뭐 있어요? 일을 꼭 서재에서 하라는 법은 없잖아요?"

"시나리오는 이미 얘기가 끝난 건데 왜 여기에 있어요?"

"지금 나…… 심문하는 거예요? 들어와 앉자마자 바로 몰아붙여 질문만 던지는 게 꼭 그런 분위기네요."

"심문…… 이라기보다는 당신을 알아가기 위한 백문백답?"

"그래서 백 가지 질문을 할 건가요?"

"천문천답으로 갈까요? 천 가지도 물을 수 있는데. 그만큼 당신에 대해 알고 싶은 게 많다는 거고 또 모르는 게 많다는 거고."

"그럼 나도 백문백답 하죠. 영화 이거 정말 하고 싶어요?"

세경이 우현 앞으로 시나리오를 내밀었다.

"안 된다면서요?"

우현이 남은 바나나 우유를 한 번에 쭉 마셔버렸다.

"그때 내 말은 잊어요. 그러니까 이거 꼭 해야겠다는 마음, 아직도 있어요?"

"솔직히 말하면 매력 있는 캐릭터이긴 합디다. 남자 배우라면 한 번쯤 해보고 싶은 그런 배역이긴 하지."

그의 마음을 알겠다는 듯 고개를 끄덕였지만 그녀의 입에서 아주 작은 한숨이 새어 나왔다.

"왜 한숨이 나옵니까? 안 된다고 단호하게 잘라놓고 보니까 자꾸 내가 걸렸나 보죠? 그래서 이걸, 출연시켜, 말아? 하고 고민 중인 겁니까?"

"솔직히 그래요. 우현 씨 그 표현 그대로 시켜? 말아? 둘 사이에서 고민 중이에요."

"그게 고민거리가 되나? 나 이미 접었어요. 그러니 그렇게 고민할 필요 없어요."

영화에 대한 마음을 접었다는 그의 말이 진심인지 세경이 진지한 표정으로 우현을 바라보자 테이블에 있던 담배를 집은 우현에게 질문권이 넘어갔다.

"이건…… 평소 기호식품입니까?"

"예전에 즐기던 기호식품이었죠."

"그런데 다시 즐기고 싶어진 겁니까?"

"즐기고 싶지는 않은데 생각이 나서요."

우현이 손에 들고 있는 담배를 두 동강 내버렸다. 그리고 테이블에 있는 담배 역시 처참하게 두 동강을 내고 담배 갑을 집어 들더니 주방에 있는 쓰레기통에 처박아버렸다.

"생각이 나도 이건 안 했으면 합니다. 백해무익하다는 걸 당신이 입에 물고 있는 거 상상하기도 싫으니까."

얼굴에 미소를 머금고 대하던 좀 전과는 너무도 다른 모습이었다. 무척이나 냉정하고 엄한 포스였다.

세경의 기분이 묘하게 꼬였다. 자신을 컨트롤하려는 그 모습이 기분 좋으면서도 원인 제공자라 할 수 있는 그가 자신에게 선생님 같은 얼굴로 나무라는 것에 괜히 화가 나기도 했다.

"그럼 영화는 진짜 안 하는 거로 결정할게요. 아무리 욕심나는 배역이라도…… 영화라지만 당신이 다른 여자하고 침대에서, 욕실에서 뒹구는 거 상상만으로도 싫으니까."

우현이 소파에 앉으려다 말고 멈칫했다. 행동처럼 눈동자도 잠시 초점 잃은 사람처럼 멍하더니 이내 그답게 부드러운 미소를 되찾고 자리에 앉았다.

"베드신? ……그건 수위를 좀 조절하면 되는데."

우현의 표정에 장난기가 스몄지만 우현의 얼굴을 보지 않고 있는 세경은 그의 짓궂음을 알 수 없었다.

"그럼 난 담배를 입에 물고 있지 않고 손에 들고만 있으면 되겠네요."

그래서 장난스러운 우현에 비해 세경은 뾰족했다.

세경의 그런 반응이 귀여워 우현은 더한 장난의 말을 던졌다.

"대역 쓸까요?"

"……."

아직도 그녀는 우현을 바라보지 않는다. 아무래도 질투한 것 같은 자신의 모습이 창피해서 그런 건 아닐까 싶었다.

"여자 배우를 대역 쓰면 되는데."

그제야 세경이 우현에게 시선을 돌렸고 이 무슨 귀신 씻나락 까먹는 소리냐는 얼굴로 그를 보았다.

"세경 씨가 대역 해줄래요? 좋은 생각 아닙니까? 당신이 여자 배우 대신 대역해주고 난 담배 대신 당신 입술에 물려 있는 거."

어이없어 하는 세경에게 우현이 바짝 다가섰다.

"최세경 씨, 당신 은근 귀여워."

세경이 그가 다가온 만큼 뒤로 물러나 앉았다.

"질투 같은 거 못 할 줄 알았는데."

그가 또 다가왔다.

"그러게요. 나도 그런 거 못 할 줄 알았는데."

세경이 우현이 다가온 만큼 또다시 뒤로 물러났다.

"그게 귀여운 건가요? 나는 힘들게 끊은 담배가 다시 생각날 정도로 기분 나쁜 거였는데."

"그런데 최세경, 당신……."

또다시 다가왔지만 세경은 더 이상 물러날 곳이 없는 소파 끝자리에서 허리만 뒤로 빼는 상황이 되어버렸다.

"눈이 왜 이렇게 맑아 보이지?"

"……."

우현이 그녀의 허리를 앞으로 당겨주고 자신은 그녀에게서 멀찌감치 떨어져 앉았다.

"그 눈으로 바라보니까 딴짓을 할 수가 없네."

그가 큰 한숨을 내쉬었다.

"처음부터 영화 하고 싶은 생각은 없었어요. 그냥 그걸 핑계로 쳐들어가서 당신 얼굴 한 번 더 보려고 한 거지. 시간을 달라고 해놓고 거절해버린 당신 표정 어떤지 보려고."

"정말요?"

"솔직히 침대에서 여자하고 뒹구는 첫 경험을 촬영으로 경험하고 싶지 않아서 별로 내키지 않았다면 믿겠어요?"

여자하고 침대에서 뒹구는 첫 경험?

세경이 그 말뜻을 깊게 파고들어 가는 느낌에 우현은 일어나서 거실 조명을 꺼버렸다. 어두워진 거실로 밖에 있는 건물들의 조명 빛이 은은하게 새어 들어왔다. 세경과 나란히 앉은 우현은 그날 바다를 바라본 것처럼 베란다 밖으로 보이는 세상을 응시했다.

길 건너 삐죽삐죽 높이가 제각각인 건물 창에서 새어 나오는 불빛들은 어둠을 밝히는 작은 전구들을 달아놓은 것처럼 예뻤다. 캄캄한 하늘에 별을 대신할 조명들이 수없이 켜져 있었지만 별을 대신할 만큼 낭만적이지 못했다. 그래도 일에 미쳐 있는 여자에게 작은 휴식을 줄 수 있는 지금 순간만큼은 그녀에게 낭만으로 남는 시간이길 바랐다.

"매일 이 시간 이곳에 앉아 일을 했지만 이렇게 예쁜 줄 몰랐는데. 야경이 끝내주네요."

세경은 한 번도 여유 있게 바라보지 못했던 창밖을 그의 어깨에 기대어 보며 아름답다는 생각을 했다.

"전망이 끝내주게 좋기는 한데, 아무리 그래도 데이트를 하기에는 집은 좀 답답하네요. 할 수 있는 게 아무것도 없으니까."

"데이트라고 해봐야 사실 별거 없지 않나요? 만나서 밥 먹고 차 마시고 영화나 공연 보고 가끔 교외로 드라이브나 가고."

"그 별거 없는 것들이 특별하게 느껴지는 게 데이트입니다. 왜냐? 특별한 감정을 가진 사람과 함께하니까. 이게 말로 설명이 안 되는 건데. 같이 나가봐야 아는 건데. 설명할 길이 없네. 진짜 좋은데."

세경이 피식 웃었다.

안다. 그게 어떤 건지. 이미 강원도에 다녀오면서 느끼지 않았던가. 평소 좋아하지도 않던 초간단 토스트가 맛있었고 라면도 맛있었고. 무엇보다 아픔이던 바다가 한없이 바라봐도 질리지 않을 만큼 예쁘지 않았던가.

"예전에 활동할 때, 뭐 지금도 그렇지만 왜 그렇게 애들이 연애를 하면 해외로 나가나 했더니 그 이유를 알 것 같네요. 요새는 바로바로 들키는 세상이지만. 한 번쯤 사람들 시선 신경 쓰지 않고 편하게 다니고 싶었을 그 마음이 뭔지."

"다음 주에 일본 출장 잡혔는데 같이 갈래요?"

느긋하게 소파에 기대어 앉았던 우현이 후다닥 허리를 꼿꼿하게 세우고 앉았다.

"다음 주? 같이? 일본을?"

"음…… 스키니를 쇼핑몰에 입점하는 계약 문제로 가는 건데 우현 씨는 이미 입점되어 있는 블루보스 홍보차 가는 걸로 스케줄 조정해서 가보죠, 뭐. 나 출국하고 하루나 이틀 뒤에 우현 씨 오는 거로."

"그런데…… 왜 이렇게 건조하게 말합니까? 그냥 같이 출장 가서 일하자는 느낌입니다."

"같이 가자고 해도 문제예요? 그럼 어떻게 말해야 하는 건데요?"

"기대에 들떠서 조금은 흥분된 것 같은? 지금 당신은 그냥 화장 지운 이사님, 그 이하도 그 이상도 아닌 것 같아요. 전혀 연인 느낌이 안 난다 이거죠."

"속이 빈 것보다 건조해도 진심이 담긴 건조함이 낫지 않아요? 겉으로 설레는 척하면서 속으로 차갑고 건조한 것보다 낫지 않냐는 말이에요."

세경의 말을 인정하는 것처럼 우현이 고개를 끄덕였다.

"그래도 웃어주면서 얘기하면 좋을 텐데."

들으라는 건지, 혼잣말로 하는 건지 알 수 없게 중얼거린 우현이 다시 소파 깊숙하게 몸을 묻으며 그녀도 같은 자세가 되도록 세경의 몸을 뒤로 잡아당겼다.

"내가 좀 조급하게 다가가고 성급하게 잡아당길지도 몰라요. 아니, 그럴 겁니다. 그럴 땐 그냥 권우현이 최세경한테 미쳐가는구나, 해요. 광속도로 미쳐가도 겁먹거나 놀라지 말고."

"그럼 당신도 그렇게 생각해요. 내가 당신을 업무적으로 대하는 것 같더라도 최세경이 광속도로 미쳐가는 권우현과 충돌을 피하기 위해 한 발 물러선 거구나, 해요. 한 발 물러서더라도 서운해하거나 더 미치려고 하지 말고."

"거참 한마디도 안 지려고 하네."

"많이 져주고 있는 거예요. 일하는 시간 방해해도 쫓아내지 않고 있는 것만으로도 어마어마하게 져주고 받아주는 거라고요."

"황송하네요. 이러고 딱 20분만 쉽시다. 하루 종일 회사에서 일하고 또 일하는 거 보기 안쓰러우니까."

우현은 그녀의 손을 잡은 후 자신의 배 위에 얌전히 두 손을 얹고 눈을 감았다. 하지만 세경은 시선을 밖으로 두고 있었다. 전망은 다르지만 함께 나란히 앉아 있는 지금의 편안함과 평화가 그때와 다르지 않았다.

치열했던 하루의 끝이 그가 주는 휴식으로 인해 쓸쓸하거나 외롭거나 허무하지 않았다. 따뜻하고 여유롭고 뿌듯했다. 그가 말한 20분으로 끝나지 않았으면 할 정도로.

하지만 20분은 생각보다 많이 짧았고 우현은 시계를 보며 자리에서 일어섰다.

"하, 운동은 좋은 핑계가 아니었어. 다음에는 친구를 만난다고 해야겠어요. 술도 한 잔 마시고 들어갈 수 있게. 그때는 우리 치맥 배달시켜서 분위기 좋게 한잔합시다."

모자를 깊이 눌러쓴 우현이 현관에서 신발을 신었다.

"가요."

"자요."

짧은 세경의 인사가 못마땅한지 그녀의 인사말과 똑같은 투로 짧게 해준 그가 도어록의 열림 버튼을 눌렀다. 그리고 문을 열고 밖으로 나가려다 말고 몸을 돌려 다시 들어왔다.

띠리릭. 다시 현관문이 닫히고 잠기는 소리가 들려왔다.

"왜 우리가 연인 느낌이 안 나는 줄 알았어요."

"……."

"연인끼리 나누어야 할 걸 나누지 않았거든."

그가 다가와 그녀의 얼굴을 감쌌다. 조심스럽고 부드럽게 그녀의 얼굴을 감싸는 손길과 달리 키스는 뜨거웠다. 곧바로 입술 사이를 파고드는 혀가 그녀의 입속을 급하게 탐했다.

서너 번 서로의 얼굴 위치를 바꿔가며 굶주린 사람처럼 입술을 탐한 후 우현이 세경에게서 떨어졌다.

"잘 자요."

"네. ……우현 씨도 잘 자요."

우현이 나갔다.

그의 입술이 떨어져 나간 자신의 입술이 허전하고 아쉬운 것처럼 그가 나간 공간이 무척이나 썰렁했다. 어쩌면 그가 그녀에게 광속으로 미쳐가는 것보다 그녀가 그에게 미쳐가는 속도가 더 빠를 것 같은 두려움이 생길 정도로 방금 나간 우현이 그리웠다.

세경의 집에서 나온 우현은 옆집이 아닌 비상구 계단 쪽으로 나갔다. 그리고 냅다 1층까지 뛰어 내려갔고 1층에서 다시 27층까지 뛰어 올라왔다.

숨이 턱까지 차오를 정도의 속도로 빠르게 뛰어서 그런지 이마에 땀이 송골송골 맺혔다. 숨을 몰아쉬며 우현은 2,704호의 비밀번호를 누르며 안으로 들어갔다.

"누가 알아볼까 너무 심하게 뛴 거 아니야? 갑자기 격하게 운동하는 거 안 좋아. 다음부터는 운동을 하더라도 좀 쉬엄쉬엄 해.”

동네를 열 바퀴 넘게 뛰고 온 것 같은 우현을 보고 김 비서가 걱정하는 마음으로 한마디 던졌다.

“네. 그래야겠습니다. 너무 힘드네요.”

김 비서는 보지 못했지만 힘들다는 우현의 표정은 행복했다.

세경은 그룹사 전체 임원 회의에 참석했다. 칼레의 판매량이 상승하면서 자연스럽게 그룹 계열사의 가치도 상승하고 있으니 평소와는 달리 임원들 모두가 세경에게 호의적이었다. 진심이 빠져 있는 호의는 달갑지 않은 터라 세경은 회의 후에 마련된 임원들 만찬 자리에서 빠져나왔다.

“매출 목표 120% 달성으로 인해 부서별로 전체 회식이 있습니다. 각 회식 자리에 가서 직원들에게 격려와 감사의 인사를 해야 해서 저는 식사 자리에 참석이 어렵겠습니다. 죄송합니다.”

최 회장과 세준, 세원의 체면을 생각해 세경은 가장 적당한 핑계를 대고 자리를 빠져나왔다.

사실 그녀는 홍보실 회식 자리에 가야 한다. 우현이 홍보실 회식 자리에 초대되었고 전속 모델로 참석하는 그 자리에 홍보실은 기획사와 조인으로 회식을 하게 되었다. 세경도 그 자리에 나와야 한다는 이태영 실장의 권유를 받았다. 하지만 한 번도 함께해본 적이 없는 회식 자리에 나간다는 것이 내키지 않았다. 아무리 우현이 그 자리에 있다고 해도 그가 아닌 다른 사람들 사이에서 술 마시고 억지웃음을 지으며 자리를 지키고 싶지 않았다.

세경은 임원 회의를 끝내고 곧바로 집으로 퇴근을 했고 내일 있을 일본 출장 준비를 하고 여느 때와 마찬가지로 소파에 앉아 노트북의 전원 버튼을 눌렀다.

각 브랜드별 홈페이지를 방문해 고객의 소리를 꼼꼼하게 모니터했다. 소비자들이 원하는 것을 분석하기 위한 가장 좋은 방법이다. 다른 화장품 회사들과 다르게 질문이나 불만사항에 성의 있게 답변해주고 빠르게 처리해주니 소비자 만족도도 높고 그 만족도가 매출로 이어지고 있다.

한창 서류와 모니터 사이에 집중해 있을 때 문자가 들어왔다.

[안 나올 거예요?]

우현이었다.

[높은 사람은 회식에서 빠져주는 게 예의예요.]

[나 여직원들 사이에 갇혀 있는데. 앞에는 홍보실 김 대리, 양 옆으로는 마케팅팀 여직원. 그리고 그 옆으로 그 앞으로 옆으로 홍보실 여직원들이 다 내 앞에 있는데도?]

[난 내일 출장 가면 저녁 식사할 때 남자들 사이에 갇혀 있을 거니까 괜찮아요.]

[하여튼 지는 법이 없어!]

세경의 입가에 미소가 떠올랐다. 그는 그녀에게 은근 귀엽다고 했지만 세경의 눈에는 우현이 귀여운 남자다. 자존심 강하고 살벌하게 냉정하고 배배 꼬여 있는 남자가 우현이었다. 그가 이토록 귀여울 수 있다는 게 믿어지지 않을 정도다. 물론 그에게 마음을 내놓는 자신도 스스로도 믿을 수 없을 정도인 건 마찬가지지만.

다시 일에 집중하려 했지만 세경의 의식은 휴대폰으로 향했다. 또 그의 문자가 또 오는 건 아닌지 휴대폰 알림음에 신경이 쏠렸다.

'이 남자, 삐친 건가? 삐칠 줄도 알아?'

또 한 번 미소가 지어질 즈음 세경은 테이블을 정리했다. 비행기 시간이 이른 아침이라 일찍 쉬어야 한다는 생각에 샤워를 하고 나와 거실에 있는 휴대폰 확인을 했다.

그사이 우현에게서 또 문자가 와 있었다.

[나 술 취했는데 어떡하죠?]

[얼른 집에 들어가 쉬면 됩니다.]

[내 술버릇 모르는구나! 나 술 취하면 막 옆집으로 들어가요. 그런데 옆집 비밀번호가 바뀐 것 같아서 오늘은 야외취침이 될 수도. ㅠ.ㅠ]

"어머, 이 남자 봐?"

기가 막혀 헛웃음도 나오지 않았다.

'그래서, 지금 비밀번호를 알려달라는 거야? 알려주면? 알려주면 들어와서 뭘 하고 가겠다고?'

그녀의 고민을 알고 있는지 그가 다시 문자를 보냈다.

[옆집 들어가서 나쁜 짓 할 거 아니니까 걱정하지 마요.]

[설마 옆집 가서 우는 건 아니죠?]

[들어가지 못해서 울 수도 없어요.]

[아직도 여직원들 사이에서 기쁨조로 앉아 있어요?]

[……]

[늦으면 비번 바뀔 수 있어요.]

세경은 그에게 비밀번호를 찍어 보냈다. 그리고 휴대폰을 내려놓는 순간 현관문에 도어록의 버튼 소리가 들려왔다.

설마?

현관을 열고 들어온 사람은 우현이었다.

"혹시 자고 있다 일어난 거였어요?"

거실로 들어오지 않고 우현은 그대로 선 채 물었다.

그러고 보니 그녀는 잠옷 차림이었다. 헐렁한 티셔츠 하나만 달랑 걸친, 그야말로 하의 실종의 차림에 민망해지려 할 때 우현이 그녀에게 가까이 오라는 손짓을 했다.

"들어가지 않고 바로 갈 거예요. 그러니까 얼른 와요."

그에게 다가간 걸음은 무척 느렸지만 그의 품에 안기는 건 순식간이었다.

우현이 자신의 앞까지 다가오는 것을 기다리지 못하고 손을 뻗어 그녀의 팔을 잡아당겨 품속으로 안아버렸다.

"일하고 있으면 화내려고 했는데. 내일 출장 가는데도 늦게까지 일하는 모습 보면 진짜 마음 안 좋을 것 같아서."

"그냥 벨 누르고 들어오면 되지, 왜 번호를 알려달란 거예요?"

"앞으로의 기동성을 위해서. 벨 누르고 기다리다가 김 비서님 눈에 띄면 안 되니까."

우현이 품에 안겨 있는 그녀의 머리를 쓰다듬었다.

"오늘 못 보면 내일도 못 보고, 모레나 볼 수 있을 텐데 그때까지 못 견딜 것 같아서."

그의 품속에서 세경이 쿡쿡거리며 웃었다.

"왜 웃습니까?"

그제야 그녀를 품에서 풀어주며 시선을 맞추고 그가 물었다.

"그런 말에 감동해야 하는데, 왜 느끼할까 해서."

"느끼? 그럼 이번에는 달콤하게 해줄까요?"

가까이 다가오는 그의 숨결에서 옅은 술 내음이 풍겨왔다. 하지만 그녀의 입술 사이를 비집고 들어오는 혀는 달았고 숨결에서 느껴지는 술 향기는 은은했다. 그녀의 입속으로 솜사탕이 들어와 녹아내리는 것 같기도 하고 와인향이 나는 촉촉하고 부드러운 케이크를 맛보고 있는 것 같기도 했다.

"술 냄새 나서 달콤하지는 않았겠다."

입술을 떼고 그녀의 머리카락을 쓸어 넘기며 우현이 웃었다.

"쓰지는 않았어요."

"잘 자요."

세경이 고개를 끄덕였다.

우현이 아쉬운 듯 발걸음은 떼고 현관을 열다 다시 세경에게 가까이 다가왔다.

"내일! 웬만하면 가장 구석 자리에 앉아 식사해요. 옆에 꼭 김 비서님 앉히고. 나중에 김 비서님께 확인할 거예요. 아, 그리고 화장은 꼭 하고 나가요. 만만하게 보이지 않게 꼭!"

세경의 대답을 듣지 않고 밖으로 나갔다.

피식 웃음이 나왔지만 또다시 그가 빠져나간 아쉬움에 그 웃음은 오래가지 않았다.

그녀는 알까? 문밖에서 얼마나 많은 고민을 했는지. 그리고 문밖으로 나오기 위해 얼마나 많은 인내심이 필요했는지.

애초부터 참석하고 싶지 않은 회식자리였다. 그래도 혹시나 세경이 올까 하는 마음으로 참석했지만 그녀의 모습은 보이지 않았다.

"이사님은요?"

"이사님은 원래 이런 자리 안 오세요. 늘 참석하시라고 말씀드려도 안 오시더라고요. 이번에는 회사 경사 차원의 회식이니 혹시나 싶었는데 역시나 안 오셨네요."

그녀가 오지 않는다는 것을 안 순간부터 모든 게 불편하고 부담스러워졌다. 그녀가 그 자리에 올 마음이 없다는 걸 문자 대화로 확인하고 우현은 곧바로 자리에서 일어섰다. 모델로서 댈 수 있는 핑곗거리는 많았기에 자리에서 빠져나오는 일은 어렵지 않았다.

하지만 그녀의 집 앞에서 우현은 예상치 못한 난관에 부딪치고 말았다. 벨을 누르고 집 안으로 들어가 그녀의 얼굴을 보는 일은 어렵지 않다. 하지만 그녀를 향해 내달리는 자신을 제어하기 힘들 것 같았다.

분명 그녀의 얼굴을 보며 키스를 할 것이고 키스를 하면 그 이상을 원하고 갈구하면서 제 욕심을 부릴 것 같아 깊은 한숨을 내쉬었다. 하지만 그녀를 보지 않고 견디는 것이 더 힘들 것 같아 문자를 보내고 마음을 가다듬으며 그녀의 집 안으로 들어갔다.

화장기 하나 없는 맑은 얼굴의 세경을 보자마자 설레는 마음을 주체할 수 없었다. 하지만 티셔츠 아래로 곧게 뻗어 있는 날씬한 다리와 티셔츠로 언뜻 비치는 그녀의 가슴이 눈에 들어오는 순간 들어온 것을 후회했다. 그렇다고 그냥 나갈 수는 없었다. 하지만 들어갈 수도 없었다. 신발을 벗고 거실로 들어서는 순간 그녀를 그대로 안아 침대로 직행할 것 같아 우현은 전실에 선 채 그녀를 품에 가두었다.

그것도 쉬운 일은 아니었다. 몇 마디 대화를 나누고 그녀와 키스를 나누며 애써 다잡은 마음이 흐트러지고 있을 때 우현은 그녀를 놓아주어야만 했다.

그렇게 아쉽고 힘든 순간을 버티고 나온 지금 온몸에서 힘이 빠져나가는 기분이다.

"후우."

깊은 한숨이 허공에 뿌려졌다.

'어떡하냐, 최세경. 정말 당신한테 미쳐가는 속도가 장난 아닌데. 일본 출장…… 나, 자신 없다. 당신을 그냥 보고만 있는 거……. 자신 없다. 어떡하냐?'

일본 지사장과의 미팅은 길지 않았다. 일본에서도 판매량이 상승하고 있고 그 이유는 품질과 가격 면에서 타 브랜드들이 따라갈 수 없는 경쟁력 때문이라는 보고를 받았다. 최근에는 모델인 우현에 대한 여자 소비자들의 관심이 매출로 이어지고 있다고 했다. 워낙 칼레 브랜드의 이미지가 좋아 스키니 입점도 어렵지 않게 진행되었으니 세경은 일본 지사장과의 미팅 후 바로 백화점의 담당자와 입점 계약을 체결했다.

칼레 일본 지사장과 백화점 담당 직원과 간단한 점심 식사를 마치고 세경은 호텔로 돌아왔다.

다시 한 번 계약서를 확인하고 세경은 이희강 대표에게 전화를 했다.

"권우현 씨 미니 화보가 필요해요. 일본 매장 스키니 론칭 기념으로 증정할 화보요. 자세한 내용은 일본 지사장이 메일로 보내드릴 거예요. 메일 확인하고 기획안 준비해주세요."

─네, 알겠습니다. 그리고 이사님.

"네?"

─우현이 이틀 정도 일본에서 쉬게 할 예정입니다. 본인도 일본 나가는 길에 한 이틀 정도 머리 좀 식히겠다고 하고, 이틀 동안 별다른 스케줄이 없어 그렇게 하라고 했습니다.

"잘하셨어요. 화보 기획안은 최대한 빨리해서 보내주세요."

─네, 알겠습니다.

이틀. 우현이 말한 이틀의 휴가가 그녀와 함께할 수 있는 시간이다.

내일이면 그가 오고 그의 일정이 끝나는 저녁부터는 함께 있을 수 있다. 그 시간이 되려면 24시간도 넘게 남았는데 벌써부터 세경의 심장이 평소와 다르게 빠르게 뛴다. 마치 첫사랑을 시작한 소녀처럼 모든 게 새롭고 모든 게 설렌다.

"정말 괜찮으시겠어요?"

"네. 걱정하지 마세요."

혼자 남아 있을 세경이 걱정되는 김 비서가 쉽게 발걸음을 떼지 못했다. 해외 출장 시 세경 혼자만의 시간은 늘 있었다. 시장조사 겸 쇼핑을 위해 백화점이나 화장품 브랜드숍을 돌며 편하게 즐기는 그녀만의 시간을 항상 가져온 터라 이번에도 그녀만의 시간을 갖겠다는 말에 김 비서는 그러려니 했다. 하지만 그를 먼저 귀국시킨 적은 없었다. 그런데 이번에는 세경이 김 비서를 먼저 귀국시키려 하고 있으니 김 비서가 난감해하는 상황이었다.

"멀지도 않은 옆 나라잖아요. 편하게 온천을 다녀보려고 해요. 그러니까 김 비서님 먼저 귀국하세요."

"영어가 잘 통하지 않는 나라라 여러 가지로 불편하고 힘들어서 혼자 다니기 어렵습니다. 일본 지사장에게 얘기해서 통역이라도 붙여드릴까요?"

"아니요. 누가 옆에 있는 게 불편해서 그래요."

"그래도……."

책임감과 그녀를 향한 걱정으로 쉽게 물러서지 않는 김 비서에게 특단의 조치를 취했다. 그 앞에서 최 회장에게 전화를 걸었다.

"큰아빠, 세경이에요. 저 여기서 이틀 정도 지내다가 가려고 하는데 김 비서님께서 절대 혼자는 안 된다고 하시네요. 아무래도 큰아빠 허락이 필요한 거 같아서요."

최 회장도 김 비서 없이 세경 혼자 남아 있는 것을 쉽게 허락하지는 않았다.

"편하게 지내면서 아이디어도 얻고 충전도 좀 하고 그러려고 하는데 정말 허락 안 해주실 거예요? 그동안 너무 일만 했잖아요. 정말 아무 생각 없이 나 편한 대로 쉬려고 하는데. 그거 안 돼요?"

결국 최 회장의 허락이 떨어졌고 김 비서는 서울로 돌아갔다.

우현에게 도착해서 행사장으로 간다는 전화를 받고 세경은 호텔의 스파를 즐긴 후 룸에서 낮잠을 잤다. 일을 시작하고 처음으로 맞는 진정한 휴식의 시간이었다. 서울과 달리 긴장을 풀고 모든 걱정과 스트레스를 내려놓은 채 보낸 반나절은 천국에서 지낸 것과 같이 평화롭기만 했다.

우현과 함께하는 시간은 그보다 더 평화롭고 안락한 시간이 될 것 같은 기대감이 들었다. 머리를 묶고 옷을 꺼내 입으며 그 기대감은 설렘으로 바뀌어갔다.

—이제 막 체크인 해서 룸에 들어왔어요. 10분 후에 로비에서 봅시다.

우현의 전화를 받고 10분의 시간을 기다리면서 세경은 그를 향한 자신의 감정이 생각보다 많이 깊음을 깨달았다. 믿고 의지하고 함께이고 싶은, 다 주고 싶고 다 가지고 싶은, 복잡하지만 가슴으로 와 닿는 따뜻하게 설레는 감정이 깊었다.

아무것도 익숙하지 않은 낯선 곳에서 그를 느끼는 감정이 사랑이었음을 세경은 알게 되었다.

그런 자신의 마음을 깨닫는 동안 10분의 시간은 모두 흘렀고 로비로 내려갔을 때 우현이 그녀를 기다리고 있었다.

모자를 푹 눌러쓰고 안경을 쓰고 있어 큰 키가 아니었다면 알아보지 못했을 것 같은 차림으로 그가 그녀를 기다리고 있었다.

"여기에서도 그 얼굴 그렇게 감추고 다녀야 하는 건가요?"

"그러게 말입니다. 생각보다 우리나라 관광객들도 많고 유학생들도 많고, 게다가 일본 사람들도 알아보는 사람이 있어서."

"솔직히 말해도 돼요?"

"말해봐요."

"은퇴시키고 싶어요. 죄지은 사람들도 아닌데 이렇게 몰래 숨듯 만나는 거 계속은 못 할 것 같아요."

"은퇴시켜줘요. 나도 이렇게 만나는 거 싫으니까."

"음…… 우현 씨만큼 우리 회사 매출을 올려줄 모델을 찾아내면 은퇴시켜줄게요."

"헛, 그건 은퇴가 아니라 퇴출 아닙니까? 그리고 사랑보다 사업이 먼저라니, 배신감 느껴집니다."

"사업이 먼저였으면 우현 씨 마음 받아주지도 않았어요. 철저하게 노예 모델 취급하면서 쉴 틈도 주지 않고 일만 시켰을 거예요. 이런 일본 출장은 어림도 없었을 거고."

우현이 세경의 손을 잡았다.

"뭐가 먼저든 배신만 하지 맙시다."

정말 먼저 배신하지 않을 거냐며 확인받고 싶은 말이었다. 하지만 그 전에 우현이 먼저 그녀의 손을 잡고 로비를 벗어나고 있었다.

"저녁 먹으러 갑시다. 뭐 먹고 싶어요?"

"그냥…… 아무거나."

"일본 라멘 먹어봤어요?"

"아니요."

"그럼 그거 먹으러 갑시다. 걷다가 맘에 드는 곳으로."

호텔을 나서 거리를 걷기 시작했다. 여느 평범한 연인처럼 손을 잡고 오전 행사에 대한 우현의 이야기를 들으며 걸을 때 세경은 울컥하여 눈물을 흘릴 뻔했다. 그녀가 늘 꿈꿔왔던, 하지만 자신은 결코 경험할 수 없을 거라 여겼던 평범한 일상을 누리고 있음에 가슴이 벅찼다.

길거리의 허름하고 좁은 라멘집에서 생맥주와 함께 라멘을 먹고 나와 스타벅스에서 커피를 마시는 그 순간까지 세경은 꿈을 꾸는 것처럼 행복하기만 했다.

그런 소소한 일상을 더 즐기고 싶은 마음에 우현에게 100엔숍에 들르자는 말을 했다.

"백화점이 아니고 100엔숍에 가자고요?"

"네."

의외였다. 백화점 상품이 아니면 취급할 것 같지 않은데 100엔숍에 가자고 하다니. 가진 게 많다고 해서 허영이나 겉치레에 신경 쓰는 여자가 아니라는 것은 알고 있었지만 이런 소박한 걸 즐기는 면이 있는 줄은 오늘 처음 알았다.

더구나 그녀가 100엔숍에서 골라 집은 것들은 머리를 묶는 고무줄과 작은 손거울이었다.

"우현 씨도 뭐 필요한 거 있으면 골라봐요."

선심 쓰는 것 같은 그녀의 말투와 표정이 귀여웠다.

"설거지할 때 앞치마가 없어서 불편했어요. 이거 하나 사줘요."

처음엔 앞치마 하나를 골라 바구니에 넣었다.

"머리만 묶지 말고 이것도 한 번 꽂아봐요."

그녀에게 어울릴 만한 리본 모양의 핀도 하나 추가했다.

"이런 거 집에 있어요?"

반짇고리 함을 비롯해서 슬리퍼, 머그컵, 무릎 보호대, 우산 등을 바구니에 챙겨 넣었다.

"골라보라고 해서 골랐는데 이거 다 사줄 거예요?

"바가지 쓴 기분이에요."

"겨우 이거 가지고 칼레 이사님이 너무 벌벌 떠는 거 아닙니까?"

"칼레 이사도 내 돈은 소중한 법이거든요."

"있는 사람이 더하다더니."

미소가 가득한 얼굴로 장난을 치고 있는 두 사람은 똑같은 행복을 느끼는 중이었다.

100엔숍을 나오면서 양손이 무거웠지만 그 무게만큼 마음에서도 묵직한 행복이 느껴졌다.

"호텔 바에서 한 잔 더 할까요?"

세경의 룸에 짐을 내려놓으며 우현이 물었다.

"술은 그렇고 어제 일본 지사장에게 선물로 홍차를 받았는데 차 한잔하는 건 어때요?"

"좋아요."

"홍차 별로 안 좋아하는데 타르트하고 마시는 홍차는 좋더라고요. 타르트는 없지만 그래도 홍차 한잔하는 거 분위기 있을 것 같지 않아요?"

"나도 홍차는 별로인데 둘이 마시면 나쁠 것 같지 않네요. 그런데 나 룸에 가서 편한 옷으로 갈아입고 올게요."

"그래요, 그럼."

우현이 나가고 세경도 편한 옷으로 갈아입었다. 하지만 우현은 세경이 옷을 갈아입고 한참을 기다렸는데도 돌아오지 않았다. 처음엔 샤워까지 하고 오나 싶었지만 샤워를 마치고도 남을 시간이 흘렀지만 우현은 오지 않았다.

오가는 사이 무슨 일이 일어나기에는 세 개 층 차이밖에 나지 않는다. 더구나 5성급의 특급호텔의 보안이 그리 허술하지는 않다.

전화를 해야 하는지 고민이 극에 달할 즈음 룸의 벨 소리가 들렸다.

"우현 씨?"

"네."

왜 이렇게 늦었냐는 질문은 하지 않았다. 그가 왔으니 다행이고 안심이었으니까. 그런데 그의 손에 뭔가 들려 있었다.

"이거."

"이게……?"

"타르트요. 이거 사느라 좀 늦었어요. 가까운 곳으로 다녀와서 유명한 집은 아닌 것 같아요. 그래도 보기에는 맛있어 보이니까 홍차하고 맛있게 먹어봅시다."

'귀찮았을 텐데.'

그녀라면 귀찮아서라도 다녀오지 않았을 것이다. 아니, 애초에 그 말에 귀 기울이지도 않았을지 모른다. 그런데 그는 세심했다.

고맙고 미안했다. 고맙다는 말을 건네야 하는 건지, 귀찮게 해서 미안하다는 말을 해야 하는 건지 몰라 세경은 머뭇거리고만 있었다.

"감동 먹은 겁니까?"

"……네."

"그러라고 사 온 겁니다."

"그거 알아요?"

"뭐요?"

"가끔 우현 씨 말 참 얄밉게 하는 거."

"알아요."

당황해서 샐쭉해진 얼굴로 우현을 바라보는 세경의 어깨를 감싸며 우현이 소파에 앉혔다.

"웃자고 하는 소립니다. 그렇게 정색하지 마요. 자! 우아하게 홍차 한 번 마셔볼까요?"

홍차 티백을 꺼내고 포트에 물을 끊이며 자신이 사 온 타르트를 내놓기까지 우현이 일사불란하게 움직였고 그로 인해 세경은 소파에 앉아 그를 바라보기만 했다.

달콤하게 보이는 딸기 타르트와 홍차가 놓인 테이블을 앞에 두고 두 사람은 늘 그렇듯 나란히 앉았다.

우현이 그녀에게 타르트를 먹여주려는 것처럼 세경의 입으로 내밀었다.

"그냥 내가……."

"아, 해요."

세경이 어색하고 쑥스러워하며 입을 벌리지 않자 우현이 짓궂게 웃으며 말했다.

"싫어요? 그럼 내가 먼저 베어 먹고 입으로 넣어줄까요?"

"그만해요."

"그러니까 얼른 아, 하라고요."

세경이 입을 벌려 그가 내민 타르트를 한 입 베어 먹었다. 상큼한 딸기 향과 달콤한 크림이 입안에서 녹아내렸다. 그 달콤함과 부드러움이 사라지기 전에 마신, 쌉싸름하게 단 홍차의 향과 맛이 절묘하게 어우러져 입안이 깔끔해지는 느낌이다.

"좋다."

세경에게서 절로 감탄이 나왔다.

"당신이 좋으니까 나도 좋은데요."

세경이 미소를 짓자 우현이 그녀의 손을 잡았다. 두 사람은 말 없이 창밖으로 보이는 동경의 야경에 시선을 두고 우아하고 달콤하고 느긋한 티타임을 즐겼다.

"우리 집에서 보는 야경하고 별로 다른 것 같지 않죠?"

마지막 한 모금 남은 차를 마시고 세경이 물었다.

"야경은 별로 다르지 않은데 마음은 당신 집에서 함께 있을 때하고 많이 다릅니다."

"마음이 왜요? 어떻게 다른데요?"

"더 많이 설레고…… 엄청 떨리고…….."

더 많이 설레고 엄청 떨려야 하는 것은 여자인 자신이어야 할 것 같은데 가끔 능글맞은 모습을 보이던 그가 설레고 떨린다고 하니 의외였다. 더구나 단둘이 있는 것도 지금이 처음이 아닌 것을 특별하게 떨리고 설렐 게 뭐 있나 싶었다.

"그래서……."

그가 일어섰다.

"가봐야겠습니다……. 이 설렘이 과한 욕심으로 변하기 전에, 얼른."

우현이 문을 향해 걸어가는 동안 세경은 소파에서 움직이지 않고 있었다. 아니, 움직이지 못하고 있다.

그가 나가는 순간 밀려들 허전함과 아쉬움이 벌써부터 그녀의 가슴에 찬바람처럼 불고 있는 것 같았다.

"에이, 그래도 배웅은 좀 해주지 그래요."

서운한 것 같은 얼굴로 자신을 바라보는 우현을 잡고 싶었다. 하지만 가지 말라는 말을 꺼내면 그가 말한 과한 욕심을 허락하는 것이고 그 과한 욕심이 어떤 것인지 알기에 가지 말라는 말을 쉽게 꺼낼 수가 없었다.

세경이 천천히 일어나 우현에게 다가갔다.

"호텔이지만 그래도 문단속 잘하고 자요. 아무나 문 열어주지 말고. 좋은 꿈 꾸고."

우현이 세경의 머리를 쓰다듬어주고 가볍게 입 맞추어주었다. 하지만 그의 발걸음은 쉽게 밖을 향하지 못하고 애꿎은 손길로 그녀의 머리만 만지고 있었다.

"가기 싫다."

우현의 본심이 튀어나왔다.

그런 우현의 마음을 들은 세경은 어떤 반응도 보이지 않았다. 오히려 그와 눈도 마주치지 못하고 서 있었다.

우현이 세경에게서 떨어져 문손잡이를 잡았다. 하지만 결국 열지 못하고 세경에게 다가와 그녀를 벽으로 밀어붙이며 키스를 했다.

거침없이 그녀의 입술을 가르며 혀를 침범시키고 그녀의 숨결을 집어삼켰다.

"당신하고 자고 싶어."

뜨거운 키스를 퍼붓고 자고 싶다는 말을 하는 우현의 눈빛은 욕망으로 이글거리거나 욕심으로 초점이 흐려 보이지도 않았다. 오히려 애처롭게 세경을 바라보고 있었다. 그녀의 허락을 바라는 애원이 담긴 애절한 그의 눈동자가 그녀의 눈에 들어왔다.

"싫으면…… 내일 보자고 말해요. 그럼…… 그냥 나갈 테니까."

그의 말에 세경은 고개를 떨어뜨렸다.

그와 자는 것이 싫지는 않다. 하지만 두려움이 더 크다. 함께 밤을 보낸 내일 아침 자신이 버려지는 건 아닌지. 그리고 키스가 아닌 섹스에 구토 증상을 다시 보이는 건 아닌지.

그녀가 그런 고민과 두려움에 휩싸여 대답을 하지 못하는 사이 세경의 침묵을 허락이라 생각한 우현이 다시 키스를 해왔다.

부드럽게 그녀의 아랫입술과 윗입술을 차례로 살며시 물었다가 놓으며 혀로 입술을 맛보듯 그녀의 메마른 입술을 적셨다. 성급하지 않고 달콤하게 다가오는 그의 키스에 반응하려는 순간 그의 손이 그녀의 가슴을 살며시 감싸왔다.

세경은 머리가 하얘지기 시작했다. 걱정한 울렁증은 나타나지 않았지만 온몸과 마음이 굳은 것처럼 어떤 사고도 어떤 느낌도 없이 그냥 세상이 하얗기만 했다.

그런 세경과 달리 우현은 세경의 가슴을 만지며 더 깊은 갈증에 사로잡혔고 몸과 마음이 그녀를 원하는 만큼 더 깊게 그녀를 만지고 싶고 느끼고 싶어졌다.

그녀를 안아 침대에 눕히고 몸을 포개고 입술을 포갰다.

그런데 그녀의 몸이 너무 차갑다. 차갑기만 한 것이 아니라 심하게 바들바들 떨어댔다. 그녀의 떨림이 그의 몸으로 전해졌다.

상체를 살짝 들어 세경을 내려다보았다. 하얗게 질린 얼굴로 눈을 감은 채 떨고만 있는 그녀가 눈에 들어왔다. 단순한 긴장으로 인해 떨고 있는 게 아니었다. 공포에 가까울 정도로 질린 모습에 우현은 재빨리 침대 시트를 그녀의 몸에 덮어주었다. 그리고 그녀의 뒷목으로 팔을 넣고 안아주었다.

"미안해요. 정말 미안해. 정말……."

준비도 안 된 그녀를 헤아리지 못하고 자신의 감정과 본능에 치우쳐 그녀를 가질 뻔한 사실이 너무도 미안했다. 시트에 감싸져 있는 세경을 꼭 끌어안은 채 우현은 그녀의 떨림이 끝나기를 기다렸다.

아무 말 없이 바들거리며 떨던 그녀의 몸이 서서히 정상을 찾아갈 즈음 세경이 입을 열었다.

"미안해요. 당신이…… 싫거나 그 순간이 싫거나 한 건 아니었어요."

세경이 자신을 안고 있는 우현의 손을 어루만지기 시작했다.

"난…… 첫날밤이 악몽으로 남아 있어요. 그래서…… 똑같은 악몽이 반복될까 봐……. 무섭고 겁나서…… 나도 모르게 거부감이 들었나 봐요. 우현 씨 잘못 없어요. 우현 씨가 옆에 있고 나를 안아주는 게 좋은데도…… 왜 그랬는지 나도 모르겠어요. 나도 내가……. 왜 그랬는지…….”

세경의 안고 있는 우현의 팔에 더 단단한 힘이 들어갔다.

“괜찮아요. 괜찮아.”

그녀를 더 단단하게 안아주며 괜찮다고 속삭여주는 것만으로 세경은 마음의 안정을 찾았다. 좀 전까지 그녀를 감싸고 있던 두려움과 괴로움은 사라지고 오로지 그가 주는 마음에 그저 평안만이 마음에 들어차 있다.

“옆에 있어줄게, 자요.”

아이를 재우듯 우현의 손이 그녀의 몸을 다독거리기 시작했다. 그리고 들릴 듯 말 듯 하게 속삭였다.

“악몽 같은 거 다 잊게 해줄 테니까.”

그의 말과 따뜻한 손길과 마음이 주문이었는지 세경은 우현과 단둘이 누워 있다는 불편함이나 어색함을 느끼지 못한 채 잠이 몰려왔다.

내일 아침. 아니 잠에서 깨어난 순간 그가 옆에서 사라지고 없는 건 아닌가 하는 걱정과 두려움이 덮쳐왔지만 그의 품속에서 느껴지는 지금 순간의 행복을 놓치고 싶지 않았다. 오로지 그의 숨소리와 손길에 의지한 채 세경은 잠 속으로 빠져들었다.

허리에서 느껴지는 묵직한 느낌에 눈이 떠졌다. 시간을 알 수 없는 어둠 속에 세경은 등 뒤에서 들리는 그의 숨소리에 눈물이 맺혔다. 자신의 허리를 감싸고 있는 그의 팔은 마치 그녀가 도망가지 못하도록 잡고 있는 것 같았고 그의 규칙적인 숨소리는 그가 사라지지 않고 그녀를 지켜주고 있었다고 알려주는 것 같았다.

조심스럽게 몸을 돌려 잠든 우현의 얼굴을 찬찬히 살폈다. 반듯하고 과하지 않게 진한 눈썹, 시원하게 뻗어 있는 콧날과 또렷한 입매까지 뭐 하나 못난 게 없이 잘났다. 피부까지 깨끗하여 하나하나 뜯어보고 나니 샘이 날 정도다.

그렇게 우현의 얼굴을 감상하고 있던 세경이 어젯밤 그에게 못할 짓을 한 건 아닌가 싶었다. 혈기왕성한 30대의 그가 그녀를 옆에 두고 얼마나 많은 인내심으로 버텨내야 했을까? 끝까지 그녀를 지켜준 그의 마음이 사랑과 감동으로 다가왔다. 숨이 내쉬어지지 않을 정도로 감동이 벅차서 입술을 깨물어야 했다. 그를 웃는 얼굴로 마주하고 싶었다. 잠에서 깬 그에게 환한 미소를 보이며 키스해주고 싶었다.

눈물을 삼키고 마음을 가다듬기 위한 심호흡을 깊게 내뱉었다. 그러자 우현이 그녀를 더 단단하게 끌어안았고 그의 품속으로 더 깊게 파고든 모양새가 되어버렸다. 그녀의 뺨으로 그의 가슴이 느껴졌고 그의 심장 소리가 고스란히 들려왔다.

"다 잔 거예요?"

그가 덜 깬 목소리로 눈을 감은 채 물었다.

"아마도."

"그럼 나 등 돌리고 자도 돼요? 계속 이 방향으로 잤더니 몸이 굳어서 힘든데."

세경이 고개를 끄덕이자 기다렸다는 듯 우현이 그녀를 품에서 놓아주고 몸을 돌려 등을 보였다. 그가 눈앞에 있는데도 등을 보고 있는 건 차라리 눈에 보이지 않는 것보다 더 허전하고 외로웠다.

"우현 씨."

이번에는 세경이 우현의 허리를 등 뒤에서 껴안았다. 그가 흠 칫하고 놀라는 게 느껴졌다.

"당신 옆에서 잠들고 깨어나면서 알았어요. 이제 악몽 같은 건 떠오르지 않는다는 거. 당신이 나한테는 너무 좋은 꿈이라는 거. 그래서 절대 꿈에서 깨고 싶지 않다는 거."

그런 말을 들었는데도 우현은 아무 반응을 보이지 않았다.

혹시나 그가 바로 잠든 건 아닌가 싶었다. 자는 사람에게 한 고 백도 괜히 그의 허리를 두르고 있는 팔도 모두가 민망해졌다. 그 팔을 스르르 거두려는 순간 그가 그녀의 팔을 잡아끌었다.

"당신 좋은 꿈꿔서 다행이고. 내가 좋은 꿈이라서 다행이고. 같이 깨지 맙시다, 우리."

그녀의 눈을 마주하고 하면 좋을 말을 그는 등을 보이고 했다.

"우현 씨…… 나 좀 보면 안 돼요?"

"……."

"우현 씨."

"휴우."

긴 한숨을 내쉰 우현이 어렵게 몸을 돌렸다.

'이 여자 아주 날 죽이려고 작정을 했군.'

그도 그녀에게 등을 보이고 싶지 않았다. 하지만 정면으로 그녀를 안은 상태가 계속 된다면 또다시 자신을 이기지 못하고 그녀에게 자신의 욕심을 채워달라고 떼를 쓸 것 같았다. 이미 온몸이 뜨겁게 달아올라 미칠 지경인데 그녀를 그냥 안고 있는 건 시한폭탄을 사랑스럽게 안고 있는 것과 다르지 않다. 할 수 없이 몸을 돌려 그녀의 향기와 숨결에서 벗어나려 했는데 이 여자, 그 마음도 헤아리지 못하고 허리에 손을 두르고 고문을 시작했다.

너무도 다행이다 싶은 말을 속삭여주는데도 제 몸을 컨트롤할 수 없어 우현은 그대로 듣기만 했다. 자신이 그토록 욕망 하나 주체할 수 없는 못난 남자였나, 한탄하면서.

그렇게 간신히 참고 있는데 속도 모르고 자기 좀 보면 안 되냐고 한다. 보고 싶은 마음으로 따지자면 자신이 더한데. 등 뒤에 있는 그녀를 보고 싶어 안달이 나 미치겠는데.

자신이 아닌 그녀만을 생각하자는 마음으로 몸을 돌렸다. 촉촉한 눈동자가 그를 향해 깜빡이고 있다. 그리고 그보다 더 촉촉한 그녀의 입술이 그의 입술에 내려앉았다.

가벼운 입맞춤이 아닌 마치 그녀가 그를 원하는 것처럼 깊은 키스를 해왔다.

"세경 씨…… 지금……."

입술을 떼고도 세경은 그의 입술을 손으로 더듬고 있었다.

"맞아요. 나 지금…… 우현 씨 유혹하는 거예요."

마지막 잡고 있던 우현의 인내심과 이성이 툭 하고 끊어졌다.

기다렸다는 듯이 그가 그녀의 입술을 급하게 겹쳐왔다. 그리고 입술만 겹쳐오는 것이 아니라 그의 전신이 그녀의 몸 위로 포개져왔다. 그가 주는 키스의 부드러움으로 때문인지 그의 묵직한 몸이 주는 무게감이 그녀에게 부담스럽지는 않았다.

벌어진 입술 사이로 만난 두 혀가 서로 얽혀 이리 돌려지고 저리 돌려지며 장난치듯 놀다가도 멀리 도망치는 것처럼 떨어지기를 반복했다. 늘 나누었던 키스보다 더 많이 서로를 원하는 것처럼 탐하는 그 느낌이 세경은 싫지 않았다.

조심스럽게 자신의 몸을 탐하던 그가 조심스럽게 물었다.

"괜찮아?"

아마도 어젯밤 아픈 사람처럼 바들바들 떨던 그녀가 걱정되어 물어보는 것 같았다.

세경은 눈을 꼭 감은 채 고개를 끄덕였다.

사실 아주 괜찮지는 않았다. 가슴을 그에게 보여주고 그의 애무를 받는 그 느낌과 감각이 낯설고 이상했고 눈을 뜰 수 없을 만큼 부끄러운 상황이었다.

"괜찮아요. 당신이라면 모든 게 다 괜찮아."

"정말 괜찮은 거지?"

각오한 듯한 그녀가 고개를 끄덕였다. 역시나 두 눈을 뜨지 않고 꼭 감고 있었다.

"많이 힘들게 하지는 않을게."

부드러운 키스를 다시 나누며 우현은 소중하고 사랑스러운 손길로 그녀를 어루만졌다. 그리고 그녀와 한 몸이 되어 절대로 떨어지지 않을 것처럼 그녀를 뜨겁게 안았다.

우현의 품은, 뜨거운 두 사람의 몸이 겹친 데 비해 이상하게 따뜻하면서 시원했다.

"이런 느낌이구나."

우현이 세경의 귓가에 속삭였다.

"좋아하는 여자하고 섹스하는 느낌?"

"어?"

"좋다는 말하려는 거 아니에요?"

"오홀! 귀신인데? ······그런데 너무 미안하다. 당신은 나만큼 안 좋았던 거 같아서."

"······하나는 좋던데."

"뭐?"

"음······ 당신의 반말?"

"반말?"

"최세경이라는 내 이름이 원래 그렇게 섹시했나 싶을 정도로 '세경아'라고 불러주니까······ 좋았어요. 정말 내가 우현 씨 여자가 되는 것 같았고."

그녀를 안을 때는 희열에 들떠 알지 못했는데 자신도 모르게 그녀의 이름을 부르며 황홀함을 표출했나 보다.

"다시 한 번 불러줄까요? 세경아. 어때요? 아까하고 느낌이 같아요?"

"역시 존댓말은 별로 섹시하지 않네요."

"사랑해."

그녀의 대답을 듣기 위한 고백이 아니었다. 그저 자신의 진심을 털어놓고 싶었던 우현은 그 진심을 전할 수 있는 지금 순간에 감사했다. 그녀가 자신의 품속에서 곱게 숨 쉬고 있는 사실 하나만으로 가슴이 벅찰 정도다.

절대 품속을 벗어나지 않았으면 하는 마음으로 더 꼭 껴안은 채 우현은 그녀의 머리와 등을 계속 쓰다듬어주었다.

"행복해."

그리고 자신의 심정을 다시 한 번 고백하며 우현은 눈을 감았다.

세경은 느닷없는 그의 고백에 가슴이 벅차고 떨려 눈을 감을 수도 없었다. 첫 경험이 아니면서도 아랫부분이 쓰라리고 얼얼했지만 그런 아픔은 중요하지 않았다.

몸을 섞었지만 마음을 섞은 것 같은 만족감이 그녀를 기쁘게 하고 있었다. 무엇보다 자신을 소중하게 여기듯 보듬어 안고 하는 그의 고백과 한없이 넓은 것 같은 그의 품에서 느껴지는 사랑이 그녀에게 더할 수 없는 감동을 주고 있었다. 그녀가 그에게 아낌없이 모두 내어준 것처럼 그에게 아낌없는 사랑을 받고 있다는 확신이 들었다.

"나도……."

서로의 품에 안겨 반나절 넘게 단잠에 빠졌던 두 사람은 정오가 지나서야 잠에서 깨어났다. 먼저 눈을 뜬 세경이 샤워를 끝내고 나왔을 때 우현이 잠에서 깼다.

"나 꿈꾼 거 아니지?"

"꼬집어줄까요?"

"아니. 키스해줘."

"옷부터 입으면."

세경이 우현에게 그의 옷을 챙겨주었다.

침대에서 알몸으로 내려오는 우현을 피해 세경이 창가에 가서 섰다.

옷을 입은 우현이 세경의 등 뒤로 가서 서며 그녀를 끌어안으며 목에 가볍게 입을 맞추었다.

"시간이 너무 아깝다. 이런 시간이 내일부터는 쉽지 않을 텐데."

"그러게요."

"씻고 나올 테니까, 배부터 채우러 가자."

우현이 욕실을 향해 가더니 휙 돌아 그녀를 보고 물었다.

"나, 아직도 섹시해? 세경아."

세경은 미소로 대꾸해주었고 그의 미소를 본 우현이 안심이 되는 얼굴로 욕실로 들어갔다. 그 뒤로도 세경의 미소는 입가에 계속 머물러 있었다.

두 사람은 서울에서 할 수 없는 것들을 누리자며 햄버거를 먹고, 커피를 마시고 공원을 산책하고 서점에 들러 책을 사며 오후 시간을 보냈다.

다른 사람들의 시선은 신경 쓰지 않은 채 오로지 두 사람만 존재하는 것 같이 보낸 시간은 빠르게 흘러 밤이 찾아왔다.

그날 밤은 함께 있는 밤이 마지막인 것처럼 서로가 뜨겁게 안았다.

달콤하고 느긋한 이틀을 보낸 후 찾아온 세경의 일상은 폭풍과 같았다.

오전 서울에 도착해서 바로 회사로 출근하고 이희강 대표가 올린 화보 기획안을 검토하고 스키니 론칭 행사 준비 사항을 보고받았다. 스키니 매장의 인테리어 콘셉트를 정하기 위한 회의를 했고 마지막으로 책상 위에 쌓여 있는 서류에 사인을 하고 퇴근을 했다.

집에 돌아와서는 그대로 침대에 쓰러졌다. 두들겨 맞은 것처럼 아픈 몸을 침대에 눕힌 채 세경은 그대로 눈을 감았다. 무리하게 우현과 나눈 사랑의 결과는 끔찍한 근육통으로 다가왔고 지금은 온몸이 아우성이다. 게다가 어젯밤 잠 대신 거의 밤을 새우다시피 하며 사랑을 나누었으니 강하게 밀려오는 피로감과 잠을 이길 수가 없었다.

"미쳤어, 미쳤어. 그렇게 끔찍했던 그게…… 어떻게 좋을 수가 있는 거야? 권우현은 아무래도 인간이 아닌 것 같아."

혼자 중얼거리며 잠에 빠져들 때 벨 소리가 들렸다. 그 시간에 올 사람은 없었다. 있다면 우현일 텐데 우현은 벨을 누르지 않고 비밀번호를 누르고 들어오지 벨을 누르지는 않을 것이다. 몸이 무겁고 힘들어 벨 소리를 무시하는데 그 벨이 멈추지 않고 울렸다. 아주 다급한 것처럼 빠르게.

"누구지?"

겨우 몸을 일으켜 거실로 나온 세경은 인터폰을 본 순간 화와 반가움이 동시에 느껴졌다.

"왜 벨을 눌러요? 비밀번호 알고 있잖아요. 나 지금 꼼짝
도……."

현관문을 열어주고 따다다다 몰아붙이는 그녀 앞으로 그가 케
이크를 쑥 내밀었다.

"자, 빨리 들어와 봐."

섹시하다고 했더니 대놓고 반말을 하는 우현이 밉지는 않았다.

힘겨운 발걸음으로 따라 들어온 세경을 우현이 급하게 소파에
앉혔다.

"무슨 날이에요? 혹시…… 우현 씨 생일?"

하지만 우현은 대답하지 않고 케이크 위에 초를 꽂고 불을 붙
였다.

"빨리 끕시다."

"일단 무슨 의미인지 알아야……."

"축하."

"그러니까 무슨 축하?"

"하나, 둘, 셋 하면 같이 꺼. 하나! 둘! 셋!"

얼떨결에 우현을 따라 촛불을 끈 세경 앞으로 이번에는 그가
작은 케이스 하나를 또 내민다.

"이건……?"

"결혼해줘."

"……."

"난 절대 혼전에 여자를 안지 않기로 결심하고 살았어. 엄마
가 미혼모였고 아버지라는 인간이 너무 무책임한 거를 참을 수 없

었어. 그래서 난 절대 그런 무책임한 남자가 되고 싶지 않았거든. 그 결심 여태껏 잘 지켜왔어. 아무 생각 없이 당신을 안은 게 아니야. 내 여자, 내 미래의 아내로 생각하고 안았어. 그러니까 결혼해야지."

지금 그가 청혼을 하고 있는 게 맞는지 세경은 자신의 귀를 의심했다. 그런데 마음이 심하게 떨리는 걸 보면 청혼하고 있는 게 맞나 보다.

"뭐, 지금 당장 하자는 건 아니야. 솔직히 당장 하고 싶고, 하면 나야 좋지만 당신이 그걸 원하지는 않을 것 같고 서로 해야 할 일들도 있고. 기다릴게. 난 기다릴 테니까, 당신은 대답해줘. 나하고 결혼한다고."

"우…… 현 씨……."

"나도 많이 떨리거든. 그러니까 그냥 대답해주라."

그녀만 떨리는 줄 알았는데 그도 떨린다고 한다. 눈가가 뜨겁고 가슴이 뜨겁다. 그와 결혼은 아직 생각해본 적이 없다. 그럴 시간도 없었지만 그냥 사랑의 감정만 앞섰다.

하지만 생각지도 못한 청혼을 받은 지금 좋으면서 두렵고, 두려우면서도 행복했다.

그래서 어떤 대답을 해줘야 하는지 마음을 정할 수가 없었다.

"싫어도 할 수 없어. 최세경 당신 나 책임져야 해."

"……?"

"나 당신한테 내 동정 바쳤거든. 그러니 책임져야지."

심각한 순간에 웃음이 나올 뻔했다.

"나…… 자신 없는데. 결혼은…… 아직……. 그런데…… 책임 지라니까 책임은 질게요."

"그 말, 허락으로 듣는다?"

세경이 고개를 끄덕였다.

"하지만 우현 씨 말대로 당장은 안 돼요."

"알아. 기다릴 수 있다고 했잖아."

우현이 세경의 손가락에 반지를 끼워주었다.

"맘에 들어?"

"응. 예쁘네요."

"사실…… 프러포즈는 내일 하고 오늘은 들어오자마자 84번 신을 찍으려고 했는데, 내일까지 기다릴 수가 없더라."

"……84번 신?"

"꼭 그 신이 문 열고 들어오자마자 할 필요는 없는 것 같아서."

우현이 그녀를 번쩍 들어 안았다.

"악! 우현 씨!"

"84번 신은 그냥 침대에서만 찍고 85번 신은 제대로 욕실에서 찍자. 우리 둘이서."

"아, 뭐야? 오글거리고 느끼해! 빨리 내려줘요."

세경이 발버둥을 쳤지만 우현은 그대로 그녀를 안고 침실로 향했다.

그리고 84번 신과 85번 신을 충실하게 연출했다.

10

최신식의 모던함이나 화려함이라고는 찾아볼 수 없는 곳이었
다. 집무실 주인만큼이나 오랜 연륜이 느껴지는 고가구들과 집기
들이 최 회장의 성격을 말해주는 것 같았다.

"앉지."

회장실에서 유일하게 세월을 비껴간 듯한, 하지만 그마저도 집
무실과의 분위기와 어긋나지 않게 품격 있어 보이는 소파를 최 회
장이 권했다.

"네."

처음 느껴보는 긴장감으로 인해 우현은 표정도 자세도 경직되
어 있었다. 더욱이 자신을 앞혀놓고 살피듯 쳐다보는 최 회장과
그 아들 최세준 부회장의 시선에 우현의 긴장감은 쉽게 풀어지지

않았다.

자신을 관찰하듯 빤히 쳐다보는 시선에는 어느 정도 익숙해져 예사로 넘길 수 있었는데 지금은 그렇지 못하고 있다는 사실이 그를 더 긴장시키고 있는지 모른다. 아무래도 이른 아침의 호출이 과히 좋은 징조는 아니니까 말이다.

"언제까지 세경이를 만날 건가?"

단도직입적으로 물어오는 최 회장의 목소리에는 다행히도 화가 들어 있지 않았다. 그렇다고 호의적이지도 않았다. 그래서 그 질문의 의도를 알 수가 없었다. 결국에는 세경과 헤어지라는 말을 할 것 같지만 적어도 시작부터 그를 위협적으로 휘두르지는 않고 있었다.

"결혼을 하기로 했습니다."

세경과의 일로 호출했을 거라 예상했기에 대답은 어렵지 않게 나왔다.

"뭐야?"

"뭐야?"

최 회장 부자의 입에서 동시에 같은 말이 터져 나왔다.

"결혼을 하기로 했다는 건 세경이가 그 결혼에 승낙을 했다는 말인데…… 맞나?"

"네."

최 회장은 믿을 수 없다는 얼굴로 우현을 바라보았다. 하지만 우현은 들어올 때와 똑같은 표정과 자세를 고수하고 있었다.

"결혼까지 하기로 했다면…… 자네 마음이 진심이라는 건가?"

"네."

"세경이는 초혼이 아닌데, 알고는 있고?"

"네."

"어떻게 알았나?"

"세경이가 알려주었습니다."

"그랬군. 음……. 잘 듣게. 진심이라는 자네 마음이 거짓이 아니길 바라지만 혹여 세경이 마음을 가지고 못된 짓을 하는 거라면 이쯤에서 끝내게."

"회장님께서 어떤 마음으로 저를 부르시고 그런 말씀을 하시는지 압니다. 하지만 회장님, 감히 말씀드릴 수 있습니다. 회장님께서 세경이를 걱정하고 사랑하는 만큼 저도 아끼고 사랑한다고 말입니다."

"그래?"

최 회장이 알겠다는 듯 고개를 끄덕이며 한동안 말이 없었다.

"시간이 지나면 자네 마음이 진심인지 알 수 있겠지. 조금이라도 세경이 마음에 상처를 주거나 눈에서 눈물 빼게 하면 자네 인생은 피눈물로 얼룩지게 될 거야. 무슨 말인지 알아들었나?"

"그럴 일은 없겠지만 무슨 말씀인지 알아들었습니다."

"나가 봐."

"네."

우현이 자리에서 일어나 깍듯하게 인사를 했다. 그리고 회장실을 벗어나려 출입문 손잡이를 잡는 순간, 그를 부르는 최 회장의 목소리가 들렸다.

"이봐, 권우현."

"네."

"김 비서 집에서 나오게. 지낼 집은 마련해놨으니 오늘 당장 짐 옮기고, 세경이하고의 결혼은 자네 마음이 진심으로 보이는 그때에 허락을 해줄 테니, 세경이 승낙을 했더라도 내 허락이 없이는 불가능한 걸로 알고 있게."

아주 잠깐 우현이 머뭇거렸다. 마치 반박이라도 하려는 듯 눈썹과 입술이 꿈틀거렸지만 의외로 순순히 대답했다.

"네. 알겠습니다."

다시 한 번 고개를 숙여 인사를 한 우현이 회장실에서 나갔다.

최 회장의 입에서는 한숨이 나왔고 세준의 입가에는 미소가 보였다.

"만만한 놈이 아닌데요?"

"그러게 말이다. 딴따라가 아주 제법이구나. 어허, 저놈 참……."

처음 김 비서에게 세경이 예전의 웃음을 되찾았다는 보고를 받았을 때만 해도 안심보다는 걱정이 앞섰다. 그 이유가 다름 아닌 남자, 그것도 전속모델 권우현이었기 때문이다.

굳이 김 비서의 보고가 아니었어도 최 회장도 세준도 세경이 달라짐을 느끼고 있었다. 세경이 헤프게 웃거나 수다스러워지지는 않았지만 그녀의 작은 미소에서 그리고 목소리에서 아주 오래전부터 보이지 않았던 생기라는 것이 느껴졌다. 인형처럼 감정이 없는 미소가 아닌 진심으로 좋아서 웃는, 좋아서 들떠 있는 그 얼굴을 보는 게 좋기는 했다. 하지만 그 이유가 권우현이라는 게 불안했다.

또다시 상처를 받는 게 아닌지. 또다시 돌이킬 수 없는 아픔으로 무너지는 건 아닌지.

그래서 우현의 뒷조사를 했다. 그런데 너무나도 의외의 것들이 최 회장 부자를 기가 막히게 했다.

임철수 회장이 인정하지 않는 혼외자라는 사실에 기함했지만 그보다 김단아 사장의 친정 주식이 모두 우현에게 증여되었다는 사실에 비하면 그건 놀랄 일도 아니었다.

꼬이고 꼬인 것 같은 그쪽 집안 속사정이야 그렇다고 해도 우현이 임 회장의 핏줄이라는 건 상당히 맘에 들지 않는 부분이었다. 다만 한 가지, 권우현이 예전 홍민기처럼 적어도 돈에 목적을 두고 접근하지 않은 것만은 확실했고 안심할 수 있었다.

그렇다면 임 회장이 수시로 찔러보는 미담 소유의 제일 주식을 소유하기 위한 계략인가도 싶었다. 하지만 임 회장과 우현이 제대로 얼굴 한 번 마주한 적 없는, 남보다도 못한 사이였다는 걸 보면 그것도 아닌 것 같았다.

그래서 불러들였다. 일본에서 함께 보낸 사실이 괘씸하고 김 비서 집에서 지내면서 수시로 들락거리는 꼴을 더는 두고 볼 수 없었다. 세경의 마음을 열게 한 그것이 무엇인지 알아도 보고, 지켜보고 있다는 경고도 해둘 겸 호출을 했는데 세준의 말대로 만만한 녀석이 아니었다.

긴장을 하고 있는 게 보였지만 그들의 눈치를 보지 않았으며 쭈뼛거리지 않고 대답하는 모습은 당당했다. 비열하거나 비겁해 보이는 모습은 전혀 찾아볼 수 없었고 시건방지거나 무례함도 보이지 않았다. 그가 보였던 표정이나 태도는 웬만한 재벌가의 후계자들보다 뛰어나 보일 정도였다.

생각보다 더 많은 것들을 잘 갖추고 있는 인물인 것 같아 최 회장 부자는 고민에 휩싸였다.

"아버지, 정말 세경이를 좋아하는 것 같아 보이는데요?"

그렇게 보자면 그렇게 보인다. 예전 홍민기와는 전혀 다른 느낌으로.

"그렇다면 다행이지만……."

최 회장의 한숨이 다시 흘러나왔다.

"두고 보면 알게 되겠죠. 아, 그리고 아버지."

세준의 표정이 갑자기 어두워졌다.

"왜?"

"홍민기가 최근에 하던 일을 그만두고 서울로 올라왔습니다."

"뭐? 그 자식이 왜 서울로 와? 뭘 할 게 있다고?"

"그게…… 임창서하고 자리를 가진 후에 일을 그만뒀고 다시 둘이 몇 번 더 만난 걸 보면…… 아마 임 사장이 세경이한테 차이고 나서 악감정을 가진 것 같습니다."

"사내자식이 여자한테 채였기로서니 그 뭐 하는 똥뺄짓이야? 홍민기 그놈은 계속 지켜보고…… 하, 그러고 보니 권우현이 그집 핏줄인데…… 어쩌나? 묘하게 꼬여가네."

여러 가지로 최 회장 마음이 불안하고 복잡해지기 시작했다.

오늘 하루의 시작은 세경에게 그녀가 좋아한다는 프렌치토스트를 만들어주고 커피와 함께 아침 식사를 같이하는 것이었다. 하지만 생각지도 못한 최 회장의 호출로 행복했어야 하는 오늘 아침 그녀와의 시간과 식사가 틀어졌다. 단순하게 세경과 함께할 시간만이 틀어진 게 아니라 김 비서 집에서 짐을 챙겨 나와 아예 이사까지 하게 되었으니 단단히 틀어진 일정이라 할 수 있다.

최 회장과의 대면은 어렵고 힘들었다. 최 회장이 세경의 백부라는 이유만은 아니었다. 거만하고 권위적인 대기업 회장들과 다른 위엄과 품위가 그를 대하는 여유로움에서 보였다.

김단아 사장 다음으로 어른다운 어른을 마주하고 있는 것 같아 그 자리가 어려웠다. 무엇보다 세경을 생각하는 자신의 진심을 제대로 봐주지 않을 것 같아 불안했다.

연예인 주제에 언감생심 미담그룹의 상속녀를 넘보느냐며 당장 헤어지라는 말이 나올 것으로 생각했다. 하지만 최 회장은 우현의 사회적 위치와 자격보다는 세경을 생각하는 그의 진심을 중요시하고 있었다.

그렇게 그의 진심만을 살핀다면 다행이다. 하지만 이미 자신에 대한 뒷조사가 철저하게 이루어진 상태라면 여러 가지로 힘들어질 것들이 많았다.

'내가 임 회장의 혼외자라는 사실이 알려져도 진심 하나로 허락을 받을 수 있을까? 김 사장님 집안의 주식이 내 소유가 되었다는 것도 쉽게 납득하기 힘들 텐데…… 세경아, 갑자기 어려워진다. 그래도 우리…… 흔들리지 말자.'

우현은 최 회장이 마련해준 집으로 짐부터 옮겼다. 함께 산 사람은 김 비서고 그녀는 옆집에 살았을 뿐인데 그녀와 함께 산 집을 떠나는 기분에 아쉬움과 서운함 그리고 허전함이 밀려들어 엘리베이터 앞에서 쉽게 발걸음을 떼지 못했다. 그의 시선도 2,703호 현관에 머물러 떨어질 줄 몰랐다.

이별이 아닌데도 이별인 것 같은 속상함에 우현은 승우에게 짐을 맡기고 그대로 세경에게 향했다.

"이사님 안에 계십니까?"

다행히도 비서실에는 김 비서가 보이지 않았고 여비서 혼자 앉아 있었다.

"네. 잠시만요."

여비서는 인터폰으로 우현이 방문했음을 세경에게 알렸다.

들여보내라는 세경의 목소리가 인터폰에서 흘러나왔고 우현은 마음과는 다르게 느긋한 걸음으로 그녀의 집무실로 들어갔다. 세경의 집무실로 들어와 문을 닫고부터는 급한 마음 그대로 그녀에게 다가가고 싶었지만 그럴 수가 없었다. 혼자 있을 줄 알았던 그녀의 집무실에 홍보실장이 앉아 있었다.

홍보실장이 먼저 우현에게 아는 척을 하며 인사를 했고 우현도 그에게 예의 바르게 인사를 건넸다.

"마침 잘 왔어요, 권우현 씨. 혹시 청담동 '뮤즈'라는 메이크업숍 알아요?"

철저하게 사무적으로 자신을 대하는 세경의 모습이 낯설 정도였다. 딱딱하고 건조한 그녀의 모습이 처음 만났을 때를 떠오르게 했다. 아무리 앞에 홍보실장이 앉아 있다고 해도 옅은 미소 한번 보여줘도 될 법한데 그녀에게서는 빈틈이 보이지 않았다.

"이름만 들어봤습니다."

괜한 서운함에 우현도 철저하게 그녀를 이사님으로 깍듯하게 대했다. 그녀처럼 어떤 감정도 담지 않은 것 같은 무표정한 얼굴로.

"해마다 뮤즈하고 조인해서 불우이웃 돕기를 위한 바자회와 메이크업 쇼를 해요. 다음 주로 날짜가 잡혔고 권우현 씨를 바자회 행사 홍보에 메인으로 내세울 예정이에요. 그래서 뮤즈 쪽에서도 그렇고 우리도 그렇고 권우현 씨 때문에 이번 바자회에 대한 기대가 커요. 역대 최대의 수익과 사람들의 참여가 예상되고 있는 만큼 권우현 씨도 이번 행사에 신경 많이 써주시길 바라요."

"네, 그러죠."

대답은 그러겠다고 나왔지만 불만을 가득 담은 목소리였다.

그런 목소리에 한 번쯤 그의 표정을 살필 만도 한데 세경은 아랑곳하지 않고 이태영 실장에게 바자회에 대한 보고서에 사인을 해주며 몇 가지 지시 사항을 전달하고만 있었다.

공과 사를 구분하자며 스스로를 달래보지만 연인에게 꿔다 놓은 보릿자루보다도 못한 취급을 당하는 것 같아 표정은 점점 굳어져 갔다.

"그럼 이대로 진행하겠습니다."

드디어 이태영 실장의 용무가 모두 끝났는지 서류 파일을 들고 자리에서 일어섰다.

"그럼."

이태영 실장이 꾸벅 인사를 하고 세경의 집무실을 나갔다.

드디어 둘만 남은 공간과 시간이 되었음에 기뻐하며 세경 옆으로 옮겨 앉으려는 순간.

"이 대표님이 올린 화보 시안하고 자료 살펴봤어요?"

세경은 단둘이 있는 순간에도 서류 파일을 꺼내며 그를 공적으로 대하고 있었다.

"아니요."

그녀에게 옮겨 앉지 못한 몸은 물론이고 마음마저 굳어져버린 채 대답했다.

"한 번 봐요. 내일부터 바로 촬영 들어간다고 하는데 미리 체크하고 준비하는 데 도움 되게."

세경이 우현 앞으로 파일을 내밀었다.

"그리고 바자회는……."

"이사님!"

세경의 말을 그가 가로막으며 차갑게 그녀를 불렀다.

"네?"

"저하고 주차장 좀 가시죠?"

"주차장이요?"

"아니면 옥상으로 가시든가. 아니, 옥상도 회사 안이니까, 길 건너 커피숍으로 가실까요?"

"……왜요?"

"최세경 이사님이 아닌, 최세경 씨한테 할 말이 있어서 말입니다."

"……할 말 있으면 해요."

"이사님이 아니라 최세경 씨한테 할 말이 있어서 그럽니다!"

어린아이같이 투정을 부리는 것 같은 우현을 세경이 어이없는 시선으로 바라보고 있었다.

"화났어?"

큰 한숨을 내쉬고 난 후 우현이 그녀에게 물었다.

"지금 화내고 있는 사람은 우현 씨 같은데, 왜 나한테 화났냐고 물어요?"

"안 웃어주잖아! 최세경의 남자 권우현이 아닌 회사 모델 권우현으로만 보고 있잖아! 아무리 회사 안이고, 근무시간이라지만 너무한 거 아니야?"

"이태영 실장 있었잖아요."

"갔잖아. 이태영 실장 나갔는데도 일 얘기만 하려고 하고. 요만큼의 틈도 보이지 않으려고 하고."

"우현 씨, 아침에 갑자기 일 생겼다고 나가더니 무슨 일 있었어요? 평소에 하지 않던 어리광을 부려요, 왜?"

순간 우현은 자신이 불안해하고 있음을 알아챘다. 이젠 볼 수 있을 때 마음껏 보지 못한다는 불안감, 벽 하나를 두고 항상 옆집에 있던 그녀가 이제는 옆이 아닌 곳에 따로 있어야 한다는 불안감. 이사를 했다는 사실을 어떻게 말해줘야 하나, 하는 고민. 그런 감정들이 그녀의 말대로 어리광으로 튀어나오고 있다는 것이 느껴졌다.

"그러게. 내가 왜 이렇게 어리광을 부릴까?"

"우현 씨, 무슨 일 있었구나?"

가볍게 묻는 것 같았지만 세경의 표정은 무척이나 심각했다.

"응. 무슨 일 있었어."

우현의 대답에 세경의 얼굴이 어두워졌다.

"나 이사했어."

"뭘…… 해요? 이사?"

갑작스러운 이사 소식에 놀란다기보다는 우현의 이사가 무슨 의미인지를 깊게 생각하는 것 같았다.

"혹시……? 김 비서님이 눈치채셨어요? 그래서…….."

"눈치채실 것 같아서 미리 피하는 거야. 내가 나를 못 믿겠거든. 밤이면 밤마다 2,703호로 쳐들어갈 것 같아서. 그러다가 김 비서님한테 들키면 나보다 최 이사님 체면이 비서 앞에서 말이 아니게 무너질 거 아니야. 그거 싫어서."

"정말 그게 이유고, 다예요?"

"응. 그래서…… 이제는 예전같이 내 마음대로 할 수 없다는 거에 대한 불안감 같은 것 때문에 예민해져서 괜히 심술부린 건가 봐."

우현이 세경 곁으로 다가가 앉았다.

"안아도 돼?"

우현이 물었고 세경은 대답 대신 그의 허리를 껴안았다.

"그래도 너무 갑작스럽다. 얘기 먼저 해주고 천천히 이사 갔으면 좋았을 텐데."

"미안. 시간 끌면 더 힘들고 더 어려워질 것 같아서 그랬어. 이해해줘."

어떤 반응도 보이지 않고 한참을 있던 세경이 어렵게 이해한 것처럼 고개를 끄덕였다.

"그리고 질문이 하나 있는데."

"뭐요?"

"저기, 저것들 다 쓸 수 있는 거야?"

우현이 가리킨 것은 세경의 집무실 한쪽을 차지하는, 칼레의 모든 브랜드에서 나오는 전 제품들이 진열되어 있는 장식장이었다.

"거의 다 사용해도 될 걸요. 새로 나올 때마다 가져다놓고 단종 된 제품들은 치웠으니까 뭐…… 거의 사용 가능한 것들일 걸요. 왜요?"

우현이 일어서서 진열장 가까이 가더니 그 안에서 립스틱 하나를 꺼내 들었다.

"립스틱 이 컬러로 다시 바르는 거 어때?"

"다시 바르라고요? 왜?"

"내가 지금 당신 입술에 발린 립스틱을 다 지워버릴 것 같거든."

그의 말이 무슨 말인지 생각하기도 전에 우현의 입술이 세경의 입술에 다가왔다. 그리고 말대로 립스틱을 다 지워버릴 것처럼 그녀의 입술을 흡입하듯 빨아들였다.

숨 고를 틈도 주지 않고 몰아붙이는 뜨거운 키스는 짧게 끝나지 않았다.

겨우 몸을 떨어뜨린 세경이 시간을 확인하며 인상을 찌푸렸다.

"10분 후에 회의란 말이에요."

그리고 거울로 자신의 입술 상태를 확인했다. 예상대로 붉은색의 립스틱이 보기 흉하게 번져 있었다.

"10분이면 립스틱 고쳐 바르기에 충분한 시간 아닌가? 키스 한 번 더 하고도 고칠 수 있을 것 같은 시간인데."

"당신이 왜 이사를 선택했는지 이제야 제대로 이해가 가네요. 조만간 기획사 사무실도 이 건물에서 이전할 날이 머지않은 것 같네요. 지금 당신 하는 거 봐서는."

책상 서랍에서 클렌징 티슈를 꺼내 입술을 닦으며 말하는 세경을 보자 우현은 공과 사를 구분 못 해 날뛴 자신이 창피해졌다.

"……정말 적당히 해야겠다. 회의 준비해. 가볼게."

우현이 다가와 그녀의 뺨에 가볍게 입 맞추고 아쉬운 발걸음으로 집무실을 나가려 할 때였다.

"우현 씨."

세경이 그를 불렀다. 그리고 멈춰 선 그에게 천천히 다가왔다.

"당신 입술에 내 립스틱 묻었는데, 그대로 나가려고요?"

거울로 확인할 수는 없었지만 그녀의 말이 틀리지는 않을 것이다. 세경의 립스틱이 번진 만큼 그녀의 립스틱이 그의 입술에 묻어 번져 있을 거라는 생각이 들었다.

"나도 클렌징 티슈 하나 줘."

세경이 주기 싫은 사람처럼 고개를 좌우로 흔든다.

"당신 입술에 묻은 립스틱은 내가 지워줄게요."

"응? 흡!"

예상치 못한 세경의 반격에 우현의 정신이 녹아내렸다.

엘리베이터에 올라탄 김 비서가 27층 버튼을 누름과 동시에 문이 닫히자 등 뒤에서 세경의 목소리가 들려왔다.

"김 비서님이죠?"

세경의 질문에 김 비서는 대답도, 되묻는 질문도 하지 않았다.

"함께 지내봐서 아실 거 아니에요? 권우현이라는 남자 후지지 않다는 거. 큰아빠께 그렇게 보고드렸을 거라 믿을게요."

"……."

"제 걱정 해서 그러신 거라는 거 아는데 그래도 서운해요, 김 비서님. 완전한 제 편이라고 생각했는데."

"……."

"오늘 그 사람 집들이 가요. 갔다가 내일 바로 회사로 출근할 거니까, 김 비서님 내일 회사로 바로 출근하시면 돼요."

내내 아무 반응을 보이지 않던 김 비서가 놀란 얼굴로 세경을 돌아다보았다.

"집들이 가서 외박했다는 보고는 하시지 않을 거라 믿어요."

"이사님……. 그래도 그건……."

"김 비서님. 저 어리지 않아요. 예전처럼 철없지도 않고요. 많이 강해지고, 보는 눈도 좀 있어졌어요. 그거 아시잖아요?"

27층에 도착해 세경은 현관 비밀번호를 눌렀다.

"이사님. 저도 우현이가 괜찮은 녀석이라는 거 알고 우현이 좋아합니다. 하지만 외박은 아닌 것 같습니다. 그냥 모셔다드릴 테니까⋯⋯."

세경이 동작을 멈추고 김 비서와 마주했다.

"어떻게 아셨어요?"

"네?"

"우현 씨하고 저하고의 관계. 우현 씨가 너무 티를 내고 다녔나요?"

"아니요. 이사님 얼굴이⋯⋯ 달라져서 알았습니다. 그래서 그게 뭘까, 하고 유심히 관찰했더니⋯⋯ 우현이도 처음 집에 올 때와 다르게 이사님과 같은 얼굴을 하고 있더군요. 그래서 알았습니다."

"김 비서님. 달라진 제 얼굴이 훨씬 보기 좋으시죠?"

"그렇습니다만⋯⋯."

"계속 그런 얼굴이 보고 싶으시다면 그냥 눈감아주세요."

"⋯⋯."

싱긋 웃어 보인 세경이 비밀번호를 다시 누르고 현관문을 열고 들어가다 멈추고 김 비서를 향해 다시 돌아섰다.

"아, 그리고! 우현 씨가 이사 가게 된 이유를 그 사람이 말해서 알게 된 거 아니에요. 우현 씨가 한 말을 믿어야 할지 말아야 할지 고민 중이었는데 오늘따라 큰아빠하고 세준 오빠하고 내 눈치를 보시더라고요. 후후. 내일 회사에서 봬요, 김 비서님. 오늘 수고하셨어요."

세경이 김 비서의 인사도 받지 않고 안으로 들어갔다.

김 비서는 한참을 그곳에 서 있었다.

지금 저 문으로 들어간 사람이 세경이 맞는지 의심스러울 정도로 낯설게 느껴졌다. 업무 외에는 대화 자체가 힘들 정도로 말이 없었다. 업무뿐 아니라 그 외에 대화라고 해봐야 단답형으로 대답할 수 있는 간단한 질문들뿐이었다. 그런데 수다스럽다고 할 정도로 말이 많았던 것도 놀라울 일인데 짓궂은 표정을 할 수 있다는 사실이 더 놀라웠다. 물론 은근 사람을 조이는 것 같은 분위기는 그대로였지만 그래도 예전의 얼음이나 모래와 같던, 차갑고 까칠한 모습은 거의 찾아볼 수 없게 변했다.

'좋은 변화겠지? 그나저나 이를 어쩐다……?'

그냥 우현을 옆에 두고 감시하는 편이 훨씬 나았을 거라는 생각이 들었지만 돌이킬 수 없게 되었으니 김 비서 입에서 큰 한숨이 새어 나왔다. 이 사실을 최 회장에게 보고해야 하나 말아야 하나 역시 고민이었다. 그래도 세경의 말대로 그녀가 계속 웃을 수 있으면 좋겠다는 생각을 하며 옆집으로 들어갔다.

집으로 들어온 세경은 방으로 들어와 온몸을 조이고 있던 정장을 휙 벗어 던졌다. 기본적인 속옷만 입은 채 욕실로 들어가 무거웠던 풀메이크업도 지웠다. 맨얼굴에 미스트만 뿌린 채 트레이닝복을 입고 내일 입을 출근복과 핸드백을 챙겨 들고 주차장으로 내려갔다.

한구석에 얌전히 주차되어 있는 흰색의 레인지로버 안으로 들어와 시동을 걸고 안전벨트를 맨 후 우현에게 문자를 찍어 보냈다.

[출발]

그가 보내준 주소를 내비게이션에 찍고 차를 출발시켰다.

오늘 이사한 우현의 집들이를 간다는 것에 기분이 좋지는 않았었다. 최 회장으로 인해 억지로 이사를 하게 된 우현에게 미안했고 만남 자체가 힘들어지는 것도 맘에 들지 않았었다. 하지만 막상 그의 집으로 향해 가는 길은 자신의 집에서 그를 기다릴 때와 다른 기대감으로 설레기 시작했다.

새롭고 낯선 공간에 쉽게 정이 가지 않았지만 그녀와 함께 지낼 수 있는 오늘 밤은 이곳이 천국일 것 같았다. 그녀 집으로 몰래 들어가던 스릴은 없지만 그녀를 기다리는 설렘은 그 스릴 못지않게 심장 박동 수를 높였다.

주차장에 도착했다는 그녀의 문자를 받고 우현은 지하주차장으로 내려갔다. 생각보다 보안이나 사생활 보호가 잘되어 있는 빌라기에 그녀를 맞이하러 가는 길이 부담스럽거나 걱정되지는 않았다.

"왜 내려왔어요? 누가 보면 어쩌려고?"

양손에 뭔가 가득 들고 힘들어하면서도 그녀는 그와 함께 있는 상황이 걱정되었는지 주위를 두리번거렸다.

"뭐가 이렇게 많아?"

"내일 출근 준비물하고 집들이 선물."

"말도 잘 듣고. 예쁘다. 김 비서님께는 뭐라고 핑계 댔어?"

그가 칭찬하듯 세경의 머리를 쓰다듬어주며 그녀의 손에 들린 것들을 받아 들었다.

"그냥…… 아침에 들를 곳이 있다고 했어요."

"처음에만 힘들지 나중에는 자연스러워질 거야."

상황을 모르는 우현은 김 비서의 눈을 속이고 피하며 어렵게 그를 만나러 왔을 그녀가 안쓰러웠다. 당당하고 도도한 세경이 말도 안 되는 핑계를 대고 누군가의 눈을 피하는 건 그녀와 어울리지 않는 모습이다. 순간 우현은 그런 세경에게 미안했다.

집들이를 해야겠으니 오늘 꼭 자신의 새집으로 오라고 졸라댔다. 누구의 눈치도 보지 않고 편하게 둘만의 시간을 보낼 수 있으니 아예 자고 갈 준비까지 하고 오라고 했다. 집들이 초대는 응하면서도 외박에 대해서는 망설이던 그녀를 몰아붙였고 결국 그녀는 그의 말대로 자고 갈 준비를 해 왔다.

자신의 욕심만을 생각하고 그녀를 배려하지 못한 것 같아 미안했고 그러면서도 그녀와 함께 있을 생각에 두근거리기만 했다.

현관 앞에 도착해 우현은 비밀번호를 눌렀다.

"당신 집하고 똑같아."

"그러네?"

"언제든지 마음대로 들어오라는 뜻이야. 언제든지."

"그럴 수 있을지 모르지만 그 뜻은 좋네요."

안으로 들어오자 휑한 거실이 보였다. 이제 막 이사 온 새집답게 가구만 덩그러니 놓여 있었고 그 어떤 생활소품은 보이지 않았다.

그런 썰렁하고 텅 빈 공간에서 우현 혼자 외롭게 지낸다고 생각하니 마음이 아파졌다. 혼자일 때는, 혼자 지내는 게 외로운지 몰랐다. 어떤 시간과 공간에서도 감정적으로 외롭다고 느껴본 적이 없어 그게 얼마나 아프고 힘든 감정인지. 하지만 우현과 둘이 되면서 알았다. 혼자만 있는 시간과 공간에서 누군가를 그리워하며 홀로 버티고 견디는 것이 쉽지 않음을. 바로 옆집에 있다고 해도 둘이 함께 있어야 안정되고 마음이 채워지는 것을.

차라리 밤마다 자신의 집으로 쳐들어와 욕심을 채우는 게 서로를 위해서 나은 것 같으니 다시 김 비서님 집으로 들어가라고 할까 하는 생각이 들 정도로 지금 있는 이 공간이 그녀에게도 아주 낯설고 외로운 곳으로 다가왔다.

"맛있는 거 해주고 싶었는데 주방에 갖춰진 것도 없고 시간도 없어서…… 미안한데 집들이 음식은 배달시켜 먹어야겠다."

그가 전단지 묶음을 내밀었다. 세경은 그 많은 전단 묶음 중에서 망설임 없이 치킨집 전단을 골라 내밀었다.

"이거."

"이거? 치킨?"

"응. 집에서 배달시켜 먹는 치킨을 먹고 싶었어요."

"한 번도 치킨을 안 먹어봤어?"

먹어는 봤다. 회사 구내식당에서 나오는 치킨이나 집에서 나오는 닭튀김 맛을 본 적은 많지만 작은 박스에 담겨 콜라와 함께 배달 오는 치킨을 먹어본 적은 없다.

TV 드라마에서처럼 김이 모락모락 나는 치킨을 편한 자세와 마음으로 누군가와 먹고 싶은 간절함이 있었지만 함께할 사람이 없이 혼자 배달 주문을 한 적이 있었다. 하지만 그녀는 한 조각도 채 먹지 못하고 그냥 버렸었다. 눈물 젖은 **빵**이 아니라 혼자 먹는 치킨 맛이 세상에서 제일 서러운 맛이라는 걸 그때 알았다.

세경의 말을 들은 우현이 그녀를 안아주었다.

"오늘 그 한을 풀어줄게."

그러고는 그녀를 품에 안은 채 전단에 있는 치킨집으로 전화를 걸더니 전단에 나온 종류별로 하나씩 모두 주문을 하는 것이 아닌가.

"우현 씨! 그걸 다 어떻게 하려고?"

"걱정하지 마. 버리지는 않을 테니까."

콜라와 생맥주까지 추가 주문을 하고 전화를 끊었다. 그리고 세경에게 물었다.

"짜장면은 먹어봤어?"

"그건 먹어봤어요."

"그래? 이사하는 날 먹는 짜장면 맛도 봐야 할 텐데."

"오늘은 치킨으로 끝내요."

마치 전단에 있는 음식들을 모두 시켜줄 것처럼 뒤적이던 우현을 말렸다.

"집들이 왔으니 집 구경이나 시켜줘요."

"뭐 별로 들여놓은 것도 없고 꾸며놓은 것도 없어서 구경할 것도 없지만 그래도 둘러볼래?"

"응."

우현은 그녀를 데리고 침실부터 보여주었다.

"그래도 침대하고 시트는 신경 써서 좋은 거로 부랴부랴 들여

놨어. 욕실에 당신 칫솔, 샤워젤, 보디로션, 샤워코롱까지 다 사다 놨고. 물론! 칼레제품으로."

우현의 말대로 아무것도 없는 거실과 주방과는 다르게 침실과 침실에 딸린 욕실은 완벽하게 잘 갖춰져 있었다. 오늘 이사한 집 같지 않게.

"철저하다고 해야 하는 건지…… 음흉하다고 해야 하는 건지……."

"둘 다. 철저하게 음흉한 거지. 그리고 철저하게 당신을 사랑하는 거고."

세경이 피식 웃었다.

"빨리 나가자. 여기 더 있다가는 침대로 당신 눕히고 사고 칠 것 같다. 사고를 쳐도 치킨은 받고 치자."

우현이 세경을 데리고 거실로 나왔다.

집 구석구석을 다 보지는 않았어도 최 회장이 우현에게 아무 집이나 던져주지는 않은 것 같아 한편으로는 안심이었다. 우현을 좋아한다는 김 비서의 말이 빈말이 아니었고 그 입김이 작용한 것 같았다.

"불안하지 않아서 좋다."

소파에 앉은 우현이 웃으며 말했다.

"시간에 쫓겨 일어나야 하는 것도 불안했고 김 비서님 눈치 보는 것도 불안했는데, 오늘은 그런 거 없어서 좋다. 밤새 당신하고 편하게 함께 있을 수 있어서."

그녀의 뺨을 쓰다듬던 손길 대신 그의 입술이 그녀의 뺨에 와

닿았고 그 입술은 미끄러지듯 그녀의 입술로 옮겨갔다.

살며시 맞물렸다 떨어지고, 또다시 맞물렸다가 떨어지고. 하지만 또다시 두 입술이 맞물렸을 때에는 입술뿐 아니라 혀와 혀가 엉키며 서로의 입속을 넘나들었다.

키스가 깊어지면서 우현의 손길도 대담해져 그녀의 트레이닝복 지퍼를 내렸다. 민트색 브래지어 속으로 손을 넣어 그녀의 가슴을 손으로 감쌌다.

손바닥에서 뾰족하게 솟아나는 그녀의 정점을 손가락으로 자극을 주자 세경에게서 거친 호흡이 새어 나왔다.

"세경아."

하지만 더 이상의 진도를 나갈 수는 없었다. 인터폰이 울렸기 때문이다.

화들짝 놀란 두 사람이 튕기듯 소파에서 일어섰고 치킨 배달 왔다는 경비실의 인터폰을 받고 나서야 헝클어진 차림새와 함께 정신을 가다듬었다.

아홉 박스나 되는 치킨을 거실 바닥에 펼쳐놓고 맥주와 함께 집들이 만찬이 시작되었다.

"그건 먹으면 안 돼."

세경이 한 조각을 집어 들고 막 입으로 가져가려는데 우현이 그녀의 손에 들린 치킨을 빼앗아 들었다.

"왜?"

사탕을 빼앗긴 어린아이처럼 심술 난 얼굴로 세경이 물었다.

"날개는 먹는 게 아니야."

"설마…… 날개 먹으면 바람피운다는 뭐, 그런 속설 때문에 그러는 거예요?"

"맞아. 살 많은 다리 놔두고 왜 하필 날개부터 집어 들어? 이거 먹어."

우현이 세경에게 다리 한 조각을 건네주었다.

"그럼 그 날개들은 다 어떡하려고요?"

"내일 승우 녀석 줘야지."

"승우? 매니저?"

"여자 친구 없는 녀석 바람이라도 나라고."

박스마다 날개를 골라낸 우현은 그 조각들을 따로 담았고 세경에게 맥주를 따라주었다.

"행복하다. 당신이 있어서."

우현이 진심으로 행복한 얼굴로 웃었다.

"나도. 우현 씨 당신 때문에 누리고 싶었던 것들을 다 누릴 수 있어서 행복해요."

진심으로 행복했고 진심으로 고마웠다. 눈물이 날 정도로.

"그런데 우현 씨. 내일 화보 촬영 있지 않아요? 이런 거 먹어도 되나? 운동으로 식스팩 만들어야 하지 않아요?"

"같이 샤워를 했으면서도……."

우현이 티셔츠를 들어 탄탄한 복근을 보여주었다. 감탄이 절로 나올 만한 복근이었다.

"내 여자가 이런 게 있는 줄도 모르고 있으니 말이야."

"얼굴은? 얼굴 부으면 어쩌려고? 일본에 건너갈 화보예요. 신경 써야 하는 거라고."

"거참. 대표님도 안 하는 잔소리는 그만하시고! 빨리 드시기나 하세요. 빨리 드시고 같이 샤워나 합시다."

"미안하지만 난 보여줄 게 없어서 같이 샤워하고 싶지 않아요."

"보여줄 게 없어도 난 보고 싶은 게 많으니까 걱정하지 마요."

"꼭 샤워를 해야 볼 수 있는 건 아니잖아요."

"그럼 오늘은 불 켜고?"

우현 앞으로 닭 뼈가 날아 왔다.

치뜬 눈으로 자신을 쳐다보는 세경이 무척이나 예뻐 보였다.

"그렇게 보지 마. 달려들고 싶으니까."

"권우현 씨!"

"농담 아니야. 사실 난 이 치킨보다 당신을 먼저 안고 싶은데…… 치킨이 먼저인 당신 때문에 참고 있는 거니까, 얼른 먹어."

농담 같지만 그 말이 진담이라는 걸 아는 세경은 더 이상 그를 향해 어떤 말도 하지 않았다. 본능에 충실해 자신을 향해 달려들 수 있는 그가 그녀를 위해 참고 있다는 배려가 고마웠다.

지금 이 순간처럼 평범한 일상과 서로를 생각해주는 따뜻한 마음이 영원했으면 하는 순간이었다.

화보 촬영은 생각보다 빠르게 진행되었다. 우현이 포즈와 표정을 잘 잡기도 했지만 사진 감독도 컷을 잘 잡아 예상 시간보다 훨씬 빠르게 일이 끝났다.

우현이 감독과 스태프들에게 인사를 하고 스튜디오를 막 빠져 나와 주차장에 들어설 때였다.

"권우현 씨."

그의 이름을 부르며 검정 정장을 입은 두 남자가 우현에게 다가왔다.

"무슨 일이십니까?"

우현이 아닌 승우가 우현의 앞으로 가로막으며 두 남자에게 물었다.

"제일에서 왔습니다."

"제일이요?"

승우는 제일이 어디인지 생각 중이었지만 우현은 인상을 쓰며 승우 앞으로 나왔다.

"왜 왔는지 모르겠지만 그냥 돌아가십시오."

"기다리고 계십니다."

두 남자의 시선이 주차장 구석으로 향했고 그곳에는 국내에서는 보기 힘든 외제 차 한 대가 서 있었다.

"그냥 가시라고도 전해주십시오."

"기획사 사무실로 찾아가시는 것보다 여기서 뵙는 게 더 낫지 않겠습니까?"

우현이 이를 꽉 문 채 그대로 굳어버렸다.

그들 말대로 기획사 사무실까지 쳐들어오면 문제가 생길 것 같아 우현은 승우를 먼저 차로 보냈다.

지옥으로 향하는 것 같은 발걸음으로 차 앞에 서자 두 사람 중 한 명이 차 문을 열어주었다. 구겨진 얼굴을 하고 우현이 차에 오르자 임 회장이 웃으며 우현을 맞이해주었다.

얼마 만에 얼굴을 보는 건지 기억에도 없다. 아니, 이렇게 단둘이 마주한 적이 처음이다. 그런데 임 회장은 오늘 아침에도 얼굴보고 나온 아버지처럼 인자한 척, 아무렇지 않게 그를 향해 웃어주었다. 역겨워 구토가 쏠릴 정도였지만 그 시선을 무시하고 옆자리에 앉아 정면만 주시했다.

"좋아 보이는구나."

"……."

"몸은 어떠냐? 아픈 데는 없고? 먹는 건? 잘 먹고 다니는 거냐?"

듣기 싫다는 의미로 우현이 큰 한숨을 내쉬었다.

"그래, 바쁜 것 같으니 용건만 얘기하고 가마. 우현아…… 이젠 집으로 들어와라. 모두 널 기다리고 있으니 들어와."

우습지도 않은 말에 속이 부글거렸지만 우현은 애써 참으며 아무 반응을 보이지 않았다.

"그리고 창서도 많이 반성하고 있으니 용서하고 형 곁으로 가서 일 좀 도와주고. 요새 네 형이 많이 힘들다. 시작한 일이 생각대로 되지 않아 정신을 못 차리겠나 보더라. 그러니 칼레에 위약금 물어주고 네 형을 도와주면 좋겠구나. 망해가는 형 회사 나 몰라라 하고 미담 모델로 거기 돈 벌어주다가 나중에 후회한다. 아직은 네가 서운한 마음이 다 가시지 않았겠지. 하지만 서운하고 원망스러운 마음 있으면 다 털고 와라. 모두가 지난 시간을 미안해하면서 널 기다리고 있으니."

임 회장이 무엇을 위해서 그를 찾아왔는지 알 수 있었다. 아무리 인자한 척 가장을 해도 본성은 속일 수 없어 그 빤한 계산속이 다 들여다보였다. 더는 임 회장의 말을 들어줄 수가 없었다. 차 안에 함께 있다는 사실조차 숨 막힐 정도로 싫었다.

그런 우현의 속을 모르는 임 회장이 우현의 손을 잡으려 하자 매섭고 차갑게 뿌리친 우현이 차에서 내렸다. 거칠게 차 문을 닫고 걸어가다 다시 돌아와 차 문을 열고 임 회장에게 말했다.

"회장님, 사람을 잘못 찾아오신 것 같습니다. 저는 고아라 부모도 형도 없거든요. 사람을 잘못 찾아오실 만큼 정신이 왔다 갔다 할 연세는 아니신 것 같은데, 병원 한 번 다녀오셔야겠습니다. 망해가는 회사 때문에 힘들어한다는 아드님도 정신 줄 놓기 전에 두 분이 함께 다녀오시는 것도 나쁘지 않을 것 같네요."

다시 한 번 차 문을 부서질 듯 닫고 승우가 몰고 오는 차에 올랐다.

'지저분한 인간들.'

시간을 확인하니 밤 11시. 통화를 할 때만 해도 세경에게 달려올 생각은 없었다.

"뭐 하고 있어?"

-매일 이 시간에 하는 거.

"일이네?"

―맞아요.

"쳐들어가서 일을 못 하게 해야 하는데. 그만하고 좀 쉬지?"

―나보다 우현 씨 당신이 쉬어야 하는 거 아니에요? 오늘 촬영하느라 힘들었을 텐데.

"나도 쉴 테니까 당신도 그만 일 접고 자라. 응?"

―……알았어요.

시원하게 나오지 않았던 그녀의 대답이 마음에 걸려 결국 그녀의 아파트로 찾아와버렸다. 오는 내내 그녀가 그의 말대로 편하게 잠자리에 들었기를 바라면서도 얼굴 한 번 볼 수 있게 아직은 깨어 있었으면 하는 마음도 들었다.

주차장에 차를 세우고 차 안에서 층수를 세어보았다. 27층. 두 번을 세어 확인한 27층 베란다에는 불이 켜져 있었다.

'그럼, 그렇지.'

그 불빛이 자신을 반기는 불빛으로 보여 반갑기도 했지만 아직도 잠자리에 들지 않고 있는 세경이 안쓰러워 화가 나기도 했다.

휴대폰으로 세경에게 전화를 걸었다.

―아직 안 잤어요?

"당신이 아직 안 자는데 내가 어떻게 자? 아직도 일하지?"

―다 끝났어요. 잘 거예요.

"세경아……."

―왜요?

"음……."

-왜?

"음…… 얼굴 좀 보여주라."

-응?

"얼굴만 보여줘."

-지금 어디 있는데? 설마 문 앞에 있어요?

"주차장."

-올라와요.

하루 종일 그리워했던 그녀의 얼굴을 보기 위한 우현의 걸음은 무척이나 빨랐다. 엘리베이터를 타고 올라오기까지 그 속도가 느려 속이 터질 것 같았지만 문을 열고 기다리는 세경의 얼굴을 마주했을 때는 시간이 더디 가길 바랐다.

"진짜 자려고 했나 보네?"

티셔츠 하나 입고 있는 차림새가 바로 침대로 들어갈 모양새다.

"이리 와봐."

정말 얼굴만 보고 갈 마음인지 우현은 거실로 들어오지 않고 현관 전실에 서서 그녀에게 손짓했다.

"안 들어왔다 갈 거예요?"

"응. 얼굴 보러 온 거니까."

가까이 다가온 세경을 안으며 우현은 그녀의 정수리에 입을 맞추었다.

"들어가면 나가지 못할 것 같아서."

"나도 당신 안으로 들어오면 못 보낼 것 같으니까…… 안으로 들어오란 소리 안 할게요."

세경이 우현의 허리에 팔을 둘렀다.

둘은 말없이 서로를 안은 채 한참을 서 있었다.

"가야겠다."

"그래요. 운전 조심하고 도착해서 전화해요."

"아니. 전화 안 할 거야. 그러니까 그냥 자."

"그래도…… 읍."

세경의 말이 끝나기도 전에 우현이 그녀의 입술을 덮쳤다. 부드럽고 따뜻한 키스는 짧게 끝났다.

"전화 기다리지 말고 자는 거야. 알았지?"

"알았어요."

우현은 떨어지지 않는 발걸음을 겨우 밖으로 내디뎠다. 발은 떨어졌지만 마음은 쉽게 떨어지지 않았다. 하지만 세경과 떨어뜨려 놓은 최 회장의 의도에 반항하고 싶지 않았다. 그렇게라도 그녀를 사랑하고 아끼고 있다는 걸 보여주고 싶었다. 물론 그녀를 몰래 찾아온 지금의 상황을 최 회장이 모를 수 있지만 현재 우현의 마음은 그랬다. 누가 알아주지 않아도 최 회장이 원하는 선은 지키기로. 어쩌면 그것이 자신의 마음을 인정받아 세경과의 사랑을 지킬 수 있는 최선일 수 있기에.

11

요란하게 울리는 휴대폰 벨 소리가 우현의 잠을 깨웠다. 해가 떠오르기도 전에 울리는 휴대폰 벨 소리는 반갑지 않았다. 잠이 덜 깬 상황에서 발신인이 누구인지 확인하면서 잠이 달아나는 것은 물론이고 괜한 불길함에 사로잡혔다.

"네, 김 비서님."

─지금 당장 회장실로 와야겠어.

"네, 알겠습니다."

무슨 일이냐고 묻지 않았다. 아니, 묻지 못했다. 궁금하고 답답했지만 전화로 쉽게 설명될 수 없는 일로 호출을 했다는 생각에 우현은 간단하게 씻고 최 회장에게 향했다.

새벽 5시에 호출을 하는 이유가 뭘까?

최 회장 집무실 앞에 도착할 때까지 그 답을 찾을 수가 없었다. 다만 세경에게 어떤 나쁜 일이 일어난 게 아니기를 바랄 뿐이었다.

비서들조차 출근하지 않은 최 회장의 집무실 앞에서 우현은 노크를 했다.

"들어와."

조금은 거친 목소리가 흘러나왔다.

우현이 회장실 안으로 들어갔을 때 그곳에는 최 회장과 최세준 부회장, 그리고 김 비서가 심각한 얼굴로 앉아 있었다.

김 비서가 자신의 옆자리에 앉으라는 손짓을 했고 그 자리에 앉자마자 그에게 노트북을 들이밀었다.

〈[단독]블루보스 '권우현' 열애. 연인은 그의 실제보스〉

헤드라인의 문구가 눈에 들어왔다. 그리고 몇 장의 사진이 보였다. 일본에서 찍힌 것과 바로 어제 그녀의 아파트로 들어가는 그의 모습이 찍힌 사진이었다. 그것만으로도 대충 어떤 기사가 쓰여 있을지 짐작하는 건 어렵지 않았다.

"세경이를 아끼는 결과가 이건가? 이따위 기사에 사진하고 실명 올려서 사람들 입방아에 오르내리게 하는 게, 네가 말하는 사랑이냐고? 기사 아래로 세경이에 대한 댓글이 어떻게 달렸는지 알아? 보면서 화가 끓어올라 참을 수가 없는데, 세경이는? 세경이 그 녀석이 이걸 보고 상처받을 거 생각하면 당장 기자하고 네 녀석하고 쓸어버려도 시원치 않아!"

노여움을 이기지 못하고 고함을 치는 최 회장의 얼굴을 바로 볼 수 없었다. 우현 자신도 생각지 못하게 일어난 일이었지만 자신을 향한 최 회장의 노여움을 이해할 수 있어 우현은 고개를 숙여야만 했다.

"죄송합니다."

"너, 이 녀석! 왜 가만있는 세경이를 흔들어서……."

"아버지, 고정하세요. 이러려고 부른 거 아니지 않습니까? 일단 사태 수습이 먼저입니다. 고정하세요."

화를 이기지 못하고 벌떡 일어서는 최 회장을 세준이 말렸다.

"저 녀석 얼굴 보고 있다가는 환갑 넘어 사람 팰 거 같으니 알아서 얘기 끝내고 보고해. 그리고 권우현 너 이놈 잘 들어! 이 일로 세경이 눈에 눈물이라도 나면 단단히 각오해!"

최 회장이 나이답지 않은 살벌하고 무서운 기운을 내뿜으며 밖으로 나갔다.

최 회장이 나간 공간에는 차갑고 어두운 침묵만이 흘렀다. 그 침묵을 깬 건 세준이었다.

"회장님 저러시는 거 이해하죠?"

그나마 세준이 이성적으로 그리고 편하게 그를 대하고 있었다.

"네."

"처음엔 권우현 씨가 잔 수를 쓰는 줄 알았어요. 한마디로 세경이와의 결혼을 위한 권우현 자작극이라고 생각했죠. 그런데 기사 내용이…… 단순한 열애 사실을 밝히는 그런 게 아닌 느낌이더군요. 아주 묘하게 세경이를 권우현의 스폰서처럼 꾸며 썼어요. 마치 둘이 연애를 하는 게 아니라 서로를 이용하고 엔조이하고 있다는 그런 느낌의 기사죠."

세준이 한숨을 쉬며 이마를 만졌다.

"대충 누가 이런 기사를 나갈 수 있게 했는지 감 잡는 건 어려운 일이 아닌데 문제는 이런 기사나 그 배후가 중요한 게 아니라 세경이가 걱정인 겁니다. 그래서 회장님께서 화가 나신 거고. 일단 세경이를 보호합시다. 권우현 씨는 이런 스캔들 기사에 대한 대처 방법을 잘 알 거 아닙니까?"

세준의 말에 아무 말 하지 않고 고개만 숙이고 있던 우현이 세준에게 물었다.

"세경이는요? 이 기사 봤습니까?"

"아직. 아무것도 모르고 자고 있을 시간이니까."

"기자회견을 하겠습니다."

"기자회견?"

"네. 연애 사실을 인정하는 게 최선입니다. 제대로 된 사실을 연예부 기자들에게 알리는 거죠. 그래서 배후를 둔 기자가 쓴 어설픈 특종에서 시선을 돌려버리면 됩니다. 파파라치처럼 따라다니며 찍은 사진과 기사보다는 당사자가 직접 나와 밝히는 사실에 대중들은 주목할 겁니다. 그러니 기자회견이 제일 좋은 방법입니다. 세경이를 위해서도 그게 최선입니다."

"회장님이 그건…… 허락하시지 않을 것 같은데."

"저를 위해서도 아니고 회사를 위해서도 아닙니다. 말씀대로 세경이를 위해섭니다. 세경이가 전속모델하고 즐기기나 하는 재벌녀가 아니라는 것을 알려야 하지 않겠습니까? 맡겨주십시오."

세준이 고민하듯 생각에 빠졌다.

"믿어보시죠? 부 회장님."

김 비서가 거들자 세준은 고개를 끄덕였다.

"그럼 그렇게 합시다. 회장님은 내가 맡죠."

무거운 얼굴로 세 사람이 자리에서 일어섰다.

"대표님께 기자회견 일정 잡아달라고 하겠습니다. 그리고……
아닙니다."

우현은 이 사달을 만든 배후가 누구인지 묻고 싶었다. 하지만
세준이 대답하기 꺼릴 상대일 수 있어 입을 다물었다. 혹시나 세
경의 전남편일 수도 있다는 생각에.

그리고 우현은 곧바로 세경에게 향했다.

새벽 6시. 아직도 자고 있을지 모른다는 생각에 그는 바로 들어
가지 않고 문자를 보냈다.

[일어나면 전화해줘.]

문자를 보내고 5분 정도 후에 그녀에게서 전화가 걸려왔다.

-일찍 일어났네? 무슨 일 있어요?

아직 잠이 덜 깬 나른한 목소리가 그의 가슴을 먹먹하게 했다.

"주차장인데…… 올라갈게."

-……올라와요.

새벽부터 들이닥치는 것부터 착 가라앉은 목소리가 심상치 않
다는 것을 감지했는지 세경의 목소리도 무척이나 낮아졌다.

어젯밤에도 들어갔던 그녀의 집인데 하룻밤 사이에 전혀 다른
마음으로 들어가는 지금의 현실에 화가 나기도 하고 서글퍼지기
도 했다.

우현이 자신이야 예전 활동했을 당시 여러 번 겪었던 일이라 그는 무디게 반응할 수 있지만 세경은 다르다. 최 회장 말대로 사람들의 입방아에 눈이 뒤집히고 속이 뒤집힐 것이다. 그리고 그 화가 가슴을 찢는 상처로 남을 것이다.

세경이 잘 견디어 낼 수 있을지.

마음은 무겁지만 세경을 생각해서 우현은 최대한 밝은 얼굴을 하고 그녀의 집으로 들어섰다.

"설마 밖에서 밤새운 건 아닐 테고…… 무슨 일이에요?"

아무리 우현이 마음을 감추었다고 해도 그에게서 나오는 기운이 평소와 다르니, 그걸 세경이 모를 리 없었다. 그렇다고 세경이 심각한 얼굴로 묻지는 않았다. 오히려 무슨 일이든 다 받아들일 수 있다는 듯한 여유를 보여주고 있었다.

"음…… 일단 모닝 키스부터 하고 보자."

우현이 세경을 안고 가벼운 입맞춤을 했다.

"아침은? 아침 먹어야지."

우현이 주방으로 들어가 냉장고를 열었다.

"토스트 해줄까? 아니면 죽 끓여줄까?"

"이봐요, 권우현 씨. 아침은 됐고, 답답해요. 빨리 말해봐요. 뭐예요?"

세경이 우현을 끌어다 식탁 앞에 앉혔다. 그리고 그라인더에 커피콩을 넣고 갈기 시작했다. 세경의 시선이 우현에게 향했고 다 갈린 커피를 에스프레소 머신에 넣고 추출이 될 때까지 또다시 그에게 시선을 고정했다.

"자, 이제 말해요."

연한 아메리카노를 만들어 우현 앞으로 머그컵을 놓아주며 세경이 재촉했다.

"우리…… 열애 기사 떴다."

우현의 말에 잠시 멍하니 있던 세경이 갑자기 웃기 시작했다.

"어떡하냐, 우현 씨? 당신 인기 떨어지겠다. 아니…… 칼레 매출도 떨어지나? 그러면 안 되는데."

애써 웃으며 농담을 하는 것인지, 아니면 진짜로 여유를 보이는 것인지 알 수 없을 만큼 그녀는 우현의 말을 심각하게 받아들이지 않았다.

"내 인기가 문제가 아니야. 이런 기사가 나면 보통……."

"나에 대한 신상이 파헤쳐지겠죠? 그리고 안티가 생겨날 것이고…… 괜한 욕을 들을 테고. 오늘 출근할 때 화장 두 배로 진하게 하고 나가야겠네."

"세경아."

"내가 걱정돼요?"

"응. 아주 많이."

"일을 시작하면서 보이지 않는 회사 내 안티들하고 싸웠어요. 회사를 움직이는 이사진들하고도 기 싸움에서 져본 적이 없어요. 경우가 다르긴 하지만 독해지고 강해진 내공이 있으니 걱정하지 마요."

"기자회견을 할 거야."

"기자회견? 큰아빠가 허락하시지 않을 텐데?"

"부회장님하고 내린 결론이야. 회장님은 부회장님께서 맡아주신대."

"음…… 기자회견 한다고 달라질까? 당신을 차지했다는 이유로 난 모든 여자의 적이 되어버렸는데."

"달라지게 해야지. 우리 둘이 계산적으로 서로를 차지한 일회용 사랑이 아니라는 걸 보여줘야지. 내가 그렇게 할 테니까…… 당신은 오늘 뜬 기사는 보지 마. 댓글도 읽지 말고. 내가 기자회견을 끝낸 다음에 나오는 기사들만 봐."

"그럴게요."

세경과의 이야기가 끝나갈 즈음 우현의 휴대폰이 울렸다. 이 대표가 기자회견 장소와 시간을 잡았다며 알려주는 전화였다.

최대한 이른 시간으로 잡자는 우현의 의견에 시간은 오전 10시로 잡혔다.

우현이 일어나 세경을 안았다.

"좀 더 같이 있고 싶은데 이 대표님하고 미팅도 해야 하고 준비할 게 있어서 나가봐야겠다."

"그래요. 나가서 준비해요."

주방을 나와 현관 앞에 이르기까지 꼭 잡았던 두 손이 떨어질 때 우현이 세경에게 키스를 했다.

"조금만 참자."

세경이 웃으며 고개를 끄덕여주었다.

그를 위해 애써 괜찮은 척하고 있는 것이라 생각했는데 그게 아닌 것 같았다. 그녀의 미소에는 꾸밈없는 여유와 그를 향한 믿음이 담겨 있었다.

신발을 신고 현관 손잡이를 잡는 우현을 세경이 불렀다.

"우현 씨."

"응?"

"기자회견 전에 미용실에 들러 머리 좀 만지고 가요. 그리고 기자회견 때는 검정 슈트 차림을 하고."

"왜?"

"당신 검정 슈트 입고 단정한 모습으로 있으면 만만해 보이지 않거든."

"이런 걸 내조라고 하는 건가? 기분 좋다. 갈게."

우현이 웃으며 밖으로 나갔고 세경은 그렇게 나가는 그를 웃으며 바라봐주었다.

철컥. 문이 닫히는 소리가 들리면서 우현을 향했던 미소가 사라졌다.

우현이 최 회장에게 불려갔다. 기사로 인해 심한 말을 들은 건 아닌지 걱정이 되었고 무슨 말이 오갔는지도 궁금했다. 그리고 또 하나 궁금한 것이 있었다.

거실로 들어온 세경이 휴대폰을 들었다.

"오빠, 누구야? 기사 터뜨린 거 누구 짓이야? 알아봤을 거 아니야?"

─기사를 낸 기자는 연락 두절인데…… 아무래도 제일마인 임 창서지 싶다. 너한테 차인 데다 제일마인하고 칼레의 격차가 점점 더 벌어지고 있어서 괜한 억하심정으로 성질부린 것 같아. 아버

지 지금 이 갈고 계셔. 증거만 잡히면 제일을 밀어버리겠다고.

"큰아빠는 우현 씨에 대해 뭐라셔? 오빠는 우현 씨 어때?"

─아버지는 이번 사건으로 권우현을 별로로 보신다. 나는 처음에는 맘에 안 들고 별로였는데 오늘 하는 거 봐서는…… 더 두고보자는 마음이다. 지금 그게 문제가 아니라 출근할 거니? 직원들시선도 그렇고 여기저기서 말들도 많을 텐데.

"내가 죄지은 것도 아닌데 왜? 출근할 거야. 그리고 우현 씨가알아서 잘할 거라 믿어. 이따 회사에서 봐."

임창서. 결국 일을 냈다.

그 못된 성격에 좋아했던 여자를 원수같이 여기던 이복동생에게 빼앗겼으니 가만있을 수 없었겠지.

'등신. 스스로 패배를 인정했다는 것도 모르겠지? 나쁜 놈.'

"연예부 기자만 오는 게 아니라 경제부 기자들도 출동한다는소리가 있어."

기자회견장으로 가는 차 안에서 이 대표가 말했다.

세경이 미담그룹의 재벌 3세로 현재 칼레의 이사직을 맡고 있으니 그럴 수도 있는 일이라 생각했다. 하지만 이어지는 이 대표의 말에 우현의 표정이 심각하게 굳어졌다.

"원래 제일그룹 장남이 최 이사님한테 공개적으로 프러포즈했었대. 이사님이 그 자리에서 거절 의사를 비쳤지만 재계에서는제일과 미담이 사돈 관계로 동맹 맺어 내실을 강화하는 거 아니냐하는 소문이 돌면서 거의 둘의 결혼이 확정적이었다나 봐. 그런데 엉뚱하게 전속모델 권우현하고 스캔들이 터졌으니 정략이냐, 사랑이냐를 두고 모두의 관심사가 집중되어 있다던데. 투데이 엔터송 기자가 귀띔해주더라고. 너는 알고 있었니? 제일그룹 장남하고 최 이사님하고의 관계."

"아니요."

제일그룹 장남. 임창서를 말한다. 그가 세경에게 프러포즈를 했다니.

블루보스 론칭 행사 때 세경과 창서가 함께 있던 걸 얼핏 보았던 것 같다. 그때는 같은 부류의 아는 사이 정도로밖에 보이지 않았다. 특별한 사이로 보였으면 우현의 눈에 띄었을 텐데 별 기억이 없다는 건 둘 사이가 별것 아니라는 얘기다. 더구나 세경이 어떤 여자인가. 쓰레기만도 못한 임창서와는 상대도 안 할 고결한 여인이 아니던가.

그렇다면 답이 나온다. 임창서 혼자 북 치고 장구 치고 삽질을 했다는 얘기다. 그리고 또 하나. 최세준 부회장이 말한 배후라는 인물이 창서일 가능성이 높았다.

세경이 마음대로 움직여주지 않자 그 되먹지 못한 성질에 화가 났을 게 뻔하다. 어떻게든 자존심 회복과 세경을 차지하고 싶은 욕심에 정당치 못한 방법으로 세경의 뒤를 캐다 보니 우현과의 연애 사실을 알았을 거고. 게다가 상대가 원수보다 못한 권우현이었으니 그냥 넘어갈 수 없어 이런 식으로 우스운 기사를 터뜨렸다는 답이 나왔다.

어쩌면 임 회장이 찾아와 손을 내밀었을 때 거절했던 이유도

이 기사를 내보내는 데 결정적이었을 수도 있었다는 생각이 들었다.

'권우현, 최세경 엿 좀 먹어보라고 한 거냐? 하지만 이제는 네 맘대로 되는 게 없을 텐데, 임창서.'

기자회견 장으로 우현이 들어서자 취재진의 뜨거운 관심과 열기를 말해주듯 플래시 세례가 터졌다. 블랙슈트를 차려입은 우현은 불꽃처럼 터지는 플래시 세례를 받으며 여유 있는 표정으로 단상으로 올라와 취재진을 향해 깍듯하게 인사부터 했다.

"최세경 이사하고의 열애가 사실입니까?"

그가 의자에 앉기도 전에 질문이 먼저 튀어나왔다. 우현은 자리에 앉으며 준비된 마이크를 잡고 취재진이 궁금해하는 질문에 대답해주었다.

"사실입니다."

"언제부터였습니까?"

"블루보스를 론칭하고 난 이후부터 가까워졌습니다."

"최세경 이사님이 이혼녀라고 알고 있습니다. 그 사실을 알고 있었습니까?"

"네."

"이혼 사실이 두 사람 연애하는 데 있어 부담스럽거나 걸림돌이 되지는 않았습니까?"

"아니요. 유부녀가 아니라 다행인 거죠. 불륜이 되면 안 되지 않습니까?"

"두 분이 어떻게 연인 사이가 되었는지 구체적으로 말씀해주시죠?"

"일을 하다 보면 서로에게 많은 질문이 오갑니다. 공적인 질문이든, 사적인 질문이든. 어떤 질문이든 제 솔직한 마음을 털어놓게 하는 분이었습니다. 그렇게 거짓 없이 솔직하게 털어놓다 보니 어느새 내가 가지고 있는 상처마저 보여주고 있더군요. 위로를 원하는 건 아니었는데 그냥 옆에 있어주는 것만으로도 내게 위로가 되고 힘이 되어주었고 마찬가지로 그분에게도 내가 위로가 되어주고 힘이 되어주고 싶은 마음에 덥석 마음을 받아달라고 떼를 썼습니다. 처음에는 별로 내켜 하지 않았지만 지성이면 감천이라고 제 진심을 받아주시더군요. 그렇게 연인 사이가 되었습니다."

"광고주이기도 하고 기획사의 모회사격인 칼레의 이사님이라서 그런가, 너무 깍듯하신데요? 평소 그분 앞에서 그렇게 깍듯하십니까? 호칭은 어떻게 하십니까?"

"공적인 자리에서는 이사님. 사적인 자리에서는 이름을 부릅니다. 그리고 워낙 소중한 분이기에 깍듯할 수밖에 없습니다."

우현의 얼굴에 미소가 어렸고 취재진에게서도 여기저기 쿡쿡거리는 웃음소리가 들려왔다.

"혹시 결혼까지도 생각하고 계십니까?"

"물론입니다. 이미 청혼까지 했습니다. 결혼 약속은 했지만 아직 시기는 정해지지 않았습니다. 각자 해야 할 일을 해놓고 구체적으로 진행할 예정입니다. 그때는 어느 한 곳에서 단독, 특종 이런 기사로 나가지 않도록 미리 기자회견 자리 마련하겠습니다."

"앞에서 잠깐 위로가 되고 힘이 되어주신다고 하셨는데 최세경 이사님이 어떤 분인지 좀 더 구체적으로 말씀해주시죠?"

"일단 예쁩니다."

또다시 여기저기서 웃음이 새어 나왔다.

"그런데 마음은 더 예쁜 분입니다. 사실, 처음엔 재벌 3세 상속녀답게 도도하고 까칠하고 이기적으로 봤습니다. 하지만 자기 일과 회사를 누구보다 아끼고 사랑합니다. 회사에서 일하고 집에 와서도 밤늦게까지 일을 합니다. 그래서 제가 좀 불만이 많기는 하지만요. 여자답지 않게 강하면서도 여리고 또 다른 여자들과 다르지 않게 여리면서도 강한 분이죠."

기자들의 계속되는 질문에 우현은 자신의 진심을 담아 성의껏 대답해주었다.

마치 스캔들의 진실을 밝히려고 취조하려는 듯 달려들던 기자들도 연인들의 연애를 궁금해하듯 그 물음이 사소한 질문들로 바뀌어가고 있었다.

"마지막으로 그분께 한마디 해주시죠?"

"그분께 한마디 하기 전에 취재진 여러분들께 먼저 한 말씀 드리겠습니다. 제가 연예인라는 이유로, 제 연인이라는 이유로 한 회사를 이끌어가고 있는 중역의 위치에 있는 분을 곤란하게 하고 싶지 않습니다. 사생활 노출이 그분에서 끝나는 게 아니라 가족들과 회사에까지 영향을 미치는 게 견디기 힘든 고통일 수 있다는 걸 알아주셨으면 합니다. 저희는 평범하게 연애하고 싶고 사랑하고 싶은 연인일 뿐입니다. 그 이상도 그 이하도 아닙니다. 그냥 축하해주시고 좋은 결실을 볼 수 있도록 지켜봐만 주시면 감사하겠습니다."

짝짝짝. 누군가 박수를 치자 플래시 세례 대신 박수가 터져 나왔다.

"감사합니다."

"자, 이젠 그분께 한 말씀 해주시죠?"

"아! 음…… 미안해요. 내가 잘할게요. 그리고 고마워요."

"사랑한다는 말은 안 하십니까?"

"그 말은 둘이 있을 때만 할 겁니다."

환하게 웃는 우현의 얼굴 위에 다시 플래시 세례가 터졌다.

인터넷 방송에서는 우현의 기자회견을 생방송으로 보여주고 있었다. 그 방송을 세경은 최 회장과 세준과 함께 보고 있었다.

"반응이 나쁘지 않은데요, 아버지."

실시간으로 달리는 댓글들을 확인하며 세준이 말했지만 최 회장의 표정은 여전히 마뜩잖은 얼굴이었다.

"두 분 예쁘게 사랑하세요. 권우현에 비해 밀릴 미모는 아니니 다행. 돈 보고 달려든 줄 알았는데 그게 아닌가 보네. 장동건, 고소영 커플 이후 최강 비주얼 커플 탄생."

"시끄러워. 뭐 급하게 일단락되었지만 그래도 난 저놈은 별로다. 세경이 너 잘 들어. 연애하는 건 내가 뭐라 안 하겠다. 하지만 결혼은 안 돼."

최 회장의 말에 세경은 알 수 없는 웃음을 보이고 자리에서 일어섰다.

"나가볼게요."

"새겨들었지?"

"네."

건성으로 대답하는 것처럼 들렸지만 최 회장은 그대로 세경을 내보냈다.

"아버지, 좀 더 지켜보시는 것도 나쁘지 않을 것 같은데요. 두 사람 다 진지하고 진심인 것 같은데."

"안 돼! 임 회장 핏줄이야. 그 핏줄이 어디 가겠어? 임창서 하는 짓 봐! 임창서만 그래? 그 집 자식들 하나같이 제 아버지 닮아 여자만 밝히고 인격이라고는 찾아볼 수 없는 망종들인데. 김단아 사장 같은 좋은 모친을 두고도 그 모양들로 컸는데 누구에게서 낳았는지 어떤 인격 아래서 컸는지도 모르는 저놈은 믿을 수가 없어. 그래서…… 안 돼."

세준도 그 말에 어떤 반박을 할 수 없었다. 우현이 나쁜 남자가 아니라는 건 느낌으로 알 수 있지만 그 느낌이 전부일 수는 없다. 최 회장 말대로 임 회장과 그 자식들을 생각했을 때 우현도 다르지 않다고 확신할 수는 없는 일이었다. 안타깝지만 최 회장 말도 무시하고 넘길 수 있는 부분이 아니었다. 그저 홍민기 때와 마찬가지로 쉽지 않은 세경의 사랑과 또다시 아파할 세경이 걱정이었다.

최 회장에게 고집 피울 생각은 없다. 그 자리에서 우현이 어떤 사람인지 그녀에게 어떤 존재인지 알리며 허락을 구할 수도 있었지만 그러고 싶지 않았다. 최 회장의 생각을 바꾸기 위해, 그녀의 말이 많아질수록 그리고 그녀의 목소리가 높아질수록 예전과 다르지 않은 상황이 된다는 것을 알기에 세경은 말없이 회장실을 나왔다.

굳이 자신이 나서지 않아도 지켜보면 우현의 진심이 무엇인지, 그가 어떤 남자인지 알 수 있다는 생각과 그만큼 최 회장에게 인정받을 수 있는 남자라는 믿음이 컸기 때문이다.

예전, 최 회장을 무시하고 자신의 고집대로 한 결과가 자신뿐 아니라 가족에게도 큰 상처로 남아 있다는 것을 안다. 이번에는 그 결과가 다르겠지만, 시간이 걸리더라도 최 회장의 인정을 받고 싶다. 그래야 가족들 상처도 자신처럼 우현에게서 치유받을 수 있지 않을까 싶은 마음이 들어서다.

집무실로 돌아와 밀린 업무를 시작하려 할 때 비서에게서 인터폰이 들어왔다.

-이사님, 로비에 박유란 씨께서 찾아와 계신다고 합니다.

"자리에 없다고 하세요. 오늘 만나기 힘들 거라고."

유란이 왜 찾아왔는지는 만나지 않아도 알 수 있다. 굳이 그녀를 만나 기분 상하고 싶지 않았다.

하지만 세경을 보기로 작정한 유란은 그녀가 만나주지 않자 재환의 친구인 세준을 먼저 만나 세경의 집무실을 찾아오는 잔꾀를 부렸다.

"유란이가 지나가다 들렀단다. 권우현하고 네 기사 보고 너한테 축하 인사라도 해주고 싶다고 왔대."

세준을 앞세워 세경의 집무실로 들어오는 유란은 세경을 보며 반가운 듯 웃고 있었지만 그 뒤에 감추어진 표독스러움을 세경은 읽을 수 있었다.

'영악하고 교활한 것 같으니라고.'

"언니, 축하해. 우리 오빠 정성에 눈길 한 번 안 줘서 완전 독신인 줄 알았는데."

"그럼 둘이 얘기해. 난 회의 있어서 올라가 봐야 해. 놀다 가라, 유란아."

"네, 오빠."

세준이 나가자 유란은 기다렸다는 듯이 사나운 눈빛으로 변하며 세경을 몰아붙이기 시작했다.

"좋아? 여러 남자 바보 만들어놓고 남의 남자 빼앗아 가져서 좋으냐고? 이혼녀 주제에 우현 오빠가 너한테 가당키나 한 줄 알아?"

"박유란, 정도껏 해라. 봐주는 것도 한계가 있어."

무섭게 나무라는 세경의 눈빛을 무시하고 유란은 제 할 말을 계속 퍼부어댔다.

"우현 오빠가 정말 너를 사랑하는 줄 아니? 착각하지 마."

"말 같지도 않은 소리 하려면 돌아가. 나 너처럼 한가한 사람 아니야."

"여자를 안을 수 없는 오빠가 왜 너를 선택했겠니? 결혼 하루 만에 끝낸 네가 만만해서야. 안고 싶어도 안지 못하는 나를 떠나서 너를 선택한 이유가 네가 만만해서라고. 안아주지 않아도 살아주는 것만으로도 감사해야 할 여자가 너니까!"

"박유란⋯⋯."

유란이 한 말이 무슨 말인지 이해가 가지 않았다. 귀담아들을 필요 없는 그녀의 말이지만 어이없는 말을 지껄이고 있어 오히려 그 말이 귀에 들어오고 있었다.

"오빠가 성적으로 문제가 있는 건 알고 있니? 모르지? 스킨십 같은 거 전혀 안 하지? 그걸 결혼 전까지 널 지켜주려는 순수한 사랑이라고 생각하고 있겠지? 안 그래?"

성적으로 문제? 스킨십을 전혀 안 한다고? 권우현이? 한 번 시작하면 잠을 재우지 않고 끝을 보는 그 남자가?

"오빠가 힘들까 봐 놓아준 거야. 내가 너 같은 이혼녀한테 보내려고 우현 오빠를 놓아준 게 아니라고! 섹스를 하지 않아도 사랑할 수 있다는 걸 보여줄 수 있었는데 오빠가 못 견뎌 하는 것 같아서 놓아줬다고. 그런데 너 같은 게 우현 오빠를 차지해? 나한테 오빠가 어떤 사람이었는데? 내가 오빠를 얼마나 사랑했는데? 절대 못 줘. 너한테 못 줘!"

기가 막힌 소리에 웃음이 나오려다가도 망종같이 구는 행동은 참을 수가 없었다.

"그만해! 우현 씨는 너를 사랑한 적이 없어. 사랑하지 않았으니까 성적으로 문제가 나타난 거겠지? 사랑하지 않았으니까 섹스를 하지 않은 거겠지? 유란아, 정신 차려. 이러는 거 너무 추해 보이거든. 더 추해 보이기 전에 그만하고 돌아가."

좋게 타일러 보내려고 했다. 하지만 유란은 그런 세경의 말투가 더 거슬렸는지 그녀의 말이 더 심해지기 시작했다.

"남의 남자 빼앗아 갖는 게 취미니? 너 전남편도 여자 있었던 남자였잖아? 그때도 빼앗아 가진 거 아니었어? 그것도……."

"경고야. 입 닥치고 나가!"

"임신한 여자 남자 빼앗았으니 그 여자 한이 얼마나 깊었겠니?"

세경이 유란의 멱살을 잡았다 거의 목을 조를 듯이 힘이 들어가 있어 유란의 호흡이 거칠어졌다. 그래도 유란은 할 말을 끝내지 않았다.

"최세경. 내가 다른 여자한테는 우현 오빠를 빼앗겨도 너한테는 안 돼. 우리 오빠를 봐서라도 너한테는 안 보내. 결혼? 그거 할 수 있을 것 같아? 웃기지 마. 넌 절대 결혼할 수 없어. 해도 하루만에 끝날 거야. 왜? 넌 결혼하는 그날 첫 결혼의 첫날밤에 겪었던 일을 내가 똑같이 겪게 해줄 거니까."

세경의 눈동자가 흔들렸다.

박유란이 그런 사달을 낼 만큼 독하지도 모질지도 못하다는 걸 알면서도 다시 떠오르는 끔찍한 기억의 고통에 팔과 다리에서 힘이 빠져나가 정신을 차릴 수가 없었다.

"무슨 말인지 알아는 들었나 보네? 내 말 농담 아니야. 우현 오빠를 너한테 빼앗기느니 차라리 죽는 게 나으니까. 절대 너한테는 안 뺏겨."

세경의 손을 잡아떼는 유란의 힘에 세경이 휘청거렸다.

유란이 그런 세경을 무시하고 밖으로 나가려다 멈춰 섰다.

"경고 하나 더 해줄게. 잘난 척하면서 사람 개무시하지 마. 그랬다가는 지금처럼 무섭게 벌로 받아. 알았어? 그리고 남의 남자 빼앗는 것도 모자라서 간접 살인으로 여러 사람 죽게 하지 마."

쾅. 박살이라도 낼 것처럼 유란이 문을 닫고 나가자 세경이 그대로 그 자리에 무너져 내렸다.

기자회견을 끝내고 세경에게 가는 사이 그녀와 통화가 되지 않아 불안했다.

기자회견 이후 세경과의 열애 기사는 거의 모두가 호의적이었고 사람들 역시 축하해주는 방향으로 흘렀다. 그 기쁨을 함께 누려야 하는데 휴대폰도 되지 않고 회사로 전화를 해도 자리에 없다는 집무실 비서의 말만 들어야 했다.

하다못해 김 비서와도 연락이 닿지 않아 시간이 갈수록, 그리고 회사에 가까워질수록 우현의 불안은 극에 달했다.

회사에 도착해 우현은 곧바로 세경의 집무실로 향했다.

"이사님 안에 계십니까?"

여비서가 우현의 질문에 대답을 하지 못하고 눈치를 살피고 있었다.

"안 계십니까?"

"안으로 아무도 들이지 말라고 하셨습니다."

이제는 우현을 세경의 연인으로 인정하는지, 세경이 없다는 핑계를 둘러대고 그를 돌려보낼 수 있는 상황인데도 비서는 있는 그대로를 그에게 말해주고 있었다.

"나도 그 아무도에 속하는 겁니까?"

여비서가 대답을 하지 못했다.

"내가 왔다고 전해만 주십시오, 나도 들여보내지 말라고 하면 그냥 돌아가겠습니다."

곤란한 얼굴로 망설이는 여비서에게 우현이 물었다.

"혹시 회장님께서 찾아오셨습니까? 회장님의 지시입니까?"

"아닙니다. 회장님 방에 갔다가 오셨을 때만 해도 얼굴이 좋으셨습니다. 그런데……."

"그런데요?"

"어떤 여자 손님이 다녀간 후로 나오시지도 않고 전화 연결도 하지 말고 누가 찾아와도 들이지 말라고 하셨습니다."

"어떤 여자 손님이면……?"

"박유란 씨라고 알고 있습니다."

여비서의 말이 끝나자 우현은 미안하다는 말을 비서에게 하고 그대로 문을 열고 세경의 집무실로 들어갔다.

"세경아."

하얗게 질린 그녀의 얼굴과 초점을 잃은 눈동자가 그를 향했다. 그 얼굴이 너무도 창백해 심장이 떨어지는 기분이었다.

"우현 씨……."

금방이라도 울 것 같은 얼굴의 세경을 우현이 안았다.

"괜찮아. 다 잘되고 있어. 괜찮아."

"우현 씨…… 나는…… 나는……."

그의 품속에서 울먹이는 세경의 목소리에 가슴이 먹먹해 왔다.

'박유란…… 기어코 네가 네 무덤을 파는구나.'

이를 악문 우현의 얼굴이 무섭게 변해갔다.

우현은 세경을 그녀의 아파트로 데려다주었다. 다행인지 김 비서가 지방 출장으로 자리에 없어 우현이 직접 데려다줄 수 있었다. 당장 유란을 찾아가고 싶은 마음이 앞섰지만 불안에 떨고 있는 세경을 달래주는 일이 먼저였다.

세경에게 따뜻한 우유를 한 잔 먹이고 침대에 눕혔다.

"미안하다. 당신 힘들게 해서. 깨끗하게 정리하고 단념시켰어야 했는데 그러지 못해서 당신한테 할 말이 없다."

세경은 그의 말이 틀렸다는 듯 고개를 가로저었다.

"뭐라고 했길래 그래? 그런 애한테 휘둘릴 만큼 당신 약하지 않잖아?"

"우현 씨, 나 그냥 쉬게 해줘요. 걱정하지 말고 볼일 봐도 돼요. 그냥 지금은 쉬고 싶어."

"그래, 쉬어. 난 그럼 나갔다가 다시 올게."

세경이 고개를 끄덕였다.

우현이 시트를 올려 꼼꼼하게 세경을 감싸주고 그녀가 눈 감는 것까지 확인하고 방을 나섰다. 30분 정도 거실에서 그녀를 더 지키고 앉았다가 우현은 세경의 아파트를 나왔다.

주차장으로 가면서 유란에게 전화를 걸었다. 마치 그의 전화를 기다리고 있었다는 듯이 벨이 한 번 울리자마자 유란이 전화를 받았다.

-오빠!

어떤 잘못을 저질렀는지도 모르는 유란은 그에게 반가운 목소리를 냈다.

"집 앞으로 갈게."

—지금?

"응."

—알았어. 도착하려면 얼마나 걸리는데?

"20분."

—응. 기다릴게. 조심해서 와.

통화를 끝낸 우현이 차에 올랐다. 평소 차분하던 그의 운전이 거칠었고 유란을 향한 분노만큼 속도도 높아졌다. 40분 정도의 거리를 20분 만에 달려온 곳에 유란이 그를 기다리고 있었다.

유란 앞에서 차를 세운 우현이 창을 열었다.

"타."

우현을 향한 반가운 마음을 보여주듯 급하게 올라탄 유란을 태우고 우현은 예전에 갔었던 중지된 공사장으로 향했다.

"오빠…… 보고 싶었어."

울먹이는 목소리가 옆에서 들렸지만 우현은 정면만 주시했다.

"그렇게 오빠하고 끝내고 잠도 못 자고 먹지도 못하고…… 얼마나 힘들었는지 알아? 나 다 참아낼 수 있다고 했잖아. 다 받아들일 수 있다고 했잖아. 그런데 왜 하필 최세경이야? 걔는……."

세경의 이름이 나오자 우현에게서 냉정한 목소리가 흘러나왔다.

"입 다물어."

"오빠……."

더는 말도 못 붙이게 냉랭한 그의 태도에 유란은 처음으로 그가 무섭게 느껴졌다.

끼이익. 어두운 공사장 한쪽에 거칠게 차를 세운 우현이 아주 낮은 목소리로 그녀의 이름을 불렀다.

"박유란."

"으, 응……."

"너하고 대화를 하려고 온 거 아니니까 듣기만 해. 내가 너에 대해 모를 거로 생각지 마라. 나 만나면서 너 남자 데리고 호텔 드나든 거 알아."

우현의 말에 유란의 얼굴이 하얗게 질렸다.

"그것뿐 아니라 난 더 많은 너의 비밀을 알고 있고 그 증거도 가지고 있어. 당장 그걸 박 회장이나 신문사 기자들에게 뿌리고 싶었는데, 한 번은 봐주는 거다. 나도 너한테 잘한 게 없어서. 그리고 네가 마음 고쳐먹고 제대로 살길 바라는 마음에서. 그러니까 세경이한테 전화 걸어서 미안하다고 사과해. 진심으로 사과……."

"못해. 최세경한테 사과 따위 하고 싶지 않아!"

유란의 얼굴을 보지 않던 우현이 고개를 돌려 유란을 쳐다보았다. 힘이 들어가 있는 눈동자가 이글거렸다.

"오빠한테는 미안해. 하지만 난 오빠만 사랑했어. 오빠를 너무 사랑하는데 오빠는 나만큼 나를 사랑하지 않는 것 같아서…… 술 취해서 그랬어. 내 의지와는……."

"닥쳐."

가증스러운 유란의 눈물에 우현이 화를 폭발시켰다.

330

"끝까지 거짓이구나."

"아니야, 오빠. 정말이야. 난 정말 오빠밖에……."

"송태윤하고의 동영상이 나한테 있어."

커진 유란의 눈동자에서 눈물이 단숨에 멈췄다.

"그, 그, 그게 무슨 말이야? 송태윤하고는……."

"물론 예전에 끝났겠지? 실컷 즐기고."

"아니야. 송태윤이 그때 신인이라 나를 스폰으로 해서 좀 커 보려고 나를 이용……."

"아니. 너한테 장난감 같은 존재로 가지고 놀다 버려질까 봐 너하고 동영상을 찍었었어. 너 몰래. 너의 집에서 일하는 사람들은 다 내보내고 네 새엄마만 있는 집에서, 그것도 거실에서 여보란 듯이 즐길 때."

"……아니야. 그럴 리 없어. 오빠 지금……."

"널 협박하기 위한 거짓으로 들려? 지금 당장 보여줄 수도 있는데…… 어렸을 때 네가 얼마나 밝히는 애였는지, 얼마나 추하고 더럽게 남자하고 뒹굴었는지 보는 것도 나쁘지 않겠네. 보고 정신 좀 차리면 더 좋겠고."

살벌한 냉소를 보이며 우현이 휴대폰으로 동영상 파일을 찾아 유란에게 전송했다.

부들부들 떨리는 손가락이 어렵게 휴대폰을 꺼내 들었지만 차마 전송되어 온 동영상 파일을 열지 못하고 있었다.

"왜? 겁나? 다른 사람의 인생 망가뜨리는 건 우습게 알더니 네 인생 망가질까 무서워?"

"왜 이러는데? 오빠가 나한테 왜……?"

"혜영이를 무너뜨린 너에 대한 복수. 혜영이만큼이나 너도 철저하게 망가뜨리고 무너뜨리려고 했는데…… 그렇게 하면 너 같은 쓰레기하고 다르지 않다는 걸 누군가 알려줘서 그만뒀어. 그냥 널 내버려뒀다고. 그렇지 않았으면 넌 이미 얼굴 들고 밖에 나오지도 못했을지 몰라. 그런데! 세경이를 건드려?"

"그럼…… 일부러…… 나한테……."

우현은 혼이 나간 것처럼 버벅거리며 말도 못하는 유란을 무시하고 그녀의 손에 들고 있는 휴대폰을 턱짓으로 가리켰다.

"전화해."

"날 좋아한 게……."

"세경이한테 전화해서 사과해. 제대로! 진심을 담아서! 그렇지 않으면 너한테 전송된 그 동영상이 네 아버지는 물론이고 네 오빠 그리고 각 언론사에 보내질 거야."

유란의 눈에서 눈물이 흘러내렸다.

"난 그래도 오빠를 정말로……."

"1분 줄게."

"오빠……."

휴대폰으로 시간을 확인하던 우현이 1분이 지나자 휴대폰 잠금을 풀었다. 그리고 전화번호를 누르려는 순간 유란이 그의 손을 잡았다.

"할게. 할게. 그런데…… 언니 전화번호를 몰라."

우현이 유란의 손에서 그녀의 휴대폰을 빼앗았다. 아직도 유란의 휴대폰 비밀번호는 우현의 생일로 되어 있었다. 유란의 휴대폰에 세경의 번호를 찍어주고 그녀에 돌려주었다.

"언니, 나야. 유란이."

―…….

"미…… 안하다는 말 하려고 전화했어."

―…….

"내가 잠깐 정신이 어떻게 됐었나 봐. 미안했어. 정말."

우현의 눈치를 살피며 통화를 하는 유란의 목소리는 고분고분했다.

"언니, 듣고 있어?"

―끊자.

"언니? 언니!"

세경에 의해 전화가 일방적으로 끊겼다. 그렇게 통화를 할 수 없게 되자 유란이 흐느껴 울기 시작했다.

우현은 그런 유란을 무시하고 그녀의 집으로 향했다. 그리고 집에 도착할 때까지 유란의 울음은 그치지 않았다.

"이번에는 경고 차원이었어. 하지만 다음에는 경고고 뭐고 없어. 바로 네 인생 끝나는 날인 줄 알아. 내려."

유란이 내리고 망연자실하게 그 자리에 주저앉는 그녀를 무시한 채 우현은 바로 차를 출발시켰다.

한때 유란이 데리고 놀았던 태윤이와는 같은 소속사였다. 동영상을 유란 몰래 찍던 그 날 박 회장에게 들켰고 태윤은 유란을 위해 혜영이 몰래 데리고 온 남자가 되어야 했다.

그 사건으로 인해 혜영이 이혼을 하고 결국 국내를 떠나 외국으로 나가는 일이 벌어졌다.

태윤이 장자그룹 박 회장 딸을 스폰으로 두고 있다는 소문이 파다하게 퍼지면서 여러 가지로 양심의 가책을 느낀 태윤이 우현에게 동영상을 내놓으며 그날 있었던 진실을 털어놓았다.

혜영은 이미 이혼을 했고 외국으로 나가 잠적했기에 그런 진실 따위가 중요하지 않았지만 유란을 무참하게 망가뜨리는 데 필요한 동영상이라 태윤에게 받아냈었다.

'박유란은 해결했고, 자! 이젠 임 회장님 차례입니다.'

우현이 세경의 집으로 돌아왔을 때 그녀는 침대에 누워 있던 모습과는 달리 소파에 앉아 있었다. 샤워를 했는지 말간 민낯으로 샤워가운을 입고 소파에 앉아 우현의 기자회견 장면을 다시 보고 있었다.

"잠을 좀 자지 그랬어?"

"잠이 안 와서."

"죽 끓여줄게."

우현의 손에 들린 비닐을 보이고는 주방에 들어가 정리를 하고 나왔다.

"괜찮아?"

세경 옆에 앉아 어깨를 감싸 안으며 물었다.

"안 괜찮았는데 이거 보니까 힘이 나네."

우현의 시선이 모니터로 향했다. 그 안에 있는 자신을 보자 낯설기도 하고 쑥스럽기도 했다.

"다행이다. 괜찮아진 이유가 나라서."

우현이 세경의 이마에 입을 맞추었다.

"세경아. 어떤 거에도 우리 흔들리지 말자. 누가 뭐래도 우리 절대로 흔들리거나 약해지지 말자."

세경이 고개를 끄덕였고 그런 세경을 우현은 한참 품에 안고 있었다.

"배고프지? 기다려봐."

우현이 주방으로 들어가 뚝딱거리기 시작했다.

그런 우현의 뒷모습을 보던 세경의 눈가가 붉어졌지만 입가에 는 미소가 번졌고 그 미소에는 행복이 스며 있었다.

다음 날 증권가 지라시에 다음과 같은 글이 떠돌았다.

〈E그룹의 A회장 화류계 여성과 이중생활. A회장의 여색 잡기 는 이미 아는 사람은 다 알고 있지만 이번에는 아예 대놓고 살림 을 차린 것으로 알려져 부인이 이혼을 심각하게 고려 중. 그동안 사회적인 이미지를 생각해 남편의 외도를 눈감아주었지만 이번 만큼은 그냥 넘어가지 않을 것이라는 게 주변 반응. 게다가 부친 인 A회장만큼이나 여자 문제가 많으면서 회사보다는 밤 문화에 빠져 있는 D사 대표인 K사장도 회사의 부실 경영으로 퇴출 위기 에 봉착.〉

이니셜이었지만 E그룹의 A회장은 제일의 임 회장이고 D사의 K사장은 제일마인의 임창서라는 사실을 아는 사람은 다 알고 있었다. 그로 인해 제일의 주가가 하락선을 그리기 시작했다.

세경은 출근하자마자 회장실 호출을 받았다.

"짐 싸 들고 집으로 다시 들어와라."

"큰아빠. 연애는 허락하신다고 했잖아요?"

"연애는 허락하지만 시도 때도 없이 들락거리는 건 허락하지 못하겠다. 권우현 그놈을 불러 한마디 하려다 참고 널 부른 거야. 니들 사이 다 공개되었다고 안심하지 마라. 지금부터다. 꼬투리 잡으려면 한도 끝도 없이 잡혀. 그 꼬투리 잡겠다고 혈안이 되어 있는 인간들도 곳곳에 숨어 있어. 조심해야 해."

단순하게 우현과의 관계를 걱정해 하는 말은 아니라는 것을 세경은 알 수 있었다. 회사와 그녀 자신을 위한 최 회장의 걱정임을 알기에 세경은 최 회장 말에 순순히 따르기로 했다.

"무슨 말씀인지 알겠어요. 다시 들어갈게요."

"시간 끌지 말고 오늘 당장 들어와."

"네."

너무도 순하게 응하는 그녀가 의외였는지 최 회장이 조금은 당황스러운 얼굴로 세경을 보았다.

"세경아…… 그놈이 그렇게 좋으냐?"

"네."

"뭐가 그렇게 좋아?"

"중학교 때인가…… 아빠한테 엄마하고 왜 결혼했냐고 물었던 적이 있었어요. 그때 아빠의 대답이…… 엄마가 아빠를 편하고 행복하게 해줬기 때문이라고 했어요. 그때는 그 말이 어떤 뜻이었는지 잘 몰랐는데 이젠 아빠가 왜 엄마하고 결혼했는지 알게 됐어요. 우현 씨하고 있으면 내가 어떤 모습으로 있어도 마음이 한결같이 편해요. 내 마음을 휴식처럼 편하게 해주는 것만큼 좋은 건 없잖아요?"

최 회장이 고개를 끄덕였다.

"그렇긴 하지. 나가 봐라."

"네."

세경을 내보내고 최 회장은 한숨만 푹푹 내쉬고 있었다.

'임 회장 핏줄만 아니면…….'

세경의 말대로 예전 그놈하고는 달라 보인다. 하지만 아무리 혼외자라고 해도 이어받은 피가 어딜 갈까? 그 지저분한 성질을 세 아들이 물려받았는데 우현이라고 다를까? 언젠가 우현도 그 성질이 튀어나올지 모를 일이다.

최 회장은 한참을 고민한 끝에 이번에는 우현을 호출했다.

"부르셨습니까? 회장님."

반듯하다. 인물도 반듯하고 인사성도 반듯하고. 임 씨 집안의 남자들과 전혀 다른 모습이다. 하지만 우현을 앞혀놓고 최 회장은 마음먹은 말을 거침없이 쏟아냈다.

"자네한테 세경이는 못 주겠어."

"회장님……."

"왜냐고 묻는다면 이유는 단 하나야. 자네가 임철수 회장의 아들이라는 거. 혼외자든 아니든 어쨌든 임 회장 아들이잖나? 안 그래? 게다가 그 집 삼 형제들 하고 다니는 거 봐! 어디 하나 인간 같은 녀석이 있나? 지금은 그 삼 형제하고 달라 보일 수 있지만 아무래도 가문의 천성이랄까…… 그런 건 못 속이지. 무슨 말인지 알아듣겠나? 그래서 세경이를 자네에게 줄 수 없어."

우현이 고개를 떨어뜨렸다.

"세경이를 단념시켜주게. 상처 주지 않고 그 애가 자네를 포기할 수 있도록 자네가 그 애한테 버려지는 거로 그렇게 해줘. 17살에 부모는 물론이고 남동생까지 사고로 한 번에 잃은 녀석이야. 게다가 알다시피 결혼으로 인한 상처도 깊고. 그런 세경이한테 더 깊은 상처는 안 되지 않겠나?"

고개를 떨어뜨린 우현은 쉽게 고개를 들지 못했다.

"인간적으로 부탁하는 거네. 미담 회장이 아니라 세경이 큰아빠로 자네에게 부탁하는 거야. 그러니 자네가 마음을 정해줬으면 좋겠어. 아무도 다치거나 아프지 않은 방향으로."

"회장님……."

"뭔가?"

"제가…… 임 씨 일가와 같지 않다는 것을 보여드리겠습니다."

"그건 또…… 무슨 말인가? 임 씨 일가와 같지 않다니?"

"임 회장님이 생물학적 친부인 건 맞습니다. 하지만 그분이나 저나, 하다못해 돌아가신 어머니까지도 그분을 아버지로 여긴 적이 단 한 번도 없었습니다. 어쩌면 그분의 부도덕한 인격이 아버지로 인정할 수 없게 만들었는지도 모릅니다. 하지만 한 번도 아버지로 생각하지 않고 인정하지 않았던 그분으로 인해 제가 함께 부도덕한 인간으로 몰리고 싶지는 않습니다. 그건 세경이를 제게 주시고 안 주시고의 문제와 또 다른 것입니다."

그렇게 말하는 우현의 심정을 이해할 수는 있을 것 같다. 하지만 우현과 달리 최 회장은 모든 게 세경이와 연결되는 문제였다. 아무리 그래도 그는 임철수의 핏줄이라는 사실이 말이다.

"보여드리겠습니다. 제가 그들의 인격과 다르다는 것과 세경이를 맡겨도 좋을 만큼 세경이를 아끼고 있다는 것을 말입니다."

"쓸데없는 시간 낭비는 하지 않았으면 좋겠네. 내 마음은 확고하니까 말이야."

단호해 보이는 최 회장에게 우현은 더는 어떤 말도 하지 못한 채 회장실을 나왔다.

회장실에서 나온 우현은 자신의 차 안에서 오랫동안 깊은 생각에 잠긴 듯 눈을 감고 움직이지 않았다. 그리고 무엇인가 결심한 듯 눈을 뜬 우현은 자세를 고쳐 잡고 앉아 김단아 사장에게 전화를 했다.

─또 뭐? 천하의 권우현이 왜 이렇게 전화를 자주 하지?

짓궂은 장난기가 느껴지는 김 사장의 목소리가 먼저 들려왔다.

"만나서 말씀드리겠습니다. 시간 좀 내주십시오."

─이번에는 어제보다 더 급한 일인가 보네? 지금 당장에라도 내줄게.

"그럼 바로 가겠습니다."

김 사장을 향해 가는 우현의 속도가 무척이나 빨랐다.

—바자회 준비로 바빠요. 저녁 식사는 바자회 끝난 후로 미뤄요, 큰아빠.

세경이 집으로 들어온 기념으로 저녁 식사를 하자는 제안을 세경이 일을 핑계 대며 퇴근도 하지 않고 있다.

혹시라도 우현과의 관계를 산뜻하게 허락하지 않은 백부에게 반항을 하는 건 아닌가 싶었다. 하지만 해마다 세경이 나서 주관했던 행사라는 것을 알고 있는 최 회장은 세경을 걱정해주었다.

"쉬엄쉬엄 해라. 그러다 병날라."

—네. 먼저 들어가세요.

"오냐. 이따 집에서 보자."

—네.

세경과 통화를 끝내고 퇴근하기 위해 자리에서 일어설 때였다.

—회장님, 아이리스 백화점 김단아 사장님 전화 들어와 있습니다.

김단아 사장과는 친분이 없는 사이는 아니다. 그러나 퇴근 시간에 통화를 할 만큼 가까운 사이는 최 회장이 아닌 세경이다. 그런데 세경이 아닌 자신에게 전화를 해왔다는 것이 의외였다. 일단 통화를 해봐야 그 이유를 알 수 있을 것 같았다.

"연결해."

김 사장과의 전화 연결이 되는 아주 짧은 순간, 혹시 창서 때문에 전화를 한 것은 아닌가 하는 생각이 들었다.

"최건호입니다, 김 사장님. 잘 지내셨습니까?"

—호호호. 덕분에요. 안녕하셨어요?

"네."

─퇴근 안 하세요? 회장님.

"해야지요."

─저녁 약속 없으시면 저하고 식사하시는 거 어떠세요?

"저녁 식사 말입니까?"

김 사장과 단둘이 저녁 먹을 이유가 없다.

그렇지만 며칠 있으면 세경이 주체하는 바자회가 열리는 곳이 아이리스 백화점이니 식사 정도의 만남을 거절할 이유도 없었다.

하지만 김단아 사장을 만나러 가는 내내 드는 걱정과 궁금증은 접을 수가 없었다.

'설마 임창서와 세경이 문제로 만나자고 하는 건 아니겠지?'

"반가워요, 회장님."

이름만큼이나 단아한 외모와 달리 남자만큼 호탕한 김 사장이 자리에서 일어나 손을 내밀었다.

"김 사장님은 어찌 더 젊어지고 예뻐지셨습니다?"

"칭찬이 아니라 농으로 들립니다, 회장님. 세월 이길 수 없는 거 아닙니까? 그런 칭찬은 이제 반갑지 않아요."

"진심입니다."

두 사람은 서로를 향하여 적당한 칭찬과 가벼운 농담을 주고받으며 편한 분위기에서 일상적인 대화를 나누기 시작했다.

김 사장이 주문한 식사가 나오기 시작했고 식사를 하면서 주제는 자연스럽게 경영과 경제 문제로 이어졌다.

식사가 거의 끝나고 후식으로 나온 수정과를 한 모금 막 목으로 넘기고 났을 때다.

"얼마 전에 떠돌았던 임 회장 얘기 들으셨죠?"

"⋯⋯네."

"그거 사실입니다."

"아, 네⋯⋯."

"회장님도 아시다시피 제가 있는 아이리스 백화점 빼고 제 친정 회사들을 거의 모두 임 회장 세 아들들이 남의 손에 넘어가게 했던 것도, 그걸 그냥 남의 일 보듯 바라보며 제일만 불려나간 임 회장도 이젠 용서가 안 됩니다."

최 회장은 고개를 끄덕였다. 충분히 이해할 수 있을 만큼 임 회장과 그 아들들이 아이리스 그룹 측에 지은 죄가 많다는 것을 모르지 않기 때문이다.

"이혼하면 아이리스를 넘기고 제일을 쓰러뜨리는 데 힘을 좀 쓸까 합니다."

"네?"

그동안 참아왔던 한이 무척이나 깊었나 싶었다. 하지만 아이리스를 넘긴다는 말은 언뜻 이해가 가지 않았다.

"예전부터 찍어놓은 후계자에게 아이리스를 대표 자리를 주고 난 제일을 빼앗거나 무너뜨리는 데 힘쓰려는 계획을 했었어요. 그런데 내가 찍어놓은 녀석이 죽어도 이쪽으로는 안 오겠다는 겁니다. 백화점을 단순하게 물건 파는 곳으로 생각하지 말고 문화를 즐기고 사람들의 쉼터나 놀이터 같은 공간으로 만들어 단순히 물건을 사는 곳이 아닌 문화와 여가까지도 쇼핑할 수 있는 공간을 만들어야 한다는 말을 15년 전에, 20살도 안 된 고등학생이 그런 말을 해주더군요."

생각만으로 뿌듯한지 아들들 이야기를 할 때와 다르게 김 사장의 얼굴에 미소가 번지기 시작했다.

"그전부터 탐이 나는 녀석이었지만 그 말을 듣고 점찍어났었지요. 그리고 우리 아이리스가 멀티 쇼핑으로 성장하고 성공할 수 있었던 것도 다 그 녀석 덕분이라고 해도 과언이 아닙니다. 그뿐 아니라 중간중간 휙 지나가는 말로도 여러 가지 도움을 주곤 했습니다. 임 회장 세 아들에 비하면 비교도 안 되는, 인격적으로나 능력으로나, 어느 부분에서도 뛰어나지 않은 게 없는 녀석입니다."

최 회장은 김 사장이 세 아들들을 임 회장의 세 아들들이라 표현한 것을 알아채지 못했다. 그저 그렇게 뛰어난 능력과 인격을 가진 아이리스 차기 대표감이 누구인지 궁금했고 김단아 사장의 결심이 놀랍기만 했다.

"아무리 부탁을 하고 애원을 해도 아이리스 대표 자리는 싫다고 거절하던 녀석이 어제는 제 발로 저를 찾아와 그 자리에 앉겠다는 겁니다."

그 말을 하고 김 사장은 환한 미소를 지었다. 자신의 뜻대로 되어 뿌듯하다는 미소라기보다는 생각만 해도 좋은 것 같은 꾸밈없는 미소였다.

"왜냐고 물었습니다. 그랬더니 사랑하는 여자가 생겼고 그 여자를 지키기 위해서는, 그리고…… 그 집안의 허락을 받기 위해서는 제 도움이 필요하다고 하더군요. 그렇게 똥고집을 피우던 놈이, 재벌이라면 이를 갈고 특히 임 회장이라면 눈빛부터 무섭게 달라지던 녀석이 여자 하나에, 사랑 하나에 스스로 지옥이라고 생각했던 세계로 뛰어드는 놈을 보고 그냥 있을 수 없었습니다."

최 회장은 그때까지만 해도 아이리스 백화점 차기 대표 자리를 넘기기 위해 자신이 김 사장에게 어떤 힘을 실어줘야 하는 상황에 놓여 있나 싶었다. 그런데.

"회장님. 곧 아이리스 백화점 대표가 될 그놈을 세경이하고 짝지어주고 싶은데 허락해주십시오."

"네? 그 무슨……. 아니…… 여자가 있다고 하지 않았습니까? 그 여자 집안 허락을……."

"그 녀석이 우현이고, 그 여자가 세경이고, 그 집안이 미담입니다."

최 회장의 벌어진 입이 다물어지지 않았다. 뭔가에 홀린 것처럼 정신을 차릴 수가 없었다. 하지만 이내 평정을 되찾았다.

"김 사장님. 제가 권우현을 반대하는 이유는……."

"압니다, 회장님. 그런데요…… 제가 세경이를 많이 아끼는 거 아시죠?"

"네. 알고 있습니다. 세경이가 김 사장님께 많은 도움을 받고 있다는 것도요. 하지만……."

"세경이 참 곱고 예뻐요. 그렇게 곱고 예쁜 아이한테 상처가 있다는 게…… 그리고 그 상처가 저하고 다르지 않다는 게…… 저도 모르게 세경이에게 마음을 주게 했나 봅니다."

김 사장이 세경의 상처를 들먹이는 게 불쾌했다. 김 사장의 상

처가 무엇인지 몰라도 자신의 상처와 세경의 상처를 비교하는 것
도 맘에 들지 않았다.

단속을 한다고 했지만 세경의 결혼이 어떻게 끝났는지 암암리
에 퍼져, 알고 있는 사람들은 다 안다. 물론 재계 상위의 사람들만
이 아는 사실이지만.

그러니 세경의 상처를 따로 말하지 않아도 이미 알고 있을 김
사장이 자신의 상처와 같다고 하다니.

"회장님은 다르셨겠지만, 솔직히 우리 시대, 우리 같은 사람들
에게 결혼은 그저 사업계약서에 도장 찍는 일과 같지 않았습니까?
그래서 제가 임 회장하고 정략결혼을 하게 된 거고요. 사실 저는
경영 공부를 더 하고 아버지 뒤를 잇고 싶었어요. 하지만 결혼으로
도울 수 있다면 돕자는 마음으로 결혼을 했는데 말입니다."

지난 과거를 떠올리고 있는 김 사장의 얼굴이 어두워졌다.

"임철수하고 결혼한 첫날밤…… 아버지가 하시던 호텔 스위
트룸에 들어간 지 한 시간도 되지 않아서 웬 여자가 백일도 안 된
아기를 하나 안아 들고 쳐들어왔습니다. 그러고는 임철수 자식이
라면서 던져놓고 가더군요. 그게 창서예요."

최 회장은 자신이 잘못 들었을 거로 생각했다. 세경의 상처를
말하는 김 사장에게 느낌 불쾌감으로 인해 그녀의 말을 제대로 듣
지 못한 것으로 생각했다.

하지만 아니었다.

창서를 아들로 받아들이고 임 회장과 계속 사는 조건으로 유학
을 내세웠고 미국에서 경영학 공부를 하고 들어왔다. 그러면서

창서는 미국에서 태어난 임 회장과 김단아의 장남으로 위장함에 완벽했다.

"사실 그때…… 첫날밤에 끝냈어야 했습니다. 세경이처럼. 그런데……."

김단아 사장의 사연은 거기서 끝이 아니었다. 창서를 뺀 나머지 두 아들도 자신이 낳은 아들들이 아닌 밖에서 낳아온 아들들이라는 것이다.

최 회장의 충격은 쉽게 가시지 않았다.

김단아 사장의 기구한 일생이 불쌍해 보이기도 했고 밖에서 낳아온 아들 셋을 거두어 키운 그녀의 정신세계가 모질어 보이기도 했다. 하지만 웬만한 여자라면 견디기 힘들었을 현실을 견디고 버티고 사업까지도 완벽하게 해 온 그녀에게서 세경의 모습이 얼핏 스쳐 보였다. 그러자 김단아 사장이 무척이나 안쓰러워 보였다.

"그놈들하고 우현이는 다릅니다. 임 회장 때문에 재벌을 지독하게 혐오하고 창서 때문에 제 엄마가 죽음을 맞이해서 임 씨 부자라고 하면 이를 갈아요. 저보다도 더하게 말입니다. 아이리스를 물려줄 사람이 찾아보면 없었겠습니까? 솔직히 우현이보다 더 뛰고 나는 인재 하나 앉힐 수도 있지만……."

맞다. 준비된 CEO들은 찾아보면 많다. 그런데 왜 우현일까? 그것도 남편이 밖에서 낳은 혼외자인 우현.

"믿음은 능력과 비례하지 않거든요. 그만큼 전 우현이를 믿습니다. 제 친정 주식을 다 줄 만큼. 그리고 내 전부라고 할 수 있는 아이리스를 내줄 만큼이요. 그만큼 괜찮은 녀석입니다. 세경이한테 절대 상처 주지 않을 거예요. 회장님…… 우리 우현이 좀 잘 봐주세요. 우현이 엄마 대신 제가 이렇게 허락을 구합니다, 회장님."

남자들 못지않은 배짱으로 아이리스를 국내 최고의 백화점으로 키워낸 사업가다. 계열사였던 호텔과 리조트, 외식사업부를 아들들의 부실경영으로 남의 손에 넘기면서도 백화점 하나는 최고로 성장시켰다. 절대 쉽게 이루어낸 결과가 아니라는 것을 같은 경영인 입장에서 누구보다 더 잘 알고 있다. 그런 김단아 사장이 자신에게 사정하고 있다. 혼외자인 우현을 받아들여달라고.

최 회장에게서 무거운 한숨이 새어 나왔다.

"예전에 세경이가 결혼을 하겠다고 했을 때 지금처럼 반대했습니다. 반대만 한 게 아니라 협박도 했지요. 물론 세경이가 아닌 그놈한테…… 그런데 반대가 심할수록 세경이 고집도 만만치 않게 세지더군요. 그때…… 세경이 아빠였으면, 그러니까 동생 찬호가 살아 있었다면 딸을 위해 어떤 결론을 내렸을까를 고민했습니다. 허락했을 겁니다. 아예 반대도 못 하고 허락했을 겁니다. 그래서 허락해줬습니다. 그 결과가 후회를 만들고 있어서 이번에는 이렇게 생각하고 있습니다."

한숨을 내쉰 최 회장이 말을 이어갔다.

"세경이가 조카가 아니고 내 딸이라면…… 사실 조카라고 생각해본 시간보다 딸로 여기며 지내온 시간이 길긴 하지만 말입니다. 아직 결론을 못 내렸습니다만 다시 한 번 생각해보겠습니다. 내 딸 세경이를 위해 어떤 결론을 내려야 하는지."

김 사장과 헤어져 집으로 돌아온 최 회장은 세경이 방을 찾았다. 자고 있을 시간은 아니었지만 그 시간에 일을 할 거라는 예상은 못 했다. 일 때문에 퇴근도 늦게 했으면서 세경은 칼레 홈페이지에 올린 고객의 소리를 하나하나 체크해 나가고 있었다.

"바쁘니? 지금 당장 해야 할 일 아니면 큰아빠하고 술 한잔 어떠냐?"

"좋아요."

술 마실 시간도 기분도 아니었지만 술 한잔하자는 최 회장의 의도를 모르지 않기에 세경은 하던 일을 멈추고 최 회장과 함께 주방으로 내려갔다.

세경은 캔맥주를, 최 회장은 코냑 한 잔을 두고 마주 앉았다.

"바자회 준비는?"

"잘되고 있어요."

"며칠 안 남았구나."

"네."

두 사람이 나란히 한 모금씩 술을 마셨다. 그리고 아주 잠깐의 침묵이 흘렀고 최 회장이 웃음 걷힌 얼굴로 세경에게 물었다.

"세경아…… 큰아빠가 권우현을 끝까지 반대하면 어쩔 생각이니? 절대로 안 된다고 하면."

"음……. 생각을 안 해본 건 아니에요. 끝까지 허락을 안 하시면 어쩌나……. 다 내려놓고 그 사람하고 도망가야 하나…… 방법은 그것밖에 없는데……. 그렇게는 못할 것 같아요. 차마 큰아빠한테 그런 배신을 안겨드릴 수는 없을 것 같아요. 그냥 그 사람하고 서로 바라만 보면서 늙어가죠, 뭐."

"저세상 가면 아무리 내가 형이라지만 네 아빠하고 엄마가 날 아마 그냥 두지 않을 거다. 예쁜 딸 노처녀로 늙어가게 했다고."

"그래도 할 수 없어요. 그게 사실이니까요."

"녀석."

최 회장이 자리에서 일어섰다.

"이젠 늙어서 술 한 잔도 다 못 비우겠구나. 너도 건강 생각해서 적당히 마실 만큼만 마시고 들어가서 쉬어라. 일은 접고."

"네."

최 회장이 주방을 나가려다 말고 한마디 던졌다.

"너를 나보다 더 아낀다는 말은…… 그냥 하는 말이 아니었더구나."

세경에게 그렇게 권우현의 마음을 들먹이며 넌지시 허락 의사를 비추어주었다.

자식 이기는 부모 없다는 말이 괜히 나온 말이 아니다.

얼굴에 환한 미소와 생기가 느껴지는 세경의 얼굴에 다시 그늘지게 하고 싶지는 않았다. 그런 모습을 보느니 차라리 자신이 속상한 게 더 마음 편하다.

딸보다 더 귀한 조카의 행복을 위해 최 회장은 자신의 고집을 접고 말았다.

그 시간 김단아 사장은 술을 마시며 눈물을 흘리고 있었다.

그녀 앞에는 술잔과 함께 한 장의 사진이 있었다.

"네 아들 사랑 내가 꼭 지켜줄게. 미안하다, 인영아."

권인영. 그녀의 친구.

김단아는 친구인 인영을 임 회장 비서로 입사시켜주었다. 미국 유학 시절 알게 된 인영은 김단아가 유일하게 마음을 나눌 수 있는 친구였다. 하지만 인영의 집안이 갑자기 망하고 부모가 그 충격으로 함께 세상을 뜨면서 인영의 삶은 밑바닥으로 곤두박질쳤다.

그런 인영을 김단아는 경제적으로 보살펴주었다. 친구를 위한 순수한 마음으로.

그런데 불임 판정을 받고 임 회장이 밖에서 낳은 아들들을 키우면서 불안해졌다. 임 회장의 아이를 낳고 싶지는 않았지만 집안 내에 자신의 피붙이가 없다는 사실이 그녀를 힘들게 했다. 자신의 친정 자본으로 제일 그룹을 키워가는 임 회장을 보며 모든 걸 임 회장 손에 들어가게 할 수는 없었다. 무엇보다 자신의 피가 섞이지 않은 그 아들들에게까지 친정 집안의 피와 땀을 주고 싶지는 않았다.

그래서 인영을 임 회장 비서로 입사시켰다.

"또 밖에서 아이를 낳아올까 봐 불안해. 그러니 네가 감시해 줘."

하지만 그건 핑계였다.

미모가 뛰어난 인영을 임 회장이 그냥 놔둘 수 없다는 걸 알았고 그런 인영에게서 아이 하나가 태어나길 바랐다. 인영이 낳은 아이라면 자신이 낳은 아이와 다를 게 없다 여겼다.

그리고 예상대로 인영은 임 회장의 아이를 가졌다.

어떻게 임신을 했는지는 빤하게 답이 나온다. 임 회장이 억지로 취했을 거고 인영은 그 힘을 막지 못했을 것이다. 그래서 낳은 아이가 우현이다.

인영은 김단아의 생각을 몰랐기에 친구를 배신했다는 죄책감에 김단아 앞에서 무릎을 꿇고 오열했다. 미안하다고. 정말 죽을 죄를 지었다고.

김단아는 그 눈물을 보고 자신이 얼마나 잔인한 짓을 했는지 그때야 깨달았다.

무릎을 꿇고 죄를 빌어야 하는 사람은 자신이었다는 것을 인영의 눈물을 보고 깨달았다.

그 죄책감으로 우현을 데리고 오지 못했다. 인영이 아이를 키우기 원했고 그녀의 그런 애원을 뿌리칠 수 없었다.

그래서 물심양면으로 도왔다. 도움을 원하지 않았지만 자신이 할 수 있는 것이면 무엇이든 했다.

인영이 죽고 나서 그녀의 영정 앞에서 김단아는 제대로 울 수도 없었다.

"이렇게 해서라도 너한테 용서를 받고 싶다, 인영아. 그래도 다행이라면 네가 우현이 때문에 행복하게 살다 가서…… 저세상에서도 우현이 때문에 행복하게 해줄게. 마음 아픈 우현이 때문에 너 울까 봐…… 내가 어떻게든 우현이 사랑 꼭 이뤄지게 해줄게. 미안해, 인영아."

12

아침부터 세경의 휴대폰에 불이 나고 있었다. 뮤즈 원장부터 홍보실장과 행사 진행 스태프들에게까지 차례로 걸려오는 전화를 받고 나니 바자회 시작도 전에 기진맥진이다.

그런 몸을 이끌고 겨우 행사장에 도착했지만 곧바로 잡지사 기자들의 플래시 세례가 이어졌고 우현과 함께 포즈를 잡아달라는 요청이 쇄도했다.

먼저 도착했던 우현은 이미 그들에게 시달릴 만큼 시달렸는지 거의 달관한 표정으로 세경을 향해 힘없이 웃고 있었다.

늘 행사 때마다 함께해온 잡지사 기자 외에는 사진도 인터뷰도 피하고 싶었지만 우현과 칼레 그리고 뮤즈 원장을 생각해 모든 취재 기자들 앞에서 우현과 함께 그들이 원하는 포즈를 잡아주었다.

이어서 여기저기서 질문들이 쏟아져 나왔다. 우현이 그 질문들에 대한 답을 해주었지만 모두 받아주지는 않았다.

"궁금하신 점들을 모두 해결해드리고 싶지만 지금 이곳은 우리 두 사람만을 위해 마련한 기자회견장이 아닙니다. 좋은 취지를 가지고 바자회 행사를 하는 곳입니다. 원활한 행사 진행을 위해서 부디 저희 취재는 자제해주시고 행사 위주로 취재를 부탁드리겠습니다."

우현은 양해를 구하는 듯 여러 번 고개 숙여 인사를 하며 취재진을 해산시켰다.

일반인들에게 오픈하는 시간까지는 남아 있는 상태여서 세경은 김 원장과 함께 행사장을 돌며 도움을 준 참여자들에게 인사를 다녔다.

"최 이사님 전생에 나라 구했나 봐요?"

"네?"

"저런 남자를 꽉 잡았으니…… 생긴 것만 잘생긴 줄 알았는데, 왜 이렇게 매너는 좋은 거야? 그뿐이야? 아이고, 최 이사님 바라보는 저 눈빛 봐라? 아주 그냥 눈에서 하트가 줄줄 쏟아지네, 쏟아져."

"그러게요. 제가 나라를 구했나 봐요."

"난 나라를 팔아먹었나 봐. 이 나이 되도록 실패한 연애만 열두 번이고, 실패한 결혼이 두 번인 거 보면."

서글픈 말은 하는 김 원장은 전혀 서글프거나 아파하는 표정이 아니었다. 우현을 향해 시선을 고정한 채 아이돌을 향한 10대 소녀의 수줍은 미소와도 같은 얼굴을 하고 있었다.

"원장님."

"네?"

"내 남자예요. 저도 아껴 보는 얼굴인데 그렇게 노골적으로 보시면 곤란합니다."

"헛!"

김 원장의 표정이 순식간에 바뀌었다.

남의 남자를 대놓고 바라본 게 미안해서라기보다는 세경을 향한 놀라움이었다.

바자회 및 다른 업무로 인해 세경을 옆에서 보아온 시간이 짧지는 않다. 그 짧지 않은 시간 동안 김 원장은 세경과 사적으로 친해지기 위해 애를 썼다. 칼레의 이사라는 직함, 미담의 상속녀라는 신분 때문만은 아니었다. 그런 신분의 여자들이야 강남의 미용실에서 친분 맺기란 어려운 일이 아니다. 하지만 그들 대부분이 교만하고 불손하다. 그 비위 맞추기가 힘들고 까다로워 영업 목적이 아니면 인간적인 관계를 맺고 싶지 않았다. 하지만 최세경은 달랐다. 오만함보다는 우아함이 묻어나고 쉽게 다가설 수 없을 정도로 차갑고 냉정해 보이지만 가슴마저 차갑지는 않은 여자였다.

사적인 시간을 함께하며 가까워지려 해도 선을 넘기 힘든 그녀였다. 늘 수다는 자신이 떨었고 그 말을 기꺼이 들어주고 웃어주지만 세경은 업무적인 주제가 아닌 이야기는 먼저 꺼내지도 그리고 그런 이야기를 하지도 않았다. 그런데 오늘은 어쩐 일인지 자신의 농담에 농담으로 대꾸를 해준다.

사실 그녀의 어떤 반응을 보기 위한 말은 아니었다. 그냥 혼잣말처럼 던진 농담이었고 자신의 말을 늘 그랬듯이 웃어넘길 줄로만 알았는데 받아치고 있으니 쳐다볼 수밖에.

이번 바자회 준비를 하면서 세경이 많이 부드러워졌다는 건 알 수 있었지만 생각 외로 세경이 많이 바뀌어 있었다.

"사랑이…… 무섭네요."

김 원장의 말뜻이 무슨 뜻인지 아는 세경이 이번에는 그녀답게 미소만 보였다.

"참, 잊어버릴 뻔했네. 라인에 강 기자가 인터뷰 시간을 좀 앞당기자고 해서 11시로 변경했어요. 20분 뒤에 스카이라운지에서 보자니까 거기서 봐요. 난 메이크업 쇼 준비 상황 체크하고 올라갈 테니까 최 이사님도 행사장 지키다가 시간 되면 올라와요."

다른 잡지사들과 달리 매해 바자회 때마다 후원도 해주고 기사도 실어주는 잡지 '라인'과는 김 원장과 함께 늘 인터뷰를 해주었다. 이번에도 예외 없이 라인 기자와의 인터뷰 시간이 잡혔다.

"네. 이따 봬요."

백화점 오픈 시간까지는 5분밖에 남지 않았다.

세경은 인터뷰 시간까지 여유도 있고 오픈으로 인해 사람들이 더 많아지고 복잡해지기 전에 우현과 커피 한 잔이라도 할까 싶은 마음에 그에게 다가갔다.

바자회에 기증되어 온 제품들을 직접 정리하던 우현이 옆에 와 있는 세경을 보고 미소를 흘렸다.

"최 이사님 많이 바쁘십니까?"

"네, 좀."

"커피 한잔할 시간도 없으십니까?"

마음이 통했지만 세경은 괜히 한 번 튕겨봤다.

"글쎄요……."

"그렇게 나오시면 오늘 장사 안 하고 그냥 접는 수가 있습니다."

"권우현 씨가 그렇게 나오시면 오늘 나갈 보너스……. 날아가는 수가 있어요."

세경이 말한 보너스란 말에 우현의 입술이 슬며시 말려 올라갔다. 그리고 그녀의 귓가에 속삭이며 물었다.

"완판 하면 오늘 보너스에 서비스까지 얹어주라."

"몇 시간 만에 완판 하느냐에 따라…… 서비스가 1+1로 나갈 수도 있어요."

세경의 입술도 우현처럼 부드럽게 위로 올라가며 화사한 미소가 입가 어릴 때였다. 우현의 뒤쪽을 보던 그녀의 시선이 굳어지고 미소도 사라졌다.

그런 그녀의 표정을 보고 우현이 뒤를 돌아보았다.

창서가 두 사람을 향해 걸어오고 있었다.

"대놓고 좋아하네?"

우현은 야비하게 보이는 그의 웃음이 거슬렸다. 무엇인가 음흉한 속셈이 있는 사람처럼 그의 얼굴에 서린 웃음이 더욱더 짙어지고 있었다.

우현이 세경 옆으로 바짝 다가서는데 그녀의 얼굴이 심하게 경직되어 있었다. 예전 창서를 대했을 때와 달랐다.

"지금 뭐 하자는 수작이야?"

세경에게서 창서를 향한 험한 말이 튀어나왔다.

"수작은 무슨…… 둘이 얼마 만이지? 그때 이후로 처음인가? 감격적인 해후가 될 뻔했는데 세경이가 연애를 하는 바람에 그림이 좀 그렇게 됐네. 그래도 두 사람 인사는 해야 하는 거 아닌가? 첫날밤을 함께한 부부 사이였는데."

창서의 말에 우현의 시선이 옆에 있는 남자에게 향했다. 슈트를 잘 차려입었지만 거칠고 혈색 없어 보이는 피부와 눈 아래로 보이는 검은 그늘에서 막 살아왔을 것 같은 그의 과거가 보이는 것 같았다. 그저 창서를 따라온 수행비서라 생각했던 남자가 세경의 전남편이라니. 세경의 말대로 그 남자를 데리고 온 창서의 저의가 궁금했다.

"오랜만이다? 잘 지냈어?"

웃으며 건네는 민기의 인사를 무시하고 세경은 창서를 무섭게 노려보며 쏘아붙였다.

"왜 이러는지 모르겠지만 적당히 해. 참는데도 한도가 있어."

이번에는 창서가 세경을 무시했다.

"두 사람 인사하지? 이쪽은 세경의 전남편 홍민기. 그리고 이쪽은 예비남편 권우현. 하하하, 그러고 보니 그림 참 재미있네? 한 여자를 두고 전남편과 예비남편 그리고 한때 남편이고 싶었던 나까지 모두가 한자리에 모여 있는 이 자리…… 묘하게 웃기네."

창서의 입가에 비릿한 웃음이 다시 번졌다. 세 사람 사이에 흐르는 팽팽한 신경전을 혼자 즐기려는 듯 그의 입은 쉬지 않고 계속 지껄여댔다.

"오해하지는 마라. 일부러 데리고 온 거 아니야. 홍 실장 내 비서로 일하고 있어. 대한민국 최고 대학을 나온 인재가 여자 하나 잘못 만나 촌구석 슈퍼에서 배달이나 하고 있다는 건 인력 낭비 아니겠어? 그래서 내 비서로 채용했어. 난 오늘 엄마 백화점에서 열리는 바자회에 기부하는 마음으로 물건이나 하나 사갈까 해서 들렀고 홍 실장은 내 비서니 당연히 따라온 거고. 세경이 네가 말하는 수작 같은 거 없어. 그러니까 표정 좀 풀지? 두 사람 아직도 미련 있어? 왜 그렇게 긴장들 하고 그래? 특히 세경이 너. 예비남편 앞에서 전남편을 쿨하게 상대하지 못하면 예비남편 기분 더……."

"만나서 반갑습니다, 홍민기 씨."

창서의 말을 자르고 우현이 여유 있는 미소를 지으며 민기에게 인사를 건넸다.

갑자기 치고 들어오는 우현으로 인해 창서는 물론이고 민기까지 당황하는 모습이었다.

"고맙다는 말을 하고 싶었는데. 마침 잘 만났네요."

"뭐야, 너? 지금……."

창서가 우현의 말을 막아보려 했지만 우현은 그런 창서를 투명인간 취급하고 민기를 향해 자신의 할 말만 계속 이어갔다.

"만일 그쪽이 그 결혼을 끝내지 않고 세경이를 잡고 늘어졌다면 내가 불륜남이거나 가정파괴범이 되었을 것 같아서 말입니다. 괜찮은 여자를 보는 눈이 없어서 고맙고 그쪽이 비겁하고 비열한

358

인간이었다는 것도 고맙고. 그래서 내가 세경이를 가진 최고의 행운남으로 만들어주고 불륜남이나 가정파괴범이 아닌 당당하게 세경의 남편이 될 수 있도록 해준 게 고맙고. 뭐 고마운 게 한둘이 아니니 인사 정도는 해야 예의일 것 같았는데 알아서 나타나줘서 또 한 번 고맙네요."

"뭐요?"

발끈한 홍민기가 앞으로 나서려 했지만 창서가 저지시켰다.

"권우현. 너 이 새끼 미담 상속녀 최세경이 잡았다고 눈에 뵈는 게 없어?"

"임창서 사장님. 바자회에 기부하는 마음으로 왔으면 물건이나 사시죠? 칼레 부스에 제일 먼저 오신 걸 보면 아무래도 우리 제품을 구매하러 오신 모양인데 화장품 회사 사장님께서 바자회에 오셔서 다른 회사의 화장품을 산다는 건 자사 제품보다 저희 칼레 제품이 뛰어나기 때문이라고 해석해도 되겠습니까?"

"이 새끼가 진짜 눈에 뵈는 게 없나? 이게 어디서 감히!"

"사방에 날 주시하는 기자들이 깔려 있어. 제일마인 사장이 바자회에 와서 주접떨고 갔다는 기사 뜨게 해줄까? 아니면 그 아버지에 그 아들이라고 유흥업소 여자들하고 호텔 드나드는 임창서 대표 사생활을 까발려줄까? 건드리지 말라고 했을 텐데."

창서에게 가까이 다가간 우현이 조용히 속삭였다.

"너만 내 뒤에서 사진을 찍어 기사 내보냈다고 생각하지 마. 나도 네 뒤에서 찍은 사진 많아. 아직 풀지 않아서 그렇지."

우현의 말에 창서의 얼굴이 일그러지며 붉어지기 시작했다.

"너! 너⋯⋯."

"그럼 물건을 사시든가, 가시든가 이젠 빨리 결정하시죠? 기자들 부르기 전에."

"두고 봐, 너 새끼! 그 빤질빤질한 얼굴에 제대로 먹칠해줄 테니까."

분한 얼굴로 돌아서는 창서의 뒷모습을 보며 우현이 세경의 어깨를 자신 쪽으로 더 끌어당겼다.

"표정도 풀고, 마음도 풀어."

"우현 씨⋯⋯."

"다행이다."

"뭐가?"

"내가 더 나아서."

"⋯⋯."

"하긴 나보다 더 나은 남자는 흔하지 않지."

민기를 본 우현의 기분이 별로일 텐데 우현은 오히려 세경의 마음을 풀어주려 애를 썼다. 그 마음 씀씀이에 세경의 가슴이 뜨거워졌다.

"어, 사람들 몰려온다."

백화점 오픈을 하면서 사람들이 바자회장으로 들어오고 있었고 우현이 있는 곳으로 떼로 몰려오기 시작했다.

"최 이사님 오늘 보너스에 서비스 1+1까지 확실히 준비하셔야겠습니다."

세경의 귓가에 속삭여주고 우현은 부스 안으로 들어가 자리를 잡았다.

"어서 오십시오."

몰려드는 손님들에게 환한 미소로 인사를 한 뒤 본격적인 판매를 시작하는 우현을 보고 세경은 인터뷰가 있는 10층 커피숍으로 향했다.

웃으며 커피숍 안으로 들어가야 하는데 그녀의 표정은 밝지 못했다. 아무리 표정 관리를 하려고 해도 창서와 민기로 인해 엉망으로 망가진 감정이 쉽게 풀리지 않았다.

우현이 두 사람을 향해 한 방씩 날렸지만 그것만으로 세경의 가슴에 불붙은 화가 꺼지지는 않았다.

살아 있는 동안 보고 싶지 않은 얼굴을 다시 본 그 순간, 그것도 창서가 비서랍시고 데리고 와서 우습지도 않을 말을 지껄이는 순간, 세경은 창서가 던진 오물을 뒤집어쓴 기분이었다. 더럽고 분한 기분에 임창서를 향한 살인 충동이 느껴질 정도였다. 홍민기를 향한 분노보다는 창서를 향한 분노가 더 심하게 끓어올랐다.

우현이 그런 식으로 끼어들지 않았다면 세경은 창서에게 달려들어 얼굴을 다 쥐어뜯어 놓았을지 모른다.

자신과 다르게 조금은 이성적으로 아니, 두 사람을 향해 여유를 부리는 우현이 옆에 있어 그나마 감정을 다스릴 수 있었다.

하지만 상황이 지난 지금 또다시 화가 끓어오르고 있었다. 심호흡을 하고 자리를 잡고 앉아 냉수를 마시며 끓는 속을 달래느라 애썼다.

"최 이사님, 오랜만이에요."

사랑, 그 시린 유혹 361

라인의 강 기자가 세경 앞에 앉으며 인사를 건네왔다.

"아, 네. 오랜만이에요, 강 기자님."

"와! 연애하시더니 예뻐지셨어요?"

"빈말이라도 고마워요."

인터뷰에 집중해야 했다. 지금은 회사를 위해 그리고 우현과의 사랑을 위해 감정이 아닌 이성을 앞세워야 하는 시간임을 인지하고 세경은 애써 미소를 지으며 인터뷰에 응했다.

다행히 혼자가 아닌 김 원장과 함께할 수 있어서 그 시간을 어렵지 않게 넘길 수 있었다. 강 기자와 시간을 보내고 세경은 바자회 행사장이 아닌 김단아 사장을 찾아갔다.

차 한 잔을 대접받고 우현과 어떻게 지내느냐는 인사와 바자회에 대한 대화를 짧게 나눈 후 세경은 김 사장을 찾아온 이유를 꺼냈다.

"사장님. 제일마인…… 그냥 둘 수가 없을 것 같습니다."

김 사장은 예상했다는 듯 고개를 끄덕였다.

"창서가 최근에 들어앉힌 비서가…… 그놈이더구나. 그래서 예상했다. 세경이 네가 창서를 봐주지 않겠구나, 하고. 알아서 해. 그건 인정이나 사정으로 해결될 일이 아니니까. 아닌가? 그건 네가 당연히 그렇게 해결해야 하는 게 인지상정인 건가? 뭐, 여하튼 난 더 이상 임 씨 핏줄들이 어떻게 되든 신경 안 써. 그러니 알아서 해."

"네."

"세경아."

"네?"

"우현이 잘 부탁할게."

"사장님……."

지금 상황에서는 아들인 창서를 걱정해야 한다. 아무리 사업적인 마인드를 내세워야 한다고 해도 모성이라는 본능으로 창서를 걱정하고 봐달라고 해야 정상이다. 그런데 김단아 사장은 아들인 창서가 아닌 남편의 혼외자 우현을 걱정했다. 그것도 진심 어린 표정과 시선으로.

세경은 혼란스러웠다.

"우현이가 너 하나 얻자고 지옥으로 달려들었어. 이제 너는 우현이에게 전부다. 그럴 일도 없겠지만 우현이 아프게 하지 말고 잘해줘."

우현이가 달려들었다는 지옥은 어디일까? 세경의 눈동자가 불안해졌다.

김단아 사장이 그런 세경에게 우현이 최 회장의 허락을 얻고자 그동안 거절했던 자신의 제안을 수락했다는 이야기를 전했다. 그리고 그런 우현을 위해 최 회장을 만났다는 말까지 듣고 나자 세경의 눈가가 뜨거워졌다.

"내려가 봐야 하는 거 아니니? 조금 있으면 메이크업 쇼 시작할 시간인데."

세경이 시간을 확인하고 자리에서 일어섰다.

"그런데 사장님."

"응?"

"……아닙니다. 나가볼게요."

"그래. 그리고 언제 우현이하고 식사 한 번 하자."

"네."

세경은 온화하게 웃고 있는 김단아 사장의 미소를 보고 사장실을 나섰다.

'왜지? 왜 임창서보다 우현 씨를 더 감싸는 걸까?'

이유는 모르겠지만 분명한 건, 창서보다 우현을 걱정하고 감싸는 그 마음이 진심으로 세경의 가슴에 와 닿았다는 것이다.

우현을 향해 가는 발걸음이 급했다. 그녀를 위해 지옥이라 생각했던 세계를 마다하지 않고 뛰어든 그가 너무도 보고 싶었다.

바자회장은 나갈 때와 다르게 사람들로 가득 차 있었다. 사람들 사이를 요리조리 빠지고 피해 칼레 부스로 왔을 때 우현의 모습은 보이지 않았다. 홍보실에서 지원 나온 여직원 혼자 손님들을 상대하고 있었다.

"권우현 씨는?"

"모르겠습니다. 잠깐 자리 비우겠다고 나가시기는 했는데."

이유 없이 자리를 비울 우현이 아니다. 왠지 모를 불안감이 덮쳐왔다. 그리고 그 불안감은 옆에서 음흉한 웃음을 보이며 다가오는 창서를 보는 순간 극에 달하고 있었다.

"임 찾으시나?"

세경의 인상이 심하게 구겨졌다.

"전남편과 예비남편이 할 얘기들이 있나 봐. 둘이 똥 씹은 얼굴로 비상구로 가던데."

"뭐?"

"빨리 가보는 게 좋을 텐데. 권우현 빡 돌면 주먹 휘두르는 거 알잖아. 기자들도 많은 자리인데…… 최세경 예비남편인 권우현이 전남편에게 주먹 휘둘렀다는 기사가 바로 실시간으로 뜨는 거, 어마어마하게 재미있을 것 같지 않아?"

세경의 얼굴이 새하얗게 질려갔다.

창서가 노린 대로 우현의 폭력이 나올 때까지 민기가 우현을 어떻게 자극할지 모르는 일이다. 우현은 믿지만 홍민기는 믿을만한 인간이 아니다. 그야말로 비열한 거짓으로라도 우현에게 폭력을 유발하게 할 수 있는 인간이다.

세경은 두 사람이 갔다던 비상구로 정신없이 뛰어갔다. 하지만 그 자리에 우현은 없고 민기만이 그녀를 기다린 것처럼 서 있었다.

우현이 없다는 것을 안 세경이 몸을 돌리려 하자 민기가 그녀를 잡았다.

"놔!"

징그러운 벌레를 털어내듯 민기의 팔을 거칠게 쳐냈다.

"얘기 좀 하자."

하지만 세경은 아무 말도 듣지 않은 것처럼 그리고 그 자리에 아무도 없는 것처럼 무시하고 비상구 손잡이를 잡았다.

"세경아!"

민기가 아예 그녀를 자신에게로 끌어당겼다. 그의 힘에 그녀의 몸이 휘청거리며 중심을 잃었고 민기 품에 안기는 꼴이 되어버렸다. 그 기회를 노려 민기가 팔을 둘러 그녀를 안아버렸다.

"보고 싶었어. 네가 나를 끔찍하게 생각할 거라는 거 알면서도…… 윽!"

민기가 정강이를 부여잡고 그 자리에 주저앉았다. 분노가 실린 발길질의 위력은 민기를 그 자리에 무릎을 꿇릴 만큼 어마어마했다.

"으으윽."

고통스러운 표정으로 신음을 흘리는 민기를 향해 세경이 차갑게 쏘아붙였다.

"너란 쓰레기는 생각도 안 났어. 다시는 내 근처에 얼쩡거리지 마. 그랬다가는 쓰레기 소각장으로 직행하게 될 거야."

"많이 세졌는데? 하긴 너는 남자한테 빠지면 물불 안 가리는 성격이니까. 나한테도 그랬잖아? 나 하나 갖고 싶어서……."

세경의 주먹이 그의 얼굴로 날아들 때 민기가 그녀의 손목을 잡았다.

"여자가 감히 어디에다 주먹을 날려?"

민기가 세경의 나머지 손목까지 잡은 채 그녀를 벽에다 밀어붙이며 자신의 몸을 밀착시켜 그녀를 가둬버렸다. 그에게서 빠져나가려 발버둥 쳤지만 몸을 움직일 수 없을 정도였다.

"그 더러운 얼굴에 침을 뱉어주는 수가 있어. 이거 놔."

그의 얼굴에 야릇한 미소가 번졌다. 그리고 한 손으로 그녀의 가녀린 손목을 움켜쥐고 나머지 한 손으로 그녀의 얼굴을 강하게 잡아 고정시켰다.

"침을 왜 얼굴에 뱉어. 입으로 나누는 좋은 방법이 있는데……."

가까이 다가온 민기의 얼굴과 가까이서 느껴지는 그의 숨결에 세경의 속이 울렁거리기 시작했다.

"우욱."

구토가 쏠렸고 갑작스러운 세경의 구역질에 놀란 민기가 움찔했다.

"뭐야? 너……."

"우욱"

속에서 올라오는 것은 없었지만 헛구역질이 계속 이어졌다.

그녀가 구토라도 할 것 같았는지 민기가 재빠르게 세경에게서 떨어졌다.

"너…… 임신했니? ……결혼 전에 애부터 만든 거야? 최세경이? 하, 이럴 줄 알았으면 나도 그때 너하고 애부터 만들 걸 그랬나? 빼도 박도 못하게."

"쓰레기. 넌 네 아이와 여자를 죽인 살인마야."

"뭐?"

"네가 죽었어야 해. 너 같은 건 이 세상에 살 가치가 없는 쓰레기에 살인마니까."

세준에게 듣기를 그의 여자가 생명을 잉태하고 자살했다고 했다. 처음 세경은 그 여자의 죽음을 자신의 탓이라 여겼다.

홍민기가 자신을 속이고 아무리 그녀에게서 그를 빼앗아 온 게 아니라고 해도 자신의 선택과 결혼이 한 여자를 자살하게 했다. 그 사실이 가끔 민기의 배신보다 더 견디기 힘든 고통으로 다가올 때도 있었다.

민기를 그녀에게서 고의로 **빼앗아** 온 게 아니었다고 해도, 자신도 그에게 당한 처지였다고 해도, 이름도 얼굴도 알지 못하는 그 여인을 향해 용서를 빌곤 했다.

홍민기는 그런 자신보다 더 심한 죄책감과 아픔에 시달렸어야 했다. 그런데 자신의 아이를 가졌던 그 여자에게 그리고 자신의 분신이었던 생명에게 손톱만큼의 죄책감이나 미안함 같은 감정은 느끼지 않고 살았나 보다. 아니, 오히려 그전보다 더 **뻔뻔**해지고 더 추악해졌다.

그녀의 심한 말에 민기가 흥분하기 시작했다.

"쓰레기? 그런 쓰레기에 빠져 정신 못 차리고 차 갖다 바치고 카드 갖다 바친 게 누구였는데? 그런 주제에 내 인생을 이렇게 지옥으로 처박아버리고 넌 행복할 수 있을 것 같아?"

"죽이지 않고 지옥으로 처박은 것도 고마운 줄 알아!"

"웃기지 마. 잘못 건드렸어. 그때는 내가 가진 백도 없고 뭐도 없어서 네 큰아버지하고 최세준한테 당했지만 지금은 아니야. 이제는 나도 뒤 봐줄 사람이 생겼거든. 그래서 이제 내가 너를 지옥으로 밀어 넣으려고."

민기가 그녀를 다시 벽으로 밀어붙이며 몸으로 가두려 할 때였다.

쾅! 벽이 무너지는 것 같은 소리가 함께 그녀의 이름을 부르는 우현의 목소리가 들려왔다.

"세경아!"

눈 깜짝할 사이에 홍민기는 보안직원들 손에 팔이 꺾인 채 붙

들려 있었고 세경은 우현의 품에 안겨 있었다.

"괜찮아?"

세경이 고개를 끄덕였다.

그녀가 이상 없음을 살핀 우현의 시선이 날카롭고 무섭게 민기를 향했다.

우현이 일어나 민기에게 다가가려는데 그보다 세경이 먼저 그에게 다가갔다. 그리고 싸늘한 표정으로 조용히 속삭였다.

"지옥이 더 나았다는 걸 알게 해줄게."

"최세경!"

"데리고 가십시오."

우현의 말에 보안직원 두 사람이 민기의 팔을 잡고 비상계단으로 내려갔다. 끌려가듯 내려가는 민기의 악에 찬 목소리가 공간을 울렸지만 그 악에 귀를 기울이는 사람은 없었다.

"정말 괜찮은 거야?"

우현이 세경의 얼굴을 찬찬히 살피며 물었다.

"기운이 없을 뿐이지 괜찮아요."

"집으로 갈래? 당신 얼굴에 핏기 없어."

"그 정도는 아니에요."

우현이 한숨을 내쉬고는 주머니에서 휴대폰을 꺼내들어 어딘가로 전화를 걸었다.

"네, 사장님. 우현입니다. 세경이 다행히 아무 일도 없기는 한데 아무래도 사장님 집무실에서 쉬게 해야겠습니다."

우현은 괜찮다는 세경을 데리고 백화점 사장실로 향했다.

"그런데 어떻게 알았어요? 나 거기 있는 거."

"예전 잘 알고 지내던 기자를 만나서 차 한잔하고 왔더니 홍보실 직원이 당신이 어떤 남자하고 얘기하다가 하얗게 질려서 갑자기 비상구로 뛰어갔다는 말에 예감이 이상했어. 그래서 김 사장님께 보안직원 보내달라고 하고 달려온 거야."

"우현 씨가 오지 않았으면 아마 나 저 인간한테 주먹을 휘둘렀을지 몰라요. 너무 뻔뻔스럽고…… 못되고…… 쓰레기 같아서 인간으로 안 보여서."

"더 늦게 올 걸 그랬나?"

우현이 그녀의 어깨를 더 따뜻한 손길로 감싸 안으며 다독여주었다.

사장실에 올 때까지 세경은 우현의 그런 다정한 손길에 쉽게 안정을 찾았다. 하지만 사장실 안에 앉아 있는 임창서의 모습을 보는 순간 겨우 가라앉은 화가 다시 일렁였다.

마주 앉아 있던 김단아 사장이 자리에서 일어섰다.

"셋이서 해결해야 할 문제가 있는 것 같으니까 난 빠져줄게."

김 사장은 그렇게 사장실에서 나갔다.

마치 자신의 집무실인 것처럼 편한 자세와 여유로운 표정으로 앉아 있던 창서가 거들먹거리기 시작했다.

"우리 엄마 뭘 착각하시네. 우리 셋이 아니라 그쪽 둘하고 전남편하고 셋이서 해결해야 할 문제가 있는데, 그걸 모르시고 나가시네?"

"임창서."

"그래, 전남편과의 조우는 어땠어? 홍 비서가 너 많이 그리워했나 보더라. 저놈 몰래 그리웠던 몸과 마음 좀 달래라고 자리 마련해줬는데 별로였나 보네?"

"닥쳐!"

우현이 창서에게 달려들어 멱살을 잡았다.

"왜? 불안해? 세경이 전남편이 나타나서? 사실 세경이보다 네놈하고 마주하게 하려고 했어. 알잖아? 내 여자가 다른 놈이랑 했던 얘기 들을 때 기분 더러운 거. 그래서……."

퍽. 퍽. 퍽.

창서를 향해 날아간 우현의 주먹이 멈출 줄 몰랐다.

보다 못한 세경이 말렸다. 그렇지 않으면 우현의 손에 창서가 죽어 나갈 것 같았다.

피범벅이 된 채 숨을 헐떡이는 창서를 향해 우현이 차갑게 말했다.

"진짜 기분 더러운 건 네가 살아 있다는 거야. 내 어머니는 죽고 없는데 너는 살아서 잘 먹고 잘 살고 있다는 거지. 그리고 이번에도 건드리지 말아야 할 걸 건드렸어. 그래서 내 기분이 아주 더러워. 널 죽이고 싶을 정도로."

"미친놈. 너…… 끝났어. 날 이렇게 만들고 네가 무사할 거 같아. 합의 따위는 없어. 교도소에서 한 번 썩어봐, 새끼야!"

창서가 휴대폰을 꺼내 전화를 걸었지만 상대가 받지 않자 짜증을 내기 시작했다.

"어디 간 거야? 옆에 대기하고 있어야지."

짜증이 도를 넘겨 그의 입에서 거친 욕설까지 튀어나왔다.

"아침에 본 그 멍청한 비서를 찾는 거라면 그만둬. 그 인간 곧 최세준 부회장님 손에 넘겨질 것 같으니까."

창서의 눈동자가 불안하게 흔들렸다. 하지만 이내 다시 휴대폰으로 다른 번호를 찾아 통화를 시도했다.

"엄마, 빨리 와요. 빨리!"

—내가 셋이서 해결할 문제라고 했을 텐데.

"지금 사태가 어떻게 돌아가는 줄 알고나 말해요! 일단 빨리 오시라고!"

—아니. 사태가 어떻게 돌아가는지 관심 없다.

"엄마! 엄마!"

전화가 끊어지자 창서의 행동은 더욱 성급해지고 얼굴 표정은 더욱 흉악해졌다.

"니들 내가 고소할 거야. 아니, 바자회장에 있는 기자들 불러서 나를 이렇게 만든 게 누구인지 지금 당장 까발릴 거야. 권우현이 새끼 넌 끝났어."

겨우 중심을 잡으며 밖으로 나가려던 창서의 등에 대고 우현이 물었다.

"증거 있어?"

"뭐?"

"내가 네놈 얼굴을 그렇게 만들었다는 증거 있냐고?"

"증거? 왜 없어! 여기 우리 셋이 있었는데…… 너, 이 새끼!"

분하고 억울한 듯 씩씩거리던 창서가 씩 웃었다. 그 웃음이 세경은 기분 나빴지만 우현은 그보다 더 여유로운 미소를 보였다.

"무식한 놈. CCTV! 사장실 입구에 있는 CCTV가 증거지. 분명 내가 들어올 때는 멀쩡했고 니들이 들어오고 나서 이런 얼굴이 되었으니, 아주 확실하지. 감옥에서 썩게 할 거다, 권우현."

"미안하지만 사장실 앞에 CCTV 고장 난 거야."

"웃기지 마. 그런 말도 안 되는……."

우현이 휴대폰을 꺼내 통화 버튼을 눌렀다.

"우현입니다. 사장님 집무실 입구에 있는 CCTV는 고장 나서 찍히지 않는 거로 해주십시오."

"너, 이 새끼!"

남은 기운을 우현을 향한 욕으로 쏟아부었는지 창서가 소리를 지르고 나더니 바로 숨을 몰아쉬며 소파로 무너져 내렸다.

"네, 알겠습니다."

통화를 끝낸 우현이 창서의 멱살을 다시 잡고는 그를 사무실 밖으로 끌어내기 시작했다.

"당장 꺼져. 네가 무슨 수를 써도 절대 안 먹혀."

"너, 너…… 너 이 새끼 도대체 무슨 수작을 부리는 거야?"

"무슨 수작을 부리는지 지켜봐. 꼭 지켜봐라, 꼭."

창서를 밖으로 내몰고 나자 우현도 기운이 빠졌는지 소파에 주저앉았다. 그리고 세경을 바라보며 제 옆자리를 툭툭 쳤다. 그 옆으로 세경이 다가와 앉았다.

"설마 내가 사람 패는 거 보고 충격받은 건 아니지?"

"당신이 팬 게 사람이었나? 난 사람으로 안 보였는데."

세경의 말에 우현이 쿡쿡거리며 웃었다.

"잘했어요. 당신이 안 팼으면 내가 팼을 거야."

소파에 머리를 기대고 있는 우현의 어깨로 세경이 머리를 기대왔다.

"힘들게 해서 미안해요."

최 회장한테 치여서 지옥이라 생각했던 세계로 발을 들여놓기로 하고, 기자들 앞에서 고개 숙여 인사하며 잘 봐달라며 억지웃음을 지어 보여야 하는 이유가 그녀 자신인 것 같아 미안했다. 더구나 민기와 창서에게서 그녀를 지켜주기 위해 고군분투하는 모습에 가슴이 먹먹할 정도다. 자유로운 영혼으로 사는 게 더 어울릴 것 같은 그가 그렇게 세상에 물들어가고 지쳐가는 게 슬플 만큼 그녀를 아프게 하고 있다.

"나한테 할 말이 아닌 것 같은데?"

그러나 그는 여전히 그녀에게 웃음을 보여주고 여유를 보여준다.

"어쨌든 나 때문에 지금 이런 상황이……."

"지금 이런 상황을 두고 하고 싶은 말이 있다면 미안하다는 말이 아니라 멋있다는 말을 해야지. 주먹 쓰는 모습이 남자답다거나, 그 모습에 반했다거나. 그럴 말을 해줘야 하는 거야."

"당신이 여기에서 일할 거라는 거 알고 있어요. 그거…… 우현 씨가 원해서 선택한 거 아니잖아."

"알고 있었어? 사실 내가 원해서 선택한 거야. 음…… 내 여자가 칼레의 이사님이니까 나도 타이틀 하나 정도는 가지고 있어야

밖에서도 안에서도 꿇리지 않을 것 같아서 말이지. 그래서 덥석 잡은 거야. 나…… 생각보다 옹졸하고 속 좁아. 어떡하냐? 꽤나 멋있는 줄 알았는데 이렇게 좀스럽고 못난 남자 만나서."

"멋있게 좀스러운 것 같아서 봐줄 만해요. 누구처럼 지저분하게 좀스럽지 않아서 괜찮아요."

"우리만 생각하기로 했어. 우리만. 당신하고 내가 원하고 지키고 싶은 것들을 위해 포기하고 버리는 게 아니라 좀 이기적인 길을 선택했을 뿐이야. 그러니까 나한테 미안할 것도 고마울 것도 없어."

"난 좀 독해지기로 했는데."

"독해져? 당신이?"

우현의 말에 세경은 그저 작은 미소만 보였다.

"궁금해지는데? 당신 독해진 모습."

"기대해도 좋아요."

그곳이 어디인지, 창서가 어떻게 되었는지, 민기가 어떤 일을 저질렀는지 모두 잊은 채 두 사람은 키스를 나누었다.

다음 날 아침 인터넷은 물론이고 신문의 사회면을 떠들썩하게 장식하는 기사가 떴다.

〈제일 마인 임창서 대표 룸살롱 여종업원 폭행〉

창서는 이른 시간에 룸살롱을 찾았고 술시중을 들던 여종업원에게 2차를 나가자는 제안을 했지만 여종업원이 거부. 그로 인해 폭행이 시작됐고 단순 폭행이 아니라 룸살롱을 아예 쑥대밭으로 만들어놓을 만큼 날뛰었다는 기사다.

창서는 불구속 입건이 되었으나 불법인 성매매를 제안한 창서의 죄질은 법을 떠나 도덕적인 지탄을 받게 되었다. 결국 그날 오후 임철수 회장이 자식을 잘못 가르친 죄라며 공개적으로 고개를 숙이는 사태까지 벌어지고 말았다.

그 기사를 인터넷으로 접한 세경은 쓴웃음을 흘리며 김단아 사장에게 전화를 걸었다.

"사장님, 괜찮으세요?"

창서의 잘못이 모친인 아이리스 백화점 김단아 사장에게까지 영향이 미쳤을 것 같은 생각에 김 사장이 걱정되었기 때문이다.

―그동안 임 회장 때문에 동정표 좀 받아놔서 그런지 나한테 쏟아지는 비난의 화살은 좀 덜해. 그리고 이미 이혼 도장 찍었다는 사실을 아는 사람들은 다 아니까 언론이 굳이 나까지 끌고 들어가지 않는 것 같기도 하도.

"자료 내일이면 다 들어갈 겁니다."

―아깝다. 그거 보고 뒤로 넘어갈 임철수 얼굴을 못 봐서. 애 못 낳는 병신한테 아들 셋 안겨줬으면 잘 키웠어야 하지 않느냐고 길길이 뛰던 그 얼굴을 더는 안 보고 살 수 있어 좋기는 한데 그 자료 보고 얼굴에서 불을 뿜는 그걸 못 보는 건 좀 아쉽다.

"네? 그게 무슨 말씀……."

―아니야. 임 회장 열 받아 넘어갈 거란 말이었다. 우현이하고 식사 한 번 하자니까.

"네. 오늘 우현 씨하고 얘기할게요."

−그래. 들어가라.

통화를 끝낸 세경이 김 사장의 이해되지 않는 말을 떠올렸다.

'애 못 낳는 병신…… 아들 셋…….'

그러다 문득 책상 위에 놓인 스케줄 표를 들여다보았다.

지금은 우현이 피임을 철저하게 하지만 일본에서 첫 관계를 맺을 때는 어떤 조치도 없었다. 그녀의 심장이 두 배의 빠르기로 뛰기 시작했다.

13

대표이사직을 맡기 위한 준비로 인해 우현은 아이리스 백화점으로 출근 아닌 출근을 했다. 이미 아이리스를 우현에게 물려주겠다는 마음을 먹었던 김단아 사장은 오래전부터 준비를 철저하게 해왔었다. 그렇기에 그를 위한 영업 본부장 자리가 마련되어 있었고 그 자리에 앉기 위한 수업이 시작된 상태다.

하루 종일 김 사장 옆에 마련된 책상에 앉아 김단아 사장의 특훈을 받은 우현은 저녁 시간 육체는 물론이고 정신까지 거의 탈진에 가까운 상태가 되어버렸다.

"일은 직원들이 하고 사장은 뒤에서 돈만 거둬들이는 줄 알았지?"

"그건 앵벌이죠. 사장님을 그렇게 생각한 적 없습니다."

"어쨌거나 쉬운 건 없다. 네가 먹여 살려야 할 식구들에 대한 책임감을 잊지 말고 직원들도 세경이처럼 품어라. 뭐 똑같은 마음으로 품지는 않을 테지만."

우현은 조용히 고개만 끄덕였다.

"퇴근하자. 술 한잔할까?"

"죄송합니다. 세경이하고 약속이 있어서."

"쳇. 애인 없는 사람 서러워서 어디 살겠니? 있는 내내 통화만도 여러 번 했으면서. 알았다. 들어가 봐라."

"넵!"

세경에게 달려가는 우현의 발걸음이 급했다.

우현의 아파트에서 기다리고 있겠다는 얘기를 들은 다음부터 몸과 마음이 달아 있었다. 유난히 많았던 신호 걸림과 교통체증을 뚫고 달려온 자신의 아파트. 그곳에서 세경이 저녁상을 차려놓고 그를 기다리고 있었다.

"생각해보니까 당신이 해준 음식만 먹었지 내가 당신한테 빵하나 구워준 적이 없어서…… 성의 없어 보이는 간단한 음식이지만 그래도 고생해서 만든 거예요. 맛있게 먹어줘요."

식탁 위에는 스테이크로 보이는 구운 고기와 채소 샐러드가 있었다.

"스프는…… 만들다가 망쳐서 버렸어요."

"미안한데…… 정말 미안한데……. 이 음식 차린 당신 생각하면 이것부터 먹어줘야 하는데…… 나 지금 당신이 더 급하게 당긴다. 아주 급하게."

우현은 말처럼 급하게 그녀의 입술 사이를 파고들었다. 굶주린 사람처럼 그녀의 입속을 샅샅이 훑으며 자신의 입속으로 그녀의 타액과 혀를 빨아들였다.

"으으응."

기습적인 우현의 키스는 무척이나 짜릿하고 자극적이었다. 자신도 모르게 약한 신음이 새어 나올 정도로 입술과 혀로 전달되는 감각이 온몸을 휘감기 시작했다.

몹시도 그리워했던 사람들이 만난 것처럼 서로를 채워나가려 할 때 우현의 손이 침대 옆 탁자로 향했다.

세경이 그의 손을 잡고 고개를 저었다.

"피임하지 마요."

"괜찮겠어?"

"상관없어요."

세경은 잡은 우현의 손에 깍지를 끼고 그 손등에 입을 맞추었다.

그녀의 입맞춤에 우현은 포근한 미소를 보여주며 그녀를 소중하게 안았다.

"어떡하지? 정말 괜찮은 거야?"

세경의 몸속에서 그대로 사정을 해버린 우현이 그녀를 따뜻하게 안아 등을 다독여주며 물었다.

"우현 씨. 내일 큰아빠한테 인사 가요."

"응?"

"내일 정식으로 인사하고 날 받아요."

우현이 상체를 일으켜 의아한 눈빛으로 세경을 바라보았다. 뜬금없는 말에 어리둥절해하는 그에 비해 그녀는 평온한 얼굴이었다.

　"갑자기 왜?"

　"임신한 줄 알았어요. 아니라는 걸 확인하기까지 많은 상상을 했어. 입덧하는 나를 위해 당신이 밤늦게 어떤 음식을 찾아 헤매는 거, 배부른 내가 뒤뚱뒤뚱 걷는 거, 내 옆에서 당신이 배 속 아이를 위해 동화책을 읽어주는 거, 아이를 낳을 때 내가 당신 머리를 쥐어뜯는 거……. 그리고 셋이 함께 잠들고, 소풍 가고……. 뭐 이런 것들. 그걸…… 그냥 버리고 싶지 않아졌어. 사실 조금 두렵지만……. 과연 그렇게 그림처럼 살 게 될 수 있을지 장담은 할 수 없지만 그 행복이 그냥 상상으로만 하고 버려지는 게…… 아팠어."

　우현이 세경을 다시 따뜻하게 안아주었다.

　"내가…… 당신 상상만으로 행복하지 않게 해볼게. 우리 둘이 그러다 셋이 되고 넷이 돼서 사는 게 상상한 것보다 더 행복하다고 느낄 수 있게 그렇게 해볼게. 고맙다, 세경아. 네가 상상하는 행복에 내가 있어서."

　"집에서 허락할 때까지 기다리려고 했는데……. 그리고 굳이 결혼이 아니어도 이렇게 만나고 함께 시간을 보내는 것만으로도 행복하게 지낼 수 있다고 생각했는데……. 당신하고 가정을 꾸리고 가족을 만들고 싶은 마음이 드는 순간부터 그 시간을 빨리 앞당기고 싶어졌어. 시간을 허투루 버리고 싶지 않아졌어. 그래서 내일 당장 인사 가고 날 받으려고. 우현 씨…… 당신은 어때요?

내일 당장 인사 가고 결혼 날짜 바로 잡고 하는 거."

세경의 질문에 우현이 그녀의 몸 위로 올라왔다.

"아이를 만들기에 한 번은 좀 부족한 감이 있지 않아?"

"……?"

"순서를 바꾸는 것도 괜찮지 않을까? 아이 먼저 만들고 인사 가고 결혼식 하고. 어차피 오늘은 인사 가기 늦었고 내일 가야 하니까 오늘은 아이 만드는 거에만 집중하자."

"우현……."

그의 이름을 부르는 그녀의 입술을 우현은 뜨거운 숨결을 불어 넣으며 덮쳐버렸다.

그리고 또 한 번 그녀를 폭풍같이 안으며 우현은 계속 그녀의 귓가에 속삭여주었다.

"사랑해."

제일 그룹 본사 회의실에서는 주주들의 긴급회의가 열렸다.

"이게 도대체 어떻게 된 일입니까?"

주주들의 성난 목소리가 임 회장을 향해 날아들었고 임 회장은 진땀을 흘리고 있었다.

"일단 진상을 파악해야……."

"진상은 무슨 진상? 여기 이렇게 확실한 자료와 문서들이 있는데 진상 파악할 게 뭐가 있다는 겁니까?"

이사들 앞에 놓인 자료와 문서들은 임창서가 저지른 부실 경영 자료들과 비리 자료들이다. 제일 마인이 시작부터 생각과 다르게 어려움을 겪자 창서는 이사들의 동의 없이 회사채를 발행하여 사채를 끌어다 썼다. 자신의 명의로 되어 있는 빌딩을 담보로 자금을 급하게 돌렸고 유령회사를 만들어 제일마인의 제품들이 중국으로 수출을 하는 것으로 매출을 올리고 서류상의 회사 이익 창출을 만들어냈다. 그렇게 해서 임 회장의 신뢰를 받고 제일그룹의 자금을 받아 쓰려고 했고 임 회장은 그 자금을 마련하기 위해 개인적으로 비자금을 만들어 빼돌렸다.

하지만 임 회장이 창서의 잔 수를 알게 되어 창서에게 비자금을 내주지 않자 창서는 이자와 일부 회사채의 부도를 막기 위해 자신이 보유한 제일 주식을 팔기 시작했다.

마인 코스메틱을 합병하기 위해 들어간 제일그룹의 자금이 임창서로 인해 부실 경영으로 부도 위기를 맞은 현실과 임 회장이 챙긴 개인 비자금, 그리고 그와 임창서가 뿌리고 다닌 스캔들로 인한 그룹 이미지 실추를 이유 삼아 긴급으로 열린 회의에서는 임창서 퇴출은 물론이고 그 영향이 임 회장에게까지 미치고 있었다.

임 회장은 창서의 퇴출과 제일 마인에 CEO를 두어 경영을 분리시키고 자신도 일선에서 물러서는 것으로 결론지었다. 그렇지 않으면 제일그룹 내부의 문제로 끝나는 것이 아니라 검찰 조사와 세무조사까지 이어질 가능성이 있기 때문이었다. 지킬 수 있는 건 지켜야겠다는 계산하에 내린 최선이었다.

눈물을 머금고 회사를 나오는 길에 임 회장은 그 자료를 뿌렸을 김단아 사장에게 전화를 했다.

"네 뜻대로 된 것 같아 살 것 같지? 김단아! 곧 네 차례야. 내가 이렇게 당하고 있지만은 않아. 너도 곧 아이리스 내놓게 할 거야!"

─어떻게 알았어? 나 곧 아이리스 내놓을 거라는 거. 그리고 당신 자리에 내가 들어갈 거야. 제일그룹 회장 자리 이제 내 차례라는 거.

"뭐? 이 여편네가 미쳤나? 무슨 헛소리야?"

─창서가 판 주식 다 내가 가져왔거든. 그것뿐인가? 창훈이나 창민이가 어려울 때마다 내다 판 주식도 다 내가 사들였거든. 거기다가 미담에 있던 주식도 내가 가질 거고. 그러면 당신이 소유한 것보다 내가 보유한 주식이 더 많아질걸? 창서가 당신 모르게 사고 친 게 많아. 그거 당신이 막아주지 않으면 골치 아파질 거야. 잘들 헤쳐나가 봐.

"야! 김단아!"

전화는 끊겼다. 하지만 그건 임 회장과 창서가 파멸의 길로 가는 시작이었다.

"화면보다 실물이 낫네요. 호호호."

"그러게요. 꼭 한 번 뵙고 싶었는데, 이렇게 어려운 손님으로 만나 뵐 줄 몰랐어요. 호호호."

무표정하게 앉아 있는 최 회장과 세준과 다르게 최 회장 부인인 윤 여사와 세준의 부인 지원은 소녀처럼 수줍은 미소를 보이며 우현을 호의적으로 대하고 있었다. 세준의 동생 세원도 우현을 향한 시선에 호의를 담고 있었다.

"왜 갑자기 결혼을 당장 하겠다는 거야?"

"속도위반?"

최 회장의 물음에 세원이 우현을 향해 짓궂게 물었다.

"가정을 꾸리고 가족을 만들고 싶어요. 큰아빠."

세경의 대답에 최 회장이 당황하는 것 같았다.

"나도 세준 오빠처럼 내 가족을 만들고 싶어요. 나를 아껴주고 사랑해주는 사람 그늘에서 가족으로 살고 싶어요."

"세경아……."

최 회장의 눈가가 붉어졌다.

"허락해주세요, 큰아빠."

최 회장의 시선이 우현에게 향했다.

"하나만 묻지."

"네."

"자신 있나?"

"네?"

"자신 있냐고? 세경이 행복하게 해줄 자신."

"네. 세경이와 생각하는 행복이 같습니다. 그래서 자신 있습니다."

"그 말에 책임 못 지면 어떻게 되는 줄 아나?"

"……모르지만 끝까지 책임지며 잘 살겠습니다."

"번드르르한 말은 그만하고. 부회장한테 물어봐. 세경이 힘들게 하면 어떻게 되는지 알려줄 거니까."

"네."

최 회장이 잠시 침묵을 지켰다.

"내가 반대한다고 둘이 헤어질 것도 아니고. 이미 방방곡곡에 사귀는 사이라고 떠벌려놨으니 결혼해야지, 뭐. 해! 그렇게 하고 싶으면 해!"

최 회장의 발언에 우현과 세경만 웃는 게 아니었다.

최 회장을 뺀 나머지 모든 가족이 웃으며 둘의 결혼을 축하해 주었다.

저녁을 대접받고 나오는 길에 우현이 세경에게 물었다.

"부회장님께 물어볼 말이 있었는데. 당신 힘들게 하면 어떻게 되는지."

"아, 그거! 아마…… 새우잡이 배에 끌려가는 게 아닌가 싶어요."

"응? 새우잡이 배?"

세경이 웃으며 고개를 끄덕였다.

"왜? 왜 새우잡이 배야?"

"음…… 세준 오빠한테 홍민기를 어떻게 했냐고 물어봤더니 오빠가 그러던데요, 새우잡이 배에 태워 보냈다고."

우현이 쿡쿡거리며 웃음을 터뜨렸다.

"절대 당신 힘들게 하거나 울리지 말아야겠다."

"그래주면 고맙겠어요. 정말로. 우리 서로 힘들게 하지 마요."

"그래, 그러자. 우리 그동안 너무 힘들었다. 이젠 힘들지 말고 즐겁게만 살자."

그로부터 한 달 후 두 사람은 간소하지만 따뜻한 사람들 속에서 진심 어린 축복을 받으며 결혼식을 올렸다.

주례도 없었고 사회도 없는 결혼식이었다.

최 회장과 김단아 사장의 격려와 축하 인사를 시작으로 두 사람이 하객들 앞에서 잘 살겠다는 약속을 했다.

우현이 신부인 세경에게 기타를 직접 연주하며 노래를 불러주었고 세경은 신랑인 우현에게 피아노 연주를 들려주었다.

그리고 두 사람은 결혼식에 참석해준 하객들에게 감사의 의미로 피아노와 기타가 어우러진 연주곡을 들려주기도 했다.

형식에 얽매이지 않은 작은 결혼식은 두 사람의 사랑과 행복으로 아름답게 치러졌다.

결혼식을 올린 지 한 달이 지난 후 우현은 아이리스 백화점 영업 본부장으로 정식 발령을 받았다.

그로부터 한 달 후.

우현의 집무실에 노크 소리가 들려왔다.

"네."

당연히 비서가 들어올 거라 생각했는데 안으로 들어온 사람은 세경이었다.

"어?"

이제는 아내가 된 그녀가 연락도 없이 찾아온 것도 의외인데 그녀의 손에는 케이크가 들려 있었다.

"빨리 봐요."

그녀가 테이블에 케이크를 올려놓고 초를 꽂아 불을 붙였다.

우현의 머릿속이 빠르게 돌아가기 시작했다.

'오늘 기념해야 할 날이 뭐가 있지?'

하지만 아무리 생각해도 오늘 특별하게 기념을 해야 하거나, 축하할 날은 떠오르지 않았다. 세경의 생일도, 그의 생일도 아니다. 결혼기념일은 더더욱 아니고, 프러포즈를 했던 날도, 처음 만났던 날도 아니었다.

그러니 불안감이 짙어지기 시작했다.

'기념일 같은 거 챙기지 못하면 평생 좋은 소리 못 듣는다고 하던데…….'

"뭐 해요? 바빠요? 그래도 잠깐 와서 촛불은 좀 끄고 축하는 하자고요."

천천히 그녀에게 다가갔다.

"하나, 둘, 셋하면 같이 꺼요."

"저기……. 미안한데…… 오늘이 무슨 날인지 모르겠어. 뭘…… 축하해야 하는지도……. 미안."

세경에게 솔직하게 털어놓았다. 그녀에게 어떤 응징을 받더라도 그녀 앞에서 솔직하고 싶었다.

"일단 촛불부터 끄고. 하나, 둘, 셋."

의미도 모른 채 우현은 세경을 따라 촛불을 껐다.

"자, 이거."

그녀가 핸드백 안에서 작은 상자를 꺼내 그에게 내밀었다.

포장이 생략된 선물상자였다.

문득, 그녀에게 프러포즈 했던 날이 떠올랐다. 그렇지만 그녀가 그에게 또 다시 프러포즈 할 리는 없었다. 더구나 이미 결혼도 했으니.

우현이 천천히 상자를 열었다.

"이게……? 세경아……."

상자 안에는 산모수첩, 그리고 두 줄이 선명한 임신 테스터가 들어 있었다.

"수첩 안에 우리 아가 사진도 있어요."

급하게 수첩을 펼치니 그 안에 초음파 사진이 있었다. 그저 까만 점에 불과한 그 생명체가 두 사람의 아기라고 했다.

그녀를 알고 마음에 담으면서부터 늘 가슴이 벅차고 설렜다. 하지만 그것과 다른 설렘이 그를 감동시켰다.

"고마워."

"아니, 내가 고마워요."

"뭘 어떡해야 하지……. 하, 이제 아빠가 되는 건데…… 당신한테도, 아기한테도…… 뭘 해줘야 되는 건지 모르겠어. 너무 기쁘고 고맙고 행복한데……."

"우현 씨가 해줄 거 있어요."

"뭔데? 뭐 해줄까? 맛있는 거 사줄까? 아니면 뭐……."

"이따 퇴근할 때 새우튀김 사다줘요. 그거 먹고 싶어."

우현은 당장 먹으로 가자고 했지만 세경이 고개를 저었다.

"회사 들어가 봐야 해서 먹을 시간 없어요. 그리고 집에서 자기가 사다준 거 먹고 싶어."

"알았어. 그깟 새우튀김쯤이야. 잡아서라도 대령하지, 뭐."

집무실을 나가는 세경에게 우현은 다시 한 번 고맙고 행복하다는 말을 해주었다.

그러나 그날 저녁, 우현은 그깟 새우튀김이라고 우습게 봤던 그 음식을 구하기 힘들어 쩔쩔맸다.

새우튀김을 포장해가면 바삭함도 사라지고 차가워져 맛이 없다는 이유로 가는 일식집마다 모두 포장 판매를 거절하는 것이 아닌가.

결국 우현은 사정을 하기 시작했다.

"사장님, 아내가 임신을 해서 입덧을 하는데 새우튀김을 먹고 싶다고 해서. 부탁드립니다. 만일 이거 구해가지 못하면 저는 새우잡이 배를 타게 될지 모릅니다. 제발! 새우튀김 열 마리만 포장해주십시오."

"어허, 참. 대단한 애처가이십니다."

그렇게 어렵게 구해온 새우튀김을 접시에 담아 건네는 우현을 보며 세경은 진정한 행복에 눈물이 맺혔다.

그리고 아내와 아이를 위해 살아가는 기쁨에 젖은 우현도 세경의 붉어진 눈가를 보며 울컥했다.

이제는 잃고 싶지 않은 소중한 시간만을 만들어가기 바라며 시간이 지나 눅눅해진 새우튀김을 서로의 입속에 넣어주며 미소 지었다.

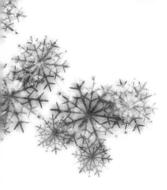

에필로그

좋은 기억이 없는, 아니 끔찍한 기억만 남아 있는 섬 제주도.

우현을 만나지 않았거나 결혼하지 않았다면 제주도 출장은 없었을지 모른다. 하지만 그녀 옆에 있는 남편 우현으로 인해 제주도가 더 이상 끔찍한 섬이 아니었다.

출장으로 인해 제주도에 도착한 세경의 마음은 비취색 바다와 같다.

백년초 성분이 함유된 신제품이 연구 개발 되어 출시를 앞두고 있다. 그로 인해 제주도에 있는 백년초 농장과 계약 문제로 출장을 왔고 준비된 대로 문제없이 계약이 이루어졌다.

김 비서를 보내고 예약이 되어 있는 호텔에 투숙했다.

편한 옷을 갈아입고 화장을 지우는데 우현에게서 전화가 걸려왔다.

"소윤아빠?"

−어디야?

"호텔."

−벌써? 계약은 잘 진행됐고?

"응. 자기는?"

−난 호텔로 가는 중. 저녁 먹기에는 이른 시간이고, 혼자 뭐 할 거야?

"스파 예약해놔서 내려가려고. 그리고 나서 간단하게 룸서비스 시켜 먹으려고."

−그래, 그동안 일하고 육아에 지친 피로 다 풀어.

"그러려고."

−그래도 나 없이 혼자 있으니까 좀 외롭지 않아?

"아직은."

−서운하다.

"자기는 외로워?"

−응. 아주 많이.

"자기도 빨리 호텔에 가서 사우나라도 하고 쉬어요. 사장 취임하고 오늘까지 쉬지도 못했잖아."

−그래야겠다. 나중에 다시 통화하자.

우현과 통화를 끝낸 세경은 소윤이 있는 최 회장 집에 전화를 해 소윤이 잘 놀고 있는지, 아픈 곳은 없는지 통화를 했다. 그리고 예약해놓은 호텔 스파로 향했다.

은은한 아로마 향기와 조명만으로도 그녀의 피로가 풀리는 것 같았다. 족욕을 하고 월풀에 몸을 담그며 세경은 우현과 함께 즐겼으면 좋았을 것 같다는 생각을 했다. 혼자 즐기는 그 시간이 나쁘지는 않았지만 혼자 있는 내내 우현이 머릿속에서 떠나지 않았다.

특히나 관리사가 그녀의 뭉친 어깨를 풀어주고 등을 마사지해줄 때는 우현의 손길이 그립기까지 했다. 가끔 그가 그녀를 위해 어깨와 등을 꾹꾹 눌러주며 지압을 해준 때가 있어서인지 그때 그의 손길이 느껴지는 것 같았다.

딸보다는 남편을 더 그리워하며 스파를 나서 룸으로 들어왔을 때였다.

"어? 당신……."

테이블 위에 꽃과 와인을 준비해놓고 우현이 그녀를 기다리고 있었다.

예상치 못한 상황에 놀란 세경이 그 자리에 멍하니 서 있기만 하자 우현이 그녀에게 다가갔다.

"너무 안 와서 스파로 쳐들어가려고 했어."

우현이 세경을 품에 안았다.

"쳐들어오지."

그의 품속에 들어가서야 놀란 가슴이 진정되었는지 세경의 표정이 풀렸다.

"응? 진짜?"

"당신 그리웠는데……."

"외롭지 않다더니?"

"외롭지 않은 거하고 당신 보고 싶은 거하고는 다른 건데."

"난 당신이 없으니까 외롭고 외로우니까 보고 싶고. 못 보니까 죽을 것 같아서 날아온 건데."

"어쩌면…… 당신이 오지 않았으면…… 내가 날아갔을지도 몰라."

그랬을지 모른다. 지금 룸 안에 그가 없었으면 텅 빈 이 공간에서 얼마나 견뎠을지는 그녀 자신도 모른다. 그가 많이 그리워 정말 그에게 갔을지도 모른다는 생각이 들었다. 그와 함께하지 못하는 공간과 시간이 주는 허전함이 얼마나 큰지 새삼 깨닫는 중이었다.

"기다릴 걸 그랬나?"

세경이 우현의 품 안으로 더 파고들며 그의 허리를 감싸 안았다.

"우현 씨, 당신하고 이렇게 있는 거, 좋다."

"우리 이렇게 단둘이 있는 거 얼마 만인지 알아?"

"단둘이?"

"소윤이 낳고 처음이야."

"그런가?"

"응, 그래."

우현이 대답을 하며 세경이 입고 있는 트레이닝복 바지 속으로 손을 쑥 집어넣었다. 그리고 그녀의 엉덩이를 움켜쥐었다.

"왜, 왜 이래요?"

갑작스럽게 침범해오는 그의 손길에 놀란 세경이 우현의 품에서 튀어나오듯 한 발 뒤로 물러섰다.

"왜 이러긴? 알면서."

한 발 멀어진 그녀에게 다가간 우현은 순식간에 그녀의 티셔츠를 벗겨버렸다.

"이런 기회가 날이면 날마다 오는 게 아니라서 일분일초가 아까워."

"우, 우현 씨."

우현이 세경을 번쩍 들어 안아 침대에 눕혔다.

"도대체 스파에서 뭘 하고 온 거야? 당신 향기 미치게 좋다. 그리고 지금 실크를 만지고 있는 것 같아."

우현은 귀한 실크를 다루듯 조심스럽게 시작했다. 그러나 이내 한 마음, 한 몸인 두 사람은 제주도의 깊은 밤을 하얗고 뜨겁게 불태웠다.

우현의 뒤를 이은 블루보스의 모델을 선정하기 위해 세경은 많은 후보의 사진을 검토한 결과 세 명으로 후보를 좁혀 놓았다.

달콤한 목소리에 가창력은 물론이고 외모까지 받쳐주는 가수, 정현수와 한류를 이끌어가는 연기자, 이동빈 그리고 이제 갓 데뷔한 신인 영화배우, 김성진.

각기 다른 개성을 가지고 있어 고민 중이다. 우현이 만들어놓은 블루보스의 이미지를 계속 가지고 가자면 김성진이요, 파격적으로 더 젊어진 느낌으로 가자면 정현수요, 안정적인 선택을 하자면 이동빈이다.

쉽지 않은 결정을 하기 위해 세경은 세 명의 프로필 사진을 물론이고 포트폴리오에 있는 모든 사진을 다시 한 번 샅샅이 훑었다.

"그만 보고 이젠 결정 좀 하시지."

함께 고민하며 도와주지는 못할망정 우현은 삐딱한 목소리로 세경을 재촉했다.

"결정을 못 하겠어요. 김성진은 마스크도 훌륭하고 몸도 좋고 웃는 얼굴도 매력적이고. 화장품 모델로 적합하기는 한데 뭔가 개성이 없는 것 같고. 정현수는 파워풀한 에너지가 느껴지고 신선해서 괜찮은데 블루보스가 너무 파격적인 변화를 주는 것 같아 불안하고. 이동빈은 인기가 말해주는 것처럼 완벽하기는 한데 모델료가 너무 비싸고…… 우현 씨 같으면 누구를 택하겠어요?"

"난 걔네들 안 써."

"진짜? 그럼 누구?"

"여자 모델."

"여자?"

"내 와이프가 젊은 모델하고 일하는 거 싫거든."

그의 말에 세경이 실소를 터뜨렸다.

"지금 질투하는 거예요?"

"응. 질투하는 거야. 정현수는 나보다 노래를 잘하는 게 맘에 안 들고, 이동빈은 여자를 너무 잘 홀리게 생겨서 거슬리고, 김성진은 나보다 젊어서 별로야. 그러니 여자 모델로 해."

그의 표정은 농담 같지 않게 진지해 보였다. 그리고 그는 괜찮을 것 같은 여자 모델을 추천해주기 시작했다.

이제 막 연기 물이 오르는 박지연, 미스코리아 출신, 강유미 그리고 대세 가수 이수정.

"이수정으로 모델을 하면 구매 고객이 남성 위주로 바뀔걸. 이수정 때문에라도 남자들이 직접 자신의 화장품을 사러 다닐 거야. 강유미도 그렇고, 박지연도 그렇고. 남자들 지갑 열어 화장품 사게 하는 매력들이 있으니까."

"그렇게 괜찮으면 아이리스 모델로 내세우지 그러세요?"

이상하게 세경도 우현의 입에 나오는 모델들에게 질투라는 감정이 생겨났다.

내 남편이 다른 여자를 칭찬하고 괜찮다는 말을 하는 게 이리도 불쾌하고 화가 날 줄은 몰랐었다.

나 아닌 다른 여자를 마음에 담고 있는 기분까지 든다. 그러니 나가는 말이 곱지 않을 수밖에.

"그럴까?"

"맘대로 하세요. 난 이 남자 모델들 셋 다 쓸까 봐. 누구 하나 버리기 너무 아까워서 다 계약해야겠다. 내일 셋 다 회사로 들어오라고 해야겠네. 여름 화보를 위해 탈의한 상체도 심사해볼까?"

"떽!"

갑자기 시작된 사소한 질투 전쟁. 자칫 길고 짜증스러운 부부 싸움이 될 수도 있었지만 우현이 먼저 풀기 시작했다.

"그러지 마! 당신은 나 이외에 다른 남자들한테 눈도 돌려서는 안 돼!"

그의 질투가 그녀를 기분 좋게 하고 있었다. 변하지 않는 마음으로 그녀를 사랑하고 있는 것 같아서.

늘 그가 그래주길 바라며 그녀도 그에게 한마디 던졌다.

"걱정하지 마요. 우현 씨 당신만 한 사람은 못 찾겠으니까!"

−마침−

작가 후기

여전히 부족하고 여전히 만족스럽지 못하지만 초심으로 돌아 간 것 같은 마음으로 쓴 글입니다.

그만큼 저에게 힘을 준 글이기도 하지요.

이 글을 쓸 때처럼만 즐거웠으면 좋겠다, 생각했고요.

좀 더 일찍 나왔으면 좋았을 텐데 하는 아쉬움이 있지만 그래 도 출간되어서 행복합니다.

늘 힘이 되는 가족들, 친구들, 지인들, 그녀의 서재 작가님들과 제 글을 읽어주시는 독자님들.

감사합니다.

다음에는 지금보다 조금 더 나은 글로 만나 뵙기를 원하며 겨울로 가는 길목에서 guree(성희주)였습니다.

-guree(성희주) 드림